U0529182

中国海洋大学"985工程"
海洋发展人文社会科学研究基地建设经费资助

儿童文学：学科与建构

朱自强学术自选集

朱自强 著

中国社会科学出版社

图书在版编目（CIP）数据

儿童文学：学科与建构：朱自强学术自选集/朱自强著.—北京：中国社会科学出版社，2016.7
ISBN 978-7-5161-8651-0

Ⅰ.①儿… Ⅱ.①朱… Ⅲ.①儿童文学—文学研究—中国 Ⅳ.①I207.8

中国版本图书馆 CIP 数据核字（2016）第 170792 号

出 版 人	赵剑英
责任编辑	安　芳
特约编辑	席建海
责任校对	冯英爽
责任印制	李寡寡

出　　版	中国社会科学出版社
社　　址	北京鼓楼西大街甲 158 号
邮　　编	100720
网　　址	http://www.csspw.cn
发 行 部	010-84083685
门 市 部	010-84029450
经　　销	新华书店及其他书店
印刷装订	三河市君旺印务有限公司
版　　次	2016 年 7 月第 1 版
印　　次	2016 年 7 月第 1 次印刷
开　　本	710×1000　1/16
印　　张	25.5
字　　数	379 千字
定　　价	89.00 元

凡购买中国社会科学出版社图书，如有质量问题请与本社营销中心联系调换
电话：010-84083683
版权所有　侵权必究

自　序

在《朱自强学术文集》（第10卷）自序"'三十'自述——我所体验的当代儿童文学学术史"中，我说过这样的话："这三十年不仅对我个人的学术生命具有历史感，而且也与中国儿童文学学术开展的一个十分重要的历史阶段重合在一起。在这三十年里，尽管还很不如人意，儿童文学学科依然有了前所未有的发展，而我通过儿童文学理论、中国儿童文学史论、中国儿童文学批评、日本儿童文学研究以及儿童文学视角的语文教育、儿童教育研究，参与到儿童文学事业的建设中来，可谓尽心尽力地挑过几篮子土。"①

这本自选集就是以一种形式呈现着我对儿童文学学科的理解和建构的方式，因此书名题为"儿童文学：学科与建构"。

任何学科都不是一个实存的实体，而是一个建构的观念。每个人都会以各种方式建构属于自己的学科观念。每个人的研究都会在一定程度上反映出他对学科的理解。由于本文集所入丛书的体例要求，每辑的文章篇数有限，不过，我仍然希望所分类的五辑及所选文章能够在整体结构上显示出我的儿童文学学科理念：儿童文学是一个学科，拥有自己富于特色的理论、文学史和文学批评，具有理论上的跨学科性和实践上的应用性这两个属性。

---

① 朱自强：《朱自强学术文集》（第10卷），二十一世纪出版社集团2015年版，自序。

我个人认为，本文集中的论文，为儿童文学的学科建设提供了一些具有重要意义的理论话题和学术观点。在此，就各辑论文的研究内容择要作如下说明。

第一辑　中国儿童文学史论

这一辑选文最多，篇数基本是其他各辑的两倍。用意在于显示我本人对文学史这一学术领域的重视。择要而论，所收入的文章呈现出以下特点或创见。

（一）强调中国现代文学与儿童文学的"一体性"

1994年，我师从东北师范大学孙中田教授，攻读中国现当代文学博士学位。在孙老师的同意、支持下，我将当时承担的国家社科基金项目课题研究与博士论文写作这两项工作合为一体。因为研究"中国儿童文学与现代化进程"这一课题之初，我就想把现代儿童文学置于整个现代文学的格局中进行阐述，所以用了较长的时间调查、研读《新青年》《小说月报》等新文学报刊以及周作人、鲁迅、叶圣陶、冰心、沈从文等现代作家的著作。孙中田教授是国内著名的茅盾研究专家，虽然当时已经年近七十，但是，在学术上充满与时俱进、锐意求新之青春活力。孙老师充满思想和创见、富于激情和雄辩的授课以及组织的博士生的学术研讨，把我从儿童文学领域引向了更为广阔和深远的学术天地，进一步强化了我将儿童文学与现代文学融为一体进行研究的意识（顺便说一句，在中国大陆，我应该是以儿童文学论文获得博士学位的第一人）。

《"儿童的发现"：周作人"人的文学"的思想源头》《论周作人的"儿童文学"观念的发生——以美国影响为中心》《"儿童"：鲁迅文学的艺术方法》《论新文学运动中的儿童文学》《论冰心〈寄小读者〉的历史局限——兼谈五四时期儿童文学的两个"现代"》《张天翼童话创作再评价》几篇论文都具有将儿童文学置于整个新文学的框架中论述的意识，希望凸显在中国现代文学时期，儿童文学的运行和生产，都归属于整个文学的结构之中，是现代文学的有机组成部分。两者不仅同步发生，而且同路发展，具有明确的"一体性"。作为现代文学有机组成部分的儿童文学，不是现代文学的"量"的增加，而是"质"的生成。"儿童"和儿童文学的被发明，不仅给中国现代文学这一"人的文学"以具体的内容，而且强化了它的现代性质地，提高了它的现代性价值。

从中国现代文学与儿童文学的"一体性"着眼，会看到单纯的现代文学或单纯的儿童文学角度所难以看到的文学史内涵。

比如，《"儿童的发现"：周作人"人的文学"的思想源头》一文就指出："以往的研究者在阐释《人的文学》时，往往细读不够，从而将'人的文学'所指之'人'作笼统的理解，即把周作人所要解决的'人的问题'里的'人'理解为整体的人类。""其实，在《人的文学》一文中，周作人所主张的'人'的文学，首先和主要是为儿童和妇女争得做人的权利的文学，男人（'神圣的''父与夫'）的权利，已经是'神圣的'了，一时还用不着帮他们去争。由此可见，在提出并思考'人的文学'这个问题上，作为思想家，周作人表现出了其反封建的现代思想的十分独特的一面。"

比如，《"儿童"：鲁迅文学的艺术方法》一文认为"鲁迅是凭回忆进行创作的小说家"，鲁迅的小说名篇"大多有故乡这一实有的环境或往日生活中确有的事件或人物。似乎有一个规律，每当鲁迅的小说与他的童年和故乡发生深切的关系，作品往往就会获得充盈的艺术生命力"。现代文学界几乎有一个定论，说是鲁迅开创了表现农民与知识分子两大现代文学的主要题材，但是，我通过对《狂人日记》《故乡》《社戏》《孔乙己》《阿Q正传》的索解，得出了这样的结论："鲁迅文学的世界是丰富而复杂的，'儿童''童年'当然只是其中的一个维度，但是，它却弥足珍贵。如果没有'儿童''童年'这一维度的存在，鲁迅文学的思想和艺术都会大大贬值，鲁迅文学的现代性也将不能达到现有的高度。"

再比如，《论冰心〈寄小读者〉的历史局限——兼谈五四时期儿童文学的两个"现代"》一文，将冰心的《寄小读者》放在"西学东渐"这一大背景中进行细读，指出："冰心的儿童文学创作，不论是在艺术表现上，还是在思想观念上并没有因游美一遭而从儿童文学正生气勃勃发展的美国汲取任何现代新质。在冰心的《寄小读者》这里，我们看到了冰心文学与西方文化和西方儿童文学之间的隔绝。这也是冰心作为新文学作家的严重缺憾。"

在《论新文学运动中的儿童文学》一文中，我还说过这样的话："在中国的现代文学史著作中，鲜有研究者论及儿童文学。儿童文学是现代文学，它不仅是中国现代文学有机的一部分，而且还标示出中国现代文学的现代性高度。儿童文学的论述应该成为中国现代文学史论述的题中之义。将儿童文学置于中国现代文学的整体之中进行研究，将有助于凸显中国现代文学的完整面貌和真实的现代性质。"

上述列举的观点正确与否不敢妄自评断，不过，说它们给中国现代文学相关领域的研究，增添了一些新的话语，恐怕并非言过其实吧。

（二）发展出建构主义的本质论这一治史的理论方法

在中国儿童文学的起源问题上，儿童文学界历来存在两种对立的观点：一种是以王泉根、方卫平为代表的中国儿童文学"古已有之"；另一种是以我本人为代表的任何国家的儿童文学都是"现代"文学。但是，这一重大问题的讨论却陷入了僵局，原因是双方都在拿"实体"（具体作品）作证据来证明自己观点的正确性。

近年来，我有意识地将现代性话语与后现代理论相融合，提出了以建构主义的本质论来解决上述争论的方法——"作为'实体'的儿童文学在中国古代（也包括现代）是否'古已有之'这一问题已经不能成立！剩下的能够成立的问题只是，在中国古代，作为建构的观念的儿童文学是否存在这一问题"，并得出结论："在古代社会，我们找不到'儿童文学'这一概念的历史踪迹"，"作为'具有确定的话语实践'的儿童文学这一'知识'，是在从古代传统社会向现代社会转型的清末民初这一历史时代产生、发展起来的。"（《"儿童文学"的知识考古——论中国儿童文学不是"古已有之"》）

（三）针对中国儿童文学"传统"的"思想革命"

"思想革命"一语取自周作人于1919年发表的《思想革命》一文。他在文中说:"文学革命上,文字改革是第一步,思想改革是第二步,却比第一步更重要。"我自20世纪80年代进入儿童文学研究领域,一直重视儿童文学的思想问题,面对当代儿童文学的教训主义这一传统,进行了"思想革命"的实践。

在这方面,收入本文集的《论中国当代儿童文学的儿童观》一文具有代表性。在发表于1988年的这篇文章中,我作了这样的论述:"五六十年代的'教育儿童的文学',给人的总体感觉是:作家为儿童之'纲',君临儿童之上进行滔滔不绝的道德训诫甚至政治说教,仿佛儿童都是迷途的羔羊,要等待着作家来超度和点化。在儿童文学中得到满足的常常不是儿童的合理欲望和天性,倒是儿童文学作家的说教欲。儿童文学作家十分虔诚地相信自己尊奉的教育观念的正确性,一心坚决而又急切地要把儿童领入成人为他们规定好的人生道路。这是一种带有强制和冷酷色彩的儿童观。历史已经令人可悲地证明了两点:一是我们的作家们过去所信奉的许多教育观念是错误的,二是在作家们高高在上的道德训诫和说教之下,遭到压抑甚至扼杀的是儿童们合理的欲望和宝贵的天性。"

这一批判教训主义传统的观点发表以后,也引来了鲁兵、亦古等人对我的观点的批判。但是,毋庸置疑的是,1978年以来的儿童文学,就是在逐渐摒弃"教训性"的过程中发展过来的。

(四)提出"分化期"这一重要的断代史概念

目前,儿童文学领域对1978年以来的当代儿童文学进行阶段性描述时,往往把这三十余年划分为"八十年代""九十年代""新世纪"这三个阶段。这是一种自然时间的呈现,而不是价值时间的判断。历史的研究,包括文学史的研究必须对价值时间进行阐释。在此之前,我曾经在《中国儿童文学与现代化进程》一书中指出并论述"八十年代"是"向文学性回归"的时代,"九十年代"是"向儿童性回归"的时代。那么对"新世纪"这十多年应该如何进行价值时间的阐释呢?对这十多年,儿童文学理论、评论中频繁出现了"商业化时代""电子媒介时代""网络时代""读图时代"等语汇,出现了"电子媒介时代的童年与儿童文学"等研究表述。不过,这些语汇和表述表明的都是儿童文学所置身的一种重要"语境",而这种"语境",成人文学也同样置身其中并深受影响。所以,我们的目光应该穿透那些影响儿童文学的"语境",逼视和追问儿童文学特有的历史发展或历史变化的形态究竟是什么?

怀着这样的问题意识,经过认真研究和慎重思考,我提出了"分化期"这一概念,用以描述进入21世纪以来儿童文学重要动向所具有的"内在关联"或曰"共通的特征"。

"分化"原是生物学上的一个概念,是指原始干细胞在发育中渐趋成熟的过程。通过分化,细胞在形态、功能、代谢、行为等方面各具特色,各显其能,从而形成不同的组织和器官。我借用"分化"这个概念来表述新世纪中国儿童文学的发展走向,则是指儿童文学本来应有的重要构成部分,由于各种原因的限制,此前一直处于发育不良的"未分化"状态,而这些"未分化"的"原始干细胞",近年来终于开始出现了"分化"。所以,目前中国儿童文学发生的分化,是一种多元的、均衡的发展状态,是走向成熟所应该经历的一个过程。我主要指出了四种重要的分化形态:"幻想小说从童话中分化出来,作为一种独立的文学体裁正在约定俗成,逐渐确立;图画书从幼儿文学概念中分化出来,成为一种特有的儿童文学体裁;在与语文教育融合、互动的过程中,儿童文学正在分化为'小学校里的儿童文学'即语文教育的儿童文学;在市场经济的推动下,儿童文学分化出通俗(大众)儿童文学这一艺术类型。"(《论"分化期"的中国儿童文学及其学科发展》)

我所提出的"分化期"这一断代史概念,得到了曹文轩、谈凤霞、陈恩黎、赵霞等学者的重视和肯定。

第二辑 儿童文学理论

因为篇幅所限,儿童文学理论这一辑没能选入文体论方面的论文,主要侧重于儿童文学观这一理论问题。我建构儿童文学观的方法是以儿童观为原点，所建构的儿童文学观是在继承周作人的现代"儿童本位论"的基础上发展出的当代的"儿童本位论"（这一"儿童本位"的儿童文学观，也成为我建构中国儿童文学史的重要坐标）。

在这里，我不对"儿童本位论"的内涵作具体陈述，只介绍刘绪源、眉睫、赵大军等学者对我所发展出的当代"儿童本位论"的评价。

刘绪源在《〈现代儿童文学文论解说〉：重构中国儿童文学批评史》（《中华读书报》2015年5月28日）一文中，这样解读"儿童本位论"："统观全书，我感觉到，在朱自强所构建的未来的中国儿童文学批评史中，'儿童观'应是其逻辑起点，这与他早年入行时的思考相一致，可谓一以贯之；而真正潜伏着、发展着、有着无穷前途的理论内核，就是'儿童本位论'……"

年轻学者眉睫在《近六十年儿童文学观的演变》（《文学报》2013年12月16日）一文中说："朱先生堪称儿童文学理论全才，他在儿童文学史、儿童文学概论、儿童文学的基础理论、图画书和幻想小说等儿童文学门类的研究、儿童文学教育、儿童文学翻译，甚至儿童文学创作等诸多领域都进行了深耕细作式的工作。早在多年前，他提出的'儿童文学是教育成人的文学'，以及儿童文学的两大属性论，即理论上的跨学科性和实践上的应用性（个人认为一定程度上解决了'教育性与文学性之争'的问题），已经成为中国儿童文学理论在新世纪历史条件下的时代强音。尤其可贵的是，朱先生将周作人的儿童本位论注入了自己的理解和新解，形成了自己独特的'儿童本位论'。""朱先生'新解'儿童本位论，其实已经提升了'儿童本位论'的意义和内涵，这无疑是新世纪中国儿童文学理论的最大收获。"

赵大军在其博士论文《儿童文学理论的基本问题和方法》中说："朱自强先生在九十年代先后推出《中国儿童文学与现代化进程》和《儿童文学的本质》两本著作，把'儿童本位的儿童文学'理论阐述得系统而透彻。如果说周作人当年提出'儿童本位的文学'是山泉出岫，那么到《儿童文学的本质》已经是泱泱大河，一种至今对我们的文化仍属某种程度上的异质的文化完整地展现出来。"

当然，对"儿童本位论"，方卫平、吴其南、杜传坤等学者也提出了反对和批评的观点。也就是说，在中国儿童文学学术界，以对"儿童本位论"的态度、立场为分水岭，显现出并不同质的两大学术脉流。清醒地认识并指出这一点，对今后进一步建构"真实的"儿童文学学术史，建构更自觉的儿童文学学科是非常必要的。

第三辑　儿童文学批评

回头检视这一辑的儿童文学批评文字，才发现大多数文章主要关注的是"思想问题"。原本拟收入，因为篇幅所限又删去的《被压抑的自我与被解放的艺术——曹文轩性心理小说的精神分析》这篇文章倒是侧重于艺术形式分析。由此可见，我在潜意识中非常在意儿童文学的"思想问题"。

与成人文学相比，"思想问题"对于儿童文学尤为重要。原因即如我在《新世纪中国儿童文学的困境和出路》中所说的，"儿童文学是一种必须在儿童教育上选择、站定立场，并且有所作为的文学"。该文引述了我在 2002 年第六届亚洲儿童文学大会的论文发言中的一段话，"在儿童生命生态令人堪忧的今天，儿童文学缺乏'忧患''思考''深度''凝重'，是十分可疑的现象。虽然秦文君写了《一个女孩的心灵史》，但是，这种姿态似乎是无人喝彩、无人追随。这个时代，多么需要卢梭的《爱弥儿》、塞林格的《麦田里的守望者》式的作品。如果众多儿童文学作家退出关注、思考教育问题的领域，对儿童心灵生态状况缺乏忧患意识，儿童文学创作将出现思想上的贫血，力量上的虚脱。这样的儿童文学是不'在场'的文学，它难以对这个时代以及这个时代的儿童负责"，然后指出："在破坏童年生态的功利主义、应试主义的儿童教育面前，相当数量的作家患了失语症，创作着不能为儿童'言说'的儿童文学。导致这种状况，与作家人生痛感的丧失、思想的麻木甚至迷失有关。"

儿童文学作家张洁曾这样谈论她读这篇文章的感受："不得不说的一个人：朱自强。平凡主题，深邃思考，独到见解，激情表述，得当铺陈——这是我对朱自强作品的感受,《中国儿童文学的困境和出路》恰切地点到了中国儿童文学既普遍又被忽视的问题。他是目前为数不多仍旧专注于国内儿童文学纵深面研究的专家,他的研究对中国儿童文学的积累和发展都有很大作用。"(《中国儿童文学1/4——大约在冬季》,《学生导报》2005年3月7日)这样的评价虽然受之有愧,但试图以儿童文学批评的方式,"专注于国内儿童文学纵深面研究"这一意识,在我内心还是有一点自觉的。

大体上可以将这一辑的儿童文学批评,看作是我所建构、奉行的"儿童本位"理论的一种实践过程。

第四辑 日本儿童文学论

这一辑中的论文属于比较文学与世界文学学科。自1987年至今,我曾经四次赴日本从事学术研究,其中三次的课题均为日本儿童文学研究。几次留学日本,除了对日本儿童文学本身进行了研究,亦对我的儿童文学研究意识和方法有很大的影响,也常常为我的学术研究提供重要参照或新的视角,特别是使我意识到,在中国,儿童文学学者更需要具有国际视野。

我特别想提及的是,有幸师从已故的日本著名学者鸟越信先生,对我的儿童文学学术研究产生了深刻影响,带来了珍贵的资源。鸟越先生博览群书、记忆超群、治学严谨。在先生的指导下做研究,既有压力,也有动力。鸟越先生对我在学术方面要求很严格。1988年12月,我和日本著名作家阿万纪美子女士在大阪图书馆有一场讲演、对谈会,鸟越先生为主持人。我深为自己的日语口语水平担心,但是,鸟越先生闭口不谈请翻译的事情。我意识到,在鸟越先生的学术观念里,在日本留学的日本儿童文学研究者就应该用日语讲演,这似乎是学术常识。所以,自己只能殚精竭虑、用心准备。1989年,鸟越先生约我为《大阪国际儿童文学馆学报》撰稿,也不谈翻译问题。我就知道,这是要求我直接用日文撰写。正是在鸟越先生的严格要求和不断施压之下,我的学术能力和日语水平才有了更大进步的可能性。

　　这一辑中，有两篇文章是日中儿童文学比较研究，反映了我研究日本儿童文学的"他山之石"之意识。《〈买手套〉论》为日文写作，是对日本儿童文学作家新美南吉的童话名篇《买手套》所做的文本细读和深度诠释，文中对古田足日、佐藤通雅、西乡竹彦等学者的解读进行了商榷。该文写作之时，我正在大阪国际儿童文学馆做客座研究员，写好后请鸟越信先生指教，他说论文"写得很有意思"，推荐到学术刊物上发表了出来。

　　2013年2月14日，一代儿童文学学术大家、对第二次世界大战后日本儿童文学的发展发挥了巨大推动作用的鸟越信先生驾鹤西归，9月13日，我专程从青岛赶到大阪，参加了恩师鸟越信先生的追思会。现在想起这篇论文的写作和发表过程，对鸟越信先生的思念油然而生。

第五辑　语文教育与儿童教育研究

　　如果说，前面四辑体现了儿童文学横跨中国现当代文学、文艺学、比较文学与世界文学等学科，那么，这一辑的论文则不仅跨入了语文教育和儿童教育领域，而且还体现出儿童文学学科的一个重要属性：实践上的应用性。

　　其实，中国儿童文学产生之初，就与小学语文教育存在着天然的血缘联系。1920年，周作人发表于《新青年》上的《儿童的文学》堪称中国儿童文学理论诞生的宣言书。在文中，周作人就表示，他曾想过用"小学校里的文学"作为该文的题目。郑振铎发表于1922年的《儿童文学的教授法》一文，就是他当年面对小学教师的一篇讲演文。可见，中国儿童文学理论的发生初期，就体现出了实践上的应用性这一学科属性。

　　遗憾的是，1949年至1978年间，儿童文学研究出现了缓慢甚至停滞的状态。本来自1923年的《新学制课程标准纲要小学国语课程纲要》起，在语文课程标准中，儿童文学都是明示的教学资源，但是，自1963年的《全日制小学语文教学大纲（草案）》始，"儿童文学"这一表述消失了。

1963年，恰好是张志公、叶圣陶开始提倡"工具论"这一语文教育理念的年份，两者似乎有着某种联系。无论如何，1949年以后的儿童文学学科淡漠乃至遗忘了儿童文学的应用研究本是儿童文学学科的题中之义。

客观地说，在20世纪80年代成长起来的儿童文学学人中，我是最早开始从事儿童文学维度的语文教育研究的。说起来，我的儿童文学的应用研究意识，还是得益于日本留学的经验。1987年，我受教育部派遣，作为访问学者，赴日本东京学艺大学研究儿童文学。10月24日，与导师根本正义教授刚一见面，他就赠送我两本他的学术著作《国语教育的理论和课题》《国语教育的遗产与儿童文学》。这是我第一次获得儿童文学与语文教育密切关联这一学术信息，因为那时国内的儿童文学学者，似乎都没有在儿童文学与语文教育之间建立联系。《国语教育的遗产与儿童文学》的书名已作显示，不用说了，《国语教育的理论和课题》一书主要研究的是小学语文的文学教育，而进行文学教育的语文资源就是儿童文学。

我于1999年承担了教育部"中小学教师继续教育工程"的教材研发项目，项目成果《小学语文文学教育》一书于2001年出版。这是一本主要以儿童文学为视角和方法，将儿童文学与小学语文教育相融合的小学语文教育研究著作。在该书中，我所倡导的小学语文"文学教育"的理念和方法，其资源就是儿童文学。这是我真正从事语文教育研究的开始。

第五辑中的《"工具论"与"建构论"：语文教育的症结和出路》《儿童文学分级阅读的五项原则》两篇论文是深圳市爱阅公益基金会资助项目"小学语文儿童文学教学法"的阶段性成果（项目成果《小学语文儿童文学教学法》一书已经出版）。

在《"工具论"与"建构论"：语文教育的症结和出路》一文中，我在反思、批判"工具论"语文观的基础上，提出了"建构论"语文观。我不知道国外是否也有用"建构论"这一词语来表述的语文观，不过我在思考"建构论"语文观时，的确是受到了皮亚杰的儿童认知发展理论，维特根斯坦、海德格尔等人的语言哲学，维果茨基、乔姆斯基、斯蒂芬·平克等人的心理语言学的直接影响。我认为语言具有建构性这一思想已经蕴含于他们的学说之中，我不过是悟出了这一思想，再加上对"工具论"语文观进行反思这一现实需求的激发,才提炼出了"建构论"这一语文观。我感觉到,如果单一地说出语言是建构性的,并没有多大意义,但是,当用语言的建构性来质疑、批判统治着语文教育领域的"工具论"语文观时,它就是很了不起的一种观念了。我认为,随着时间的推移,质疑、批判"工具论"语文观的(必须有这组限定词语)"建构论"语文观所具有的重要意义,一定会被人们所认识。

《儿童文学分级阅读的五项原则》提出的分级阅读的五个原则是"从口语到书面语""从韵文到散文""从'故事'到'情节'""从'形象'到'意象'""叙事在先,写景、抒情、议论在后"。应该说,这五个原则的提出,结束了儿童文学分级阅读研究对于分级的标准一直语焉不详的状况。

《童年的身体生态哲学初探》一文属于儿童教育哲学范畴的研究。在文中,我针对关闭儿童的身体生活,崇尚书本知识的应试教育,提出了"生态学的教育"观念:"生态学的教育就是使童年恢复其固有的以身体对待世界的方式。身体先于知识和科学,因此,在童年,身体的教育先于知识的教育,更先于书本知识的教育。""身体的感觉是真正的生活的基础,是第一生活,而书本知识的学习是建立在身体生活基础上的第二生活。没有第一生活,第二生活难以成立。"我认为,生态学的身体生活的教育,才是回到了教育的根本。

本书是我出版的第七本学术文集,与前面六本文集相比,其特色在于较为全面地呈现出我个人主要涉足的学科领域,并且以近五年的学术成果居多(篇数刚好占了一半)。近五年来,我做的重要工作之一,就是有意识地借鉴后现代理论,将其与现代理论相融合,从而为自己的学术研究打开新的视野,建立新的方法。在这一过程中,进一步深切体会到儿童文学学术研究的广度、深度和难度。从这个意义上说,本文集中的学术成果与儿童文学学科应有的高度尚有较大距离,所涉及的一些重要学术问题还有待更严谨、更深入的讨论,而我也相信,自己已经积蓄了继续向儿童文学的学术高度攀登的力量。

我在前面讲到,中国儿童文学正处于"分化期"。我在收入本文集的

《论"分化期"的中国儿童文学及其学科发展》一文中，提出了在"分化期"结成"跨学科的'儿童文学共同体'"这一发展中国儿童文学的学科的设想，现将这段论述摘录下来，作为这篇序言的结束——

儿童文学的分化是对儿童文学现有学科能力的一种严峻考验。面对分化，既成的儿童文学研究者需要进入新领域、新学科的再学习，甚至可能需要学术上的转型；年轻的学人一方面需要获得儿童文学的整体性学养，一方面要在某一两个领域深扎根须，凝神聚力，成为专才；最为重要的是，儿童文学整体需要打破与其他学科的壁垒，一方面主动融入相关学科，一方面以开放的姿态，接纳相关学科的研究力量，结成跨学科的"儿童文学共同体"，把学科做大做强。

总之，中国儿童文学理论研究应该抓住"分化"这一宝贵机遇，积极应对、处理"分化期"中国儿童文学出现的纷繁复杂、混沌多元的诸多现象，通过这一处理过程，使中国儿童文学学科真正获得跨学科的性质，进一步走向成熟，一方面为学术积累做出贡献，一方面使儿童文学与社会发展实现互动，更多地贡献于社会。

朱自强
2015年8月13日
于中国海洋大学儿童文学研究所

目 录 CONTENTS

第一辑 中国儿童文学史论

"儿童文学"的知识考古
　　——论中国儿童文学不是"古已有之" …………… 3

"儿童的发现":周作人"人的文学"的思想源头 …………… 17

论周作人的"儿童文学"观念的发生
　　——以美国影响为中心 …………… 26

"儿童":鲁迅文学的艺术方法 …………… 39

论新文学运动中的儿童文学 …………… 49

"反本质论"的学术后果
　　——对中国儿童文学史重大问题的辨析 …………… 60

论冰心《寄小读者》的历史局限
　　——兼谈五四时期儿童文学的两个"现代" …………… 78

张天翼童话创作再评价 …………… 92

论中国当代儿童文学的儿童观 …………………… 107

论"分化期"的中国儿童文学及其学科发展 ………… 116

第二辑 儿童文学理论

论"儿童本位"论的合理性和实践效用 …………… 127

"解放儿童的文学"：新世纪的儿童文学观 ………… 147

儿童文学：儿童本位的文学 ……………………… 161

儿童文学理论：在"现代"与"后现代"之间 ……… 172

儿童文学本质论的方法 …………………………… 184

第三辑 儿童文学批评

新世纪中国儿童文学的困境和出路 ………………… 193

"足踏大地之书"
——张炜的《半岛哈里哈气》的思想深度 ………… 204

从动物问题到人生问题
——论沈石溪动物小说的艺术模式与思想 ………… 214

诗人的绿色理论睿智
——评高洪波的儿童文学评论 ……………………… 226

挽救"附魅的自然"
——评汤素兰的《阁楼精灵》的后现代思想 ……… 235

新时期少年小说的误区 …………………………… 244

王淑芬儿童文学创作论 …………………………… 266

第四辑 日本儿童文学论

《买手套》论 …………………………………… 279

中日儿童文学术语异同比较 …………………………… 294

"童话"词源考
　　——中日儿童文学早年关系侧证 …………………… 306

"二战"后日本儿童文学的变革 ………………………… 317

第五辑 语文教育与儿童教育研究

"工具论"与"建构论"：语文教育的症结和出路 ………… 331

童年的诺亚方舟谁来负责打造
　　——对童年生态危机的思考之一 …………………… 344

童年的身体生态哲学初探
　　——对童年生态危机的思考之二 …………………… 356

论儿童文学立场的语文教材观 ………………………… 372

儿童文学分级阅读的五项原则 ………………………… 379

第一辑
中国儿童文学史论

# "儿童文学"的知识考古
——论中国儿童文学不是"古已有之"

自觉地进行学术反思，对我有着现实的迫切性。我的儿童文学本质理论研究和中国儿童文学史研究，在一些重要的学术问题上，面临着有些学者的质疑和批评，它们是我必须面对的问题，也是我愿意进一步深入思考的问题。其中最为核心的是要回答本质论（不是本质主义）的合理性和可能性这一问题，而与这一问题相联系的是中国儿童文学的历史起源，即儿童文学是不是"古已有之"这一问题。这两个问题，是儿童文学基础理论建设和学科建设上的重大问题，需要研究者们进一步重视，充分地展开思想的碰撞和学术的讨论。

本文倡导建构主义的儿童文学本质论，并借鉴福柯的知识考古学方法以及布尔迪厄的"文学场"概念，对"儿童文学"这一观念进行知识考古，以深化我本人对中国儿童文学是否"古已有之"这一问题的思考，同时也期望目前走入困局的对这一文学史问题的讨论，能够另辟蹊径，现出柳暗花明。

一 建构主义本质论：儿童文学史论的一种方法

对于文学史研究来说，理论方法非常重要。按照爱因斯坦的说法，理论决定着我们所能观察的问题。讨论中国儿童文学是否"古已有之"这一文学史的重大问题，必然涉及研究者所持的儿童文学观。对儿童文学本质论的认识和思考，是讨论这一问题的学术基础。

近年来，有的儿童文学研究者接受西方后现代主义理论的一些观点，发出了反本质论（有时以反本质主义的面貌出现）的批判声音。我想，我的本质论研究也在被批评之列。甚至毋宁说，由于我出版了《儿童文学的本质》一书，理所当然地首当其冲。我自认为，自己的研究尽管含有一定的普遍化、总体化思维方式，但是，基本上不是本质主义研究而是本质论研究，努力采取的是一种建构主义的姿态。

在反本质论的学术批评中，吴其南是有一定代表性的学者。他在《20世纪中国儿童文学的文化阐释》一书中说："……这些批评所持的多大（大多）都是本质论的文学观，认为现实有某种客观本质，文学就是对这种本质的探知和反映；儿童有某种与生俱来的'天性'，儿童文学就是这种'天性'的反映和适应，批评于是就成了对这种反映和适应的检验和评价。这种文学观、批评观不仅不能深入地理解文学，还使批评失去其独立的存在价值。"[①]

"本质主义的文学理论不是文学本质论的代名词，不是所有关于文学本质的理论阐释都是本质主义的。本质主义只是文学本质论的一种，是一种僵化的、非历史的、形而上的理解文学本质的理论和方法。""建构主义不是认为本质根本不存在，而是坚持本质只作为建构物而存在，作为非建构物的实体的本质不存在。"[②] 但是，吴其南的上述论述是将本质论和本质主义不加区分地捏合在了一起，他要否定的是所有"本质论的文学观"。从"儿童有某种与生俱来的'天性'，儿童文学就是这种'天性'的反映和适应"这样的语气看，他似乎连"儿童有某种与生俱来的'天性'"也是反对的。吴其南是经常操着后现代话语的学者，他的反本质论立场，我感觉更靠近的是激进的后现代理论。但是，我依然认为，吴其南积极借鉴后现代理论，探求学术创新的努力是值得肯定的。

---

① 吴其南：《20世纪中国儿童文学的文化阐释》，中国社会科学出版社2012年版，第6页。
② 陶东风：《文学理论：建构主义还是本质主义？——兼答支宇、吴炫、张旭春先生》，《文艺争鸣》2009年第7期。

尽管我依然坚持儿童文学本质论的研究立场，但是，面对研究者们对本质主义和本质论的批判，我还是反思到自己的相关研究的确存在着思考的局限性。其中最重要的局限，是没能在人文学科范畴内，将世界与对世界的"描述"严格、清晰地区分开来。有意味的是，我的这一反思，同样是得益于后现代理论。

后现代哲学家理查德·罗蒂说："真理不能存在那里，不能独立于人类心灵而存在，因为语句不能独立于人类心灵而存在，不能存在那里。世界存在那里，但对世界的描述则否。只有对世界的描述才可能有真或假，世界独自来看——不助以人类的描述活动——不可能有真或假。""真理，和世界一样，存在那里——这个主意是一个旧时代的遗物。"① 罗蒂不是说，真理不存在，而是说真理不是一个"实体"，不能像客观世界一样"存在那里"，真理只能存在于"对世界的描述"之中。正是"对世界的描述"，存在着真理和谬误。

著述《语言学转向》的罗蒂对真理的看法，源自他的"语言的偶然"这一观点："……如果我们同意，实在界（reality）的大部分根本无关乎我们对它的描述，人类的自我是由语汇的使用所创造出来的，而不是被由语汇适切或不适切地表现出来，那么我们自然而然就会相信浪漫主义'真理是被造而不是被发现的'观念是正确的。这个主张的真实性，就在于语言是被创造的而非被发现到的，而真理乃是语言元目或语句的一个性质。"② 其实，后结构主义也揭示过"所指"的"不确定性"。用德里达的话说："意义的意义是能指对所指的无限的暗示和不确定的指定……它的力量在于一种纯粹的、无限的不确定性，这种不确定性一刻不息地赋予所指以意义……"③

连批判后现代理论的伊格尔顿也持着相同的观点。他说："任何相信

---

① ［美］理查德·罗蒂：《偶然、反讽与团结》，徐文瑞译，商务印书馆2003年版，第13—14页。
② 同上书，第16页。
③ 转引自［美］道格拉斯·凯尔纳、斯蒂文·贝斯特《后现代理论——批判性的质疑》，张志斌译，中央编译出版社2011年版，第23页。

文学研究是研究一种稳定的、范畴明确的实体的看法,亦即类似认为昆虫学是研究昆虫的看法,都可以作为一种幻想被抛弃。""从一系列有确定不变价值的、由某些共同的内在特征决定的作品的意义来说,文学并不存在。"① 其实,伊格尔顿是说文学作为一个"实体"并不存在,文学只作为一种建构的观念存在。这一观点的哲学基础是语言不是现实的反映,而是对现实的虚构。语言里没有现实的对应实物,只有对现实的概念反映。

虽然作为"实体"的儿童文学不存在,但是作为儿童文学的研究对象的文本却是存在的,尽管范围模糊并且变化不定。面对特定的文本,建构儿童文学的本质的时候,文本与研究者是一种什么关系呢?吴其南说:"'现实作者'和'现实读者'是在文本之外的。而一篇(部)作品适合不适合儿童阅读,是不是儿童文学,主要是由文本自身决定的。"② 这仍然是把儿童文学当作是具有"自明性"的实体,是带有本质主义思维色彩的观点。本质论研究肯定不是脱离作为研究对象的文本的凭空随意的臆想,但一部作品"是不是儿童文学,主要是由文本自身决定的"这一说法,从反本质主义的建构主义观点来看,恐怕是难以成立的。文本无法"自身决定"自己"是不是儿童文学",因为文本并不天生拥有儿童文学这一本质。

作品以什么性质和形式存在,是作家的文本预设与读者的接受和建构共同"对话"、商谈的结果,建构出的是超越"实体"文本的崭新文本。在这个崭新文本的建构中,读者的阅读阐释起着至关重要的作用。比如,我读某位作家的一篇文章,将其视为描写作家真实生活的散文,可是,作家在创作谈中却说,是当作小说来写的。假设我永远读不到那篇创作谈(这极有可能),在我这里,那篇作品就会一直作为散文而存在。可见,这篇文章是什么文体,并不"主要是由文本自身决定的"。再比如,安徒生的童话并不天生就是儿童文学。试想一个没有任何儿童文学知识和经验的成人读者,读安徒生的童话,阅读就不会产生互文效果,自然也不会将其

---

① [英]特里·伊格尔顿:《当代西方文学理论》,王逢振译,中国社会科学出版社1988年版,第27页。
② 吴其南:《20世纪中国儿童文学的文化阐释》,中国社会科学出版社2012年版,第2页。

作为儿童文学来看待。一部小说，在某些读者那里，可能被看作历史文本。一部历史著作，在某些读者那里，也可能被看作小说文本。本质并不是一个像石头一样的"实体"，可以被文本拿在手里。本质是一个假设的、可能的观念，需要由文本和读者来共同建构。在建构本质的过程中，特定的文本与研究者之间，肯定不是吴其南所说的"'现实读者'是在文本之外"这种关系，而是在社会历史条件下，在文化制约中，研究者与文本进行"对话"、碰撞、交流，共同建构某种本质（比如儿童文学）的关系。

我相信，持上述建构主义的本质观，能够将很多从前悬而未决甚至纠缠不清的重要学术问题的讨论发展、深化下去。比如，建构主义的本质论可以成为儿童文学史论的一种方法，有效地处理在中国儿童文学史发生问题研究中，出现的是否"古已有之"这一争论。到目前为止，主张中国的儿童文学"古已有之"的王泉根（观点见《中国儿童文学现象研究》）和方卫平（观点见《中国儿童文学理论批评史》）与主张儿童文学是"现代"文学的我本人（观点见《中国儿童文学与现代化进程》）之间的讨论，可以说是彼此都不同程度地陷入了本质主义思维的圈套，从而处于一种解不开套的困局状态。但是，如果引入建构主义的本质理论，也许可以走出山穷水尽，步入柳暗花明。

二 理念的知识考古："儿童文学"并非"古已有之"

王泉根认为，"中国的儿童文学确是'古已有之'，有着悠久的传统"，并明确提出了"中国古代儿童文学""古代的口头儿童文学""古代文人专为孩子们编写的书面儿童文学"的说法。[①] 方卫平说："……中华民族已经拥有几千年的文明史。在这个历史过程中……儿童文学及其理论批评作为一种具体的儿童文化现象，或隐或现，或消或长，一直是其中一个不可

---

① 王泉根：《中国儿童文学现象研究》，湖南少年儿童出版社1992年版，第15—24页。

分离和忽视的组成部分。"① 我则不同意上述中国儿童文学"古已有之"的观点,指出:"儿童与儿童文学都是历史的概念。从有人类的那天起便有儿童,但是在相当漫长的历史时期里,儿童却并不能作为'儿童'而存在。……在人类的历史上,儿童作为'儿童'被发现,是在西方进入现代社会以后才完成的划时代创举。而没有'儿童'的发现作为前提,为儿童的儿童文学是不可能产生的,因此,儿童文学只能是现代社会的产物。它与一般文学不同,它没有古代而只有现代。如果说儿童文学有古代,就等于抹杀了儿童文学发生发展的独特规律,这不符合人类社会的历史进程。"② 尽管我提出了儿童文学是"历史的概念",却没有意识到,在方法论上,要用对古人如何建构儿童文学这个观念的探寻,来彻底取代对那个并不存在的儿童文学"实体"的指认。

　　陷入讨论的僵局状态,是因为双方都在拿"实体"(具体作品)作证据来证明自己的观点的正确性。王泉根说,晋人干宝的《搜神记》里的《李寄》是"中国古代儿童文学"中"最值得称道的著名童话","作品以不到400字的短小篇幅,生动刻画了一个智斩蛇妖、为民除害的少年女英雄形象,热情歌颂了她的聪颖、智慧、勇敢和善良的品质,令人难以忘怀"③。我则认为:"《李寄》在思想主题这一层面,与'卧冰求鲤''老莱娱亲'一类故事相比,其封建毒素也是有过之而无不及。'李寄斩蛇'这个故事,如果是给成人研究者阅读的话,原汁原味的文本正可以为研究、了解古代社会的儿童观和伦理观提供佐证,但是,把这个故事写给现代社会的儿童,却必须在思想主题方面进行根本的改造。"④ 方卫平把明代吕得胜、吕坤父子的《小儿语》和《演小儿语》看作儿童文学中的"儿歌童谣",我却赞同周作人的观点:"……如吕新吾作《演小儿语》,想改作儿歌以教'义理身心之学',道理固然讲不明白,而儿歌也就很可惜的白白

---

① 方卫平:《中国儿童文学理论批评史》,明天出版社2006年版,第28页。
② 朱自强:《中国儿童文学与现代化进程》,浙江少年儿童出版社2000年版,第54页。
③ 王泉根:《中国儿童文学现象研究》,湖南少年儿童出版社1992年版,第24页。
④ 朱自强:《中国儿童文学与现代化进程》,浙江少年儿童出版社2000年版,第82—83页。

的糟掉了。"① "他们看不起儿童的歌谣,只因为'固无害'而'无谓',——没有用处,这实在是绊倒许多古今人的一个石头。"②

涂明求的《论中国古代儿童文学的存在——以童谣为中心兼与朱自强先生商榷》一文,是一个典型的把儿童文学作品当作"实体"的存在来指证的研究。涂明求列举我的一些动情地赞美童谣的感性化文字,说这里面有一个"诗人朱自强",然后将从文学历史学、文学社会学立场出发,否定中国儿童文学"古已有之"的我,称为"概念朱自强",说"这个清辉遍洒、童心本真的朱自强""驳倒了'概念朱自强'"。③ 在我内心中和研究中的确存在"诗人"(感性)和"概念"(理性)这两个"我",但是,涂明求将我的不同语境的研究中出现的两者对立起来,是没能厘清不同的学术维度。涂明求的论文有一点是正确的,那就是我对现代社会的"'儿童'的发现"和"儿童文学只有'现代',没有'古代'"的论述,的确是一种"概念"辨析。

如果我们在本质论上,不是把儿童文学当作一个"自在"(方卫平语)的存在,而是当作"自为"(朱自强语)的存在,④ 即不是把儿童文学看作是客观存在的、不证自明的"实体",而是作为一个建构出来的"观念"来认识把握的话,再面对中国儿童文学史研究中存在的是否"古已有之"的争论,就可以另辟蹊径来展开讨论,使各自的理论言说得到拓展和深化乃至修正。

上述争论双方都是把所谓古代儿童文学的存在,当作一个"实体"来对待。可是,儿童文学偏偏又不是一个客观存在的"实体",不像面对一

---

① 周作人:《歌谣》,钟叔河编订《周作人散文全集》(第2卷),广西师范大学出版社2009年版,第548页。
② 周作人:《吕坤的〈演小儿语〉》,钟叔河编订《周作人散文全集》(第3卷),广西师范大学出版社2009年版,第112页。
③ 涂明求:《论中国古代儿童文学的存在——以童谣为中心兼与朱自强先生商榷》,《学术界》2012年第6期。
④ 方卫平曾说:"中国儿童文学理论批评从自在走向自觉,这是一个何等漫长而艰难的历史过程!"(方卫平:《中国儿童文学理论批评史》,明天出版社2006年版,第52页)朱自强则认为:"儿童文学与它的创造者人一样,也是一种自为存在。"(参见朱自强《儿童文学的本质》,少年儿童出版社1997年版,第10页)

块石头，一方说这就是石头（儿童文学），另一方也得承认的确是石头（儿童文学）。判断一个文本是不是儿童文学，并没有一个放之四海而皆准的客观标准。你拿你所持的儿童文学理念来衡量，说这是儿童文学作品，而我所持的儿童文学理念与你不同，拿来一衡量，却说这不是儿童文学作品。这样的公说公有理，婆说婆有理的讨论不光是很难有一个结果，更重要的是这样的讨论学术含量、学术价值很低，也很难形成学术的增值。

依据建构主义的本质论观点，现在我认为，作为"实体"的儿童文学在中国古代（也包括现代）是否"古已有之"这一问题已经不能成立！剩下的能够成立的问题只是，在中国古代，作为一个建构的观念的儿童文学是否存在这一问题。对于这一问题，方卫平似乎已经作出了肯定的回答。他的《中国儿童文学理论批评史》虽然把古代称为儿童文学的"史前期"，把古代儿童文学理论批评看作是"前学科形态"，但是，行文中还是出现了"……在明代以前……围绕着童谣起源、本质等问题所形成的种种解释，也就成了中国儿童文学理论批评的滥觞"[1] 这样明确又肯定的观点。而在介绍了吕得胜的《小儿语序》和吕坤的《书小儿语后》两则短文之后，也有这样的评价："吕氏父子的这两则短文，单从理论批评的角度看，自然还显得粗浅谫陋；但是，从历史的角度看，它们在中国古代儿童文学批评史上，却写下了不可忽视的一页。"[2] 这里特别需要说明的是，在方卫平的《中国儿童文学理论批评史》一书引用的古人文献里，都没有出现过"文学"和"儿童文学"这两个词语。不过，在古代文献里，比如《南齐书·文学传论》《南史·文学传序》出现过"文学"一词，有的解释与现代意义的"文学"有相通之处。但是，古代文献里从未出现过"儿童文学"一词，可见古人的意识里并没有"儿童文学"这一个概念。

在此，我想针对作为观念的儿童文学在中国古代是否"古已有之"这一问题，引入布尔迪厄在《艺术的法则——文学场的生成与结构》一书中提出的"文学场"这一概念进行讨论。布尔迪厄认为，要理解和阐释"什

---

[1] 方卫平：《中国儿童文学理论批评史》，明天出版社2006年版，第38页。
[2] 同上书，第43页。

么使在博物馆展出的一个小便池或一个瓶架成为艺术品","这需要描述一整套社会机制的逐步出现,这套社会机制使艺术家个人作为这个偶像即艺术品的生产者成为可能;也就是说,需要描述艺术场(分析家、艺术史家都被包括在当中)的构成,艺术场是对艺术价值和属于艺术家的价值创造权力的信仰不断得到生产和再生产的场所"。[1]"艺术作品的意义和价值问题,如同审美判断的特定性问题,只能在场的社会历史中找到它们的解决办法,这种历史是与关于特定的审美禀赋的构成条件的一种社会学相联系的,场在它的每种状况下都要求这些构成条件。"[2]

儿童文学的生产,也需要历史的、社会的构成条件,是以"一整套社会机制"来进行实践的。所以,对探讨中国儿童文学是否"古已有之"这一问题,我在《中国儿童文学与现代化进程》中说:"面对中国儿童文学的产生这一重大文学史事件,我们不能采取对细部进行孤证的做法,即不能在这里找到了一两首适合儿童阅读,甚至儿童也许喜欢的诗,如骆宾王的《咏鹅》,在那里找到了一两篇适合儿童阅读,甚至儿童也许喜欢的小说,如蒲松龄的《促织》,就惊呼发现了儿童文学。中国儿童文学绝不是在上述那些平平常常的日子里,零零碎碎地孤立而偶然地诞生出来的。古代封建社会的'父为子纲'的儿童观对儿童的沉重压迫,使中国儿童文学这个胎儿的出生变得格外艰难,需要整个社会来一场轰轰烈烈的变革来助产(正如欧洲关于'人'的真理的发现,需要启蒙运动来帮助擦亮眼睛一样),因而中国儿童文学呱呱坠地的那一天,就成了中国历史上的重大节日。不过,我所说的这个节日并不是生活感觉中的某一天,而是历史感觉中的一个时代,在这个时代里,中国儿童文学诞生的证据在整个社会随处可见:在思想领域有旧儿童观的风化,新儿童观的出现;在教育领域有教育体制、教育内容、教育方法的革新;在文学领域有为儿童所喜闻乐见的新的表现方法的确立;在出版领域有成批的儿童文学作品问世,等等。这样一个儿童文学的诞生已成瓜熟蒂落之必然趋势的时代,只能出现于中国

---

[1] [法]皮埃尔·布尔迪厄:《艺术的法则——文学场的生成与结构》(新修订本),刘晖译,中央编译出版社2011年版,第275页。
[2] 同上书,第273页。

社会的现代化进程之中。"① 日本也是同样情形。日本儿童文学诞生于明治时代，也是因为明治时代新的儿童观的出现为儿童文学的诞生奠定了思想基础，明治建立并普及了现代小学校这一教育制度，同时，印刷技术革命，资本主义经营和以中产阶级为主的购买层的出现，等等，这些条件结构在一起，成为日本儿童文学诞生的历史条件和社会基础。

我认为，如果要论证儿童文学理念"古已有之"，同样像布尔迪厄所说的，"需要描述一整套社会机制的逐步出现"的状况，有这样"一整套社会机制"，才能形成布尔迪厄所说的那个"社会惯例"——"社会惯例帮助确定了一直不确定的并在简单的用品与艺术作品之间变动的界限。"②

如果对假设存在的古代的儿童文学"场"进行描述，将会出现什么情形呢？在思想领域，有占统治地位的朱熹那样的成人本位的儿童观；在教育领域，有对儒家经典盲诵枯记的封建私塾；在文学领域，有重抒情轻叙事、重诗文轻小说的文学传统；在出版、经济流通领域，印刷技术水平低下，文学作品难以作为商品流通。如果我的上述描述反映的是古代社会的普遍性，那么，它与我在前面描述的儿童文学得以产生的那个现代社会是完全异质的。是否可以这样说，如果我们将在现代社会中产生的某些特定的文本称为"儿童文学"，那么，我们就不能将与现代社会性质相反的古代社会里的某些特定的文本称为"儿童文学"。

事实上，方卫平在《中国儿童文学理论批评史》里，对古代的"社会空间"作了这样的描述："与传统文化对儿童特点和精神需求的扼杀比较起来，这些在传统儿童观顽石的夹缝中偶尔生长起来的理论小草终究还是难以为中国古代儿童文化领域带来哪怕是些微的春色，难以改变历代儿童不幸的生存地位与精神境遇。"③ 在方卫平所指出的古代历史和社会条件下，说能孕育出儿童文学（这个儿童文学只能是一个现代人的概念），其间必然出现逻辑上的断裂。

---

① 朱自强：《中国儿童文学与现代化进程》，浙江少年儿童出版社2000年版，第57—58页。
② ［法］皮埃尔·布尔迪厄：《艺术的法则——文学场的生成与结构》（新修订本），刘晖译，中央编译出版社2011年版，第271页。
③ 方卫平：《中国儿童文学理论批评史》，明天出版社2006年版，第35页。

"儿童文学"的知识考古

针对儿童文学这一观念在中国古代（也包括现代）是否存在这一问题，我还想引入福柯提出的历史学研究的"事件化"方法。"在福柯看来，有总体化、普遍化癖好的历史学家常常热衷于发现普遍真理或绝对知识，而实际上，任何所谓普遍、绝对的知识或真理最初都必然是作为一个'事件'（event）出现的，而'事件'总是历史地（的）具体的。""这样，事件化意味着把所谓的普遍'理论''真理'还原为一个特殊的'事件'，它坚持任何理论或真理都是特定的人在特定的时期、出于特定的需要与目的从事的一个'事件'，因此它必然与许多具体的条件存在内在的关系。"[①] 某一知识（比如儿童文学）作为一个"事件"的出现，都会具有一定的确定性，就如福柯所说，"……不具有确定的话语实践的知识是不存在的，而每一个话语实践都可以由它所形成的知识来确定"[②]。吉登斯也说道："确实存在着历史变革的一些确定性事件，人们能够辨认其特性并对其加以概括。"[③]

我认为，在人类历史上，"儿童文学"这一观念的创造，就是福柯所说的"具有确定的话语实践"的知识，就是吉登斯所说的"历史变革的一些确定性事件"之一，对其"特性"，"人们能够辨认""并对其加以概括"。

如果我们把古代"儿童文学"观念（假设有）的生成"事件"化，会出现什么情况？结果显而易见：古人的文献里，从来都没有出现过"儿童文学"这一语汇，主张儿童文学"古已有之"的现代学者的相关研究，目前还无法将"儿童文学"在古代事件化，无法将"儿童文学"描述成"确定的话语实践"，无法梳理儿童文学这一知识（假设有）在古代的建构过程，更没有对其"特性"进行过"辨认"和"概括"。

一个概念，必有它自己的历史。在古代社会，我们找不到"儿童文学"这一概念的历史踪迹，那么，在哪个社会阶段可以找得到呢？如果对

---

① 陶东风：《文学理论的公共性——重建政治批评》，福建教育出版社2008年版，第141页。
② [法]福柯：《知识考古学》，谢强、马月译，生活·读书·新知三联书店2012年版，第203页。
③ [英]安东尼·吉登斯：《现代性的后果》，田禾译，译林出版社2011年版，第5页。

"儿童文学"这一词语进行知识考古，会发现在词语上，"儿童文学"是舶来品，其最初是先通过"童话"这一儿童文学的代名词，在清末由日本传入中国（商务印书馆 1908 年开始出版的《童话》丛书是一个确证。我曾以"'童话'词源考"为题，在《中国儿童文学与现代化进程》一书中作过考证），然后才由周作人在民初以"儿童之文学"（《童话研究》，1913年），在五四新文学革命时期，以"儿童文学"（《儿童的文学》，1920年）将儿童文学这一理念确立起来。也就是说，作为"具有确定的话语实践"的儿童文学这一"知识"，是在从古代传统社会向现代社会转型的清末民初这一历史时代产生、发展起来的。

有研究者拿周作人"中国虽古无童话之名，然实固有成文之童话"一语，作为中国古代已有儿童文学（童话）的依据，其实，这个例子恰恰是对古代已有儿童文学这一观点的驳斥。周作人是这样说的："中国虽古无童话之名，然实固有成文之童话，见晋唐小说，特多归诸志怪之中，莫为辨别耳。"[1] 在这段话里，"莫为辨别"一语特别重要。按照接受美学的观点，没有接受者，作品将不会存在。因此，当《吴洞》这样的作品被古人"归诸志怪"来接受，而不是被当作由现代概念判定为"童话"的这种作品来接受，我们就不能说古代存在过"童话"，而只能说存在着"志怪"。现代的"童话"概念里有着"给儿童的故事"这一含义，而古代的"志怪"，毫无疑问地没有"给儿童的故事"这一含义。可见，"志怪"与"童话"这两个语词，无论是能指还是所指都是不同的。我认为，对古代的民间文学（包括童谣）也应该以此理论之。

古人"莫为辨别"的还有古代童谣。周作人说："自来书史记录童谣者，率本此意，多列诸五行妖异之中。盖中国视童谣，不以为孺子之歌，而以为鬼神凭托，如乩卜之言，其来远矣。"[2] 到了现代人周作人这里，方"视童谣""为孺子之歌"："儿歌之用，亦无非应儿童身心发达之度，以

---

[1] 周作人：《古童话释义》，钟叔河编订《周作人散文全集》（第 1 卷），广西师范大学出版社 2009 年版，第 340 页。

[2] 周作人：《儿歌之研究》，钟叔河编订《周作人散文全集》（第 1 卷），广西师范大学出版社 2009 年版，第 294—295 页。

满足其喜音多语之性而已。"①

中国古代尽管出现了"童谣"这一语汇，但是，这一语汇完全不能与作为"知识集"（佩里·诺德曼语）和"文学场"（布尔迪厄语）的"儿童文学"这一现代概念画等号。也就是说，即使能证明古代存在"童谣"理论，但是却不能由此而得出古代存在"儿童文学"理论这一结论。我想，我的这一观点也是对涂明求上述与我商榷的论文的一个回应。

需要辨析的还有"自觉"与"非自觉"这两个修饰语。主张儿童文学"古已有之"的学者（比如王泉根和方卫平），为了将所谓的古代儿童文学与现代儿童文学相区别，往往说古代儿童文学是"非自觉的儿童文学"，现代儿童文学是"自觉的儿童文学"（可见论者自己也知道两者不是一个东西）。但是如前所述，如果不是把儿童文学看作一个"实体"，而是当作一个理念，所谓现代儿童文学是"自觉的"，古代儿童文学是"非自觉"的这一观点就不能成立。因为古代如果存在儿童文学这一"理念"，作为理念，就不可能是"非自觉的"，而必然是"自觉的"。

另外，"现代意义的儿童文学"也不是科学的、逻辑一致的表述，因为这一表述是以存在"古代意义的儿童文学"为前提。古人从没有建构过任何意义的儿童文学观念。如果进行知识考古，很显然，"古代意义的儿童文学"这一概念产生于现代人这里，是他们在现代社会，拿着根据格林童话、安徒生童话等现代作品建构起来的"儿童文学"观念，回到古代，代替不作一声的古代人来指认某些文本就是儿童文学。也就是说，"创造"了"古代儿童文学"的不是古代人，而是现代人，所以，还是只能说，儿童文学是现代人创造的现代文学，儿童文学只有"现代"，没有"古代"。

对作为观念的儿童文学的发生进行研究，要问的不是儿童文学这块"石头"（实体）是何时发生、存在的，而是应该问，儿童文学这个观念是在什么时候，在什么样的历史条件（语境）下，出于什么目的建构起来的，即把儿童文学概念的发生，作为一个"事件"放置到特定的历史语境

---

① 周作人：《儿歌之研究》，钟叔河编订《周作人散文全集》（第1卷），广西师范大学出版社2009年版，第300页。

中进行知识考古,发掘这一观念演化成"一整套社会机制"的历史过程。而且,如果如罗蒂所言,"只有对世界的描述才可能有真或假",那么,我对儿童文学这一观念的现代发生的描述,和一些学者对儿童文学这一观念的古代发生的描述,两者就很可能一个是"真"的,另一个是"假"的。

[本文发表于《中国文学研究》2014年第3期;被翻译发表于《儿童与青少年文学研究》(韩国学术刊物)2013年总第13期]

"儿童的发现"：周作人"人的文学"的思想源头

一 《人的文学》：为"儿童"和"妇女"争得做"人"的权利

1918年，周作人在《新青年》上发表了《人的文学》一文，对于新文学运动大幕的完全拉开，意义重大。但以往的研究者在阐释《人的文学》时，往往细读不够，从而将"人的文学"所指之"人"作笼统的理解，即把周作人所要解决的"人的问题"里的"人"理解为整体的人类。可是，我在剖析《人的文学》的思想论述逻辑之后，却发现了一个颇有意味、耐人寻思的现象——"人的文学"里的"人"，主要的并非指整体的人类，而是指"儿童"和"妇女"。在《人的文学》里，周作人的"人"的概念，除了对整体的"人"的论述，还具体地把"人"区分为"儿童"与"父母""妇女"与"男人"两类对应的人。周作人就是在这对应的两类人的关系中，思考他的"人的文学"的道德问题的。周作人要解放的主要是儿童和妇女，而不是男人。《人的文学》的这一核心的论述逻辑，也是思想逻辑，体现出周作人的现代思想的独特性以及"国民性"批判的独特性。

我们虽然不能说，周作人的现代思想、"人的文学"的理念起于"儿童"，但是，周作人关于"儿童"的思想与关于妇女的思想等一起，构成了"人的文学"的思想源头，这应该是有事实作依据的。

我们先从《人的文学》的文本解读入手。

五四新文学思想是在颠覆封建专制的"三纲"这一基础上建立的。可是，仔细考察周作人在《人的文学》中表达的现代文学观，却主要是在颠覆"父为子纲""夫为妇纲"这两纲，尤其以颠覆"父为子纲"这一封建传统最为激烈，而"君为臣纲"却并没有作为批判对象。

在《人的文学》中，周作人简明介绍了西方发现人的历史，指出其出现了儿童学与妇女问题研究的"光明"，"可望长出极好的结果"，转而说道："中国讲到这类问题，却须从头做起，人的问题，从来未经解决，女人小儿更不必说了。如今第一步先从人说起，生了四千余年，现在却还讲人的意义，从新要发见'人'，去'辟人荒'，也是可笑的事。但老了再学，总比不学该胜一筹罢。我们希望从文学上起首，提倡一点人道主义思想，便是这个意思。"

对自己提倡的人道主义思想，周作人是这样解释的："我所说的人道主义，并非世间所谓'悲天悯人'或'博施济众'的慈善主义，乃是一种个人主义的人间本位主义。"周作人进一步论述说："人的文学，当以人的道德为本，这道德问题方面很广，一时不能细说。现在只就文学关系上，略举几项。"而周作人所举出的"几项"是"两性的爱"即"男女两本位的平等"和"亲子的爱"即"祖先为子孙而生存"。以常理而论，周作人显然是认为这两项在"人的道德"中很重要，所以才先提出来加以论述的。

本来"如今第一步先从人说起"，要先辟"人荒"，却说着说着，又从"更不必说了"的"女人小儿"说起了。既然五四新文学思想是在颠覆封建专制的"君为臣纲，父为子纲，夫为妻纲"的"三纲"这一基础上建立起来的，那么，辟"人荒"，提倡"人的道德"，本应从"君为臣纲"这一封建伦常说起的，可是，周作人却就是偏偏不说，只是在列出的作为人的文学"不合格"的十类旧文学中，有"奴隶书类（甲种主题是皇帝状元宰相，乙种主题是神圣的父与夫）"，与"君"沾一点边，但是皇帝只与"状元宰相"并列，未见有多尊贵，却强调了"神圣的""父与夫"。（着重号均为本文作者所加）在论述"人的文学，当以道德为本"这一"人道主义"问题时，周作人批判的只是"父为子纲"和"夫为妻纲"，他是站在"神圣的""父与夫"的对立面上，为儿童和妇女说话。

在判别道德方面，周作人特别看重对待妇女和儿童的态度，看其是否如庄子设为尧舜问答的一句"嘉孺子而哀妇人"。比如，周作人曾说："一国兴衰之大故，虽原因复杂，其来者远，未可骤详，然考其国人思想视儿童重轻如何，要亦一重因也。"[1] 周作人还说过："我曾武断的评定，只要看他关于女人或佛教的意见，如通顺无疵，才可以算作甄别及格……"[2]

其实，在《人的文学》一文中，周作人所主张的"人"的文学，首先和主要是为儿童和妇女争得做人的权利的文学，男人（"神圣的""父与夫"）的权利，已经是"神圣的"了，一时还用不着帮他们去争。由此可见，在提出并思考"人的文学"这个问题上，作为思想家，周作人表现出了其反封建的现代思想的十分独特的一面。

二 "人"的思想：批判"男子中心思想"、警惕"群众"压迫

在《人的文学》中，周作人为什么在提倡"人的道德"时，只批判"三纲"中的后两纲，却偏偏没有批判居首的"君为臣纲"呢？

在周作人的思想中，男子中心思想是"三纲主义"的思想根底，"帝王之专制，原以家长的权威为其基本"（所以才有"君父"和"家天下"之说），在非人的社会里，在非人的文学里，"家长"（男人）正是压迫者。

这种思想的产生，与周作人的心性有关。作为人道主义者，周作人同情的是处于社会最底层的弱小者。早年，他的翻译和创作，都集中在妇女和儿童身上。《域外小说集》对"弱小民族文学"的重视，主要也是出自周作人的情感取向。在当时的中国社会，最弱小者是妇女和儿童。所以，

---

[1] 周作人：《儿童问题之初解》，钟叔河编订《周作人散文全集》（第1卷），广西师范大学出版社2009年版，第246页。

[2] 周作人：《我的杂学》，《苦口甘口》，河北教育出版社2002年版，第76—77页。

周作人有诗云:"平生有所爱,妇人与小儿。"他在文章中,也曾引用《庄子》里的"不敖无告,不废穷民,苦死者,嘉孺子而哀妇人",表述自己的同情弱者的人道主义思想。

对妇女和儿童的同情和关爱,使周作人的反封建的批判(包括对"种业"即国民性的批判)主要是从道德变革的层面,而不是从政治变革的层面出发。周作人倡导新文学,最大的动力是源自对于妇女和儿童被压迫的深切同情,源自解放妇女和儿童的强烈愿望,至于"人"(如果排除了妇女和儿童,这个"人"就是男人了),也许倒在其次。因为在周作人看来,男人本来就是作为妇女,特别是儿童的压迫者而存在的:"人类只有一个,里面却分作男女和小孩三种;他们各是人种之一,但男人是男人,女人是女人,小孩是小孩,他们身心上仍各有差别,不能强为统一。以前人们只承认男人是人,(连女人们都是这样想!)用他的标准来统治人类,于是女人与小孩的委屈,当然是不能免了。女人还有多少力量,有时略可反抗,使敌人受点损害,至于小孩受那野蛮的大人的处治,正如小鸟在顽童的手里,除了哀鸣还有什么法子?"①

1948年,周作人在《〈我与江先生〉后序》中进一步把男子中心思想称为封建伦常的"主纲":"三纲主义自汉朝至今已有二千多年的寿命,向来为家天下政策的基本原理,而其根柢则是从男子中心思想出来的,因为女人是男人的所有,所生子女也自然归他所有,这是第二步,至于君与臣的关系,则是援夫为妻纲的例而来,所以算是第三步了。中国早已改为民国,君这一纲已经消灭,论理三纲只存其二,应该垮台了,事实却并不然,这便因为它的主纲存在,实力还是丝毫没有动摇。"② 可以把周作人在20世纪40年代说的这段话,看作为《人的文学》的思想论述逻辑所做的注释。如果说在写作《人的文学》时,周作人对"家长"、男子中心思想是"三纲"的"主纲"这一思想尚无清晰的认识,那么,这时已经洞若观火,清晰至极。

---

① 周作人:《小孩的委屈》,《谈虎集》,河北教育出版社2002年版,第51页。
② 周作人:《〈我与江先生〉后序》,钟叔河编订《周作人散文全集》(第9卷),广西师范大学出版社2009年版,第724页。

周作人的这一思考与日本诗人柳泽健原的思想几乎是相同的。1921年周作人翻译了柳泽的《儿童的世界》一文,其中有这样的话:"许多的人现在将不复踌躇,承认女人与男人的世界的差异,又承认将长久隶属于男人治下的女人解放出来,使返于伊们本然的地位,是最重要的文化运动之一。但是这件事,对于儿童岂不也是一样应该做的么? 近代的文明实在只是从女人除外的男人的世界所成立,而这男人的世界又只是从儿童除外的世界所成立的。现在这古文明正放在试炼之上了。女人的解放与儿童的解放——这二重的解放,岂不是非从试炼之中产生出来不可么?"① 据周作人的翻译"附记"讲,"这一篇是从论文集《现代的诗与诗人》(1920年)中译出的",有一点可以肯定的是,周作人翻译此文,是因为他认同并且想宣传柳泽健原的思想。

将"儿童"和"妇女"的发现,作为"人的文学"这一现代文学理念的思想根基,这充分体现了周作人的独特性。需要重视的一个问题是,周作人之所以紧紧抓住"父为子纲"和"夫为妻纲",而不去抓"君为臣纲",除了他同情弱小,并将男子中心思想看作是"三纲主义"的思想根底之外,在深层还与他的个人主义、自由主义思想的独特内涵有关。

自留学日本起,周氏兄弟就主张"任个人而排众数"(鲁迅《文化偏至论》),而周作人对这一个人主义思想,立场上最为坚持,态度上最为彻底。他一直将其作为反对专制、建立民主的一面旗帜。周作人在《人的文学》里特别强调自己的人道主义是"一种个人主义的人间本位主义",这个解释意味深长。"个人主义"对中国的"思想革命"十分重要。其实,这种个人主义思想,早就萌芽于周作人的思考之中。1922年,周作人因"非宗教大同盟"事件,与陈独秀等人论争,就敏感地认识到此一事件的根本性质。他在《复陈仲甫先生信》中说:"我相信这不能不说是对于个人思想自由的压迫的起头了。我深望我们的恐慌是'杞忧',但我预感着这个不幸的事情已经来了;思想自由的压迫不必一定要用政府的力,人民

---

① 周作人译:《儿童的世界》,止庵编订《周作人译文全集》(第8卷),上海人民出版社2012年版,第480页。

用了多数的力来干涉少数的异己者也即是压迫。"① 这是周作人由来已久的个人主义思想的一次社会实践。可见,思考中国的"人"的问题,思考对"人"的压迫问题,与"君王""君主""政府的力"的压迫相比,周作人更为警惕的是"群众""人民"这一"多数的力"。

三 周作人何以"发现儿童"

在周作人现代思想展开的过程中,关于"儿童"的思想是重要资源之一。作为思想家的周作人,在"儿童的发现"上,他的道德家、教育家、学问家这三个身份,起到了根本的、合力的作用。因为兼备这三种身份,使周作人在"发现儿童"这一思想实践中,走在了时代的前端。

周作人自己承认是个道德家。"我平素最讨厌的是道学家(如照新式称为法利赛人),岂知这正因为自己是一个道德家的缘故;我想破坏他们的伪道德不道德的道德,其实却同时非意识地想建设起自己所信的新的道德来。"② 他在妇女问题上的道德实践可举一事为例:他与刘半农、钱玄同组成过"三不会",即奉行不赌、不嫖、不纳妾。事实上,周作人对此是身体力行的。在儿童问题上,是他第一个提出了"以儿童为本位"的思想,并且切实地"改作幼者本位的道德"(鲁迅语)。

这种通过"儿童"建立起"新的道德"的尝试,可以上溯至1906年。周作人在《孤儿记》的"绪言"中说:"嗣得见西哲天演之说,于是始喻其义,知人事之不齐,实为进化之由始……呜呼,天演之义大矣哉,然而酷亦甚矣。宇宙之无真宰,此人生苦乐,所以不得其平,而今乃复一以强弱为衡,而以竞争为纽,世界胡复有宁日?斯人苟无强力之足恃,舍死亡而外更无可言,芸芸众生,孰为庇障,何莫非孤儿之俦耶?"③ 周作人对将

---

① 周作人:《复陈仲甫先生信》,钟叔河编订《周作人散文全集》(第2卷),广西师范大学出版社2009年版,第627—628页。
② 周作人:《雨天的书·自序二》,河北教育出版社2002年版,第3页。
③ 止庵编订:《周作人译文全集》(第11卷),上海人民出版社2012年版,第649页。

达尔文的进化论阐释成社会达尔文主义这一时代风潮的质疑,是来自于对"儿童"的关注。在当时,中国所了解的只是《物种起源》所代表的达尔文的前半部进化论理论,而达尔文后来在《人类的由来及性选择》中所表达的"爱""合作""道德"这一关于人类的进化论思想,却不为人知。可是,周作人以其关爱儿童的人道主义情怀,在一定程度上与达尔文的后半部进化论理论殊途同归。

周作人的"儿童的发现"始于"绍兴时代"。作为儿童文学理论的创立者,周作人的"儿童本位"思想起始于他的教育实践。1912年3月至1917年3月,周作人在家乡绍兴从事儿童教育事业,做过浙江省视学,更在绍兴县教育会会长和中学教师位置上做了整整四年。这一期间,周作人基本形成了他的独特而超前的"以儿童为本位"的儿童观、儿童教育思想,乃至儿童文学思想。这一情形,我们从他发表的《个性之教育》《儿童问题之初解》(1912年)、《儿童研究导言》(1913年)、《玩具研究(一)》《学校成绩展览会意见书》《小学校成绩展览会杂记》(1914年)等论述文章,《游戏与教育》(1913年)、《玩具研究(二)》《小儿争斗之研究》(1914年)等译文,特别是从《童话研究》《童话略论》(1913年)、《儿歌之研究》《古童话释义》《童话释义》(1914年)等论文中,可以看得清楚。

学问家这一身份,对于周作人"发现儿童"也十分重要。学术研究能为周作人"发现儿童"提供方法和途径,实在是因为周作人在学术兴趣上有其特殊性。周作人称自己的学问为"杂学"。在《我的杂学》一文中,他说:"我对于人类学稍有一点兴味,这原因并不是为学,大抵只是为人,而这人的事情也原是以文化之起源与发达为主。但是人在自然中的地位,如严几道古雅的译语所云化中人位,我们也是很想知道的,那么这条路略一拐弯便又一直引到进化论与生物学那边去了。"[1] 可见"为人"、为了解"化中人位",是周作人学术研究的首要目的。于是,我们看见,周作人在倡导"祖先为子孙而生存"这一"儿童本位"的儿童观时,就拿了生物学

---

[1] 周作人:《我的杂学》,《苦口甘口》,河北教育出版社2002年版,第72页。

来"定人类行为的标准"。

然而,对于周作人发现儿童影响最大的当是儿童学。不过,周作人的儿童学有着相当的特殊性。他受美国"斯学之祖师"斯坦利·霍尔的影响很大。周作人在著述中经常谈到"斯丹来霍耳"(即斯坦利·霍尔)。斯坦利·霍尔运用德国动物学家、进化论学者海克尔提出的复演说(动物的个体发生迅速而不完全地复演其系统发生)来解释儿童心理发展,他认为,胎儿在胎内的发展复演了动物进化的过程(如胎儿在一个阶段是有鳃裂的,这是重复鱼类的阶段);而儿童时期的心理发展则复演了人类进化过程。正是这一儿童学上的复演说,深刻地影响了周作人,使他意识到:"童话者,原人之文学,亦即儿童之文学,以个体发生与系统发生同序,故二者感情趣味约略相同。"[①] "照进化说讲来,人类的个体发生原来和系统发生的程序相同:胚胎时代经过生物进化的历程,儿童时代又经过文明发达的历程;所以儿童学(Paidologie)上的许多事项,可以借了人类学(Anthropologie)上的事项来作说明。"[②]

除了斯坦利·霍尔的复演说理论,"萧洛伊特派的儿童心理"也是周作人的儿童学的重要基础。1934年,周作人特别为1930年所作的《周作人自述》加了一段话:"如不懂萧洛伊特派的儿童心理,批评他的思想态度,无论怎么说法,全无是处,全是徒劳。"后来的现代文学研究者,似乎是没有对这句话给予足够的注意和重视。这句话表明了周作人的"思想态度"中,关于儿童的思想,处于一个根本的、重要的地位。周作人所说"萧洛伊特派的儿童心理"是什么呢?他有一句话有所指明。"萧洛伊特的心理分析应用于儿童心理,颇有成就,曾读瑞士波都安所著书,有些地方觉得很有意义,说明希腊肿足王的神话最为确实,盖此神话向称难解,如依人类学的方法亦未能解释清楚者也。"[③] 关于心理分析学家波都安,周作

[①] 周作人:《童话略论》,钟叔河编订《周作人散文全集》(第1卷),广西师范大学出版社2009年版,第279页。

[②] 周作人:《儿童的文学》,钟叔河编订《周作人散文全集》(第2卷),广西师范大学出版社2009年版,第273页。

[③] 周作人:《我的杂学》,《苦口甘口》,河北教育出版社2002年版,第76页。

人有《访问》一文,边译波都安的文章,边议论他,说他的《心的发生》"全书凡二十四章,以科学家的手与诗人的心写出儿童时代的回忆,为近代希有之作。"周作人特别译出波都安的自序中的一段话:"在心理学家或教育家,他将从这些篇幅里找出一条线索,可以帮助他更多地理解那向来少有人知道的儿童的心灵。……更明白地了解在儿童的心灵里存着多少的情感,神秘与痛苦。"[1] 应该说,波都安的这种知与情的儿童心理学研究与周作人的包括儿童观的整个思想情状是心有灵犀、一脉相通的。

综上所述,在周作人五四时期提出的"人的文学"这一新文学理念中,"儿童的发现"是重要的思想源头之一。"儿童的发现"在周作人的整个新文学思想体系中,具有十分重要的地位。周作人的"儿童的发现"这一思想(也包括妇女的发现)、体现出他的批判"男子中心"("神圣的""父与夫")这一现代思想的独特性。不论是在中国现代思想史上,还是在中国现代文学史上,以周作人为代表的"儿童本位"这一儿童观都是值得进一步深入研究的课题。

(本文发表于《中国现代文学研究丛刊》2013年第10期)

---

[1] 周作人:《访问》,《永日集》,河北教育出版社2002年版,第54—55页。

论周作人的"儿童文学"观念的发生
——以美国影响为中心

在中国的儿童文学学术界,儿童文学是"古已有之",还是"现代"文学,一直存在着巨大的争议。至今为止的争论,基本都是想指认所谓儿童文学作品是在哪个时代出现的。争论双方都把儿童文学当作一个像石头那样的客观"实体",如果它存在,就明明白白地摆在那儿,人人都应该看得见、摸得着。其实,这种思维方式具有本质主义的色彩。我现在想确立的是一种建构主义的本质论,即主张儿童文学不是一种具有自明性的客观实体,而是一个在历史中被建构的观念。持着这种建构主义的本质论来讨论儿童文学的起源问题,要做的工作就不是寻找作为一块"石头"的儿童文学存在于历史的何处,而是考察作为一种历史观念的儿童文学在人们的意识中的形成过程为何形。

周作人是中国儿童文学理论的先驱和奠基人。可以说,考察周作人的"儿童文学"观念的发生过程,能够使我们看到中国的"儿童文学"观念发生的主要源头。本文在作这样的考察时,将以周作人所接受的美国影响为中心来展开论述。

一 从"奇觚之谈（Marchen）"到"儿童之文学"

乔纳森·卡勒在《文学理论入门》中说："如今我们称之为文学的是二十五个世纪以来人们撰写的著作，而文学的现代含义才不过二百年。1800年之前，文学（literature）这个词和它在其他欧洲语言中相似的词指的是'著作'，或者'书本知识'。"① 乔纳森·卡勒指出的是文学（literature）一词含义的历史演变。周作人的文学概念的形成就有着西方的文学概念的直接影响。

周作人于1908年发表的《论文章之意义暨其使命因及中国近时论文之失》一文，是对他的文学观的最早梳理。那时，周作人不是以"文学"，而是用"文章"来指称"literature"："原泰西文章一语，系出拉体诺文 Litera 及 Literatura 二字，其义杂糅，即罗马当时亦鲜确解。"② 周作人已经了解到 literature 一词含义甚广："且若括一切知识，凡传自简册者悉谓之文章，斯其过于漫延而无抉择，又可知已。"③ 周作人指出这种"文章"（文学）观的三个"缺点"之后，介绍"美人宏德（Hunt）之说"："宏氏《文章论》曰：'文章者，人生思想之形现，出自意象、感情、风味（Taste），笔为文书，脱离学术，遍及都凡，皆得领解（Intelligible），又生兴趣（Interesting）者也。'"④ 周作人认为，宏氏观点"言至简切，有四义之可言"，并对其"四义"进行了"敷陈"。

周作人的这篇文章的重要之处，在于其初步形成的具有变革意志的文学观念里，已经包含着儿童文学这一要素："以言著作，则今之所急，又有二者，曰民情之记（Tolk-novel）与奇觚之谈（Marchen）是也。盖上者

---

① ［美］乔纳森·卡勒：《文学理论入门》，李平译，译林出版社2013年版，第22页。
② 周作人：《论文章之意义暨其使命因及中国近时论文之失》，钟叔河编订《周作人散文全集》（第1卷），广西师范大学出版社2009年版，第94页。
③ 同上。
④ 同上书，第96页。

可以见一国民生之情状，而奇觚作用则关于童稚教育至多。"① 周氏所谓"奇觚之谈（Marchen）"中的"Marchen"应为德语"Märchen"之误。所误应该不在周氏而是手民，因为在后来的《童话研究》一文中的表记是"Märchen"。德语的 Märchen 即是格林童话那样的作品，现通译为"童话"，周氏译为"奇觚之谈"，大体不错。

《论文章之意义暨其使命因及中国近时论文之失》一文表明，早在 1908 年，Märchen（童话）就已经是周作人所阐释的文学的重要组成部分。在该文中，周作人将"奇觚之谈（Marchen）"与"童稚教育"联系在一起，透露出其最初的儿童文学意识就重视儿童文学的实践功用。

1912 年 10 月 2 日周作人日记里有这样一句："下午作童话研究了。"在中国儿童文学历史上，这是值得记忆的时刻。正是在这篇用文言写作的论文里，周作人明言："故童话者亦谓儿童之文学。"其论述的依据是，"足知童话者，幼稚时代之文学，故原人所好，幼儿亦好之，以其思想感情同其准也。"② 虽然孙毓修于 1909 年发表的《〈童话〉序》一文，出现了"童话""儿童小说"这样的表述，但是，"儿童之文学"的说法仍然是一个进步。

周作人在 1913 年发表的《童话略论》中，再一次论及"儿童之文学"："童话者，原人之文学，亦即儿童之文学，以个体发生与系统发生同序，故二者感情趣味约略相同。"③ 值得注意的是，在此文中，周作人第二次依据复演说，明确地将"原人之文学"的"童话"与"儿童之文学"的"童话"联系在了一起。

周作人自己说："民国初年我因为读了美国斯喀特尔（Socudder）麦克林托克（Maclintock）诸人所著的《小学校里的文学》，说明文学在小学教育上的价值，主张儿童应该读文学作品，不可单读那些商人杜撰的读本，

---

① 周作人：《论文章之意义暨其使命因及中国近时论文之失》，钟叔河编订《周作人散文全集》（第 1 卷），广西师范大学出版社 2009 年版，第 115 页。
② 周作人：《童话研究》，钟叔河编订《周作人散文全集》（第 1 卷），广西师范大学出版社 2009 年版，第 265 页。
③ 同上书，第 279 页。

读完了读本，虽然说是识字了，却是不能读书，因为没有养成读书的趣味。我很赞成他们的意见，便在教书的余暇，写了几篇《童话研究》《童话略论》这类的东西，预备在杂志上发表。"① 考察《童话研究》《童话略论》等论文内容，里面的确显示出周作人将"童话"（儿童文学）运用于教育的意识和主张，但是，将其归为来自美国斯喀特尔、麦克林托克诸人的影响，有可能是周作人自己记忆有误。查他的日记，麦克林托克的 *Literature in Elementary Schools* 一书为 1914 年 3 月 30 日购得，斯喀特尔的 *Childhood in Literature and Art* 一书为 1914 年 10 月 11 日购得，此时《童话研究》《童话略论》等文言论文业已完成。目前还没有证据证明周作人以其他方式先期读到过麦克林托克等人的书。

二 从"儿童之文学"到"儿童文学"

儿童文学学术界对于"儿童文学"这一词语（概念）出现于何时何处，似乎一直语焉不详。茅盾在《关于"儿童文学"》一文中曾说过："'儿童文学'这名称，始于'五四'时代。"② 但也没有具体指出最早的出处。我以为，对"儿童文学"出处的探寻，关系到儿童文学理念的形成历史，是一项很有意义的学术工作。

在周作人的著述中，"儿童之文学"最早出现于1912年写作的《童话研究》一文，八年以后，在《儿童的文学》一文中，出现了"儿童文学"这一词语。在我的阅读视野中，《儿童的文学》不仅是第一篇最为系统地论述儿童文学的论文，而且还应该是中国首次出现"儿童文学"这一概念表述的文献。

周作人在《儿童的文学》中说："据麦克林托克说，儿童的想象如被迫压，他将失了一切的兴味，变成枯燥的唯物的人；但如被放纵，又将变

---

① 周作人：《苦茶——周作人回想录》，敦煌文艺出版社1995年版，第310页。
② 茅盾：《关于"儿童文学"》，王泉根评选《中国现代儿童文学文论选》，广西人民出版社1989年版，第396页。

成梦想家，他的心力都不中用了。所以小学校里的正当的文学教育，有这样三种作用：（1）顺应满足儿童之本能的兴趣与趣味；（2）培养并指导那些趣味；（3）唤起以前没有的新的兴趣与趣味。这（1）便是我们所说的供给儿童文学的本意，（2）与（3）是利用这机会去得一种效果。"[1] 麦克林托克说的话，由于到"他的心力都不中用了"这里用了句号，所以，我一直为"三种作用"是麦克林托克的观点，还是周作人的原创而踌躇不决，后来，在郑振铎的《儿童文学的教授法》[2] 一文中，读到了这样的介绍——"在 Macclintock 所著《小学校的文学》一书里，他以为教授儿童文学有三个原则，一要适合儿童乡土的本能的趣味和嗜好，二要养成并指导这种趣味和嗜好，三要引起儿童新的或已失去的嗜好和趣味。"这才知道"三种作用"是麦克林托克的主张。在《儿童的文学》里，周作人第二次使用"儿童文学"一语，也与麦克林托克的著述有关——"麦克林托克说，小学校里的文学有两种重要的作用：（1）表现具体的影像，（2）造成组织的全体。文学之所以能培养指导及唤起儿童的新的兴趣与趣味，大抵由于这个作用。所以这两条件，差不多就可以用作儿童文学的艺术上的标准了。"[3] 我由此猜测，周作人在《儿童的文学》里开始使用"儿童文学"一语，很可能是由阅读美国的麦克林托克的著作而得到了直接触发。

在麦克林托克的 *Literature in Elementary Schools* 一书中，的确能够找到周作人和郑振铎介绍的那段话："In literature then, as in the other subjects, we must try to do three things: (1) allow and meet appropriately the child's native and instinctive interests and tastes; (2) cultivate and direct these; (3) awaken in him new and missing interests and tastes." 应该说，两个人对英文

---

[1] 周作人：《儿童的文学》，钟叔河编订《周作人散文全集》（第 2 卷），广西师范大学出版社 2009 年版，第 275 页。
[2] 郑振铎：《儿童文学的教授法》，《时事公报》1922 年 8 月 10—12 日。
[3] 周作人：《儿童的文学》，钟叔河编订《周作人散文全集》（第 2 卷），广西师范大学出版社 2009 年版，第 279 页。

的解读基本是准确的。①

周作人曾说："我来到北京之后，适值北京大学的同人在方巾巷地方开办孔德学校，——平常人家以为是提倡孔家道德，其实却是以法国哲学家为名，一切取自由主义的教育方针，自小学至中学一贯的新式学校，我也被学校的主持人邀去参加，因此又引起了我过去的兴趣，在一九二〇年十一月二十六日乃在那里讲演了那篇《儿童的文学》。这篇文章的特色就只在于用白话所写的，里边的意思差不多与文言所写的大旨相同，并没有什么新鲜的东西……"② 这段话里既有自谦成分，也有记忆不确之处。我以为，在《儿童的文学》里，周作人的新的贡献在于三个方面：第一，更清晰、全面地阐述了"儿童本位"的儿童观的内涵；第二，直接借鉴麦克林托克和斯喀特尔等美国学者的"小学校里的文学"教育的观点，论述了"小学校里的正当的文学教育"的诸问题；第三，从文体的角度，梳理小学校的文学教育的儿童文学资源，呈现了更加完整的儿童文学的文体面貌。

周作人的《儿童的文学》与美国发生了十分紧密的交集。有意味的是，两者的身份都是大学教授，都是面对小学校教育，这样的相同很重要，它可能促成了周作人对麦克林托克等人观点的直接借鉴，可能决定了《儿童的文学》一文的应用研究意识——从小学校的文学教育的角度论述儿童文学。不过，周作人在儿童文学的属性上从一开始就有清醒的认识。他在《童话研究》一文中说："盖凡欲以童话为教育者，当勿忘童话为物亦艺术之一，其作用之范围，当比论他艺术而断之，其与教本，区以别矣。故童话者，其能在表见，所希在享受，撄激心灵，令起追求以上遂也。是余效益，皆为副支，本末失正，斯昧其义。"③

在《儿童的文学》中，不只是在学术研究的问题意识和思想观点上，

---

① Mac Clintock, Porter Lander, *Literature in the Elementary Schools*, Chicago: The University of Chicago Press, 1907, p. 18.
② 周作人：《苦茶——周作人回想录》，敦煌文艺出版社1995年版，第310—311页。
③ 周作人：《童话研究》，钟叔河编订《周作人散文全集》（第1卷），广西师范大学出版社2009年版，第264页。

周作人受到了麦克林托克等美国学者的著作的影响,在"儿童文学"这一表述上,也似乎是直接的借取。在麦克林托克的 *Literature in Elementary Schools* 一书中多次出现了"literature for children"这一词语。这个词语的意思是专门给孩子的文学,即儿童文学。在斯喀特尔的 *Childhood in Literature and Art* 一书中多次出现了"literature for children"和"books for children"这样的词语。在《儿童的文学》一文中,周作人笔下的"儿童文学"很可能直接来自麦克林托克和斯喀特尔笔下的"literature for children"一语。

三 "儿童本位"的儿童观、儿童文学观与美国的儿童学

其实,周作人在《儿童的文学》一文中明确使用"儿童文学"这一概念时,其"儿童本位"的儿童观已经在民国初年形成,只是散见于多篇文章之中。

在周作人的著述里,最早质疑"成人本位"的儿童观的是《儿童问题之初解》一文。"中国亦承亚陆通习,重老轻少,于亲子关系见其极致。原父子之伦,本于天性,第必有对待,有调合,而后可称。今偏于一尊,去慈而重孝,绝情而言义,推至其极,乃近残贼。……中国思想,视父子之伦不为互系而为统属。儿童者,本其亲长之所私有,若道具生畜然。故子当竭身力以奉上,而自欲生杀其子,亦无不可。"[①] 在成人与儿童之关系问题上,第一次提出"儿童本位"则是在《玩具研究一》中:"故选择儿童玩具,当折其中,既以儿童趣味为本位,而又求不背于美之标准。"[②] 在《学校成绩展览会意见书》中,进一步提出"赏识"的"儿童本位"观:"故今对于征集成绩品之希望,在于保存本真,以儿童为本位,而本会审

[①] 周作人:《儿童问题之初解》,钟叔河编订《周作人散文全集》(第1卷),广西师范大学出版社2009年版,第246—247页。

[②] 周作人:《玩具研究一》,钟叔河编订《周作人散文全集》(第1卷),广西师范大学出版社2009年版,第322页。

查之标准,即依此而行之。勉在体会儿童之知能,予以相当之赏识。"①

就在周作人第一次质疑"成人本位"的儿童观的《儿童问题之初解》一文中,他就在倡导"儿童研究":"凡人对于儿童感情可分三纪,初主实际,次为审美,终于研究。""第在中国,则儿童研究之学固绝不讲,即诗歌艺术,有表扬儿童之美者,且不可多得。"②

1912年时"儿童研究之学"这一说法,很快就在写于1913年的《童话略论》《儿童研究导言》两文中,为"儿童学"这一表述所取代:"童话研究当以民俗学为据,探讨其本原,更益以儿童学,以定其应用之范围,乃为得之。"③ "上来所述,已略明童话之性质,及应用于儿童教育之要点,今总括之,则治教育童话,一当证诸民俗学,否则不成为童话,二当证诸儿童学,否则不合于教育……"④ "儿童研究,亦称儿童学。以研究儿童身体精神发达之程序为事,应用于教育,在使顺应自然,循序渐进,无有扞格或过不及之弊。"⑤ 由于未购买霍尔的 Aspects of Child Life and Education 一书之前所写的《童话研究》没有出现"儿童学"这一表述,可以猜测,《童话略论》《儿童研究导言》似写于购阅 Aspects of Child Life and Education 一书的1913年2月之后。

《童话略论》引入"儿童学"的观点一事值得我们重视。周作人了解的儿童学的研究范围中,是包含童话和儿歌的。他曾说:"美国儿童学书,自体质知能的生长之测量,以至教养方策,儿歌童话之研究,发刊至多,任之者亦多是女士,儿童学祖师斯丹来诃尔生于美国,其学特盛……"⑥

---

① 周作人:《学校成绩展览会意见书》,钟叔河编订《周作人散文全集》(第1卷),广西师范大学出版社2009年版,第369页。
② 周作人:《儿童问题之初解》,钟叔河编订《周作人散文全集》(第1卷),广西师范大学出版社2009年版,第247页。
③ 周作人:《童话略论》,钟叔河编订《周作人散文全集》(第1卷),广西师范大学出版社2009年版,第276页。
④ 同上书,第281页。
⑤ 周作人:《儿童研究导言》,钟叔河编订《周作人散文全集》(第1卷),广西师范大学出版社2009年版,第287页。
⑥ 周作人:《女学一席话》,钟叔河编订《周作人散文全集》(第8卷),广西师范大学出版社2009年版,第498页。

周作人将"儿歌童话之研究"也归诸"儿童学",可见其儿童文学研究直接受到美国的儿童学,特别是斯坦利·霍尔的儿童学的影响。

前面介绍的《儿童问题之初解》一文的主旨之一,是在人格权利上为儿童主张与成人的平等,而《儿童研究导言》的主旨则在于揭示儿童在心理、生理上与成人的不同。周作人于1912年、1913年提出的这两点主张,就是他后来的"儿童本位"论——中国的"儿童的发现"的两个逻辑支点。而这两点主张,都与美国的儿童学有关。

"以前的人对于儿童多不能正当理解,不是将他当作小形的成人,期望他少年老成,便将他看作不完全的小人,说小孩懂得什么,一笔抹杀,不去理他。现在才知道儿童在生理心理上虽然和大人有点不同,但他仍是完全的个人,有他内外两面的生活。这是我们从儿童学所得来的一点常识,假如要说救救孩子,大概都应以此为出发点的。"① 周作人所说的"一点常识",正是他在《人的文学》《儿童的文学》等新文学的重要理论文献中表述的"儿童本位"的儿童观,这一儿童观是他所主张的"人的文学"和"儿童的文学"的思想根基。

在《儿童研究导言》中,出现了美国的儿童学。儿童学"今乃大盛,以美国霍尔博士为最著名,其研究分二法。一主单独,专记一儿之事,自诞生至于若干岁,详志端始,巨细不遗,以寻其嬗变之迹。一主集合,在集各家实录,比量统计,以见其差异之等"②。周作人的这些介绍与斯坦利·霍尔的工作似乎是相符合的。应该说,他对斯坦利·霍尔有相当的了解。这些了解至少是来源于斯坦利·霍尔的 *Aspects of Child Life and Education* 一书(周作人将其译为《儿童生活与教育的各方面》)。查周作人日记,*Aspects of Child Life and Education* 一书为1913年2月1日从相模屋书店邮寄至绍兴家中。此后,自当月21日始,日记中连续六次记载阅读该书。

周作人的"儿童本位"的儿童观,明显接受了儿童学的直接影响:他

---

① 周作人:《儿童文学》,钟叔河编订《周作人散文全集》(第9卷),广西师范大学出版社2009年版,第212页。

② 周作人:《儿童研究导言》,钟叔河编订《周作人散文全集》(第1卷),广西师范大学出版社2009年版,第288页。

先是"在东京时,得到高岛平三郎编的《歌咏儿童的文学》及所著《儿童研究》,才对于这方面感到兴趣……"① 吴其南曾认为"儿童本位"中的"本位"一语是金融学语汇,其实是不对的。我说周作人使用的"儿童本位"来自于日语语汇,是有事实依据的。高岛平三郎所著《应用于教育的儿童研究》(即周作人所说的《儿童研究》)一书的目录和正文里,都出现了"儿童本位"一语,完全可以猜想,周作人所用"儿童本位"这一表述,很可能就来自高岛平三郎的这部著作。

根据周作人的著述,他得之于美国的斯坦利·霍尔的儿童学的资源当更多。周作人的著述中,至少七次论及斯坦利·霍尔及其儿童学。如按照发表的年代顺序细加琢磨,前面都是积极的汲取姿态,而到了后来,则是对中国难以引入儿童学这一状况渐渐失望了。这正与中国社会在五四以后的复辟式"读经"有关。比如,1934年,他在《论救救孩子——题〈长之文学论文集〉后》一文中说:"听说现代儿童学的研究起于美洲合众国,斯丹莱霍耳博士以后人才辈出,其道大昌,不知何以不曾传入中国?论理中国留学美国的人很多,学教育的人更不少,教育的对象差不多全是儿童,而中国讲儿童学或儿童心理学的书何以竟稀若凤毛麟角,关于儿童福利的言论亦极少见,此固一半由于我的孤陋寡闻,但假如文章真多,则我亦终能碰见一篇半篇耳。据人家传闻,西洋在十六世纪发现了人,十八世纪发现了妇女,十九世纪发现了儿童,于是人类的自觉逐渐有了眉目,我听了真不胜歆羡之至。中国现在已到了那个阶段我不能确说,但至少儿童总尚未发现,而且也还未曾从西洋学了过来。"② 在文中,周作人认为,要想"救救孩子",就"要了解儿童问题","须得先有学问的根据,随后思想才能正确"。③ 周作人在批判了成人社会对儿童的"旧的专断"和"新的专断"之后,深为遗憾地说:"中国学者中没有注意儿童研究的,文人自然也同样不会注意,结果是儿童文学也是一大堆的虚空,没有什么好

---

① 周作人:《苦茶——周作人回想录》,敦煌文艺出版社1995年版,第539页。
② 周作人:《论救救孩子——题〈长之文学论文集〉后》,钟叔河编订《周作人散文全集》(第6卷),广西师范大学出版社2009年版,第413页。
③ 同上。

书,更没有什么好画。"① 周作人所指出的"儿童的发现"在中国的不幸命运是符合实情的。

周作人在 1945 年时曾说:"关于儿童,如涉及教养,那就属于教育问题,现在不想来阑入,主张儿童的权利则本以瑞典蔼伦开女士美国贺耳等为依据,也可不再重述。"② 周作人明确说"主张儿童的权利"应该以"美国贺耳等为依据"。虽然是日后谈,但是,周作人当年在《儿童问题初解》《人的文学》《儿童的文学》等文章中就是这样做的。

在理解儿童与成人的不同的生理心理方面,周作人也从以研究儿童心理发展为特色的美国儿童学中得到了启蒙。值得关注的是,周作人总结出的"应用于教育,在使顺应自然,循序渐进,无有扞格或过不及之弊"这一儿童学的教育理念,直接转化成了他的儿童文学的理念——"今以童话语儿童,既足以餍其喜闻故事之要求,且得顺应自然,助长发达,使各期之儿童得保其自然之本相,按程而进,正蒙养之最要义也。"③ "顺应自然,助长发达,使各期之儿童得保其自然之本相。"这是周作人的"儿童本位"的儿童文学观的思想核心。他的这一思想理念对于中国儿童文学的健康发展极为重要。在中国儿童文学的历史上,每当出现违反这一思想理念的"逆性之教育"风潮,周作人常常会挺身而出,猛烈批判:"但是近来见到《小朋友》第七十期'提倡国货号',便忍不住要说一句话,——我觉得这不是儿童的书了。无论这种议论怎样时髦,怎样得庸众的欢迎,我以儿童的父兄的资格,总反对把一时的政治意见注入幼稚的头脑里去。"④ "旧礼教下的卖子女充饥或过瘾,硬训练了去升官发财或传教打仗,是其一,而新礼教下的造成种种花样的信徒,亦是其二。我想人们也太情急了,为什

---

① 周作人:《论救救孩子——题〈长之文学论文集〉后》,钟叔河编订《周作人散文全集》(第6卷),广西师范大学出版社 2009 年版,第 414 页。
② 周作人:《凡人的信仰》,钟叔河编订《周作人散文全集》(第9卷),广西师范大学出版社 2009 年版,第 619 页。
③ 周作人:《童话略论》,钟叔河编订《周作人散文全集》(第1卷),广西师范大学出版社 2009 年版,第 279 页。
④ 周作人:《关于儿童的书》,钟叔河编订《周作人散文全集》(第3卷),广西师范大学出版社 2009 年版,第 192 页。

么不能慢慢地来，先让这班小朋友们去充分的生长，满足他们自然的欲望，供给他们世间的知识，至少到了中学完毕，那时再来诱引或哄骗，拉进各派去也总不迟。现在却那么迫不及待，道学家恨不得夺去小孩手里的不倒翁而易以俎豆，军国主义者又想他们都玩小机关枪或大刀，在幼稚园也加上战事的训练，其他各派准此。这种办法我很不以为然，虽然在社会上颇有势力。"①

结　语

综上所述，周作人的"儿童文学"观念形成于西方（包括日本）的现代文化进行世界性传播的过程之中。如果仔细索解周作人著述中的儿童文学观念发生的来龙去脉，就会清晰地看到来自美国的具体而微，然而又是重要而深刻的影响。这些影响可以大致归纳为两个方面：一是周作人借鉴以斯坦利·霍尔为代表的美国儿童学的观点，"主张儿童的权利"，强调"儿童在生理心理上""和大人有点不同"，进而发展出"顺应自然，助长发达，使各期之儿童得保其自然之本相"这一"儿童本位"的儿童文学观。二是直接借鉴麦克林托克、斯喀特尔等美国学者的应用研究成果，从小学校的文学教育的角度论述儿童文学，从文体的角度，梳理小学校的文学教育的儿童文学资源，呈现了更加完整的儿童文学的文体面貌。

需要指出的是，来自美国的上述两方面影响是相互交叉的，其原因在于麦克林托克、斯喀特尔等人的儿童文学的文学教育研究，也是以儿童学研究作为立论依据之一的。麦克林托克主张的"小学校里的正当的文学教育"要"（1）顺应满足儿童之本能的兴趣与趣味；（2）培养并指导那些趣味；（3）唤起以前没有的新的兴趣与趣味"，与周作人的"顺应自然，助长发达，使各期之儿童得保其自然之本相"这一儿童文学观念是一脉相通的。

---

① 周作人：《论救救孩子——题〈长之文学论文集〉后》，钟叔河编订《周作人散文全集》（第6卷），广西师范大学出版社2009年版，第413—414页。

最后需要说明的是，在周作人的"儿童本位"的儿童文学观念的形成过程中，来自日本的影响也非常重要。对此，我在《中国儿童文学与现代化进程》一书和《"儿童的发现"：周作人"人的文学"的思想源头》等文章中有所论述。由于本文的写作题旨所限，对日本影响的详细梳理只好暂付阙如了。

（本文发表于《中国海洋大学学报》2015 年第 2 期）

"儿童"：鲁迅文学的艺术方法

　　动用自己过去的生活的经验和体验，这几乎是小说家创作时的共同心态之一，但是，这种心态或创作方式，对鲁迅小说的意义非同小可。鲁迅是凭回忆进行创作的小说家。他在《呐喊自序》里说过："我偏苦于不能全忘却，这不能全忘的一部分，到现在便成了《呐喊》的来由。"

　　鲁迅的小说并非粒粒珠玑，而是良莠杂陈。在《狂人日记》《孔乙己》《故乡》《社戏》《阿Q正传》《祝福》等精品系列中，大多是回忆性质的小说。这些小说大多有故乡这一实有的环境或往日生活中确有的事件或人物。似乎有一个规律，每当鲁迅的小说与他的童年和故乡发生深切的关系，作品往往就会获得充盈的艺术生命力。

　　仅仅靠回忆写小说的小说家是容易江郎才尽的。鲁迅在1926年以后就不再写现实题材的小说了。这是否与鲁迅小说的艺术定式有关呢？有意味的是，鲁迅于1926年对自己的过去，特别是童年进行了痛快的回忆，鲁迅把这些文章结集为《朝花夕拾》。是不是因为回忆用尽，此后鲁迅就放下了写现实题材小说的笔呢（《故事新编》为历史小说）？

　　对小说家鲁迅来说，回忆是重要的，而对"童年"的回忆尤为重要，它不仅成了鲁迅文学的内容要素，而且也构成了鲁迅文学的一种艺术方法。

一 "童年"成为作品的结构和立意的支撑

《故乡》《社戏》都有"童年"和"成年"对比的结构,鲁迅的思绪徘徊在"童年"和"成年"之间。冷峻、沉郁是鲁迅的文学风格的主要方面,但是鲁迅作品在总体冷峻的色调中,也常常透露出几抹亮色,给作品带来明朗甚至是欢快的暖色调。需要说明一点,这里所谈及的亮色,不是鲁迅自己所说的"删削些黑暗,装点些欢容,使作品比较的显出若干亮色"中的亮色,即不是"在《药》的瑜儿的坟上平空添上一个花环",而是鲁迅以珍视"童年"的儿童观来"时时反顾"童年生活时所必然具有的结果。可以肯定地说,鲁迅文学世界的亮色与鲁迅的儿童观有着密切的因果关系。不了解鲁迅儿童观的崇尚童心的一面,就或者容易忽略了亮色这一鲁迅文学世界的重要存在,或者虽然看到却难以作出合理的解释。

《故乡》几乎通篇笼罩着悲凉昏暗的阴云,但是,唯独童年的回忆却像一缕阳光穿透阴云,给作品点染上一些明媚的色彩。《故乡》明暗色调的反差后面是一种对比:儿童时心灵的沟通与成人后心灵的隔绝。鲁迅与"厚障壁"这种封建的社会病相对抗而取的人际关系的价值标准却来自儿童的世界,来自童心,天真纯洁的儿童是不愿受这种封建等级观念束缚的。当年的迅哥儿和闰土亲密无间,他们的后辈宏儿与水生也"还是一气"。作者所真诚希望的是"有新的生活"来保护童心所体现出的美好的人际关系,尽管它很"茫远"。

与《故乡》相比,《社戏》有着更为明显的对比结构,在这一对比结构中,鲁迅把在野外看社戏的"童年"置于在京城看京戏的"成年"之后来叙述。如果借用民间故事的后出场者一定优越于先出场者这一叙事学观点,鲁迅是以这样的结构收到了抑前者而扬后者的艺术效果。

"童年"不仅是鲁迅一些作品的结构的支撑,而且对"童年"的态度还成为《狂人日记》这样的小说立意的支撑。现代文学界一般是将《狂人日记》看作第一篇现代白话小说的。其实,在《狂人日记》之前有被胡适视为新文学"最早的同志"的陈衡哲的白话小说《一日》，可是《一日》不能享有《狂人日记》的殊荣，是因为它那流水账似的写法，不似《狂人日记》这样"有表现的深切和格式的特别"。

《狂人日记》具有深刻的立意和独特的、有创意的小说艺术形式。关于立意，鲁迅在《〈中国新文学大系〉小说二集导言》里说过，它"意在暴露家族制度和礼教的弊害"。前面已经说过，创作《狂人日记》之前，鲁迅的人生观是颇为绝望和虚无的。《狂人日记》没有写成令人绝望的作品，表面上与《呐喊自序》说的"听将令"有关（"那时的主将是不主张消极的"），深层的因由则是鲁迅还愿意将一线希望寄托在"孩子"身上，"没有吃过人的孩子，或者还有？救救孩子……"

我认为，《狂人日记》里的狂人，是鲁迅思想的画像。上引小说结尾的两句话，颇能显示鲁迅当时思想的矛盾和犹疑。有些研究者把"救救孩子"解释成是一句有力的"呐喊"，但我记得一位日本学者指出过"救救孩子"的语气的无力，对此，我也有同感。"救救孩子"即使是鲁迅为了"听将令"而发出的"呐喊"，但是，由于鲁迅骨子里的悲观思想，他才没有使用与"呐喊"相称的惊叹号，而是选择了语气渐弱和结果不明确（没有信心？）的省略号。而且在前一句里，鲁迅对有没有"没有吃过人的孩子"这一问题，用了一个"或者"，一个问号，双重暗示出他对"救救孩子"这一结果的不能肯定。

但是，如果《狂人日记》没有"孩子"这一维度的存在，作品会是什么样的情形？更进一步，对于鲁迅的思想和文学来说，如果没有"救救孩子"这一意识，会有怎样的出路？其中还会不会有《故乡》中曾经透露过的那个属于孩子的"新的生活"，属于孩子的那个"茫远"的"希望"？可不可以把《狂人日记》之后的鲁迅的全部文学活动，在根本上看作是"救救孩子"的努力？

二 "儿童"成为小说的重要的叙述视角

我以为，鲁迅的《孔乙己》虽然不及《故乡》《社戏》那样明显，但是，仍然存在着成人与儿童之间的对比意识。只要我们注意沿着小说所设定的少年视角来阅读，这一对比意识就可以体察得到。从小说的描写来看，"使人快活"的孔乙己绝不是令人讨厌的人，有些研究者的阐释过度地渲染了他性格中迂腐的一面，其结果是在一定程度上遮蔽了成人（掌柜和主顾）对孔乙己造成的精神上的折磨。其实，小说对这些成年人的冷漠、无情的人性弱点是有所评价的。这一评价，越是从少年视角望去，越是看得明白。

中国现代文学学者李欧梵曾说："《孔乙己》技巧之妙不仅在写出了主人公这一难忘的形象，还在设计了一个不可信赖的叙述者。故事是由咸亨酒店一个小伙计用某种嘲讽口气叙述的。这个人在叙述当时的情况时已经是一个成人了。当年他做小伙计的时候显然也和那些顾客一样，是鄙视孔乙己的。现在他作为成人回忆往事，岁月却并没有改变他的态度。通过这种间接的叙述层次，鲁迅进行着三重讽刺：对主人公孔乙己，对那一群嘲弄他的看客，也对那毫无感受力的代表看客们声音的叙述者。他们都显得同样可怜，同样缺乏真正衡量问题的意识。"[①] 但是，细心品味小说，我却感到小说的叙述者——小伙计不仅在长大以后，就是在年少时，也并不是一直鄙视孔乙己的，他也绝不是鲁迅想要讽刺的对象，因为鲁迅写出了仅在他的身上还存有的一些对孔乙己的不幸命运的同情。让我们细读一下作品。在小说里，少年"我"对孔乙己的态度在前后是发生了变化的。在孔乙己被打断腿之前，每当掌柜和主顾这些成人揶揄、哄笑孔乙己时，"无聊"的"我"也是"附和着笑"的，但是，当被打断了腿"已经不成样子"的孔乙己最后一次来喝酒，而掌柜和主顾"仍然同平常一样"取笑他

---

① 李欧梵：《铁屋中的呐喊》，河北教育出版社2000年版，第57—58页。

时,"我"却不再"附和着笑"了。我感觉,"我"对孔乙己态度的变化不仅表现在这里,而且还微妙地表现在对孔乙己的服务态度上。这一次,残废了的孔乙己不是像以往那样"靠柜外站着",而是"在柜台下对了门槛坐着",而"我"在众人的哄笑声中,"温了酒,端出去,放在门槛上",完全顺从了孔乙己的意愿。以前,孔乙己要教"我"写字,"我"是"又好笑,又不耐烦,懒懒的答他","我愈不耐烦了,努着嘴走远",从这种态度,可以想见,以前"我"对孔乙己的服务态度不会好到哪里,然而这最后一次却不大一样。

对孔乙己的性格和行为,小说作了三段式的交代和描写。我注意到,这三个段落结束时,少年叙述者都表达了"快活"的感受(两次是"店内外充满了快活的空气",一次是"孔乙己是这样的使人快活")。但是,唯独在描写孔乙己最后一次来店里,"喝完酒,便又在旁人的说笑声中,坐着用这手慢慢走去"时,少年叙述者没有使用"快活"的字样,不论从孔乙己那里,还是从"旁人的说笑"中,他已经感受不到"快活"了。我认为,这是大有含义的。

我想,在孔乙己"已经不成样子"的时候,"仍然同平常一样"取笑、折磨他的掌柜和主顾们,在孔乙己被丁举人吊着打时,他们会是热心而满足的看客,在阿Q稀里糊涂地被拉去砍头时,他们也绝不会放弃欣赏的机会。所以,我认为,在思想上,《孔乙己》主要不是去讽刺封建科举制度对人的毒害,而是要揭露社会人群(成人文化)对不幸者的冷酷和无情。《孔乙己》在表现后一种思想时,小说采取的少年视角发挥了十分有效的作用。

鲁迅的学生孙伏园曾说:"我尝问鲁迅先生,在他所作的短篇小说里,他最喜欢哪一篇。他答复我说是《孔乙己》。……何以鲁迅先生自己最喜欢《孔乙己》呢?我简括地叙述一点作者当年告我的意见。《孔乙己》作者的主要用意,是在描写一般社会对于苦人的凉薄。对于苦人是同情,对于社会是不满,作者本蕴蓄着极丰富的情感。"孙伏园还介绍说,鲁迅特别喜欢《孔乙己》,是因为他认为《药》一类小说写得"气急"、逼促,而《孔乙己》则是"从容不迫"①。

鲁迅创作《孔乙己》,将"描写一般社会对于苦人的凉薄"作为目的,并且能写得那样"从容不迫",小说中的少年视角的设定,发挥了重要的功能。

三 "儿童"成为塑造人物性格的一个重要元素

在《阿Q正传》研究中,一般都认为"精神胜利法"是阿Q性格的核心,并将其作为负面的国民性加以批判。在学术界解读阿Q的过程中,我认为有一个普遍倾向,就是研究者过于重视鲁迅自己的要"写出一个现代的我们国人的魂灵来"②的解说,甚至过度阐释了鲁迅的解说,而忽视了与鲁迅说法颇有不同的周作人、李长之等人的观点。

周作人在《关于〈阿Q正传〉》中指出了鲁迅以阿Q形象进行国民性批判的失败之处:"……只是著者本意似乎想把阿Q好好的骂一顿,做到临了却使人觉得在未庄里阿Q还是唯一可爱的人物,比别人还要正直些,所以终于被'正法'了,正如托尔斯泰批评契诃夫的小说《可爱的人》时所说,他想撞倒阿Q,将注意力集中于他,却反将他扶了起来了,这或者可以说是著者失败的地方。"③

李长之的观点与研究者普遍持有的批判国民劣根性的观点更为相左:"在往常我读《阿Q正传》时,注意的是鲁迅对于一般的国民性的攻击,这里有奴性,例如让阿Q站着吧,却还是乘势改为跪下,有快意而且惶恐,这是在赵家被抢之后就表现着,有模糊,有残忍,有卑怯,有一般的中国人的女性观,有一般执拗而愚骏的农民意识……可是我现在注意的,

---

① 孙伏园:《鲁迅先生二三事》,鲁迅博物馆等选编《鲁迅回忆录》,北京出版社1999年版,第216页。

② 鲁迅:《俄文译本〈阿Q正传〉序及著者自叙传略》,《鲁迅全集》(第7卷),人民文学出版社1981年版。

③ 周作人:《关于〈阿Q正传〉》,《鲁迅的青年时代》,河北教育出版社2002年版。

"儿童"：鲁迅文学的艺术方法

却不是这些了，因为这不是作者所主要的要宣示的。阿Q也不是一个可笑的人物，作者根本没么么想。""阿Q已不是鲁迅所诅咒的人物了，阿Q反而是鲁迅最关切，最不放心最为所焦灼，总之，是爱着的人物。""鲁迅对于阿Q，其同情的成分，远过于讽刺。"①

我赞同周作人和李长之的观点。在我的阅读感受里，阿Q的确是未庄里"唯一可爱的人物"，阿Q的确"不是鲁迅所诅咒的人物"，而是读者可以给予"同情"的人物。而我之所以有这样的感受，一个重要的原因是阿Q的性格中所具有的孩子气，有些时候，阿Q就像一个没能长大的孩子。

阿Q的性格中有孩子似的天真。天真的孩子往往喜欢吹牛，而在吹牛时往往有点当真，以幻想代替了现实。儿童文学作品对此有精彩的描写，比如尼·诺索夫的《幻想家》、葛西尼的《玛莉·艾维姬》一类故事。在《玛莉·艾维姬》里，男孩们都争着在女孩艾维姬面前逞能，当艾维姬夸尼古拉最会翻筋斗时，奥德说："翻筋斗？这我最在行，好多年前我就会翻了。"阿Q不是也这样吹牛吗？"我们先前——比你阔的多啦！你算是什么东西！"

年幼的儿童的思维是自我中心主义的。让·诺安的《笑的历史》里有一个三岁幼儿的故事：他住在巴黎，从乳母那里学得各种动物的叫声，被家人赞为模仿动物叫声的专家。有一天，他第一次被带到农村，遇到一群羊边叫边走，这个老资格的专家侧耳倾听，摇摇头，对其中的一只羊说：羊，你叫得不对！②阿Q的思维也有这种色彩，比如，他鄙薄城里人，他叫作"长凳"的，城里人却叫"条凳"，"这是错的，可笑！"油煎大头鱼，未庄加半寸长的葱叶，城里却加切细的葱丝，"这也是错的，可笑！"

儿童的天真往往表现为不会装假。阿Q也有相似的真率。比如，"他想在心里的，后来每每说出口来"，比如，人们去探听从城里带回很多值钱东西的阿Q的底细，"阿Q也并不讳饰，傲然的说出他的经验来。从此

---

① 李长之：《鲁迅批判》，北京出版社2003年版，第68—75页。
② ［法］让·诺安：《笑的历史》，果永毅、许崇山译，生活·读书·新知三联书店1986年版，第20—22页。

他们才知道，他不过是一个小脚色……"

阿Q儿童似的举止的确很多。"阿Q的钱便在这样的歌吟之下，渐渐的输入别个汗流满面的人物的腰间。他终于只好挤出堆外，站在后面看，替别人着急，一直到散场，然后恋恋的回到土谷祠……"阿Q没有输钱的深重苦恼和沮丧，这恐怕不是成人赌徒的心态，而是非功利性的儿童游戏的心态。他与王胡为什么打架，因为比不过人家，因为自己的虱子不仅比王胡的少，而且咬起来也不及王胡的响。真正的成人绝少会比这个，更绝少比得那么认真。这分明是儿童生活中的价值观。阿Q当着"假洋鬼子"的面骂出"秃儿。驴……"挨了"假洋鬼子"的哭丧棒，他的表现是："'我说他！'阿Q指着近旁的一个孩子，分辩说。"这一表现与张乐平的《三毛流浪记》里的三毛别无二致。阿Q戏弄小尼姑，"酒店里的人大笑了。阿Q见自己的勋业得了赏识，便愈加兴高采烈起来：'和尚动得，我动不得？'他扭住伊的面颊。酒店里的人大笑了。阿Q更得意，而且为满足那些赏识家起见，再用力地一拧，才放手"。这样的行为，不就像儿童常有的"人来疯"吗？

儿童的天真有时也表现为幼稚、不谙世事。阿Q也是这样。他的幼稚、不谙世事在世故的成人看来，已经近于呆傻。阿Q那直截了当的求爱，闯祸之后，面对吴妈的哭闹和赵太爷的大竹杠的慢半拍的反应，以及对后来女人躲避他的原因的茫然不知，都像是一个弱智者的所为。阿Q被抓是因为不谙世事，进了衙门，竟然爽利地告诉人家："因为我想造反。"长衫人物叫他招出同党，没有什么同党的阿Q说："我不知道……他们没来叫我……"让他在可招致杀身之祸的供词上画押，他在意的是圈儿能不能画圆。只有被抬上了游街的车，看到背着洋炮的兵丁和满街的看客，才明白这是去杀头！为了看客里的吴妈，还要说一句"过了二十年又是一个"。

愚傻和天真有时只有一步之遥，鲁迅有时是在写一个愚傻的阿Q，有时又是在写一个天真的阿Q。真正的艺术正是如此复杂，混沌不清。

在阿Q的身上，存在着孩子气，存在着智力问题。这两者都与成人社会发生矛盾，成为阿Q进入其中的巨大障碍。在小说中，我们清楚地看到，阿Q一直被这两个问题深深困扰着，直至使他走进悲剧命运之中。阿Q的这一状况使小说中的对国民性的批判力一方面被转向，另一方面被弱化。所谓转向，是指向对"城里"和"未庄"的批判，所谓弱化，是指对阿Q更多的是"哀其不幸"，而少有"怒其不争"。阿Q是可悲的人物，但不是可恨的人物；阿Q是可叹的人物，但不是可弃的人物；阿Q是可笑的人物，但不是可耻的人物。

虽然阿Q身上有很多可笑的行为，但是，他在"未庄"终究是一个被侮辱、践踏的人物，他的死不仅令人同情，而且值得深思：这是不是险恶而虚伪的社会对一个天真、单纯、幼稚（弱智）的不谙世事的人进行的一场坑害？

自茅盾的评论起，阿Q研究大都太正经，不能游戏地看，或者太刻薄，不能宽容地看。似乎人们愿意看到鲁迅的批判，但是不愿看到鲁迅的同情。研究《阿Q正传》，研究《孔乙己》，似乎都有这一倾向。为什么在关于《阿Q正传》的整体阅读中，鲁迅对阿Q的同情被遮蔽了，被置换成对阿Q国民性的批判，而对以"未庄"和"城里"为代表的真正丑恶的国民性却轻轻地一笔带过？这是否与读者和研究者缺乏幽默感和孩子似的天真（孩子气）有关？

需要重新认识阿Q这个人物，而认识阿Q这个人物，需要一种新的心性。这一心性就是天真、单纯、质朴的孩童心性，这一心性，鲁迅是具备了的，但是，在那个时代被压抑了，所以写阿Q用了曲笔，没有这一心性的人们就更加不易察觉。

蕴含儿童心性这一要素的阿Q形象是有正面和积极意义的。在我眼里，阿Q是小说中具有生命实感，活得十分真切的人物。而且阿Q的活法是不是有其可取之处呢？让·诺安在《笑的历史》一书中对幽默级别列出了评价标准，其中最高一级是五星级："是否感情非常外露，生气勃勃，无忧无虑，可以随时随地自寻开心。"阿Q的心性是不是与此有合拍之处？我同情阿Q的苦生活，但也羡慕他经常有一份好心情，有那样一种乐观的、避害趋利的生活态度。身处阿Q那样的生活境地，换一种心性，也许会抑郁而终。阿Q的这种心性在功利主义横行的当代社会，不但不该全盘否定，反而应该汲取其正面的价值。

　　我这不是在诠释，而是在直陈阅读感受：就像我在狂人的身上看见鲁迅的思想一样，我在阿Q身上，也看见了鲁迅的同情。

　　鲁迅文学的世界是丰富而复杂的，"儿童""童年"当然只是其中的一个维度，但是，它却弥足珍贵。如果没有"儿童""童年"这一维度的存在，鲁迅文学的思想和艺术都会大大贬值，鲁迅文学的现代性也将不能达到现有的高度。

（本文发表于《东北师大学报》2010年第1期）

论新文学运动中的儿童文学

在中国的现代文学史著作中,鲜有研究者论及儿童文学。儿童文学是现代文学,它不仅是中国现代文学有机的一部分,而且还标示出中国现代文学的现代性高度。儿童文学的论述应该成为中国现代文学史论述的题中之义。将儿童文学置于中国现代文学的整体之中进行研究,将有助于凸显中国现代文学的完整面貌和真实的现代性质。

中国儿童文学实有百年之历史。本文所论述的儿童文学大致为中国现代文学第一个十年之范围。这十年的儿童文学鲜明地呈现出与整个新文学运动融为一体的面貌,其明显证据之一就是,当时新文学的著名作家几乎都对儿童文学表现出强烈的兴趣,并以不同的形式参与儿童文学的创造工作,而此后,特别是1949年以后,中国儿童文学不可避免地逐渐从一般文学中相对独立出来。

一 周氏兄弟的儿童"发现"与儿童文学"发现"

儿童文学是现代思想的产物,其产生以"儿童的发现"为前提。尤其在中国,期待独尊"父为子纲"这一封建儿童观的古代社会里产生儿童文学,无异于天方夜谭。中国儿童文学无法"古已有之",只能进行"现代"创造。

中国儿童文学的发生性质不是能动的，而是受动的，是西学东渐的结果。中国儿童文学的发生，脱逸出了先有创作后有理论这一文学发展史的一般规律，而是呈现出先有西方儿童文学的翻译介绍，再有受西方影响的自己的儿童文学理论，然后才有自己的儿童文学创作这一特殊面貌。

1908年11月，上海商务印书馆开始出版的由孙毓修编辑的《童话》丛书，宣告了最早的儿童文学读物的诞生。《童话》丛书的出版自1908年11月至1923年9月（含再版），历时15年，共出版了三集计102种作品（民国成立以前，出版有《无猫国》《三问答》《大拇指》《小王子》等近20种）。《童话》丛书以崭新的面貌，划时期地将自己与以往的具有儿童文学要素的读物区分开来。

在《童话》丛书的102种作品中，为儿童编撰的中国历史故事虽然占了三分之一，但是它对儿童读者的魅力显然不能与西方儿童文学作品同日而语。可以说，《童话》丛书主要是依靠西方儿童文学的译述来支撑门面的，那些中国历史故事实在只是小小的配角。这样一个客观史实清楚地表明，晚清时期中国儿童文学的发蒙是受动性的，依靠的是西方儿童文学的催生。

中国主体性的儿童文学的"发现"最早体现在理论建设方面。对此作出最早、最大贡献的是周作人。周作人的儿童文学理论，是西方的现代文化进行世界性传播过程中的产物。早在日本留学期间，周作人遇到用人类学阐释神话的安德鲁·朗格（Andrew Lang）的著作，从中得到了"童话者，原人之文学"的解释；又从高岛平三郎编的《歌咏儿童的文学》及所著《儿童研究》了解了儿童学，由此接触儿童学鼻祖斯坦利·霍尔的著作。斯坦利·霍尔的儿童学上的"复演说"深刻地影响了周作人，使他意识到"童话者，原人之文学，亦即儿童之文学，以个体发生与系统发生同序，故二者，感情趣味约略相同"[①]。民国初年，周作人受美国斯喀特尔（Socudder）、麦克林托克（Maclintock）诸人所著的《小学校里的文学》

---

① 周作人：《童话略论》，钟叔河编订《周作人散文全集》（第1卷），广西师范大学出版社2009年版。

的直接影响，开始了规模性的儿童文学研究。他依据人类学、儿童学，用文言写下了四篇论文：《童话研究》《童话略论》（1913年）、《儿歌之研究》《古童话释义》（1914年）。在这些研究里，需要重视的是，周作人在主张将童话施于儿童教育时，是坚持儿童文学的文学主体性的。周作人的儿童文学观一开始便超越了18世纪西方儿童文学的教训性，立于在那个时代儿童文学容易失去的文学本质的立场。

令人遗憾的是，周作人将《童话略论》寄给大书店中华书局的《中华教育界》，竟被退了回来，最后这篇论文连同《童话研究》，只能经鲁迅之手，发表在《教育部编纂处月刊》上，而《儿歌之研究》和《古童话释义》则发表在更小的《绍兴县教育会月刊》上了。周作人这一时期的儿童文学研究可以说是中国最早的具有规模的高水准儿童文学研究，它的不被重视，没有产生广泛的社会影响的事实，说明了在当时的中国，儿童文学产生的条件还没有成熟。

最终成就周作人的儿童文学理论的是五四新文化、新文学运动。

在五四时期，周作人的新文学思想最为深刻完整，其中包含了人的"发现"、妇女的"发现"、儿童的"发现"这三个现代文学的思想母题。仔细查阅《新青年》杂志，周作人建设新文学理念的"三级跳跃"是有迹可寻的。

第一步是发现女子。他首先以译文《贞操论》（1918年5月15日《新青年》第四卷第五号）为妇女问题讨论投进了最大一块石头，震动了中国的思想界。第二步是发现"人"以及"人的文学"。周作人在《新青年》第五卷第六号上发表的《人的文学》，使新文学运动有了重大突破，是"关于改革文学内容的一篇最重要的宣言"（胡适语）。此前的讨论，胡适关注和侧重的是语言形式的革新，陈独秀虽然以"三大主义"作为"文学革命论"的具体内容，但不仅空泛，也没有触及根本。而周作人的"人的文学"的观念才是五四新文学的真正的现代理念。需要重视的是，在《人的文学》里，周作人已经反复论述了儿童问题（还有妇女问题）。周作人认为祖先应该"为子孙而生存"，"父母理应爱重子女"，他批判封建的"父为子纲"的亲子观，认为"世间无知的父母，将子女当作所有品，牛马一般养育,以为养大以后,可以随便吃他骑他,那便是退化的谬误思想"。周作人强调的是"儿童的权利,与父母的义务"。由此可见,在周作人这里,解决人的问题,建设新文学理念,是离不开解决儿童的问题,离不开儿童文学建设的。第三步则是发现"儿童"以及"儿童的文学"。1920年10月26日,是中国文学史上值得大书一笔的日子,因为在这一天的下午,周作人在北京孔德学校做了题为"儿童的文学"的讲演。讲演稿《儿童的文学》在《新青年》(1920年12月1日第八卷第四号)上发表后,却有如登高一呼,应者云集。这篇宣告中国自己的儿童文学(理论)诞生的论文,成了此后相当长一段时期里的中国儿童文学理论的纲领性文件,研究儿童文学的人经常将其中的观点作为自己立论的依据。考察《儿童的文学》的儿童观,能够清晰地发现,其在《人的文学》中早已得到了强调。

周作人在《儿童的文学》中说:"以前的人对于儿童多不能正当理解,不是将他当作缩小的成人,拿'圣经贤传'尽量的灌下去,便将他看作不完全的小人,说小孩懂得甚么,一笔抹杀,不去理他。""儿童在生理心理上,虽然和大人有点不同,但他仍是完全的个人,有他自己的内外两面的生活。儿童期的二十岁年的生活,一面固然是成人生活的预备,但一面也自有独立的意义与价值,因为全生活只是一个生长,我们不能指定那一截的时期,是真正的生活。""我们承认儿童有独立的生活,就是说他们内面的生活与大人不同,我们应当客观地理解他们,并加以相当的尊重。"在这样的儿童观的基础上,周作人于1923年写作《儿童的书》一文,一语道破天机:"儿童的文学只是儿童本位的,此外更没有什么标准。"儿童文学要"顺应自然,主张发达,使各期儿童得保其自然之本相"[①]。

其实,束缚中国儿童文学的发生有两大桎梏。一个是前面论述过的"父为子纲"的封建儿童观,另一个就是文言文。五四时期具有主体性的儿童文学的发生也与五四文学革命中的语言革命联系在一起。周作人是最

---

① 周作人:《儿童的书》,钟叔河编订《周作人散文全集》(第3卷),广西师范大学出版社2009年版。

早发现文言表现与儿童精神水火相克的人。他早在1918年9月,便在《新青年》第五卷第三号上发表了《随感录二十四》(即《安得森的十之九》),批判陈家麟、陈大镫的译本《十之九》在翻译安徒生童话时,"用古文来讲大道理"。周作人通过具体的比较,说明古文与儿童心理的格格不入:"误译与否,是别一问题,姑且不论;但 Brandes 所最佩服,最合儿童心理的'一二一二',却不见了。把小儿的言语,变成了大家的古文,Andersen 的特色就'不幸'因此完全抹杀。"

以上描述要说明的是,五四时期的新文学是包括儿童文学在内的,在五四新文学的整体中,儿童文学是有机组成部分。是否可以这样说,如果没有"儿童"的发现和"儿童的文学"的发现,五四新文学的新质将大打折扣。

论述发生期的儿童文学,鲁迅是继周作人之后,特别值得一书的人物。

以往的中国儿童文学史研究有一个普遍说法,认为鲁迅是中国儿童文学理论的开创者,这是对历史的错误阐释。在五四时期的"儿童"发现的思潮中,鲁迅也是位于前沿,具有重大影响力的人物,但是,其贡献和影响并不是在儿童文学理论建设这一维度。如果说,周作人主要是在理论的维度,在思想上"发现"了儿童,那么,鲁迅则主要在文学创作的维度,以审美的方式在精神上"发现"了儿童。在《怀旧》《狂人日记》《孔乙己》《故乡》《社戏》《风筝》《从百草园到三味书屋》等作品中,鲁迅通过对"童年"与"成年"的对比性描写,提出了来自于鲁迅人生哲学深处的一个深刻的"现代"主题(这个主题也是人类精神发展的永恒主题),即在"童年"与"成年"的冲突中,人的生命逐渐被"异化"的问题,人生乐园的丧失问题。在上述作品中,鲁迅以其深邃的思想和独特的艺术表现,标示出五四新文学的现代性高度。

在中国现代文学的发生期,"儿童""童年"的发现是一件具有决定意义的历史事件。周氏兄弟能够超出同时代人,分别站在理论和创作的前沿,成为五四新文学的领袖,一个重要缘由是他们最为深刻地发现了"儿童"。周氏兄弟发现"儿童"所具有的文学史意义乃至思想史意义,尚是一个有待进一步深入研究的课题。

二 文学研究会与"儿童文学运动"

正如中国现代文学发生期有一个五四新文学运动一样，中国儿童文学的发生期也有一个儿童文学运动。对这一重要的文学史现象，作为文学研究会主要成员的朱自清早在 1929 年就已经有过辨识。他在为清华大学编写的《中国新文学研究纲要》里，在介绍文学研究会时，特别列出"儿童文学运动"这一章节的提要，可见在其认识中，那个时代的儿童文学不是零星的、孤立的、偶发的现象。

中国现代文学的第一个十年的儿童文学作为一场运动，它有风潮性、群体性的特征。虽然在"儿童文学运动"中，文学研究会发挥了极为核心、极为重要的作用，但是，这场运动的根本推动力却是来自整个社会的政治、文化、意识形态的变革。

《新青年》作为新文化、新文学的大本营和策源地，理所当然地在发现"儿童"、儿童文学的过程中发挥着最为重要的启蒙作用。翻阅 1921 年以前的《新青年》杂志，里面有大量的儿童教育、儿童文学的信息和内容。

鲁迅的《狂人日记》（第四卷第五号）的深刻立意是建立在"儿童"观点之上的。创作《狂人日记》之前，鲁迅的人生观是颇为绝望和虚无的。《狂人日记》没有写成令人绝望的作品，表面上与《呐喊自序》说的"听将令"有关（"那时的主将是不主张消极的"），深层的因由则是鲁迅还愿意将一线希望寄托在"孩子"身上。我们可以反思，如果《狂人日记》没有"孩子"这一维度的存在，作品会是什么样的情形？

在《狂人日记之》后，鲁迅又在《新青年》上发表了表现童年生活的小说《孔乙己》（第六卷第四号）、《故乡》（第九卷第一号）以及宣示其"以幼者为本位"这一现代儿童观的论文、杂感《我们现在怎样做父亲》和《与幼者》（第六卷第六号）。

在《新青年》上，周作人所做的与儿童、儿童文学相关的工作最多。

除了前面介绍过的《人的文学》《儿童的文学》这两篇发现"儿童"和儿童文学的重要文献，周作人还发表了大量译作，有俄国梭罗古勃的《童子Lin之奇迹》（第四卷第三号）、俄国库普林的《皇帝之公园》（第四卷第四号）、俄国托尔斯泰的《空大鼓》（第五卷第五号）、日本江马修的《小小的一个人》（第五卷第六号）、丹麦安徒生的《卖火柴的女儿》、俄国梭罗古勃的《铁环》（第六卷第一号）、日本国木田独步的《少年的悲哀》（第八卷第五号）等；周作人还在《新青年》第九卷第九号上发表"歌咏儿童"的诗歌，即有两首《小孩》，一首《对于小孩的祈祷》。周作人翻译的日本千家元磨的《深夜的喇叭》（第八卷第四号），最后一段是："我含泪看着小孩，心里想，无论怎样，我一定要为他奋斗。"周作人这种对于儿童的异乎寻常的关心，似乎可以在这段译文中找到因由。

《新青年》里来自其他新文化、新文学的著名学者、作家的"儿童"信息也很多。比如，把"儿童文学"当作"儿童问题"之一的陈独秀，就在《论西洋教育》（第三卷第五号）这篇讲演文章中，批判中国教育"所谓儿童心理，所谓人类灵性，一概抹杀，无人理会"的弊端，主张"取法西洋"。沈兼士有论文《儿童公育》（第六卷第六号），沈雁冰有译自莫泊桑的《西门底爸爸》（第九卷第一号）。因创作白话小说《一日》而被胡适视为新文学"最早的同志"的女作家陈衡哲发表的《小雨点》（第八卷第一号）是一篇相当典型的儿童文学作品，虽然被标以"小说"题材，却是很标准的拟人体童话。其后陈衡哲又发表了儿童题材的小说《波儿》（第八卷第二号）。

《新青年》作为当时中国唯一一份大型新文学运动刊物，在思想界、文化界、文学界具有举足轻重的号召力。它对儿童和儿童文学的热心关注不会不对社会产生影响。

当《新青年》退出新文学历史舞台以后，作为文学研究会的代会刊的改革以后的《小说月报》成为儿童文学翻译和创作的重要阵地。特别是郑振铎于1923年1月接替沈雁冰主编《小说月报》以后，儿童文学的翻译、创作、研究几乎成为该杂志的一个亮点。1925年，时值世界童话大师安徒生诞辰一百二十周年，其时，安徒生童话在中国已经颇有影响，《小说月报》拿出第十六卷第八号、第九号两期篇幅，出版了"安徒生号"上、下；自第十五卷第一号起，《小说月报》不定期地设立"儿童文学"专栏，至1927年郑振铎为避难远游欧洲离任，共计出"儿童文学"专栏九次，在上面发表创作、翻译和研究；作为学者型主编，郑振铎重视文学"研究"的意识不仅体现在成人文学研究上，而且也关注儿童文学。

郑振铎任主编期间，在《小说月报》上发表儿童文学创作、翻译、研究的文学研究会作家有叶绍钧、郑振铎、赵景深、王统照、严既澄、高君箴、顾均正、傅东华、徐调孚、褚东郊、顾德隆等一大批人。由于《小说月报》是以成人读者为对象的杂志，显然对提升儿童文学在一般文学界的地位和被认知程度具有重要意义。

郑振铎在《小说月报》编辑方针上重视儿童文学的举措，也许直接得益于郑振铎曾参与《童话》丛书的编辑以及此前一年曾担任商务印书馆发行的《儿童世界》的主编这些经历。与《小说月报》不同，1922年1月创刊、1941年6月停刊的《儿童世界》（周刊）是一本面向儿童读者的杂志，在同时代出版的儿童杂志中，《儿童世界》是以儿童阅读为目的的最早的综合性杂志，在儿童文学史上占据一席重要地位。中国第一本创作童话集《稻草人》里的作品就是应《儿童世界》的稿约而创作并发表在该杂志的。

在中国现代儿童文学史上，与《儿童世界》形成双璧的是综合周刊《小朋友》。《小朋友》于1922年4月由一直与商务印书馆竞争的中华书局创刊，第一任主编是文学研究会会员黎锦晖，办刊宗旨是"陶冶儿童性情，增进儿童智慧"。《小朋友》的最大收获是好几百期连载黎锦晖编写的《麻雀与小孩》《葡萄仙子》《月明之夜》等广受欢迎的儿童歌舞剧本。

新文学第一个十年里的"儿童文学运动"，在儿童诗、童话、儿童散文三种体裁的创作上都有重要收获。

在儿童诗方面，周作人的《儿歌》的儿童视角的表现、叶圣陶的《儿和影子》的儿童情趣、顾颉刚的《吃果果》的民间风格、刘大白的《两个老鼠抬了一个梦》的童话色彩、郭沫若的《天上的街市》的想象力、胡怀琛的《大人国》和《小人国》的夸张手法，都是深得儿童诗创作神髓的佳作。

俞平伯的表现儿童生活的诗集《忆》（朴社，1925年）堪称儿童诗的代表作。该诗集不仅作品本身艺术质地上佳，而且采用俞平伯毛笔手书诗作、孙福熙作封面图案、丰子恺插图、朱自清作跋的出版形式，使其成为艺术珍品。

在童话创作方面，取得最大成就的自然是叶绍钧。他的童话集《稻草人》（商务印书馆，1923年）代表着中国儿童文学的主体性、现代性的起点。叶绍钧的童话因为其关注现实生活的特质，被称为现实主义童话。其实，叶绍钧的很多童话都借用了传统童话的"三段式"手法。一粒种子要经国王、富翁、商人这三个人之手并且遭遇了相同命运以后，才会被农夫种进地里（《一粒种子》）；一个人要听到了孩子、青年、女郎三个人的愿望诉说，才会选择邮递员的工作，然后，他要为姑娘、孩子、野兔送三次信，才会失去自己的工作（《跛乞丐》）；稻草人要目睹老妇人、渔妇、赌徒妻子这三个人的凄惨遭遇之后，才会昏过去，"倒在田地中间"（《稻草人》）。这种三段式故事结构的使用，强化了作品类型化功能，弱化了作品典型化功能。叶绍钧创作关注现实的童话作品时，大量运用传统民间故事的这种三段式故事结构，是有其必然原因的。作为"为人生而艺术"的文学研究会的重要作家，叶圣陶具有强烈的关注现实、批判现实、揭示人生问题的意识，而通过三段式故事结构的使用，他对现实人生的认识、看法甚至观念得到了充分的强调。

日本学者新村彻曾这样评价叶绍钧的《稻草人》："叶绍钧的童话在当时来讲，采用的是儿童易读的有节奏的流畅语言，选择了适合儿童的题材，努力想用儿童的眼睛和心理凝视故事世界，但是，最终还是变成了成人眼里的世界。"[①] 对于《稻草人》的这种"成人化"，郑振铎则认为："把成人的悲哀显示给儿童，可以说是应该的。他们需要知道人间社会的现状，正如需要知道地理和博物的知识一样，我们不必也不能有意地加以

---

① 新村彻：《中国儿童文学小史》（4），《野草》（日本）1982年第30号。

防止。"① 叶绍钧创作童话集《稻草人》时，中国正处于非儿童的时代，叶绍钧的童话创作不得不由最初的"梦想一个美丽的童话的人生，一个儿童的天真的国土"（以《小白船》为代表），终而至于"对于人世间的希望便随着《稻草人》而俱倒"。尽管这样的《稻草人》具有非"儿童本位"的色彩，但是，在那样一个特殊的历史时代，《稻草人》却正因为如此，才获得了一种特殊的主体性和现代性。不过，在今天看来，它的意义和价值，主要是一种文学史上的意义和价值，如果以儿童本位的儿童文学标准来衡量，其自身是存在局限性的。

在五四时期，新文学领域曾出现"童心"崇拜的创作思潮，其中冰心的儿童散文集《寄小读者》（北新书局，1926年）是影响最大的作品。在《寄小读者》中，冰心以诗一般的抒情笔调，歌吟着童心、母爱、自然以及故国之爱，宣扬着她的"爱的哲学"。应该说，童心、母爱、自然，是儿童文学历来所亲近的主题，它们与儿童生活与心理很容易产生密切联系。但是，这只是一般或抽象而论。以它们为主题的作品能否成为典型的儿童文学，还要看作家表现这些主题时所采取的立场。很显然，冰心的《寄小读者》在看取童心、母爱、自然时不是"以儿童为本位"，而是选择了成人立场。冰心在《寄小读者》中传达的那些成人"悱恻的思想"是有不宜于儿童读者，不合于儿童文学精神之处的。

阅读《寄小读者》，最令人感到疑惑的是，作为新文学的重要作家，冰心为什么在作品中对美国的现代民主生活不以为然（见《通讯二十一》），却对难以催生儿童文学的中国传统文化顶礼膜拜（见《通讯二十三》）？由此，我们会联想到夏志清对冰心的评价："冰心代表的是中国文学里的感伤传统。即使文学革命没有发生，她仍然会成为一个颇为重要的诗人和散文作家。但在旧的传统下，她可能会更有成就，更为多产。"②

在儿童文学创作方面，留美三年的冰心，与胡适、陈鹤琴等人截然不同，她连镀金也没有镀，依然故我。冰心的儿童文学创作，不论是在艺术

---

① 郑振铎：《〈稻草人〉序》，郑尔康、盛巽昌编《郑振铎和儿童文学》，少年儿童出版社1990年版。
② 夏志清：《中国现代小说史》，复旦大学出版社2005年版，第53页。

表现上，还是在思想观念上，并没有因游美一遭而从儿童文学正生气勃勃发展的美国汲取任何现代新质。在冰心的《寄小读者》这里，我们看到了冰心文学与西方之间的断裂。这也是冰心作为新文学作家和儿童文学作家的严重缺憾。

冰心的《寄小读者》，在中国儿童文学史研究者那里，一直被置于极高的位置上，但是，不论是以历史目光，还是当代意识来面对，对《寄小读者》都有重新认识、评价的必要。

在五四时期，叶圣陶的《稻草人》、冰心的《寄小读者》与以周作人为代表"儿童本位"的儿童文学理念之间是存在着很大错位的。这种情形反映出发生期中国儿童文学的矛盾性和复杂性，而这一特性对其后的儿童文学发展产生了长期、深刻的影响。

综上所述，在五四新文学运动时期，儿童文学的运行和生产，都归属于整个文学的结构之中，是中国现代文学的有机组成部分。最后需要强调的是，作为中国现代文学的有机组成部分的儿童文学，不是现代文学的"量"的增加，而是"质"的生成。"儿童"和儿童文学的被发现，不仅给中国现代文学这一"人的文学"以具体的内容，而且强化了它的现代性质地，提高了它的现代性价值。

(本文发表于《上海师范大学学报》2013年第4期)

"反本质论"的学术后果

——对中国儿童文学史重大问题的辨析*

一 "反本质论"语汇：是否"更具吸引力"？

反本质论是近年儿童文学学术界出现的最为重要的学术动向。反本质论者针对20世纪的儿童文学理论批评进行了整体性批判，显示了一种与本质论研究彻底决裂的姿态。吴其南在《20世纪中国儿童文学的文化阐释》一书中认为，以往的儿童文学"这些批评所持的大多都是本质论的文学观，认为现实有某种客观本质，文学就是对这种本质的探知和反映；儿童有某种与生俱来的'天性'，儿童文学就是这种'天性'的反映和适应，批评于是就成了对这种反映和适应的检验和评价。这种文学观、批评观不仅不能深入地理解文学，还使批评失去其独立的存在价值"[①]。谭旭东在《童年再现与儿童文学重构——电子媒介时代的童年与儿童文学》一书中指出："长期以来，儿童文学理论是'本质主义'的探讨，理论界反复在围绕着'儿童文学是什么'作定义上的争论，从现代儿童文学史上关于'鸟言兽语'的论争，到当代儿童文学对'童心论'的论争，对儿童文学是否为教育主义文学的论争，以及到最近有人对'规范论'的所谓质疑等

---

* 本文重点号均为笔者所加。

① 吴其南：《20世纪中国儿童文学的文化阐释》，中国社会科学出版社2012年版，第6页。

等，都反映出儿童文学理论还在基本问题上缺乏明晰的认识，陷入了本质主义的困窘。"① 杜传坤在《中国现代儿童文学史论》一书中认为："联系当代儿童文学的现状，走出本质论的樊笼亦属必要。对当代儿童文学的发展而言，五四儿童本位的文学话语是救赎，也是枷锁……'儿童性'与'文学性'抑或'儿童本位'似乎成了儿童文学理论批评与创作的一个难以逾越的迷障。如同启蒙的辩证法，启蒙以理性颠覆神话，最后却使自身成为一种超历史的神话，五四文学的启蒙由反对'文以载道'最终走向'载新道'。儿童本位的儿童观与儿童文学观，同样走入了这样一个本质论的封闭话语空间。"②

现代社会以及人类的思维方式和精神结构正在发生重大的变化，某些后现代思想理论就是对这一变化的一种十分重要的反应。后现代理论关注、阐释的问题，是人的自身的问题，对于知识分子，对于学术研究者，更是必须面对的问题。从某种意义、某些方面来看，后现代理论是揭示人的思维和认识的局限和盲点的理论。与这一理论"对话"，有助于我们看清既有理论（包括自身的理论）的局限性。不过，如同"现代性是一种双重现象"（吉登斯语）一样，后现代主义理论也存在着很多的悖论。对此，我们同样应有清醒的认识。

自后现代主义理论出现以来，在哲学、文学、文化领域，出现了反本质论，特别是反本质主义的思潮。上述儿童文学领域里的反本质论的声音，明显是对后现代理论的一种回应。我认为，对反本质论者的本质论批判，需要展开富于学理的深入讨论，这是儿童文学学科的学术深化的一个契机。

本文的题目给反本质论加了引号，意在表示针对的是儿童文学领域的具体的反本质论学术表现，而不是一种泛指。探讨反本质论问题，我在方法上借鉴的同样是后现代理论，即后现代哲学家理查德·罗蒂的实用主义"真理"观。罗蒂在建立实用主义"真理"观的哲学方法时说："从我提出的哲学观点来看，哲学家不应该被要求用论证来驳倒（例如）

---

① 谭旭东：《童年再现与儿童文学重构——电子媒介时代的童年与儿童文学》，黑龙江少年儿童出版社2009年版，第149页。
② 杜传坤：《中国现代儿童文学史论》，中国社会科学出版社2009年版，第340—341页。

真理的符应理论或'实在的内在本性'概念。"① "这种哲学并不一件一件地做、或一个概念接着一个概念地分析、或一个论题接着一个论题检查，相反地，其做法是全体论式的和实证主义式的。……为了遵守我自己的戒条，我将不提出论证来反驳我想取代的语汇。相反地，我将试着说明我所赞同的语汇如何可以用来描述一些课题，使其看起来更具吸引力。"②这里，我想借用罗蒂的方法，在质疑儿童文学领域的反本质论时，并不进行理论上的论证式的反驳，而是仔细考察吴其南等学者用他们"所赞同的语汇"（反本质论）"来描述一些课题"时，其表现出的效果是否"看起来更具吸引力"。也就是说，本文只对反本质论者的学术"描述"进行回应，本文所做的回应主要不是一种论证，而是一种实证主义式的观测。本文把讨论仅限定在反本质论的吴其南等学者的具体学术操作的效果层面，而并不对本质论和反本质论作孰是孰非的理论论证。如果"反本质论"是一个工具，我不去就应不应该使用这一工具作理论判断，而是对这一工具实际使用起来的效果进行具体考察。

我想先拿出结论：从目前反本质论学者的具体表现来看，其研究已经出现了较大面积的学术失范、学术失据的状况，而这一状况的出现，就与他们反本质论的立场直接相关。对本质论当然可以质疑和反对，但是，像目前这样的方式的否定，其学术研究产生的更多的是负面学术效果。对这一情形如果不及时给予指出，并且做出认真的反思，将可能出现更加令人担心的学术后果。

以吴其南为代表的反本质论者的主要错误有两点：一是把"世界"与"真理"弄混淆了，把"事实"与"观念"弄混淆了，进而出现了对文学史的"事实"进行随意"建构"的倾向；二是因为反对事物具有本质，所以放弃了阐释本质时所应该具有的凝视、谛视、审视这三重目光。本文在讨论反本质论者的这两个失误时，主要围绕他们在中国儿童文学史的重大问题上发表的观点进行实证性描述并辨析这些重大问题。

---

① ［美］理查德·罗蒂：《偶然、反讽与团结》，徐文瑞译，商务印书馆2003年版，第18页。
② 同上书，第19页。

二 "儿童本位论"：推演自"儿童中心主义"？

以吴其南为代表的反本质论者在借鉴后现代理论，这一积极的反思姿态无疑值得肯定，但是，在接受的效果上，他们对后现代理论的理解常常是相当夹生的，有时是走了样的。

反本质的后现代哲学家理查德·罗蒂指出："我们必须区分'世界存在那里'（the world is out there）和'真理存在那里'（truth is out theere）这两种主张。'世界存在那里''世界不是我们所创造的'，是说依一般常识，空间和时间中的大部分东西，都是人类心灵状态以外的原因所造成的结果。'真理不存在那里'，只是说如果没有语句，就没有真理；语句是人类语言的元素；而人类语言是人类所创造的东西。"①

反本质主义（与反本质论有区别）的西方后现代哲学，是针对"真理"即观念来讨论的，而并不否认"事实"（"世界"）的存在，甚至也不否认"本性"的存在。但是，吴其南等反本质论者没有区分出"世界存在那里"与"真理存在那里"的区别。反本质论者也不理解人类的语言，特别是学术语言也存在着创造"真理"（观念）和陈述"世界"（事实）这两种语言。创造"真理"的语言是主观的，可是陈述"世界"（事实）的语言则具有客观性，也就是说，研究者对主观的观念可以创造（建构），但是，对客观的事实却不能创造（建构），而只能发现（陈述）。

比如，周作人有没有接受杜威的儿童中心主义并把它转述为儿童本位论，这不是"真理"，有待研究者去"创造"（"制造"），而是"世界"即客观存在的事实。正是这个事实，有待研究者去"发现"。"发现"就要有行动、有过程，最为重要的是要有证明。哥伦布发现新大陆，必须有美洲大陆这个"世界""存在那里"。同样的道理，研究者如果发现周作人接受了杜威的儿童中心主义并把它转述为儿童本位论，必须有"事实"（"世

---

① ［美］理查德·罗蒂：《偶然、反讽与团结》，徐文瑞译，商务印书馆2003年版，第13页。

界")"存在那里"。这个"事实"就存在于那个时代的历史文献资料之中。

可是，对这样一个儿童文学史上的重大问题，吴其南等学者是怎样进行研究的呢？

吴其南说："杜威的儿童本位论主要是一种教育—教学理论，在五四时的中国，经过周作人、胡适等鼓吹推演，与文化人类学、'复演说'相融合，才变成一种儿童文学理论。"① 谭旭东说："众所周知，'儿童本位论'是周作人等在借用杜威实用主义教育观的基础上提出来的，其原意是'儿童中心主义'……"②

我反复审读了《20世纪中国儿童文学的文化阐释》一书，非但没有找到吴其南介绍周作人、胡适"鼓吹推演"杜威的所谓"儿童本位论"的只言片语（谭旭东的著作亦是如此），却看到了这样的话："谁将杜威的儿童中心主义译为儿童本位论，谁将儿童本位论引入儿童文学是一个需要进一步考证的问题。"③ 这句话里，隐蔽着一个言语的误导——"进一步"一语会使读者产生已经有人做过考证的错觉。但是，据我所见，虽然此前有几位学者提出过诸如周作人的儿童本位论，是杜威的儿童中心主义的中国表述一类观点，但是，没有任何人曾对"谁将杜威的儿童中心主义译为儿童本位论，谁将儿童本位论引入儿童文学"这一假设作过任何考证，所以"进一步"实在无从谈起。可是，连吴其南自己在前面都承认"谁将儿童本位论引入儿童文学"是一个"需要""考证"的问题，怎么写到后面，没有作一字一句地"考证"，就变成了信誓旦旦的"经过周作人、胡适等鼓吹推演""变成一种儿童文学理论"了呢？对一个重大的文学史事实，是不能这样凭空"建构"的。

要证明这件事是否存在，其实方法并不复杂，那就是在周作人的全部著作中去查找，因为这么重大的儿童文学理论，周作人在建构的过程中，如果是"推演"自杜威的儿童中心主义，如果是"鼓吹"过杜威的儿童中

---

① 吴其南：《20世纪中国儿童文学的文化阐释》，中国社会科学出版社2012年版，第96页。
② 谭旭东：《寻找批评的空间》，黑龙江教育出版社2007年版，第31页。
③ 吴其南：《20世纪中国儿童文学的文化阐释》，中国社会科学出版社2012年版，第79页。

心主义，必然会在文献中留下许多证据。但是，我查找之后的结果是，对杜威的儿童中心主义，周作人从来没有"鼓吹"过，更谈不到"推演"过，连一字一句都没有。

周作人在《苦茶——周作人回想录》一书里，对自己的学术领域（周氏自称为"杂学"）如数家珍地进行了详细梳理。周作人说："一九四四年从四月到七月，写了一篇《我的杂学》，共有二十节，这是一种关于读书的回忆，把我平常所觉得有兴趣以及自以为有点懂得的事物，简单的记录下来。"① 按照常理，如果教育学理论是周氏"觉得有兴趣以及自以为有点懂得的事物"，当不会列出十八项之多的"杂学"，还没有将其包容进去，须知周作人是有教育经历和教育情结的。

对给予自己思想和学术以重要影响的人物，周作人在著述中总是大谈特谈，不厌其烦，比如对霭里斯，对斯坦利·霍尔等人，都明确表示自己的佩服，承认受其影响，并介绍、引用其理论观点。对霭里斯，周作人是反复赞美，反复介绍、引用其观点。周作人也对教育家有兴趣，他曾经怀着赞许，介绍福禄培尔、蒙台梭利等人。但是，对于杜威的儿童中心主义理论，周作人从来不置一词。在回想录里，他专门谈"儿童文学"，历数生物学、人类学、儿童学对自己的影响，而杜威的儿童中心主义踪影全无。对杜威这个人，周作人似乎也是不以为然，未予赞赏的。查《周作人散文全集》，周作人共有七篇文章提到杜威。我们列举几篇，看看周作人对杜威的态度。

《"大人之危害"及其他》（1924年）："这位梵志泰翁无论怎么样了不得，我想未必能及释迦文佛，要说他的讲演于将来中国的生活会有什么影响，我实在不能附和，——我悬揣这个结果，不过送一个字，刊几篇文章，先农坛真光剧场看几回热闹，素菜馆洋书铺多一点生意罢了，随后大家送他上车完事，与杜威罗素（杜里舒不必提了）走后一样。"② 可见周作人对杜威来华讲演"于将来中国的生活会有什么影响"是颇为怀疑的。有

---

① 周作人：《苦茶——周作人回想录》，敦煌文艺出版社1995年版，第523页。
② 周作人：《"大人之危害"及其他》，钟叔河编订《周作人散文全集》（第3卷），广西师范大学出版社2009年版。

这样的怀疑，他当然不会去"鼓吹推演"杜威的理论。

《关于文学之诸问题》（1932年）："自古代的希腊到现在，自亚里士多德的哲学，以至詹姆斯和杜威的实验哲学，派别很多很多，其中谁是谁非，是没有法子断定的，到了宗教问题尤甚。"① 很明显，周作人对杜威的实验主义哲学，不想作是非上的评价。

《太戈尔的生日》（1950年）："五四以后，所谓新文化运动正在进行，有一个时期盛行讲学，聘请欧美学者，来北京公开讲演。最初记得是杜威，因为是胡适博士的老师，所以颇有号召的力量，讲演时大概是座上常满，讲演录笔记下来出单行本，似乎也销得不少。其次来的是罗素，他的专门是数理哲学，无法通俗，但是他爱谈社会问题，又对于中国事情很有兴趣，这一方面的话大家都还爱听，讲演的成绩很是不错。随后的一个是杜理舒，在我们旁观的看去，有点近于强弩之末了……可是这时斜刺里出来一个脚色，想不到的收了效果，此人非别，即是印度诗人太戈尔。这些时候我都在北京，可是实在懒惰得很，这些学者诗人的尊容我都没有见过，只听见说太翁的道貌非常清高，又有诗哲戴了印度帽，配得更是好看。"② 周作人自愿做个"旁观的"，既不去听杜威的讲演，也没有去见杜威（以周作人与胡适的密切关系，应该很容易）。他说是因为"懒惰"，这是客气话，其实是因为没有兴趣吧。

《笨贼与民谣》（1951年）："报纸上的文章总不免有错字，看别人的文章或者囫囵读过去，若是自己的一看就明白的显出来了。那《笨贼》里上边说的是胡佛，末后却又提起杜威来，我看了不禁暗叫惭愧，原来这是自己搞坏的。因为最初我错记了那说话的是杜威，写好之后才想起那是胡佛之误，随手改正了两处，第三处却疏忽过去，以致又钻出杜威来，弄得牛头不对马嘴了。"③《笨贼》一文，是周作人嘲讽胡佛的，说他美化美国

---

① 周作人：《关于文学之诸问题》，钟叔河编订《周作人散文全集》（第6卷），广西师范大学出版社2009年版。
② 周作人：《太戈尔的生日》，钟叔河编订《周作人散文全集》（第10卷），广西师范大学出版社2009年版。
③ 周作人：《笨贼与民谣》，钟叔河编订《周作人散文全集》（第11卷），广西师范大学出版社2009年版。

对朝鲜、中国的侵略,但美化得很笨,是"笨贼"。问题的关键在于,周作人最初竟然把这"笨贼"的话,安到了杜威的头上,可见他对杜威也不会有什么好感。

从常识常理来考虑,如果连周作人自己都十分看重的儿童本位论是从杜威那里"推演"而来的,当不会说起杜威是上述那种态度。除了有人能证明,周作人是想有意掩盖这一事实。

从时间上看,周作人的儿童本位理论其实萌生甚早。1913年,他就在《儿童研究导言》一文说:"世俗不察,对于儿童久多误解,以为小儿者大人之具体而微者也,凡大人所能知能行者,小儿当无不能之,但其量差耳。"① 这已经有了1920年在《儿童的文学》中的表述("以前的人对于儿童多不能正当理解,不是将他当作缩小的成人,那'圣经贤传'尽量的灌下去,便将他看作不完全的小人,说小孩懂得什么,一笔抹杀,不去理他。")的前半部分。1914年,他在《玩具研究(一)》一文提出:"故选择玩具,当折其中,既以儿童趣味为本位,而又求不背于美之标准。"② 同年在《学校成绩展览会意见书》中,提出审查儿童绘画作品的标准:"故今对于征集成绩品之希望,在于保存本真,以儿童为本位,而本会审查之标准,即依此而行之。勉在体会儿童之知能,予以相当之赏识。"③ 同年在《小学校成绩展览会杂记》中说:"今倘于此不以儿童为本位,非执著于实利,则偏主于风雅,如此制作,纵至精美,亦犹匠人之几案,画工之丹青,于艺术教育之的去之已远。"④ 这都是明确提出了以儿童为本位这一艺术和教育的思想,其立场和逻辑与九年后说的"儿童的文学只是儿童本位

---

① 周作人:《儿童研究导言》,周作人著,刘绪源辑笺《周作人论儿童文学》,海豚出版社2012年版。
② 周作人:《玩具研究(一)》,周作人著,刘绪源辑笺《周作人论儿童文学》,海豚出版社2012年版。
③ 周作人:《学校成绩展览会意见书》,周作人著,刘绪源辑笺《周作人论儿童文学》,海豚出版社2012年版。
④ 周作人:《小学校成绩展览会杂记》,周作人著,刘绪源辑笺《周作人论儿童文学》,海豚出版社2012年版。

的，此外更没有什么标准"①　如出一辙。我认为，探究儿童文学的儿童本位论的缘起，应该从这里开始辨析，而不是像吴其南那样，认为"真正的儿童本位论是从杜威的教育理论，特别是他的'儿童中心主义'的引进开始的"②。

在周作人的儿童本位论与杜威的儿童中心主义的关系处理上，吴其南以及其他一些学者的问题在于，他们一方面望文生义，将"儿童本位"等同于"儿童中心"；另一方面运用自己的思考，在杜威的儿童中心主义这一教育理论与以周作人为代表的儿童本位论这一儿童文学理论之间建立了某种联系，然后就把自己的思想逻辑和学术想象当成了历史的事实，忽略了作为一个文学史的事实，是需要对其进行细致的考证性、实证性研究的。

三　儿童本位论与儿童中心主义：何为中国儿童文学发展的主轴？

因为虚构了周作人的儿童本位论"推演"自杜威的儿童中心主义这么重大的文学史"事实"，在《20世纪中国儿童文学的文化阐释》一书中，吴其南大大改写了，或者"重绘"了中国儿童文学史的"地图"——在他的笔下，成为百年中国儿童文学发展主轴的不是周作人原创的"儿童本位论"这一儿童文学理论，反而是杜威的"儿童中心主义"这一儿童教育教学理论。

吴其南说："'儿童本位论'主要是一种教育理论，它更多谈'儿童'，谈儿童与成人的区别及儿童独特的精神需要。"③　"在20世纪儿童文学中，儿童本位论是一个影响最为深广的观念。……可以说，在整个20世纪中国儿童文学的发展中，无论是理论、创作还是出版，或明或暗都有儿童本位论的影子，这并非偶然，因为它所涉及的问题确实关系到儿童文学

---

①　周作人：《儿童的书》，周作人著，刘绪源辑笺《周作人论儿童文学》，海豚出版社2012年版。
②　吴其南：《20世纪中国儿童文学的文化阐释》，中国社会科学出版社2012年版，第78页。
③　同上书，第82页。

的一些最本质的方面。"① 谭旭东说："众所周知，'儿童本位论'是周作人等在借用杜威实用主义教育观的基础上提出来的，其原意是'儿童中心主义'，它促动了儿童教育的现代化，但在解读儿童文学本体审美特征方面是乏力的。至少以'儿童本位论'是无法区别儿童教育与儿童文学的，而且'儿童本位论'直接导致了中国现代当代儿童文学创作的教育主义倾向。"②

吴其南和谭旭东都认为对20世纪中国儿童文学是"一个影响最为深广的观念"的"儿童本位论"是一种教育理论。这是对20世纪中国儿童文学的性质和走向的根本性误判。简要地说，周作人的儿童本位论不是一种教育理论，而是一种文学理论、文化批判理论，对20世纪中国儿童文学影响深远的不是"推演"自教育理论的儿童本位论，而是具有本土原创性的儿童本位论。

当吴其南说"'儿童本位论'主要是一种教育理论"的时候，他恐怕完全没有关注到周作人在《苦茶——周作人回想录》中说过的话："以前的人对于儿童多不能正当理解，不是将他当作小型的成人，期望他少年老成，便将他看作不完全的小人，说小孩懂得什么，一笔抹杀，不去理他。现在才知道儿童在生理心理上虽然和大人有些不同，但他仍是完整的个人，有他自己内外两面的生活。这是我们从儿童学所得来的一点常识，假如要说救救孩子，大概都应以此为出发点的。"③

从这段话可以清楚地了解到，周作人的儿童本位的儿童观是"救救孩子"的出发点。但是，杜威的儿童中心主义则不是为了救救孩子，而是倡导教育教学的中心不在学科（教师、教材），而在儿童。两者完全处于不同的思想维度。

周作人的儿童本位论主要是一种文化批判理论，是一种思想革命，它的核心是反对封建文化中的成人对儿童的压迫，为儿童争得做人的权利，争得拥有属于自己的文学的权利。周作人所拥有的历史、所处的时代和社

---

① 吴其南：《20世纪中国儿童文学的文化阐释》，中国社会科学出版社2012年版，第77页。
② 谭旭东：《寻找批评的空间》，黑龙江教育出版社2007年版，第31页。
③ 周作人：《苦茶——周作人回想录》，敦煌文艺出版社1995年版，第539页。

会，与杜威所拥有的历史、所处的时代和社会有根本的不同，因此，周作人的儿童本位论与杜威的儿童中心主义自然有着不同的诉求。

周作人在思考儿童文学的教育功能时，从一开始就保持着文学的主体性意识。他在作于1912年，发表于1913年的《童话研究》一文中早就说："盖凡欲以童话为教育者，当勿忘童话为物亦艺术之一，其作用之范围，当比论他艺术而断之，其与教本，区以别矣。故童话者，其能在表见，所希在享受，撄激心灵，令起追求以上遂也。是余效益，皆为副支，本末失正，斯昧其义。"①（本文重点号均为笔者所加）"凡欲以童话为教育者，当勿忘童话为物亦艺术之一"，这是周作人从文学的立场出发，对教育者的一个警示。所以，吴其南、谭旭东说以周作人为代表的儿童本位论是一种教育理论（哪怕是在最初），是完全不符合周作人自己的论述的。至于谭旭东说周作人的"'儿童本位论'直接导致了中国现代当代儿童文学创作的教育主义倾向"，更是全无根据的。哪怕对周作人的儿童文学观稍作了解，都应该知道，恰恰是周作人的"儿童本位论"蕴含着警惕、批判儿童文学中的教训主义和教育主义的思想基因，恰恰是周作人秉持"儿童本位论"，一直不遗余力地批判着"中国现代当代儿童文学创作的教育主义倾向"。这种坚守文学主体性的批判，在周作人的儿童文学研究里，随处可见，不知吴其南、谭旭东为何却没有看到。

为了证明对儿童文学理论发生核心性、主体性影响的是周作人的儿童本位论，而不是杜威的教育理论的儿童中心主义（即吴其南表述的"杜威的儿童本位论"），我们回到这两种理论都产生过深刻影响的20世纪20年代初这一历史场景，就中国第一部《儿童文学概论》对这两种理论的接受状况，作一具体的、实证性的考察。

1923年9月，魏寿镛、周侯于②的《儿童文学概论》由上海商务印书馆出版，这是最靠近儿童本位论和儿童中心主义产生影响的那个历史时代

---

① 周作人：《童话研究》，周作人著，刘绪源辑笺《周作人论儿童文学》，海豚出版社2012年版。

② 该书的著者，封面写作"**魏寿镛　周侯予**"，书内"著者的声明"的落款和版权页均写作"魏寿镛　周侯于"。

的理论著作。考察两位教育界作者在这部著作中,对儿童文学的儿童本位论和儿童教育的儿童中心主义的不同的接受状态,有助于我们认清历史的真相。

在《儿童文学概论》一书的第一章"什么叫做儿童文学"里,魏寿镛、周侯于论述说:"儿童文学就是用儿童本位组成的文学,由儿童的感官,可以直接诉于他精神的堂奥的。"① 而此语来自郭沫若的《儿童文学之管见》一文的这段话:"儿童文学,无论采取何种形式(童话、童谣、剧曲),是用儿童本位的文字,由儿童的感官以直诉于其精神堂奥……"② 两位作者在论述"儿童自己需要文学"时说:"因为这几年的生活,一方面固然是成人生活的准备,一方面自有独立生活的意义和价值。决不能把人生的全生活,指定哪一截是真正的生活;他一世的生长,成熟,老死的生活,都是真正的生活。"③ 这一段文字则取自周作人的《儿童的文学》一文:"儿童期的二十几年的生活,一面固然是成人生活的准备,但一面也自有独立的意义和价值;因为全生活只是一个生长,我们不能指定哪一截的时期,是真正的生活。我以为顺应生活各期,——生长,成熟,老死,都是真正的生活。"④ 两位作者还论述说:"儿童是人的一期,等于人类学的原人一期,因为人类的'个体发生'和'系统发生'相似,'胚胎时代'经过'生物进化'的过程,'儿童时代'经过'文明发达'的过程。所以'儿童学'的事项,可以借'人类学'来证明。"⑤ 这句话也是来自周作人的《儿童的文学》一文:"照进化说讲来,人类的个体发生原来和系统发生的程序相同:胚胎时代经过生物进化的历程,儿童时代又经过文明发达的历程;所以儿童学(Paidologie)上的许多事项,可以借了人类学(Anthropologie)上的事项来说明。"⑥

---

① 魏寿镛、周侯于:《儿童文学概论》,上海商务印书馆1923年版,第10页。
② 郭沫若:《儿童文学的管见》,原载于上海《民铎》月刊1921年1月15日第2卷第4期。见盛巽昌、朱守芬编《郭沫若和儿童文学》,少年儿童出版社1990年版。
③ 魏寿镛、周侯于:《儿童文学概论》,上海商务印书馆1923年版,第12页。
④ 周作人:《儿童的文学》,《新青年》1920年12月1日第八卷第四号。
⑤ 魏寿镛、周侯于:《儿童文学概论》,上海商务印书馆1923年版,第12页。
⑥ 周作人:《儿童的文学》,《新青年》1920年12月1日第八卷第四号。

从上述比较来看，魏寿镛、周侯于对周作人和郭沫若的儿童本位的儿童文学观是照单全收的。更为重要的是，他们所接受的都是周作人和郭沫若论述儿童文学本体问题以及论述儿童文学成立的依据时的主张，并且将其作为自己的儿童文学观的立论根基。顺便说一句，周作人、郭沫若都留学日本，他们使用的"儿童本位"的"本位"一词，应该来自日语语汇，而不是"儿童中心主义"的"中心"一词的翻译。

魏寿镛、周侯于的《儿童文学概论》也引用了杜威的一些观点。"儿童生活自己需要文学；那么教育儿童的人，当然有用儿童文学的需要。教育是什么？杜威博士说：'教育是生活。'教育材料是什么？便是儿童生活需要的东西。"① 这是借用杜威的观点，是为了论述儿童文学产生了之后，如何在儿童教育上将其加以运用。"旧教学法失败，新教学法产生。现在的教学法，是完全以儿童为本位；用什么教材，怎样教法，完全看儿童需要——内外生活——而定。所以杜威博士说：'教育是生活'。生活是有目的的，须等儿童完了目的，那么方才可以教学。这种方法，便是现在最通行的'设计教学法'。"② 这是第六章"儿童文学的教学法"中的一段文字，它还是引用杜威的"教育是生活"的主张，来探讨"教学法"的。在探讨如何体味儿童文学的时候，《儿童文学概论》提出了"表演"法，并引用了杜威的一句话："用演戏方法，帮助学科，最明显的利益，是有兴趣……"③这完全是在处理儿童文学的教学问题。

事实已经很清楚了。在这部教育工作者撰写的儿童文学理论著作中，与杜威的儿童中心主义相比，还是中国的儿童本位论发挥着更为根本的作用。杜威对《儿童文学概论》的影响基本是限于儿童文学的教育学的应用范畴，而没有在儿童文学本体理论层面产生什么影响。严格说来，杜威的儿童中心主义并没有转化为儿童文学理论。而20世纪的中国儿童文学历史进程中，儿童文学的教学问题，主要属于小学教育学科的问题，更是无法作为主轴来推动儿童文学创作和研究。

---

① 魏寿镛、周侯于：《儿童文学概论》，上海商务印书馆1923年版，第14页。
② 同上书，第54页。
③ 同上书，第63页。

四 "儿童本位论":并非"真正的启蒙主义"?

由于把儿童本位论当成一种教育理论,吴其南自然不会把儿童本位论放在整个中国现代文学的格局中,作为现代文学的思想革命的一环来加以认识和把握。但是,"五四时期的新文学是包括儿童文学在内的。在五四新文学的整体中,儿童文学是有机组成部分。甚至可以这样说,最能显示五四新文学的'新'质的,也许当推'儿童'的发现和'儿童的文学'的发现"①。

吴其南说:"……专指意义上的启蒙,即人文主义与封建主义的冲突,人的个性的觉醒,属于思想革命的较深层次,儿童文学的内容较为清浅,思想情感不十分分化,适合表现具有普遍意义的内容而非较深的更具个性化的内容,在一个启蒙思想不是普遍受到推崇而是遭受到压抑、打击的环境里,往往更难表现出来。这样,一个看起来与儿童生活距离很近的文化思潮却在20世纪儿童文学很少得到表现和关注,也就不难理解了。"② 吴其南甚至认为,"20世纪中国文化经历了三次启蒙高潮。……前两次,从戊戌维新到五四新文化运动,中国儿童文学尚处在草创阶段,启蒙作为一种文化思潮不可能在儿童文学中有多大的表现……只有新时期、80年代的新启蒙,才在儿童文学内部产生影响,出现真正的启蒙主义的儿童文学"③。

"儿童文学的内容较为清浅,思想情感不十分分化",在这里,吴其南再一次流露出他贬抑儿童文学的价值观。由于看不到儿童文学的现代性价值,他忽略了五四启蒙运动时期,位于思想革命的最高处的周作人,在儿童文学领域以"儿童本位论"所进行的最为彻底的现代性启蒙。

---

① 朱自强:《中国儿童文学与现代化进程》,浙江少年儿童出版社2000年版,第153—154页。
② 吴其南:《20世纪中国儿童文学的文化阐释》,中国社会科学出版社2012年版,第166页。
③ 同上书,第166—167页。

在2012年第一届中美儿童文学高端论坛上，我发表了论文《"儿童的发现"：周作人的"人的文学"的思想源头》，指出："以往的现代文学研究在阐释周作人的《人的文学》一文时，往往细读不够，从而将'人的文学'所指之'人'作笼统的理解，即把周作人所要解决的'人的问题'里的'人'理解为整体的人类。可是，我在剖析《人的文学》的思想论述逻辑之后，却发现了一个颇有意味、耐人寻思的现象——'人的问题'里的'人'，主要的并非指整体的人类，而是指的'儿童'和'妇女'，并不包括'男人'在内。在《人的文学》里，周作人的'人'的概念，除了对整体的'人'的论述，还具体地把'人'区分为'儿童'与'父母''妇女'与'男人'两类对应的人。周作人就是在这对应的两类人的关系中，思考他的'人的文学'的道德问题的。周作人要解放的主要是儿童和妇女，而不是男人。《人的文学》的这一核心的论述逻辑，也是思想逻辑，体现出周作人的现代思想的独特性以及'国民性'批判的独特性。""其实，在《人的文学》一文中，周作人所主张的'人'的文学，首先和主要是为儿童和妇女争得做人的权利的文学，男人（'神圣的''父与夫'）的权利，已经是'神圣的'了，一时还用不着帮他们去争。由此可见，在提出并思考'人的文学'这个问题上，作为思想家，周作人表现出了其反封建的现代思想的十分独特的一面。"在《人的文学》发表两年后撰写的《儿童的文学》一文，其实是周作人在《人的文学》中表述的一个方面的启蒙思想，在儿童文学领域里的再一次具体呈现。

周作人此后发表的《儿童的书》《关于儿童的书》《〈长之文学论文集〉跋》等文章对抹杀儿童、教训儿童的成人本位思想的批判，都是深刻的思想启蒙，是吴其南所说的"专指意义上的启蒙，即人文主义与封建主义的冲突"。周作人的这些"思想革命"的文字，对规划中国儿童文学的发展方向至为重要。

吴其南认为"只有新时期、80年代"才"出现真正的启蒙主义的儿童文学"，其阅读历史的目光显然是被蒙蔽着的。造成这种被遮蔽的原因之一，就是对整体的历史事实，比如对周作人的"人的文学"的理念,对周作人儿童本位的儿童文学思想的全部面貌,没有进行凝视、谛视和审视,因而对于周作人作为思想家的资质不能作出辨识和体认。

结语:走出当下"反本质论"的误区

上文考察、描述了吴其南等学者在中国儿童文学史的重大问题的研究上出现的失误。其实,吴其南的《20世纪中国儿童文学的文化阐释》,在很多地方都存在着学术知识上的错误。比如——

吴其南说:"周作人等谈儿童文学,一再引述麦克林托(冬)《小说的童年》中的一段话:'据麦克林托说,儿童的想象力如被迫压,他将失去一切的兴味,变成枯燥的唯物的人;但如果被放纵,又变成梦想家,他们的心力都不中用了。……'"① 事实是,《小说的童年》根本不是麦克林托(冬)写的,而是麦扣洛克写的。吴其南的破碎化的信息恐怕来自误读周作人的著述。周作人在《苦茶——周作人回想录》中说:"麦扣洛克称其书曰《小说之童年》,即以民间故事为初民之小说……"而上述"据麦克林托说"云云,则出自周作人的《儿童的文学》一文。其实,周作人在书中、文中列出了这两个人的英文名字,麦扣洛克是"Macculloch",麦克林托是"P. L. Maclintock",哪里是一个人。另外,周作人在《儿童的文学》里明明讲过,麦克林托写有"小学校里的文学"这样名称的书,说明文学在小学教育上的价值,吴其南却把麦克林托的讲小学校文学教育的观点,安到了讲"民间故事为初民之小说"的《小说之童年》的身上,这也是一种非逻辑的凭空臆想。

吴其南说,周作人"……还写了《古童话释义》《童话略论》等论文,理论基础便是麦克林冬的《小说的童年》、安德鲁·朗等人的文化人类学理论,但多是经日本中转并经柳田国男等人改造过的"②,说周作人读

---

① 吴其南:《20世纪中国儿童文学的文化阐释》,中国社会科学出版社2012年版,第94页。
② 同上书,第46页。

的麦扣洛克（根本不是麦克林冬）的《小说之童年》和安德鲁·朗等人的文化人类学理论，"多是经日本中转并经柳田国男等人改造过的"，这又是凭着对周作人的著述的一点不确的印象而臆想出来的"事实"。但这样的凭空臆想实在事关重大，因为他把周作人的直接来自英文原著的神话学、文化人类学的第一手理论资源，说成了是来自日文的二手货。

吴其南说："20年代，小说研究会还掀起一个所谓的'儿童运动'。"①短短一句话连续出现两个错误。中国儿童文学的发生期曾有一个儿童文学运动。对这一重要的文学史现象，作为文学研究会主要成员的朱自清在1929年有过辨识。他在为清华大学编写的《中国新文学研究纲要》里，在介绍文学研究会时，特别列出了"儿童文学运动"这一章节的提要。可见，吴其南把文学研究会和儿童文学运动都搞错了。再比如，吴其南说"弗洛伊德将人格看作包含了自我、本我、超我的动力系统……"② 介绍弗洛伊德的人格结构理论，应该按照这一理论的结构层次，先说"本我"，次说"自我"，再说"超我"，随意颠倒次序，显然是学术上的不严谨。

在辨析了反本质论者在中国儿童文学史的重大问题研究上的学术失据之后，又指出其在学术知识上频繁出现错误，我是想凸显：反本质论者出现如此性质的错误，出现如此数量的错误，不会是偶然和孤立的现象。我认为，犯这样的错误，与他们盲目地接受西方后现代理论中激进的"解构"理论，进而采取盲目的反本质论的学术态度直接相关。从吴其南等学者的研究的负面学术效果来看，他们的"反本质论"已经陷入了误区，目前还不是一个值得"赞同的语汇"，"反本质论"作为一项工具，使用起来效果不彰，与本质论研究相比，远远没有做到"看起来更具吸引力"。

目前的儿童文学领域里的"反本质论"研究造成的学术后果令人担忧，亟待反思。我想郑重倡议，不管是"反本质论"研究，还是"本质

---

① 吴其南：《20世纪中国儿童文学的文化阐释》，中国社会科学出版社2012年版，第41页。
② 同上书，第99页。

论"研究，都要在自己的学术语言里，把"世界"与"真理""事实"与"观念"区分清楚，进而都不要放弃凝视、谛视、审视研究对象这三重学术目光。我深信，拥有这三重目光的学术研究，才会持续不断地给儿童文学的学科发展带来学术的增值。

（本文发表于《中国海洋大学学报》2013年第5期）

论冰心《寄小读者》的历史局限

——兼谈五四时期儿童文学的两个"现代"

冰心是五四时期儿童文学创作的一位代表性作家。冰心是一位"童心"崇拜者,在五四时期的"童心"崇拜的创作思潮中,她的许多诗文是颇为引人注目的。五四时期的"童心"崇拜思潮标示着童年概念已进入新文学作家们的心中。这一思潮于儿童文学的发展,积极意义远远大于消极意义。不过,"童心"崇拜的思想并不能直接转化为儿童文学创作。五四时期,成人作家表现"童心"崇拜的诗文,大多是成人的文学而非儿童的文学。

"童心"崇拜的心境,容易促使一位作家走上儿童文学创作之路。在1923年以前,冰心便热衷于在小说中描写儿童形象,写下了《离家的一年》《寂寞》《六一姊》等以儿童生活为题材的小说。冰心自己说:"那是写儿童的事情给大人看的,不是为儿童而写的。"[①] 在儿童文学创作中,存在着全无儿童读者意识,但写出来的作品却成为优秀的儿童文学这种现象。但是,冰心的上述小说,由于表现的是成人心中的乡愁,难以引起儿童读者的共鸣。1923年,冰心远去美国游学,恰在这时,《晨报》副刊开辟了《儿童世界》一栏,冰心便应编辑之约,将为儿童写作的通讯体散文寄到《儿童世界》上发表。冰心《寄小读者》共计29篇,创作历时三年

---

① 冰心:《我是怎样被推进儿童文学作家队伍里去的》,转引自叶圣陶等《我和儿童文学》,少年儿童出版社1980年版,第13页。

有余。《寄小读者》是一种独特的儿童文学。它的创作形态恰与冰心那些"写儿童的事情给大人看的"小说相反,是写大人的事情(经历和心境)给儿童看的。在成人本位的儿童观刚刚开始松动的时代,冰心以《寄小读者》敞开心扉,站在平等甚至是自谦的立场上,与儿童读者进行真挚的情感交流,表现出了对"儿童世界"的极大尊重。在《寄小读者》中,冰心以诗一般的抒情笔调,歌吟着童心、母爱、自然以及故国之爱,宣扬着她的"爱的哲学"。应该说,童心、母爱、自然,是儿童文学历来所亲近的主题,它们与儿童生活与心理很容易产生密切联系。但是,这只是一般或抽象而论。以它们为主题的作品能否成为典型的儿童文学,还要看作家表现这些主题时所采取的立场。

很显然,冰心的《寄小读者》在看取童心、母爱、自然时不是"以儿童为本位",而是选择了成人立场。因为自己的无意之举,一只小鼠遭到了伤害,对此,冰心忏悔:"我小时曾为一头折足的蟋蟀流泪,为一只受伤的黄雀鸣咽;我小时明白一切生命,在造物者眼中是一般大小的;我小时未曾做过不仁爱的事情,但如今堕落了……"(《通讯二》)这样的"童心来复"并非在心态上重返童年,而是成人的乡愁。冰心在这第二篇通讯中,便已决定下了《寄小读者》的创作立场——以成人的乡愁之心去诠释童心、母爱和自然。如果冰心一直像写《通讯二》那样,通过比较具体的事件来表述自我情感,也许《寄小读者》对儿童读者来说,会增加一些可读性,可是,后来的通讯,多是断续的心理、情绪、心境的表现,疏远了儿童的故事性思维这一审美特征。

不仅在艺术表现上,而且在传达的某些内容上,《寄小读者》也有违儿童读者以及"儿童世界"栏的要求。冰心写《寄小读者》的最初起因,是因为她有了远行游学的计划后,三位弟弟及弟弟们的学友,一共十多个少年,他们都要求冰心常常给他们写信,报道沿途见闻和游学情况。在冰心动身前夕,《晨报》的"儿童世界"专栏创刊(冰心正是这个栏目的提议者),特约冰心为儿童写游记以在专栏发表,这意味着冰心的《寄小读者》将面向广大的儿童读者。不过,冰心在创作时,她心中的隐含读者,却只是自己的分别为13岁、15岁、17岁的弟弟以及弟弟的学友们。从通讯中我们可以感觉到,冰心的弟弟基本是属于文学少年的。冰心自己是知道儿童读者和"儿童世界"专栏的要求的,她在《通讯一》中对小读者说:"我去的地方,是在地球的那一边。""我十分的喜欢有这次的远行,因为或者可以从旅行中多得些材料,以后的通讯里,能告诉你们些略为新奇的事情。"但是,在《寄小读者》中,我们几乎看不到描写"地球的那一边"的异国的风土人情之"新奇"的笔墨,作家感怀叹逝的抒情文字却往往触目皆是。冰心的话似可作为总括——"小朋友,我觉得对不起!我又以悱恻的思想,贡献给你们。"(《通迅二十七》)冰心将本应是记述"新奇的事情"的游记,写成了表现个人的"悱恻的思想"的散文。

冰心在《寄小读者》中传达的"悱恻的思想"也有不宜于儿童读者,不合于儿童文学精神之处。面对美国的山中景色,冰心"想起的,有'前不见古人,后不见来者,念天地之悠悠,独怆然而涕下'。归途中又诵'云无心以出岫;鸟倦飞而知还。景翳翳以将入,抚孤松而盘桓'。小朋友,愿你们用心读古人书,他们常在一定的环境中,说出你心中要说的话!"(《通讯十四》)冰心这样述说自己的创作心境:"病中,静中,雨中,是我最易动笔的时候;病中心绪惆怅,静中心绪清新,雨中心绪沉潜,随便的拿起笔来,都能写出好些话。"(《通讯二十六》)"我""替美国人上了一夏天的坟,倚色佳四五处坟园我都游遍了!这种地方,深沉幽邃,是哲学的,是使人勘破生死观的。我一星期中至少去三次,抚着碑碣,摘去残花,我觉得墓中人很安适的,不知墓中人以我为如何?"(《通讯二十六》)"然而病中心情,今日是很惆怅的。花影在壁,花香在衣。濛濛的朝霭中,我默望窗外,万物无语,我不禁泪下。——这是第三次。幸而我素来是不喜热闹的。每逢佳节,就想到幽静的地方去。今年此日避到这小楼里,也是清福。"(《通讯九》)

在20世纪二三十年代,曾有评论家认为冰心是一位"闺秀派作家"[①]。冰心是为五四这个时代而举起了创作之笔,并以《两个家庭》《斯人独憔

[①] 毅真:《闺秀派的作家——冰心女士》,转引自范伯群、曾华鹏《冰心评传》,人民文学出版社1983年版。

悴》《去国》等植根于社会现实的问题小说步上文坛的，对这方面的创作，冠以"闺秀"之作并不贴切。不过，以我阅读《寄小读者》的感受而言，虽然母爱、童心、自然这些思想内容是新鲜的，但是，冰心写《寄小读者》的心境却是带有"闺秀"色彩的，透过字里行间，我甚至有时会依稀看到黛玉葬花的身影。当然，这样的情绪、心境与冰心以病弱之身客居异国、远离双亲的特殊境况有密切关系。《寄小读者》中的二十九篇通讯中，有十篇便写于病院和疗养院之中，这十篇的文字量占了全部通讯的一半。病中的生活毕竟只是冰心留学生活的六分之一，何以《寄小读者》对病中生活的描写多而详细，而对健康生活却写得少而模糊呢？显然，冰心津津乐道的是个人落寞的心境，而对美国的社会生活却相当麻木不仁。情感过剩是《寄小读者》的一大特色，而儿童文学创作是忌讳作家情感过剩的笔墨的。

阅读《寄小读者》，我最感疑惑的是，作为新文学的重要作家，冰心写游记时为什么对美国社会、文化、文学不予关心？须知美国这个国度曾给新文学运动领袖胡适以化解不开的精神情结。作为创作《寄小读者》的儿童文学作家，冰心为什么没有体察美国儿童的生存环境？须知，在当时，美国是最尊重、爱护儿童的国度，它为孩子们设立了众多的图书馆，为儿童出版的书之多，以1919年为例，共出版一千二百万册儿童图书，其中面向少年儿童创作的新作品就达四百三十三部之多。冰心留学之地为美国文化中心波士顿，如果冰心稍加留心，美国儿童文化方面的丰富情形当不难体察。我感到，《寄小读者》隔世的原因似乎应须到冰心内心深处的"闺秀"心态和气质中去寻找。冰心在精神上是不能"离家"的，这种心理状态，她曾在发表于1921年的小说《离家的一年》里有所披露。冰心的心理年龄恐怕与小说中"十三岁"的"他"相去不远。于是，对母亲的依恋、思念成了留学中的冰心的主要精神生活，而《寄小读者》除了写给"小读者"恐怕主要也是写给母亲的——"这书中的对象，是我挚爱恩慈的母亲。她是最初也是最后我所恋慕的一个人，我提笔的时候，总有她的蹙眉或笑脸，涌现在我眼前。"[①] 作为"闺秀"心理的不仅是对母亲的过分

---

① 冰心：《〈寄小读者〉四版自序》，《三寄小读者》，少年儿童出版社1981年版，第3页。

依恋、思念，还有对"病"的依恋："想到如这回不病，此时正在纽约或华盛顿，尘途热闹之中，未必能有这般的清福可享，又从失意转成喜悦。"(《通讯十一》)在抱病的生活中，"我'终日矜持'，我'低头学绣'，我'如同缓流的水，半年来无有声响'"(《通讯二十七》)。"我逐日远走开去，渐渐又发现了几处断桥流水。试想看，胸中无一事留滞，日日南北东西，试揭自然的帘幕，蹑足走入仙宫……这样的病，这样的人生，小朋友，请为我感谢。"(《通讯十四》)青山里的疗养院之于美国社会，不如同"闺房"一样的存在吗？正是在这样的环境里，冰心不仅自己喜好诵读《历代名人词选》，而且还劝"小朋友，愿你们用心读古人书……"而一旦离开这个"闺房"似的环境，冰心的生命力量显得是那么弱小无助——

> ……"一回到健康道上，世事已接踵而来！"虽然我曾应许"我至爱的母亲"说："我既绝对的认识了生命，我便愿低首去领略。我便愿遍尝了人生中之各趣，人生中之各趣，我愿遍尝！——我甘心乐意以别的泪与病的血为赞，推开了生命的宫门。"我又应许小朋友说："领略人生，要如滚针毡，用血肉之躯去遍挨遍尝，要他针针见血！……来日方长，我所能告诉小朋友的，将来或不止此。"而针针见血的生命中之各趣，是须用一片一片天真的童心去换来的。互相垒积传递之间，我还不知要预备下多少怯弱与惊惶的代价！我改了，为了小朋友与我至爱的母亲，我十分情愿屈服于生命的权威之下。然而我愿小朋友倾耳听一听这弱者，失败者的悲哀！
>
> ——《通讯二十七》

文学是允许作家宣泄对生活、生命的一己"悲哀"之情的。但是，冰心的上述宣泄却有两点不自然之处。第一，冰心这种面对"世事"(而非个人的病)而产生的"悲哀"以及预想的"怯弱与惊惶的代价"，究竟有多少事实根据呢？其实，在别人眼里，出身中产阶级家庭，以优异的成绩毕业于燕京大学，并得美国大学奖学金赴美留学的冰心，本是一个被命运青睐的幸运儿，而不是她所自悲自叹的"弱者"和"失败者"。因此，冰心的胸中块垒便给人以"少年不识愁滋味，为赋新诗强说愁"的感觉，它们是过剩的情感。第二，冰心将这样的"悲哀""寄小读者"，是错误的读者选择。文中所表现的"童心主义"思想，正如作家自己所说，是"怯弱与惊惶的"。它可以是"弱者""失败者"进行心理慰藉的低语，但却不宜面对正向生活出征的儿童大声诉说。儿童文学并不是所有一切的成人思想都可以倾倒进去的"容器"。也许有人会说，儿童文学中不是存在着表现童心主义思想的作品吗？但是，童心主义思想也有一流、二流之分，也有对儿童文学是有益还是有害之分。如果我们将巴里的《彼得·潘》、米尔恩的《小熊温尼·菩》这样的成为世界儿童文学名著的童心主义作品，与冰心的《寄小读者》摆在一起，结论便不言自明。

  冰心的《寄小读者》给我一种感觉，冰心面对一己心境，特别是病中心境，谈起来既滔滔不绝又娓娓动听，然而"一回到健康道上"，面对"接踵而来"的美国的"世事"，冰心便仿佛突然江郎才尽，笔墨枯竭了。在创作上，冰心对美国"世事"的不能入世，是否也是"闺秀"心境的病态表现呢？这种避世的创作姿态，是背离儿童文学精神的。

  由冰心的《寄小读者》对美国的冷漠，我不禁想起了她发表于五四那一年的小说《去国》。主人公青年英士留学美国，学成归来，然而，国内黑暗的现实将他的报国热忱击得粉碎。他株守半年，无事可做，却有"恶社会的旋涡"要他"随波逐流"。英士只得落泪呼喊："祖国呵！不是我英士弃绝了你，乃是你弃绝了我英士啊！"然后再次"去国"。在小说的结尾，英士依然不死报国之心，他对同船去美国留学的芳士说："妹妹！我盼望等你回去时候的那个中国，不是我现在所遇见的这个中国，那就好了！"

  冰心写《寄小读者》时，大概正是小说中的人物芳士该回国的时候。英士是只有再一次失望了——中国非但没有起色，反倒更向后退了。我们当然不能责怪冰心没有像英士那样生"去国"之心，但我们却不能不为冰心说出"两年半美国之寄居，我不曾觉出她是一个庄严的国度"（《通讯二十九》）的话而深感惊诧。在《寄小读者》中，冰心忘记了逼英士"去国"的中国"恶社会的习气",而生出这样的赞叹:"国内一片苍古庄严,虽然有的只是颓废剥落的城垣宫殿,却都令人起一种'仰首欲攀低首拜'之思,可爱可敬的五千年的故国呵!"(《通讯十六》)也许正是由于"五千年的故国"的"苍古庄严",冰心作留学美国的硕士学位论文时,才不是选择美国的现代文学,比如给郭沫若的《女神》以深刻影响的,"把一切的旧套摆脱干净了"①的惠特曼的诗作,而是写下了《论李清照的词》。在《寄小读者》中,有时,我们便能感受到李清照词作中的"寻寻觅觅,冷冷清清,凄凄惨惨戚戚"和"只恐双溪舴艋舟,载不动许多愁"的意境。所以,郁达夫编《中国新文学大系·散文二集》时,在导言中评价包括《寄小读者》在内的冰心散文时说:"我以为读了冰心女士的作品,就能够了解中国一切历史上才女的心情……"②夏志清说得更为直接:"冰心代表的是中国文学里的感伤传统。即使文学革命没有发生,她仍然会成为一个颇为重要的诗人和散文作家。但在旧的传统下,她可能会更有成就,更为多产。"③

正是由于感觉不到美国"是一个庄严的国度",冰心才与美国数量众多的儿童文学创作失之交臂,而"在美的末一年,大半的光阴用在汉诗英译里"④。冰心留美期间,对中美两国的社会现实向小读者作了这样糊涂的评价:"夜间灯下,大家(指美国家庭的主人们——引者注)拿着报纸,纵谈共和党和民主党的总统选举竞争。我觉得中国国民最大的幸福,就是能居然脱离政府而独立。不但农村,便是去年的北京,四十日没有总统,而万民乐业。"(《通讯二十一》)诚然,《寄小读者》表现了冰心强烈的爱国情思,但是,爱国之情也有境界高低之分。在中国处于外忧内患、战乱频仍、民不聊生这样的令"稻草人"绝望倒地的时代,冰心安于现实的带有怀古意绪的爱国之情,与英士尽管"去国",却依然企盼他年的"那个

---

① 郭沫若评惠特曼诗风语。参见张大明、陈学超、李葆琰《中国现代文学思潮史》(上册),北京十月文艺出版社1995年版,第302页。
② 郁达夫:《中国新文学大系·散文二集导言》,上海良友图书公司1935年版。
③ 夏志清:《中国现代小说史》,复旦大学出版社2005年版,第53页。
④ 冰心:《冰心全集·自序》,《冰心论创作》,上海文艺出版社1982年版。

中国,不是我现在所遇见的这个中国"的带有变革意志的忧国(爱国)之心相比,明显是逊色一筹的。冰心在离家去国的感伤的压迫下,爱国之情已变得十分盲目。如果对冰心的爱国之情严加分析、细作品味,则不能不说,这种境界的爱国之情,对处于那个时代的"小读者"的思想影响,是消极作用与积极作用共存的。

　　五四前后,许多知识分子求学西方,获得了给"苍古"的中国注入生机的思想、文化、文学的精神力量。以周作人而言,他留学日本并以日本为媒介,接触了西方的人类学、儿童学、儿童文学,从此勉力于儿童文学理论拓荒,为中国儿童文学走向现代化,奠定了第一块重要的基石。但是,对冰心的留美之行,我却难以掩饰莫大的遗憾。冰心是肩负为"小读者"创作儿童文学的使命踏上美国这个"新大陆"的。从1920年到1950年,在美国有儿童的黄金时代之称。繁荣的经济基础、复兴的文艺浪潮,加上自由、开放的风气,美国的儿童文学获得了发展的最好条件,后来居上,开始领先于欧洲。儿童图书馆的大量增加及其专业化;纽伯利儿童文学奖的设立;出版社专门设立儿童图书部门;儿童文学书评杂志出版发行;全国性的"儿童图书周"公开展示全国出版的各类儿童书籍,并由读者投票选出优秀作品,予以嘉奖……这一系列具体的儿童文学或与儿童文学密切相关的社会动向的后面,一定有一个尊重、理解、关心儿童的强大社会风潮和时代氛围的。这一切有形或无形的"儿童时代"的标志,恰都在冰心去美国前夕发生,并在冰心旅美期间延续。只要冰心具有儿童文学创作意识,并对美国社会生活稍加关心,便会对上述动向和风潮有所感受,因而也就不会说出"我不曾觉出她是一个庄严的国度"的评语。

　　冰心对美国社会现实的漠视,源于她封闭的心理和过于自我爱恋的情结。冰心真的是太关心、太爱她自己的情感了,她的《寄小读者》考虑儿童读者的需求太少,而自我中心主义的个人表现又太多。茅盾曾说,"在所有'五四'期的作家中,只有冰心女士最最属于她自己。她的作品中,不反映社会,却反映了她自己"①。这是切中肯綮的评价。儿童文学当然也是作家自我表现的产物,但是,由于冰心"闺秀"气质中,非儿童文学的因素过多,因此,她不仅失去了融入美国儿童文学的机会,而且将《寄小读者》写得走了样。

冰心对美国社会现实的漠视,还源于她对"古人"的抱残守缺的怀旧和欣赏。《寄小读者》表现出冰心有着浓厚的传统情结——

> 往下不再细说了。翻开古书看一看,如《帝京景物志》之类,还可找出许多有意思可纪念的娱乐的日子来。我觉得中国的节期,都比人家的清雅,每一节期都附以温柔、高洁的故事,惊才绝艳的诗歌,甚至于集会时的食品用器,如五月五的龙舟、粽子,七月七的蚕豆,八月十五的月饼,以及各节期的说不尽的等等一切……我们是一点不必创造。招集小孩子,故事现成,食品现成,玩具现成,要编制歌曲,供小孩的戏唱,也有数不尽的古诗、古文、古词为蓝本。古人供给我们这许多美好的材料,叫我们有最高尚的娱乐,如我们仍不知领略享受,真是太对不起了!
>
> ——《通讯二十三》

中国具有丰富的古代文化传统,这是每一个中国人都引以为豪的事情。但是,冰心自己在节日里召集小孩子"娱乐"时,故事、玩具、歌曲一切"现成",都由"古人供给我们这许多美好的材料,叫我们有最高尚的娱乐","我们是一点不必创造"的心态,却就是她站在儿童文学立场时,对待整个中国传统文化的心态。正因为有了这种心态,身在儿童文学发达国家的美国,作为儿童文学作家,冰心才从未生出周作人、鲁迅式的"可喜别国的小孩子有好书读,我们独无"的叹息。是否可以认为,正是对自家"数不尽的古诗、古文、古词"和"古人书"的痴痴迷恋,遮住了冰心领略"人家"的儿童文学的目光,抹消了学习和借鉴的意识。于是,我们

---

① 茅盾:《冰心论》,转引自范伯群、曾华鹏《冰心评传》,人民文学出版社1983年版,第74页。

看到，在儿童文学创作方面，留美三年的冰心，连镀金也没有镀，依然故我。冰心的儿童文学创作，不论是在艺术表现上，还是在思想观念上并没有因游美一遭而从儿童文学正生气勃勃发展的美国汲取任何现代新质。在冰心的《寄小读者》这里，我们看到了冰心文学与西方文化和西方儿童文学之间的隔绝。这也是冰心作为新文学作家的严重缺憾。

冰心的《寄小读者》，在中国儿童文学史研究者那里，一直被置于极高的位置上——"它以其自身的价值与不朽的艺术，在中国现代儿童文学史上放射着灼人的光彩，享有特殊的光荣地位。"① 有的研究者甚至在今天，依然将《寄小读者》奉为儿童文学的"精品"："像冰心先生的《寄小读者》，20年代一问世，便深受广大小读者的青睐，结集出版后，多次再版，仅到1941年就发行36版，如果从1923年始发于《晨报》算起，已时过70余载，可读起来依然令人爱不释卷。"② 有的学者为当代中国儿童文学树立的"深沉博大"的艺术样本，就是冰心的《寄小读者》。③

以我对《寄小读者》的阅读体验，不能不对上述评价感到怀疑。其实，茅盾在20世纪30年代写《冰心论》时，就对《寄小读者》有所批评："指名是给小读者的《寄小读者》和《山中杂记》，实在是要'少年老成'的小孩子或者'犹有童心'的'大孩子'方才读去有味儿。在这里，我们又觉得冰心女士又以她的小范围的标准去衡量一般的小孩子。"④ 而冰心本人，也曾多次就《寄小读者》作出反省："一九二三年秋天，我到美国去。这时我的注意力，不在小说，而在通讯。因为我觉得用通讯体裁来写文字，有个对象，情感比较容易着实。同时通讯也最自由，可以在一段文字中，说许多零碎的有趣的事。结果，在美三年中，写成了二十九封寄小读者的信。我原来是想用小孩子口气，说天真话的，不想越写越不像！这是个不能避免的失败。"⑤ 关于《寄小读者》失败的原因，冰心自己

---

① 蒋风主编：《中国现代儿童文学史》，河北少年儿童出版社1986年版，第84页。
② 浦漫汀：《增强精品意识，促进儿童文学创作繁荣》，《儿童文学研究》1998年第2期。
③ 方卫平：《憧憬博大——对一种儿童文学现象的描述和思考》，《文艺评论》1991年第3期。
④ 茅盾：《冰心论》，转引自范伯群、曾华鹏《冰心评传》，人民文学出版社1983年版，第128页。
⑤ 冰心：《冰心全集·自序》，《冰心论创作》，上海文艺出版社1982年版。

分析说:"我也写过几篇给儿童看的作品,如当年的《寄小读者》,开始还有点对儿童谈话的口气。后来和儿童疏远了——那时我在国外,连自己的小弟弟们都没有接触到——就越写越'文',越写越不象。"① "我真想写给儿童看的东西,是从一九二三年起写的《寄小读者》,那本是《北京晨报》的《儿童世界栏》,因为我要出国,特约我为儿童写游记的。但是那些通讯也没有写得好。因为刚开始写还想到对象,后来就只顾自己抒情,越写越'文',不合于儿童的了解程度,思想方面,也更不用说了。"②(重点号为引者所加)

我认为,这些自我否定,不是自谦之语,而是肺腑之言,也是符合《寄小读者》的实际情形的。

与叶圣陶的《稻草人》一样,冰心的"寄小读者"的通讯的结集出版是极其迅速的。1926 年 5 月,冰心还未从美国归来,北新书局便将已经发表的通讯(大约是 26 篇)以"寄小读者"为题出版,后来再版时又加入了后来的 3 篇。《寄小读者》是清新、柔美、典雅的冰心散文的代表作,在当时,它的影响当不在《稻草人》之下。

我认为,在五四时期,叶圣陶的《稻草人》、冰心的《寄小读者》与以周作人为代表"儿童本位"的儿童文学理念之间是存在着重大错位的。这一点从当时周作人对这两部作品的态度也可感觉到。叶圣陶在《儿童世界》上发表《稻草人》集中的童话时,周作人正是《儿童世界》的一位读者,③ 而冰心在《晨报》的"儿童世界"栏发表"寄小读者"的通讯时,周作人也正是这个栏目的作者。结集后的《稻草人》和《寄小读者》既是中国儿童文学在童话和散文两个园地的最初的和最重要的收获,又是中国新文学的独特成果,想必周作人不会不知道。叶圣陶与冰心是周作人历来关心和重视的新文学作家(从周作人日记中可以知道,他与叶圣陶还有私人交往)。1922 年夏天,周作人为日本人在北京办的杂志介绍"现代

---

① 冰心:《笔谈儿童文学》,《少年文艺》1978 年 6 月号。
② 冰心:《〈小桔灯〉初版后记》,卓如编《冰心和儿童文学》,少年儿童出版社 1990 年版。
③ 参见周作人《关于儿童的书》一文,钟叔河编《知堂书话》(上卷),海南出版社 1997 年版。

中国的创作"时，曾将四篇新文学译成日文，其中就有"《隔膜》里的叶绍钧君的《一生》"，"冰心女士的《爱的实现》"。① 另外，据钱理群讲，"1934年8月周作人访日期间，接见日本记者井上红梅时，谈及自己'在文坛上露头角的得意门生'，首先举出的就是俞平伯、废名，还有一位是周作人在燕京大学教书时的学生冰心"②。我们又知道周作人喜作书评、书话，他为中外儿童文学书籍所作的书评、书话也为数不少，但周作人却没有对叶圣陶的《稻草人》和冰心的《寄小读者》发表过意见。我想，如果不是周作人不知道这两种书（这种可能性极小），那就是周作人有意选择了沉默。如果是后者，沉默本身是显示了周作人对这两部集子的态度的。

　　五四时期，是中国自己的儿童文学理论和儿童文学创作的现代起点。五四儿童文学作为新文学的一个有机组成部分，通过思想革命和语言革命，打碎了束缚中国儿童文学生成、发展的两大桎梏：封建的儿童观和文言文，建设了中国儿童文学走向现代化进程的双轨："儿童本位"的儿童观和白话文。五四儿童文学运动受到了西方儿童文学的深刻影响。尤其是走在前面的以周作人为代表"儿童本位"的儿童文学理论，其思想精神是与西方儿童文学精神一脉相承的。紧随理论之后出现的叶圣陶的童话创作，宣告了具有现代性的中国儿童文学创作的确立。叶圣陶的童话集《稻草人》虽然也受到了西方儿童文学的直接影响，但是，立足于中国社会现实的叶圣陶将个人的时代感和艺术气质铸入创作，成为第一位具有主体性的中国儿童文学的代表性作家。叶圣陶之所以在儿童文学发展史上，占据了如此重要的地位，是因为他在接受西方影响时，坚持了自身的主体意识："近时之新文学运动自然是受了西洋文学潮流的鼓荡而兴起的，但绝不是抄袭和贩运。介绍外国的文学作品、文学理论、文学源流和文学批评等等所以重要，所以有价值，乃在唤起我们的感受性，养成我们的创作力，也就是促醒我们对于文学的感悟。"③ 与叶圣陶相比，五四时期的另一

---

① 参见周作人《关于〈爱的实现〉的翻译》，收入陈子善、张铁荣编《周作人集外文》（上集），海南国际新闻出版中心1995年版。
② 钱理群：《周作人传》，北京十月文艺出版社1990年版，第357页。
③ 叶圣陶：《文艺谈·二十七》，《叶圣陶论创作》，上海文艺出版社1982年版。

位儿童文学代表作家冰心的自我表现,虽然更为淋漓尽致,但不仅走向了忘记读者对象,"只顾自己抒情"的极端,而且还表露出一些不宜于儿童、儿童文学的思想情感。

以周作人为代表的"儿童本位"的儿童文学理论与以叶圣陶、冰心为代表的儿童文学创作都具有鲜明的主体性。但是,正如我申明的,五四时期的理论与创作之间是存在着明显而重大的错位的。因为这一错位,主体性的中国儿童文学在发生期和确立期,出现了两个"现代"——以"儿童本位"的儿童文学理论为代表的"现代",与以《稻草人》和《寄小读者》为代表的"现代"。

两个"现代"的出现,显示着中国儿童文学现代化进程中的矛盾性与复杂性。中国儿童文学是受西方儿童文学的催生而产生的。西方儿童文学的现代性,是中国儿童文学自觉接收的文化传播内容。在尊重儿童的独立人格,满足儿童在文学上的需要这一儿童文学的根本层面上,"儿童本位"理论与《稻草人》和《寄小读者》的立场是基本一致的。这是它们之间共通的现代性。但是,中国儿童文学在接受西方影响时,西方儿童文学精神,更容易在理念的层面上进入中国儿童文学理论的机体,而在感性的层面上进入中国儿童文学创作时,则由于中国自身的文学传统和特殊的时代生活的深刻影响,而受到了很大的阻碍。叶圣陶在创作《稻草人》之前,观念上是相当"儿童本位"的,但是,一进入创作的感性体验,便发生了滑坡。这一点可以证明,中国儿童文学的现代化可以包括西方化(部分的),但是,西方化(整体的)却并不就是中国儿童文学现代化的全部过程。

西方的"儿童本位"的儿童文学精神,是西方社会儿童的时代已经出现后的产物。而在中国,五四时代里,虽然新文学知识分子如周作人等在观念中描画了儿童的时代,但是,真正的儿童时代并没有出现在中国社会,因此,也是作为时代生活的表现和作为作家生活感觉表现的儿童文学创作,难以获得"儿童本位"的感性体验,其艺术形态中,不可避免地缺失"儿童本位"的表现,而过多地渲染属于成人世界的思想和心境。然而,必须认清的是,叶圣陶与冰心式的非"儿童本位"的成人化儿童文学创作，在根本立场上，是与儿童的利益一致的。在中国儿童除了西方儿童文学的翻译之外，就只能翻看孙毓修《童话》丛书改编的古代故事，去解文学上的饥渴的时代，叶圣陶、冰心这样的新文学作家挺身而出，为儿童读者创作中国自己的、新的儿童文学，体现了他们对儿童的尊重、理解和关爱，这正是中国儿童文学创作的现代性发蒙。不仅如此，叶圣陶式的"稻草人"童话，立足于中国的社会现实，着眼于中国的时代生活，以深切的"成人的悲哀"，否定和拒绝压迫、摧残儿童生命世界的黑暗社会，其内里的愿望无疑是在渴求和呼唤真正的儿童时代的到来。对叶圣陶这样的作家来说，其最初创作"儿童本位"的儿童文学的愿望虽然不得实现，但却并不因此而更改，而只是暂时存放起来，就是说"稻草人"式的儿童文学作品，在潜层存在着对"儿童本位"的儿童文学的认同。叶圣陶"稻草人"式童话体现了中国儿童文学独特的现代性。与孙毓修、茅盾编撰的"童话"相比，叶圣陶和冰心的儿童文学创作还有难能可贵的一点是，舍弃了站在儿童之上，教训儿童的立场，而与儿童对等地进行文学上的交流。

尽管如此，叶圣陶的《稻草人》和冰心的《寄小读者》仍然只有儿童文学史的意义，而不具有普适的儿童文学艺术范型的意义。

对儿童心灵世界的理解和认识程度，是儿童文学现代化程度的重要标志之一。应该说，五四时期的儿童文学理论在这方面走在了创作的前面。五四时期的儿童文学创作是相当幼稚的，在揭示儿童独特的心灵世界和贴近儿童独特的审美心理这两个方面，显然都因缺乏艺术经验，而呈现出蹒跚学步的姿态。中国儿童文学创作的儿童观和艺术形态，明显存在着很大的空洞，有待于在后来漫长的艺术跋涉之途去一步一步地充实。

张天翼童话创作再评价

国内评价张天翼在新中国成立前后的儿童文学创作时，我们听到的总是："张天翼继叶圣陶，冰心等儿童文学先驱之后，把我国现代儿童文学提高到一个新的水平。"新中国成立后，他成为"新中国社会主义儿童文学的开山祖"，"我国的儿童文学至今还未超越他的水平"[①]，等等。在国外，中国儿童文学被人了解和认识，也大都离不开张天翼的童话《大林和小林》《宝葫芦的秘密》，张天翼成为中国最具世界影响的儿童文学作家。然而，当我为中国儿童文学的寂寞星空有了这颗灿然星辰而稍感安慰并颇怀感激之时，依然压抑不住心底一股叹惜之情——这位童话中不乏埃·拉斯伯的《吹牛大王历险记》式的奇妙夸张、刘易斯·卡洛尔的《艾丽丝漫游奇境记》式的天马行空的幻想、阿·林格伦的《长袜子皮皮》式的捧腹幽默的天才童话作家，终因其对中国儿童文学道德教训传统的归顺，未能自由自在、淋漓尽致地发挥自己的才气。本文站在以往的张天翼儿童文学论的不同立场上，重新考察和评价张天翼童话创作的性质，揭示这位中国儿童文学的象征性作家的悲剧命运，从而对传统的中国儿童文学观念从根本上提出质疑。

[①] 刘再复：《高度评价为中国现代文学立过丰碑的作家》，吴福辉等编《张天翼论》，湖南文艺出版社1987年版，第27页。

一

张天翼在新中国成立前创作了《大林和小林》（1932年）、《秃秃大王》（1936年）、《金鸭帝国》（1942年）三部长篇童话。分析、比较这三部童话，我认为张天翼的童话创作走了一条向后退化的道路。

《大林和小林》堪称中国现代儿童文学史上，继叶圣陶的《稻草人》之后的第二块里程碑。这篇童话主要塑造了两个对比鲜明的人物大林和小林，描写他们不同的生活道路和命运，反映了旧中国上层社会与下层社会、资产者与无产者、压迫者与被压迫者之间的矛盾斗争，被誉为杰出的现实主义童话。二十六岁的张天翼初操童话之笔，便充分显示了他作为儿童文学作家的卓然超群的才华。在这部童话里，有相当多的精彩处，因为对张天翼童话成就的论述非本文的目的，这里只好割爱。总之，"他创造出一个接一个的幻想，又将它巧妙地与现实的悲剧以及阶级斗争结合起来，产生有趣的效果"[①]。尽管如此，这篇成功的童话表明，张天翼从一开始便遵循了主题先行、观念先行的创作方法，而这种方法始终降低着他的创作水平。

张天翼创作《大林和小林》正值中国的人民大众在被剥削、压迫的苦难生活中挣扎之时。当时在少年儿童中却流行着这样的童话故事："从前有兄弟俩，哥哥富，弟弟穷，哥哥欺负弟弟。后来因为有神仙；菩萨保佑，弟弟变成了富翁，哥哥穷了……""从前有一个孩子，爸爸妈妈都死了，没有钱，还受人欺负，后来这孩子得到了神仙送的宝葫芦，就变成了富翁。"张天翼认为："这些故事诉诸小读者的，就是做一个不劳而获的大富翁最幸福，而且用不着念书，用不着干活做事，受了欺负也不要反抗，只等着神仙来帮助就是。""为了反其道而行之，我在《大林和小林》以及

[①] ［日］伊藤敬一：《张天翼的小说和童话》，沈承宽、黄侯兴、吴福辉编《张天翼研究资料》，中国社会科学出版社1982年版，第459页。

《秃秃大王》等童话中就是专门告诉小读者做富翁的'好处',求神仙的'好处'。"①他还说过:"只要不是一个洋娃娃,是一个真正的人,在真的世界上过活,就要知道一点真的道理。"②《大林和小林》超越了"从前有一个国王……"式的一个次元(幻想世界)的童话,而是构筑了幻想世界与现实世界过两个次元交汇的童话世界。张天翼论大林和小林的种种梦幻离奇的故事发生在一个现在时的时间和比较现实的环境里,就是为了让孩子明白"真的世界"上的"真的道理"。《大林和小林》毋宁说是对民间童话幻想方式的一大突破,已经接近了20世纪在欧美出现的让幻想真的发生在真实环境里的一种幻想小说式童话。但是作家要说明固定观念的欲望过于强烈,使作品出现了一些败笔,比如,要把成人认识中的阶级关系、阶级斗争告诉儿童,便夸大了儿童的能力去写童工们的反抗;为了说明剥削阶级的丑恶,便无限度地去夸大唧唧少爷(即大林)的懒惰、空虚,从而使夸张失之于虚假和油滑,为了让孩子打消当"富翁"的念头,便拿穷人家十来岁的孩子大林做靶子,让他饱尝"富贵"之苦后饿死在"富翁岛"。作品叫人最不舒服之处就是对大林这一形象的描写,作家不是把孩子看作牺牲品和受害者,而是怀着极大的憎恶,把大林作为剥削阶级的一位代表人物来讽刺、讥笑、惩罚,表现了作家对儿童世界认识上的失误。这一失误显然是作家用头脑中固定观念取代活生生的生活的结果。以上这些败笔,给《大林和小林》涂上了些许图解概念和简单化色彩。

早在20世纪30年代,胡丰(即胡风)就在指出张天翼的小说创作中的人物简单化的毛病时说:"当然作者的目的是想简明地有效地向读者传达他所估定了的一种社会相理,但他却忘记了,矛盾万端流动不息的社会生活付与个人的生命决不是那么单纯的事情。艺术家底工作是在社会生活底河流里发现出本质的共性,创造出血液温暖的人物来在能够活动的限度下面自由活动,给以批判或鼓舞,他没有权柄勉强他们替他自己的观念做

---

① 张天翼:《为孩子们写作是幸福的》,沈承宽、黄侯兴、吴福辉编《张天翼研究资料》,中国社会科学出版社1982年版。
② 张天翼:《〈奇怪的地方〉序》,沈承宽、黄侯兴、吴福辉编《张天翼研究资料》,中国社会科学出版社1982年版,第155页。

'傀儡'。"① 我不知道也用这话来评论《大林和小林》胡风是否同意,但他确实在同一篇文章中又指出:"他的熟悉儿童心理和善于捕捉口语,使他在儿童文学里面注入了一脉新流,但我们还等待他去掉不健康的诙谑和一般的观念(重点号系引者新加),着眼在具体的生活样相上面,创造一些实味浓厚的作品……"②

在胡风说了上述话大约一年,张天翼出版了《秃秃大王》。这部童话不但没有克服《大林和小林》的缺点,反而弄掉了《大林和小林》中的许多优点,将作品降低为缺少灵气、光彩的平庸之作。《秃秃大王》将成人社会里被压迫阶级的暴动这一主题幻想化,意在教育儿童在压迫之下不要求助于"神仙"而要自己起来反抗。张天翼的概念化在这部童话里更加严重。为了说明统治阶级的可憎可恶,作品中出现了许多极不严肃、极其简单的描写,比如:"秃秃大王只有三尺高,脑顶上光溜溜的,一根头发也没有。眼睛是红的,脸上还长着绿毛,原来他脸上发了霉。耳朵附近还生出了几个小菌子。苍蝇可最喜欢秃秃大王了,常常是几千几百的拥在秃秃大王身上,爬来爬去。"这种夸张不仅庸俗浅薄、毫无本质的真实,而且引起读者生理上的呕吐感,难以进入艺术欣赏的状态;为了揭露剥削阶级的吃人本质,《大林和小林》中资本家四四格把童工变成鸡蛋吃掉的巧妙幻想,在这里已经换成了地主秃秃大王坐在人骨头做成的椅子上,喝人血、吃人肉丸子、啃娃娃手指头这种浅薄的直接述说;那场闹剧一样的"暴动"的描写,就仿佛作家俯在儿童读者耳边说:你们受秃秃大王的压迫么?不要紧,你们只要拿着手中的肥皂、牙刷,为秃秃大王洗洗脸、刷刷牙,然后杀掉便是。作家原来那个告诉儿童"真的道理"的欲望,在这里已经由《大林和小林》的急切变为急躁。

张天翼以童话图解观念的极致便是他在新中国成立前的最后一部"童话"《金鸭帝国》。这部"童话"意在通过资产阶级暴发户"大粪王"的发迹史,揭示出资本主义由原始积累向垄断资本主义进而向帝国主义发展

---

① 胡丰(胡风):《张天翼论》,沈承宽、黄侯兴、吴福辉编《张天翼研究资料》,中国社会科学出版社1982年版,第279页。

② 同上书,第295页。

的历史进程。作家当年曾说:"我自己很喜爱这部稿子,觉得可以破童话界的记录。"[①] 用童话这种艺术形式来图解马克思主义理论,这在世界童话史上确属罕见,但是唯其如此,《金鸭帝国》才成了彻头彻尾失败了的作品。姑且不谈作家揭露资本主义罪恶的主观意图与作品中多处对资产阶级给人类社会历史发展做出的贡献的客观描写之间存在着无法解释的矛盾,单从童话体裁特征的角度审视,已经实在无法将《金鸭帝国》称为童话,它不过是一个没有一丝幻想的虚构的现实故事(连小说也称不上)。

综上所述,张天翼在新中国成立前的童话创作走了一条由"柳暗花明"至"山穷水尽"的道路——他出于让儿童明白"真的世界"的"真的道理"这种表达观念的动机,凭着他天生的童话文学的幻想、幽默的才气,创作了《大林和小林》并基本上获得了成功。然而同时,作家用童话的幻想来图解观念这一概念化倾向及产生的弊害,也在处女作中露出了端倪。接下来,作家没有意识到空灵的幻想与凿实的观念之间水火相克的宿命,反而在《秃秃大王》中进一步强化固定观念的表白而压抑幻想,并在观念的驱使下滥用讽刺、夸张,使作品失去幽默,流于油滑、庸俗,作品中已难以看到他的才气的灵光。表达观念这一欲望的恶性膨胀终于使《金鸭帝国》彻底丢弃幻想,径直扑向现实和概念,于此,张天翼的童话创作便走到了死胡同的尽头。我总感到作家本人似乎也意识到自己童话创作的退化,因为尽管张天翼不太爱谈论自己,但在有限的几次谈起自己的童话时,总是多讲《大林和小林》,少讲《秃秃大王》,而对《金鸭帝国》则似乎羞于提起。

1942 年,张天翼因病停止了文学创作,在《文艺杂志》上连载的《金鸭帝国》也没能收束。因病辍笔这一突发的偶然事件,掩盖了张天翼在表达固定观念的创作方法下,童话才气枯竭的窘况。不可否认,如果没有病魔缠身,张天翼有将《帝国主义的故事》写下去的可能(《金

---

① 张天翼:《致叶以群》,沈承宽、黄侯兴、吴福辉编《张天翼研究资料》,中国社会科学出版社 1982 年版。

鸭帝国》据张天翼讲是《帝国主义的故事》之第一部①），但是，如果他不改变《金鸭帝国》的创作方法，在童话创作上要起死回生是绝难指望的。

二

张天翼在新中国成立前的成人讽刺小说创作与童话创作有一个共同的底蕴，即讽刺与幽默。这是他的创作优势。然而"1949年以来，当他的讽刺和幽默的才能已经不受欢迎，再也没有以那种态度对待生活的勇气了，在创作上也就失去这种优越性，再也看不到像《华威先生》那样的讽刺佳作了"②。饶有意味的是，张天翼在不得不告别成人小说创作的时候，却拿起了放下十来年的儿童文学创作之笔，从1952年至1957年为儿童创作了三篇短篇小说、两个儿童短剧、短篇童话《不动脑筋的故事》、中篇童话《宝葫芦的秘密》。张天翼得以继续从事儿童文学创作，当然是得益于他未泯天真的童心、富于生动的幻想力以及了解儿童心理、熟悉儿童语言，不过还有另外两个原因：第一，他那因不能创作成人小说而遭压抑的讽刺、幽默的才能和欲望，在儿童文学创作中得到一定程度的释放。把讽刺的矛头从成人转向儿童（虽然程度和感情上有很大不同）。第二，也是最根本的原因，就是新中国成立后的儿童文学与现代儿童文学"文以载道"的传统是同出一辙的。这里似乎发生了矛盾，前文中我已经断言，张天翼的童话创作被《金鸭帝国》领入了死胡同。但是不应忘记的是，从新中国成立前到新中国成立后，尽管张天翼的童话创作与"文以载道"的传统是一脉相承的，不过作家以童话来表达的具体思想观念却发生了变化，那就是放弃了童话难以图解的马克思主义理论观念，不再继续写"帝国主义的故

---

① 张天翼：《致叶以群》，沈承宽、黄侯兴、吴福辉编《张天翼研究资料》，中国社会科学出版社1982年版，第176页。
② 林曼叙、海枫：《中国当代文学史稿》（节录），沈承宽、黄侯兴、吴福辉编《张天翼研究资料》，中国社会科学出版社1982年版，第424页。

事"，而是走向儿童教育观念，写起了儿童"不动脑筋的故事"，正是这一变化使张天翼的童话创作走出"山穷水尽"，又见"柳暗花明"。

但是仍然不容乐观，因为以童话表达固定的观念（不管是马克思主义理论观念，还是儿童教育观念）其本身便有走火入魔的危险。更何况，如果说新中国成立前作家所表达的那个固有观念本身是正确的话，那么张天翼在新中国成立后所信奉的儿童教育观念已是令人怀疑的了。在这里，我想引用我在其他文章中关于中国儿童文学的儿童观："五六十年代的'教育儿童的文学'，给人的总体感觉是：作家为儿童之'纲'，君临儿童之上进行滔滔不绝的道德训诫甚至政治说教，仿佛儿童都是迷途的羔羊，要等待着作家来超度和点化。在儿童文学中得到满足的常常不是儿童的合理欲望和天性，倒是儿童文学作家的说教欲。儿童文学作家十分虔诚地相信自己遵奉的教育观念的正确性，一心坚决而又急切地要把儿童领入成人为他们规定好的人生道路。这是带有强制和冷酷色彩的儿童观。历史已经令人可悲地证明了两点：一是我们的作家们过去所信奉的许多教育观念是错误的，二是在作家们高高在上的道德训诫和说教之下，遭到压抑甚至扼杀的是儿童们合理的欲望和宝贵的天性。""五六十年代的相当数量的儿童文学从总体上看，给儿童带来的不是解放而是压抑。我国五六十年代的儿童文学所以没有产生具有世界影响的作品，就是因为太小看儿童，太压抑儿童。"① 我看张天翼所信奉的儿童观与此只有量的不同，没有质的差异。

张天翼曾谈到过自己的儿童文学作品的形成："我在跟孩子们的接触当中，发现有一些个问题"，"有的孩子往往有点懒，有的不爱动脑筋，有的看见好玩的东西就忘了学习，有的孩子在学校里肯劳动，可是回到家里就要大人帮做这做那……我写的《罗文应的故事》《不动脑筋的故事》《宝葫芦的秘密》《蓉生在家里》等作品，就是针对孩子们这种种问题"。② 张天翼的作品的确在写问题儿童：贪玩的罗文应，不帮妈妈做家务的蓉生，不动脑筋的赵大化，还有幻想得到宝葫芦（不劳而获的资产阶级思

---

① 朱自强：《论中国当代儿童文学的儿童观》，《东北师大学报》1988年第4期。
② 张天翼：《为孩子们写作是幸福的》，沈承宽、黄侯兴、吴福辉编《张天翼研究资料》，中国社会科学出版社1982年版。

想）的王葆。这几篇作品有一个共同的模式——有缺点毛病的孩子经过教育有了进步，改正了缺点毛病。作家自己曾说："有时我直接或间接知道有的孩子因读了我的某些东西而得了些益处（能进步，能变得更好，或是能改正自己的缺点，等等），那真是我的最大快慰，最大喜悦，也是给予我这项劳作的最大酬报。"① 说句心里话，如果张天翼创作儿童文学就是为了让孩子们改正那些在成长中无关紧要（除了对赵大化缺点的夸大，对王葆幻想的歪曲）的缺点，我看不出这项工作有什么重要，因为儿童文学不应变成学校教师手里的道德教科书和行为规范手册，就像别林斯基对儿童文学作家所期冀的那样："望大家莫把自己的注意力花在消除孩子们的缺点和恶习上，重要的是多费点心血，用富有生命力的爱来充实孩子们的心灵，因为有了爱，恶习就会消除。"②

　　张天翼教育孩子改正缺点的儿童文学是缺少"富有生命力的爱"的。我们看看孩子们从中得到的是什么。"罗文应在解放军叔叔、老师、同学们热情帮助下，光荣入队了。我想：我是少先队员，我为什么不能改掉贪玩、不珍惜时间的坏毛病呢？" "当前全国人民正在为使我国在本世纪内——二〇〇〇年——实现四个现代化而努力奋斗，如果谁都想要个宝葫芦，靠偷、靠摸，怎么能实现'四化'呢？"③ 看不见感情的波澜，听不见心灵的搏动，有的是冷静和理性。没有什么比孩子不能用感情去感受生活，却能用理性去分析、议论生活更不幸了。"凡事各有其序。勉强的、过早成熟的儿童——是精神上的畸形儿。""一个爱发议论的小孩，一个明理智的小孩，一个爱说教的小孩，一个时时刻刻小心谨慎，从不淘气，接人待物温文尔雅，谨小慎微的小孩，而且所有这些行为都是经过仔细盘算的……你若把小孩培养成这副模样，那将是你的不幸！"④ 张天翼的童话正是如此，向孩子灌输的是教育者的观念（理性），漠视的是儿童生命欲求

---

① 张天翼：《为孩子们写作是幸福的》，沈承宽、黄侯兴、吴福辉编《张天翼研究资料》，中国社会科学出版社1982年版。
② 周忠和编译：《俄苏作家论儿童文学》，河南少儿出版社1983年版。
③ 张天翼：《为孩子们写作是幸福的》，沈承宽、黄侯兴、吴福辉编《张天翼研究资料》，中国社会科学出版社1982年版。
④ 周忠和编译：《俄苏作家论儿童文学》，河南少儿出版社1983年版。

的冲动（感情）。

张天翼的童话孩子们爱读。"有趣"是孩子们的热烈反映，让儿童"爱看"也是作家所追求的重要标准。但是，我们认真分析一下作家对"爱看"的解释，仔细品味一下阅读作品的心理感受过程，也许这一点也不那么靠得住。

张天翼曾说明他创作儿童文学的两个标准："（一）要让孩子看了能够得到一些益处，例如使孩子们能在思想方面和情操方面受到好的影响和教育，在他们的行为和习惯方面或是性格品质的发展和形成方面受到好的影响和教育，等等。这是为孩子们写东西的目的。为了要达到这个目的，那么还要——（二）要让孩子们爱看，看得进，能够领会。"[①]（重点号系引者所加）显而易见，张天翼的"趣味性"不过是作为实现教育目的的一种手段。但是，真正优秀的儿童文学作品，其"趣味"都是作品之核心或曰目的。"目的""手段"这种二元论的儿童文学创作标准，把儿童文学分离成两层皮。张天翼的作品就是用趣味给枯燥无味的主题思想包上一层糖衣，而孩子们，吮尽了外面的甜滋味之后，便尝到了药的苦涩。当然孩子们是不能清楚地觉察或清晰地说出那苦涩感觉的。张天翼的童话不是真正的富有坦诚宽厚之爱的文学，因为其本质中没有快乐的游戏、自由的幻想以及来自成人的充满信任和鼓励的温暖感情，而这些恰恰是儿童在成长中所真正需求的东西。张天翼的"有趣"的背后不过是以说教来劝善，以教训来规过的成人算盘。张天翼写罗文应快乐健康的游戏，最终却让罗文应"管住自己"不去玩耍；张天翼在《宝葫芦的秘密》里写了王葆的幻想（孩子们最入迷之处），最后却惩罚了王葆的幻想。

我们听听小读者怎样讲读了《宝葫芦的秘密》的感受。有的小读者说："宝葫芦的故事是真的吗？如果不是真的，讲这个故事是什么意思？"还有人说："可惜宝葫芦的故事不是真的，要是真的，我有那么一个宝葫

[①] 张天翼：《为孩子们写作是幸福的》，沈承宽、黄侯兴、吴福辉编《张天翼研究资料》，中国社会科学出版社1982年版。

芦该有多好！王葆干嘛又砸它，又烧它？"① 这些话也令我回味起小时候读《宝葫芦的秘密》，最初为王葆得到宝葫芦而喜悦激动（将自己与王葆同化了），最后为宝葫芦的偷窃而失望懊丧的心情。《宝葫芦的秘密》吸引儿童的趣味便在于"宝葫芦"这一幻想，但是作家描写了它（作为手段）却又最终否定了它（为了目的）。难怪第一位小读者的话里流露着隐隐怀疑和不满，而第二位小读者干脆仍与作家唱着反调。孩子们是不能够像作家那样出色地厘清和表达自己的思想的，他们单是凭着感情和直觉，发现了作品与他们的精神需求的抵牾之处。必须承认，感情和直觉往往更为真实可靠，看来《宝葫芦的秘密》这部被誉为张天翼童话创作最高成就的中篇童话，成了分析评价张天翼童话创作的关键。

　　宝葫芦是什么？童话中写得很明白，它专门从别人手里偷东西；作家也说得很明白，"实质是剥削阶级不劳而获的思想意识"②。这么坏的宝葫芦，为什么孩子们读了《宝葫芦的秘密》后还想得到它？我认为原因就在于孩子们幻想得到的宝葫芦根本就不是作家制造出并硬塞给王葆的那个宝葫芦。王葆得到宝葫芦后，先让它变出金鱼，解决了玩的问题，再让它变出熏鱼、卤蛋，解决了饿的问题，然后就想为自己的学校变出一座正需要的三层楼房。多么美好的愿望，如果作家按照孩子心中的所有善良愿望去变，没准王葆也像国际安徒生奖获得者林格伦创造的那个力大无比的女孩子长袜子皮皮，成了给全世界小读者带来快乐的小英雄。但是作家不让王葆的愿望实现，若是实现了，还怎么教育他改正缺点，自觉比孩子高明的成人的优越感不就失去了么？所以作家只让王葆得到一个偷东西的宝葫芦！尽管这恰恰不是王葆想要的。

　　作家有自己的逻辑推理。儿童幻想得到宝葫芦，这就等于什么也不用干，却要什么有什么，而不劳而获的剥削阶级正是什么也不用干就要什么有什么。哈哈！数学定理：等于第三个量的两个量相等。于是儿童幻想得

---

① 张天翼：《为〈宝葫芦的秘密〉再版给小读者的信》，《张天翼童话选》，湖南人民出版社1981年版。
② 张天翼：《为孩子们写作是幸福的》，沈承宽、黄侯兴、吴福辉编《张天翼研究资料》，中国社会科学出版社1982年版。

到宝葫芦就等于追求剥削阶级的不劳而获生活。"因此,对王葆式的孩子要好好教育,不能让他发展下去。"①

问题是张天翼歪曲了儿童想要得到宝葫芦这一幻想的本质。我认为儿童幻想得到宝葫芦是儿童天然而合理的欲望。的确如作家所指出的,王葆幻想得到宝葫芦会有"有点懒"的因素,但是富于讽刺意味的是,这个"有点懒"有时却与追求人类社会的进步有着联系。我也许是在胡猜,汽车没准是人在"懒"得走路时发明的,全自动洗衣机没准也是"懒"得亲自动手洗衣服的人发明的。我们的作家大可不必担心,王葆幻想得到宝葫芦便导致真的什么都不做了。他不会幻想宝葫芦为自己解算术题便真的放下笔,因为他是忘不了若完不成作业时老师的批评的;而且王葆若在考试时抄袭别人的试卷,那也不是他平时幻想宝葫芦的过错,也许当时他的脑海中出现的不过是父母发怒的面孔。作家对王葆幻想得到宝葫芦的担心,使我想起1931年有人咨请教育部查禁儿童读物中的"鸟言兽语"时,鲁迅对其荒谬言论的驳斥:"但我以为这似乎是'杞天之虑',其实例并没有什么要紧的。孩子的心,和文武官员的不同,它会进化,决不至于永远停留在一点上,到得胡子老长了,还在想骑了巨人到仙人岛去做皇帝。"②

在王葆对宝葫芦的幻想里,其实也包含着这孩子求胜上进的心理和愿望。他种的向日葵和同学们的相比又瘦又小时,他想到了宝葫芦;和同学下象棋输了时,他想到了宝葫芦;在科学小组做电磁起重机不成功时,他又想起了宝葫芦。他总想比别人做得更好,比别人更出色,而这也可以说正是所有儿童的愿望。王葆在幻想宝葫芦之后,最大的可能是为实现自己的愿望而行动。

那么张天翼是怎样将儿童对宝葫芦的幻想歪曲的呢?这还是因为他那个帮助儿童改正缺点的创作童话的目的。他在生活中发现了孩子们"有点懒"的缺点,于是就把它拿到童话里来"小题大做"。应该承认,孩子们

---

① 张天翼:《为孩子们写作是幸福的》,沈承宽、黄侯兴、吴福辉编《张天翼研究资料》,中国社会科学出版社1982年版。
② 鲁迅:《集外集·〈勇敢的约翰〉校后记》。

有时确实在"懒"了的时候幻想宝葫芦，作家就抓住宝葫芦幻想中这点"懒"的因素，把它偷换成一般教育观念上的"懒惰"，然后把这个一般观念的"懒惰"与资产阶级"不劳而获"思想联系起来。作家抓出一个"破绽"来尽情地描写，他在《大林和小林》特别是《秃秃大王》中夸大事物的那个老毛病又犯了。王葆想让宝葫芦给学校变出楼房时，作家不让，作家只让宝葫芦为王葆去偷。并且王葆早就应该从《科学画报》等事件中察觉出宝葫芦的偷窃行为，但是作家有意让王葆装糊涂，好让偷窃一直进行下去，即让事情恶化下去，直到让王葆因宝葫芦而失去所有的朋友，陷入孤独的痛苦，并与小偷杨栓交上朋友，宝葫芦比杨栓偷得更高明。好不容易作家让王葆发现宝葫芦的本领原来是偷窃并决心与宝葫芦一刀两断，就是所谓的"又砸"，"又烧"，但作家不让王葆"断"成——与根深蒂固的"不劳而获"的剥削阶级思想决裂哪有这么容易，王葆得当着学校领导、老师、同学、自己的爸爸的面，"打兜里刷地抽出了那个秘密的宝葫芦"，坦白自己和宝葫芦的一切。作家把王葆逼到这么困窘的地步，为的是让孩子们接受教训。在作家所作的文章的背后，我们仿佛听到一个声音——事情已经严重到这个地步，难道你们还不承认我的意思么？你们还不放弃对宝葫芦的幻想从而改正自己的缺点么？但是正像前面讲的那样，孩子们幻想的宝葫芦与作家硬塞给王葆的那个宝葫芦根本不是一回事，所以孩子们还是想要宝葫芦。就连作家自己在作品中也不小心露了点破绽。王葆坦白了宝葫芦的事以后，除了要归还宝葫芦偷来的物品、钱款，"还有一个麻烦——虽然没那么严重，可也不好对付。这就是同学们都乐意研究宝葫芦的故事，向我提出了许多问题。尤其是姚俊，他只要一有空就钉上了我，跟我讨论宝葫芦为什么会说话，为什么还会知道我心里想的什么，为什么会去偷别人的东西——这是由于一种什么动力？那辆自行车打百货公司里那么飞出来，要是撞上了电线杆可怎么办？……净这些"。

孩子们读了《宝葫芦的秘密》，对宝葫芦的兴趣却有增无减，这实在是张天翼始料未及的。作家自己把原因归咎为"批判那种总想不劳而获的错误思想这个思想意图表现得不够充分"①。其实作家的思想意图表现得再充分不过了。问题是幻想这种儿童的生命欲求是难以压抑的。而作家为了增强教育主题的明确性和针对性而让宝葫芦出现在充分真实具体的现实之中，这一表现手法对于孩子们想要得到宝葫芦的幻想，不是火上浇水，反倒成了火上浇油。因为如果说孩子们对遥远的民间童话里的宝葫芦还将信将疑的话，那么对和自己一模一样的小学生王葆得到的这个宝葫芦几乎就信以为真了。概观世界童话史，大致经历了从民间童话（以格林兄弟为代表）、创作童话（以安徒生为代表）到幻想小说式童话（阿·林格伦《长袜子皮皮》式的作品）这样三个阶段，其趋势是幻想与现实结合得越来越紧密，幻想由虚幻缥缈变得越来越真实可信。张天翼的《宝葫芦的秘密》略去思想倾向不谈（如果能够的话），几乎距登上世界童话艺术形式的新高峰——幻想小说式童话便只差一步了，但是非常遗憾，张天翼功亏一篑了——他在童话的最后让王葆从梦中醒来！那前面发生过的一切不过是一个梦。这种处理既受着中国传统文化对幻想的暧昧态度的影响，也受到作家本人要表达的固定观念的控制。很明显，作家用梦来象征儿童对宝葫芦的幻想不可能成为现实。这个梦对作品的幻想意境是极大的损害，它压抑了儿童的幻想。有位德国学者曾说："我在儿童时和小朋友们在谷场里捉迷藏，总觉得场上每捆草后面都一定藏着什么奇怪的东西。但是我始终没有起过不虔敬的念头，要把那捆草翻过来，看看后面有什么没有。"如果这个孩子起了不虔敬的念头，把那捆草翻过来看看他所幻想的奇妙世界就会在"不过如此"的失望中坍塌。"不过如此"是幻想的死敌，是探寻和追求的结束。是否可以说张天翼已经用一个"梦"把"那捆草"翻过来了呢？张天翼从没有在童话里鼓励过儿童去幻想，而且从他有关儿童文学的文章、谈话里，也难找到对儿童的幻想的赞扬和鼓励，相反倒是常见对儿童幻想的批评，当然批评时，他是把儿童的缺点与幻想联系在一起的。

---

① 张天翼：《为〈宝葫芦的秘密〉再版给小读者的信》，《张天翼童话选》，湖南人民出版社1981年版，第426页。

对《宝葫芦的秘密》的分析已经有些冗长了。总而言之，这是一部以幻想的方式引起儿童读者的兴趣开始，以教训来压抑儿童的幻想而结束的童话。它从本质上不是把幻想当作人的精神世界中必不可少的因素来加以赞颂，不是以发展儿童的幻想力为目的。是的，任何一位以寻找儿童的缺点，教导儿童要这样做，不要那样做为目的的作家是不会鼓励儿童去进行真正的幻想的。因为幻想是无拘无束的自由，是对束缚和压抑的冲破！

《宝葫芦的秘密》是张天翼儿童文学创作的顶峰，同时也是结束。张天翼仅仅51岁，仅仅写下屈指可数的数篇童话便再没有创作出童话。作家曾说："给孩子们写东西，在我是一件很吃力很艰苦的工作，比写给成人看的东西要多花几倍到几十倍的时间和精力，而且总是写了又重新写过，改了又改。"① 我总是从这话里听出另一种滋味，仿佛是张天翼在自己的儿童文学气质和才华遭到所信奉的儿童文学观念压抑时发出的一声叹息。这是时代的悲剧！

我深知张天翼对中国儿童文学做出了很大的不可磨灭的贡献，就个人感情而论，在我国20世纪70年代以前的童话作家中，张天翼是我最为推崇和喜爱的作家。但是现实是无情的，只要把目光投向世界儿童文学历史发展的几个浪潮，我们就会大吃一惊，并不得不羞怯地承认，中国儿童文学远远地落在了世界潮流的后面，即使成就最大的张天翼的童话创作，也不过处于18世纪儿童文学的初萌时，将儿童文学作为教育的手段和工具的水平。张天翼的童话传统已经陈旧了、过时了。任何将张天翼的传统封闭在中国这块儿童文学尚未完全开化的土地上所做出的评价，都将成为中国儿童文学走向世界的障碍。

不能否认，20世纪80年代的儿童文学作家，特别是一批青年童话作家，儿童观、儿童文学观正在悄然位移，但是，如果不从根本上否定被认为代表中国儿童文学最高水平的张天翼的童话创作，整个中国在儿童观、

---

① 张天翼：《为孩子们写作是幸福的》，沈承宽、黄侯兴、吴福辉编《张天翼研究资料》，中国社会科学出版社1982年版。

儿童文学观上的彻底的、根本的变革是十分艰难的。不是追赶而是超越，不是继承而是叛逆，不是润物无声的细雨，而是摧枯拉朽的疾风，这才是面对中国儿童文学传统所应该也是必须采取的行动！

1989 年 4 月 4 日于东北师范大学新三舍

（本文发表于《中国现代文学研究丛刊》1990 年第 4 期）

论中国当代儿童文学的儿童观

中国当代儿童文学长期处于落后状态，这在目前的儿童文学界已经成为定论。毫无疑问，是多方面的合力阻碍了中国当代儿童文学的发展。但是，在这些力量中，总有一股最强大的、规定方向的力量。寻找这股力量，应该成为儿童文学理论的自觉意识。

在儿童文学创作中，儿童观是一个必然的客观存在。可是，儿童观问题却一直是中国儿童文学理论研究的盲区。对儿童观问题不应该有的忽视绝不仅仅因为儿童文学理论的蒙昧和愚钝，根本原因在于掌管创作和理论的成人们面对儿童时的居高临下的姿态和傲慢自大的心理，持着这种姿态和心理，必然对儿童观问题不屑一顾。我认为，审视当代儿童文学的儿童观，对于探寻中国当代儿童文学落后的根本原因，即使不能切中肯綮，也将给人以启示。

儿童观是一种哲学观念，它是成年人对儿童心灵、儿童世界的认识和评价，表现出成人与儿童之间的人际关系。持有什么样的儿童观，决定着儿童文学作家的创作姿态。

在人类文化史上，曾出现多种不同形态的儿童观，而进入现代社会以后，主要有两种对立的儿童观，那就是如同日本著名的儿童文学作家、理论家秋田雨雀所说的："一种观点是成人把成人的世界看成是完善的东西，而要把儿童领入这个世界，另一种观点是，意识到自己的生活的不完善和不能满足，而不想让下一代人重蹈覆辙。""从前一种观点出发，便产生了强制和冷酷；从后一种观点出发，便产生了解放和爱。"[1]

中国当代儿童文学在很长时期内便持着秋田雨雀说的第一种儿童观。这绝不是说我国没出现过优秀的作家和出色的作品，但是，20世纪五六十年代的"教育儿童的文学"，给人的总体感觉是：作家为儿童之"纲"，君临儿童之上进行滔滔不绝的道德训诫甚至政治说教，仿佛儿童都是迷途的羔羊，要等待着作家来超度和点化。在儿童文学中得到满足的常常不是儿童的合理欲望和天性，倒是儿童文学作家的说教欲。儿童文学作家十分虔诚地相信自己尊奉的教育观念的正确性，一心坚决而又急切地要把儿童领入成人为他们规定好的人生道路。这是一种带有强制和冷酷色彩的儿童观。历史已经令人可悲地证明了两点：一是我们的作家们过去所信奉的许多教育观念是错误的；二是在作家们高高在上的道德训诫和说教之下，遭到压抑甚至扼杀的是儿童们合理的欲望和宝贵的天性。这两种不幸，存在于五六十年代的许多儿童文学作品中，甚至有些获奖的"优秀"作品也未能幸免。小说《蟋蟀》（获第二次全国少年儿童文艺创作评奖一等奖）中的赵大云是作家着意肯定、褒扬并寄予期望的少年形象。他小学毕业不参加中学考试，回到农业社铁心务农，他认为割稻、犁田这些原始式的劳动便是"学习"。有的评论者赞扬《蟋蟀》以一个小角度来反映一个大的主题，真正是寓教于"乐"的。但是，人为地把游戏与工作对立起来，进而取消对少年儿童来说也是"最正当的行为"——游戏，就谈不到"寓教于乐"，而把不屑于参加中学考试，却对割稻、犁田这些笨重原始的劳动一往情深的赵大云树立为少年儿童的楷模，则是多么愚昧落后的教育思想！

儿童小说《罗文应的故事》（获第一次全国少年儿童文艺创作评奖一等奖）是目前仍被儿童文学界奉为经典的作品。小说写的是，小学生罗文应因为贪玩总是耽误时间，影响学习，后来在同学们的帮助和解放军叔叔的期待下，他管住了自己，养成了遵守时间的习惯。小说的确把罗文应玩时的心理写得活灵活现，罗文应的可爱之处正在这里。糟糕的是，小说把这些都看成是造成他耽误时间影响学习的缺点，他必须丢掉那些欲念和游

---

[1] ［日］秋田雨雀：《作为艺术表现的童话》，《日本儿童文学大系》，赫尔普出版社1978年版。

戏，才能像解放军叔叔希望的那样："你自己管得住自己"，成为一个规规矩矩的好孩子。事实上，这篇小说使人很难过地看到罗文应最后是丢掉了对一个儿童来说最为宝贵的东西。据说罗文应这一儿童形象成为推动生活中千千万万"罗文应"改正缺点的力量。非得这样来教育孩子们改正缺点吗？——缺点改了，可爱、活泼的孩子也成了非礼勿视、非礼勿动的小夫子。其实在罗文应贪玩这所谓缺点里，已经透露出他的强烈的好奇心和丰富的想象力以及在某方面的兴趣。苏联教育家苏霍姆林斯基说过："如果一个学生到了十二三岁还没有在某方面显示出自己的兴趣，那么，教育者就应当为他感到焦虑，坐立不安。"心理学研究也表明，人（尤其是儿童）的内在禀赋的发展机遇瞬息即逝，我们很难做到把这种机遇像某种物品一样装在保险箱里长久保存下去。在科学文献中有大量确定无疑的事实证明：人的语言、思维、创造能力都有其产生、发展和完善的特定的相应年龄阶段。《罗文应的故事》显然只看到了罗文应"贪玩"的表面，而没有看到"贪玩"的深层已显示出罗文应在某方面的特殊兴趣和天赋能力。这一偏颇是由于儿童文学观念造成的，即作家只对教育观念负责，当"遵守时间"这一教育观念胜利后，罗文应的个性和兴趣作家就都甩手不管了。从小说来看，罗文应的内在禀赋和兴趣极有可能遭到阻止和延缓。

不知何故，儿童文学作家往往人为地将儿童的欲望和天性与教育理想对立起来。落后儿童经过教育成为模范儿童，这是许多儿童文学作品的模式。儿童文学作家非常喜欢这样的标签：《骄傲的小××》（××处可填上公鸡、花猫、蝴蝶等）、《××国历险记》（××处可填上任性、说谎、肮脏等）。这类作品显然是挑儿童毛病的。不是说儿童的缺点不能批评，问题是这类训诫作品的大量出现，将对儿童心理造成一种压抑。儿童文学总是过分注意、强调或夸大儿童的弱点、缺陷、错误，这对儿童心理健康不利。因为对儿童所做的心理测量清楚地表明，当一个疲惫的孩子受到赞扬时，他会产生一种明显的新的向上力量；相反，当孩子受不到赞赏或受到批评时，他们现有的体力也会戏剧性地减退。由此可见，儿童需要在早年生活中就体验到成功，感觉到自己的价值。但是，我认为，面对我们的简直可以称为"羞耻文学""过失文学"的那些儿童文学作品所描绘的儿童形象，儿童极易产生自卑感，沮丧，失去自信，从而降低自己的能力，在身心发展过程中出现障碍。

五六十年代的儿童文学，很少以赞赏和鼓励的目光来看待、描写儿童。儿童文学作家们似乎认为，对少年儿童稍稍放松教育，他们就会步入歧途，走上邪路。儿童的心灵和世界真的如此令人悲观、沮丧吗？儿童真的生来就是迷途的羔羊吗？现在我们看看另一类人对儿童世界所作出的评价。

苏联著名教育家克鲁普斯卡娅曾经指出："马克思、恩格斯、列宁都是怀着深切的敬意来看待儿童的：他们把儿童看作是未来。"① 马克思在《政治经济学批判》导言中说："一个成人不能再变成儿童，否则就变得稚气了。但是，儿童的天真不使他感到愉快吗？他自己不该努力在一个更高的阶梯上把自己的真实再现出来吗？在每一个时代，它的固有的性格不是在儿童的天性中纯真地复活着吗？为什么历史上的人类的童年时代，在它发展得最完善的地方，不该作为永不复返的阶段而显示出永久的魅力呢？"在这段话里，赞美儿童之意溢于言表。

鲁迅在"五四"时期就曾提出"儿童本位"的儿童观以及"彻底解放"的儿童教育思想。虽因急遽的社会斗争，鲁迅未能专门给儿童进行创作，但他却以《故乡》《社戏》及散文集《朝花夕拾》中的一些作品对儿童的心灵世界作出了评价。鲁迅所崇尚的童心，天然地具有憎恶的本能，能对人和事提供一个合理的价值标准。它虽然是朴素的、直感的，却也是鲜明的和正确的。可以说，鲁迅崇尚童心的儿童观成为他猛烈抨击封建思想和文化的锐利武器。

歌德对儿童的尊崇更是来得彻底，他甚至说："小孩子是我们的模范，我们应得以他们为师。"② 英国诗人华兹华斯也说："儿童是成人之父。"③

---

① ［苏］克鲁普斯卡娅：《论儿童读物》，周忠和编译《俄苏作家论儿童文学》，河南少年儿童出版社1983年版，第205页。
② 转引自韦苇《郭沫若用诗为我国现代儿童文学拓荒》，《浙江师范大学学报》总第26期。
③ ［美］黛安·E. 帕普利、萨莉·W. 奥尔兹：《儿童世界》（上册），华东师范大学外国教育研究所《儿童世界》翻译组译，人民教育出版社1981年版，第7页。

我们再来看心理学科提供的答案。被称为世界心理学的第三思潮的马斯洛心理学，在西方评论界被认为是人类了解自己过程中的又一块里程碑。马斯洛的人本主义心理学反对弗洛伊德学派仅以病态的人作为研究对象，提出心理学家应该研究人类中的出类拔萃之辈——"自我实现的人"。马斯洛认为，自我实现的人的许多优秀之处是与儿童的天性一致或相似的。比如自我实现的人有着一种谦虚态度，这种谦虚态度也可以表述成一种孩童般的单纯与不自大——孩童往往具有这种不带成见，不过早下结论地听别人意见的能力。孩童们张着天真的不带批评的眼睛看世界，只注意事情的本来面目，既不争辩，也不坚持事情是别的样子。同样，自我实现的人也这么看待自己与别人身上的人性。再比如，创造性是自我实现的人的普遍特点。马斯洛认为，这些人的创造性与孩童还没有学会害怕别人的嘲讽，仍能带着新鲜的眼光毫无成见地看待事物时所表现出来的创造性是相似的。马斯洛相信，当人们长大时，这一特点常常丧失了，而自我实现的人不会失去儿童这种新鲜天真的观察能力，即使失去了，也能在后来的生活中找回来[①]。评论界认为，马斯洛人本主义心理学巩固了对人性的信念，强调了人的尊严。我认为这一评价与马斯洛人本主义心理学对作为人类未来的儿童的天性所作出的肯定甚至崇尚是分不开的。

上述思想家、作家、心理学家所描绘的儿童形象显然与我国五六十年代的儿童文学所描绘的儿童形象截然不同。我总觉得，五六十年代的相当数量的儿童文学从总体上看，给儿童带来的不是解放而是压抑。我国五六十年代的儿童文学所以没有产生具有世界影响的作品，就是因为太小看儿童，太压抑儿童。世界优秀的儿童文学作品，如安徒生的《皇帝的新装》、马克·吐温的《哈克贝利·费恩历险记》，其中的儿童形象，或者是成人不敢正视的真理的代言人，或者是黑暗腐朽的蓄奴制的勇敢挑战者。再如当代世界著名儿童文学作家、瑞典的阿林格伦，她的《长袜子皮皮》《淘气包艾米尔》《小飞人三部曲》都以赞赏的笔墨描写儿童的淘气、顽皮，

[①] 参见［美］弗兰克·戈布尔《第三思潮：马斯洛心理学》，吕明、陈红雯译，上海译文出版社1987年版，第27—28页。

从而解放了儿童那狂野的幻想天性。而我们的儿童文学恰恰与此相反，欣赏的是循规蹈矩的道德儿童形象，一本正经、听话懂事的小大人形象。这些形象缺少个性，缺少生气和活力，这恰好成了我国五六十年代儿童文学精神面貌的写照。

1976年，中国政治局势的突变，给在"文化大革命"中濒临绝境的儿童文学带来了转机，但是仍然不能过于乐观。在儿童文学缓慢的复苏和发展过程中，旧的儿童观仍有着很强的惯性，表现出不容忽视的力量。

在创作方面，幼儿文学中以说教来压抑儿童天性的作品还屡见不鲜。很多人一提笔写低幼文学便自然而然地为了寻找儿童的毛病而操起了"放大镜"。什么"贪吃的河马""肮脏的小猪""任性的小狗"，乃至吹牛的什么、撒谎的什么等，这些作品所指出的儿童缺点，有的是为了教训儿童而社撰出来的，有的则是指美为丑，歪曲了儿童的美好天性。虽然有的作品确实发现了儿童的问题，但其教育模式又往往是儿童（作品中的小动物）受到某种惩罚后知过悔改。

在少年文学中，宣扬错误思想甚至封建道德观念的作品也时有出现。少年小说《今夜月儿明》《少年的心》就是突出的例子。传统道德观念势力之强大，在《失踪的女中学生》这部影片中表现得最为突出。这部影片以同情美化少年早恋感情而始，以牺牲少年的人格尊严和权利而终。影片的这种结局并非编导的本意，但是，她毕竟承受不了拍片过程中来自上上下下的压力。《失踪的女中学生》的妥协说明了我们的孩子还没有一个作为完全的人的资格，在教育者（家长、教师）和孩子之间，有时人格是不平等的，当发生矛盾冲突时，受到伤害、委屈的往往是孩子。《失踪的女中学生》的命运表明，无论怎样强调儿童文学的文学自律性，也无法否认教育观念对它的强大制约力、统摄力。因此，我们前面否定了儿童文学作家君临儿童之上的教育姿态以及错误的教育思想，本意绝不是主张儿童文学不要教育，而是试图寻求一种新的教育姿态和正确的教育思想。

新时期的儿童文学理论，在某些方面也遗留着旧儿童观的基因。新时期儿童文学理论在意识到儿童文学不应该是教育学的翻版，不应该是苍白的教育学讲义之后，更加强调儿童文学要"寓教于乐"。应该说，这也是一个进步。从一般意义说,"寓教于乐"并不错,但是儿童文学理论常常把教育与趣味性(乐)解释成目的与手段的关系。署名中国少年儿童出版社的一篇题为《关于少年儿童读物的特点问题》的文章就说:"趣味不是我们的目的,而是我们为了达到一定教育目的所采取的手段。"[①] 仅仅把趣味性看作手段不符合作品实际和儿童的接受情况。很多作品并不想达到什么教育目的,给儿童以情趣和欢乐就是他的目的。比如沃特·迪士尼的动画片《米老鼠和唐老鸭》便是。从儿童接受情况来看,即使有思想教育意义的作品,儿童恐怕也不会接受了思想内容之后,就把趣味扔掉,儿童可能会再三回味作品的情趣,从中得到享受和满足。我们甚至敢说,有的孩子也许会绕过作品的主题、思想什么的,直奔作品中的情趣,享受一番转身就走,而对主题什么的不加关心。从某种意义上说,儿童文学是快乐的文学。把"乐"仅仅看作是完成教育目的的手段,这种观念,说得轻一些是对儿童欲望、天性缺乏了解,说得重一些,是对儿童的心灵和精神需求缺乏尊重。

儿童文学界目前还普遍地持着一种理论,即"白纸"说。一些著名的儿童文学作家、理论家也说过类似儿童的心灵是一张白纸的话。"白纸"说实际上是对儿童心灵的片面认识,是一种错误的儿童观。儿童文学界的这种"白纸"说与心理学上的"白板直观感觉"论是一致的。主张"白板"说的心理学家洛克认为,在人的意识中没有先天的思想和观念,儿童一诞生,其心灵像一张白纸,可以无限地发挥环境、教育的威力。

"白纸"说只看到儿童心灵的受动性的一面,即受客观外在事物制约的一面,而忽视了儿童心灵的能动性一面,是错误的机械决定论。瑞士著名心理学家皮亚杰的发生认识论认为:"一个刺激要引起某一特定反应,主体及其机体就必须有反应刺激的能力。"按皮亚杰的学说,任何外在刺激要引起人的神经反应,必须与大脑中已有的"图式"发生"同化"作用,外来刺激如果不能被纳入固有的"图式",不能被"同化",人就不能做出相应的反应。苏联著名学者科恩有一段话也表达了相近似的观点:

---

① 参见《关于少年儿童读物的特点问题》,《出版工作》1987年第18期。

"人的'自我'的本质不仅是由制约它和'进入'它的东西（心理生理素质、社会条件和教育等等）规定，而且还由'出自'它的东西，它的创造积极性所创造的东西规定。"① 根据上述观点，儿童文学对于儿童来说就永远不是像面对一张白纸那样从外面灌进去的，而是要包含着儿童心理的积极开展，包括儿童从心理内部开始的有机的同化作用。儿童文学对儿童不是单方面的作用，而是双向活动过程，不是一种灌输，而是一种激活。

如果比喻的话，我想把儿童心灵比喻成一颗种子。儿童文学作家面对一颗种子不能像面对一张白纸那样，以为可以单方面随心所欲地书写，他也受到制约，必须考虑到要激活这颗种子的潜在生命力所必需的合适的土壤、阳光和养料。如果再打一个比喻，儿童的心灵不是一张白纸，而是一首诗篇的"初稿"。"初稿"这一比喻是苏联作家、哲学博士科夫斯基用来形象说明儿童复杂的精神世界的。苏霍姆林斯基就十分赞赏"初稿"之喻。他认为成人不能用自己笨拙而漠不关心的手把这个"初稿"本身所具有的能力、气质、爱好和才华这些好的东西给损坏了，而要精心地润色、修饰，使这"初稿"变成一篇美好的诗歌。

如果把儿童心灵看成白纸，必然对童心的可贵之处视而不见。阿·托尔斯泰曾说："旧时代的教育家把儿童看作是一张白纸，他们可以在上面任意涂写一条条抽象的哲理和僵死的道德箴言。说也奇怪，这种教育家有的竟然活到了今天。他们对儿童自己也能够反过来教会教育家一些东西，感到不能理解，甚至有时还感到愤怒。"② 儿童文学创作和理论把儿童看作一张白纸，很容易忽视童心世界的人生哲学价值，抹杀儿童心灵的丰富性和复杂性，从而夸大教育的力量，导致主观随意性，由于习惯而又不知不觉地君临儿童之上。

以上，我们指出了新时期儿童文学的儿童观中存在的问题。我们也不能不看到，新时期里，许多儿童文学作家的思想观念有了很大变革。特别是青年儿童文学作家们那些探索和创新的作品，显示着中国儿童文学的儿

---

① [苏]科恩：《自我论》，佟景韩译，生活·读书·新知三联书店1986年版，第8页。
② [苏]阿·托尔斯泰：《论儿童文学》，周忠和编译《俄苏作家论儿童文学》，河南少年儿童出版社1983年版，第266页。

童观正在悄然位移。稍感遗憾的是，儿童文学理论对当代儿童文学的儿童观出现的这种位移现象还比较麻木。我们的儿童文学理论家应该及时捉住儿童文学创作中迸出的火花，点燃手中理论的火把。如果儿童观问题能成为儿童文学创作者、理论工作者在理论上的自觉意识，无疑将加快中国儿童文学发展的进程。

（本文发表于《东北师大学报》1988年第4期）

论"分化期"的中国儿童文学及其学科发展

一 中国儿童文学正处于史无前例的"分化期"

文学史的开展是否存在规律？文学的历史中发生的诸多现象是偶然的，还是必然的？是偶然中有着必然性，还是必然中有着偶然性，或者是两者兼而有之？文学史中的现象之间是彼此孤立的，还是彼此相关联的？在试图描述十余年间的中国儿童文学的展开过程时，这些问题一直在我的脑海中环绕不去。

我想起了郑敏论述过的解构主义文学史观。她认为："文学史的客观存在是一团由文学作品（包括各种文种与批评）所集合成的开放的无定形的银河样的星云，不断地在活动，这些星云是由踪迹（trace）所汇集而成，踪迹本身是恒变的，它们所留下的痕迹（trace—track）之间有着内在的联系。修史者的研究对象就是那隐藏着踪迹间的内在联系，他必须用科学分析和创造性的想象去揭示它们。"[①]（重点号为引者所加，下同）在郑敏看来，"我们所修的史只是对历史的客观存在的一种阐释，而不能等同

---

① 郑敏：《结构—解构视角：语言·文化·评论》，清华大学出版社1998年版，第52页。

于历史客观存在本身"①。

"现在"一进入我们的言说,就已经成为"历史"。历史并不仅仅是陈年旧事,历史也在我们眼前。如果意识到这一点,面对改革开放三十年这一记忆犹新的不久前的"现在"——历史,我们将更愿意"用科学分析和创造性的想象"进行富于学术个性的阐释。

十年前,我在《中国儿童文学与现代化进程》一书中曾经说:"从总体来看,新时期儿童文学的向文学性回归是与向儿童性回归同步进行的,因此,新时期儿童文学的总趋势实在只有一个——向'儿童的文学'回归。我将向文学性回归与向儿童性回归分别进行论述,实在是理性分析面对感性化文学这一对象的没有办法的办法。不过,比较而言,80年代显示出更多的向文学回归的势头,而在90年代,向儿童性回归则成为普遍的主意识。"② 我注意到,与我有同样感受,并作过相似阐述的研究者不止一两个人。

2006年,我开始思考新世纪里中国儿童文学的发展走向这一问题。在一篇文章中,我提出了"分化"一词,以此来描述新旧世纪交替以来的一些儿童文学重要动向的"内在关联"或曰"共通的特征"。当时,我指出了四种"分化"现象:幻想小说从童话中分化出来,作为一种独立的文学体裁正在约定俗成,逐渐确立;图画书从幼儿文学概念中分化出来,成为一种特有的儿童文学体裁;在与语文教育融合、互动的过程中,儿童文学正在分化为"小学校里的儿童文学",即语文教育的儿童文学;在市场经济的推动下,儿童文学分化出通俗(大众)儿童文学这一艺术类型。③

时隔两年的今天,在持续关注儿童文学的发展状态之后,我确信,以新旧世纪交替的几年间为分水岭,中国儿童文学步入了史无前例的"分化期"。

我所使用的"分化"借用的是生物学上的一个概念。所谓分化(differentiation)是指在某一正在发育的个体细胞中发生的形态的、功能的特

---

① 郑敏:《结构—解构视角:语言·文化·评论》,清华大学出版社1998年版,第51页。
② 朱自强:《中国儿童文学与现代化进程》,浙江少年儿童出版社2000年版,第367—368页。
③ 朱自强:《新世纪中国儿童文学的发展走向》,《文艺报》2006年10月17日。

异性变化并建立起其他细胞所没有的特征这一过程。分化形成形态功能不同的细胞,其结果是在空间上细胞之间出现差异,在时间上同一细胞和它以前的状态有所不同。对个体发育而言,细胞分化得越多,说明个体成熟度越高。

"分化"对于儿童文学特别是中国儿童文学是一个非常重要的概念。与自然界发展的规律一样,分化也是儿童文学产生、发展、变化的动力。

分化使儿童文学由单一结构变成多元、复合的结构,由执行单一功能,变成执行多元功能(分化出的新形态的儿童文学分枝,执行各自的功能),是儿童文学发展的必然规律。因此,目前中国儿童文学发生的分化,是一种多元的、丰富的、均衡的发展状态,是走向发展、成熟所应该经历的一个过程。从这一认识出发,的确可以说,中国的儿童文学的发展是进入了最好的时期。

二 中国儿童文学为什么会在近年出现"分化"?

刘勰在《文心雕龙》中说:"文变染乎世情,兴废系乎时序。"一个时代有一个时代的文学。中国儿童文学在新旧世纪交替之际开始出现较为广泛的分化现象,完全是拜改革开放的这个时代所赐。我们不能想象这样广泛活跃的分化能够出现于此前的任何时代。

简而言之,中国儿童文学在近年出现分化的原因有三:首先,是儿童文学的基因作用的结果。儿童文学的胚胎里,本身就有这样丰富多元的发展蓝图,之前之所以没有出现多元的分化,是因为环境尚未提供催化的条件。其次,是社会发展提供了必要的条件基础。再次,是整个儿童文学界的执着努力。

在上述三个分化原因中,恐怕社会发展提供的条件发挥了更大的整合、活化的作用。下面结合两个具体的分化现象作一说明。

儿童文学与教育具有天然的血缘关系。儿童文学产生的一个重要原因是儿童教育的需要。从儿童文学与语文教育的关系来看,自清末开始,西方的现代教育思想和制度传入中国，到了民初，新式学校取代了旧式私塾，五四时期，儿童文学的传入给小学语文教材带来了根本性革命，儿童文学成了语文教材的重要组成部分。但是，目前小学语文教材和教法的儿童文学化的程度依然不够。

自1949年至近年以前，中国的儿童文学研究与小学语文教育是疏离的，五四时期的儿童文学是"小学校里的文学"这一理念被搁置了起来，这是儿童文学画地为牢的自我束缚，是对自己本该担当的责任的放弃。近年来，素质教育国策和语文教育改革为儿童文学分化为"小学校里的儿童文学"提供了契机。2001年颁布新的小学《语文课程标准》（实验稿）体现了对儿童文学的重视，明确提出小学语文教材要多采用童话、寓言、故事、童诗等儿童文学文体，建议小学阶段的课外阅读量不少于一百四十五万字。在这一背景下，各种课外语文读本如雨后春笋涌现出来。其中王尚文、曹文轩、方卫平主编的《新语文读本》（小学·12卷），朱自强编著的《快乐语文读本》（小学·12卷）是儿童文学研究者取得的语文教育的重要成果。在儿童文学走入语文教育的实践展开的同时，也出现了"语文教育的儿童文学"的学术成果，比如有儿童文学视角的语文教育研究著作《小学语文文学教育》（朱自强），有语文教育视角的儿童文学研究著作《走通儿童文学之路》（陈晖）。

最近，我出版了一本谈论小学语文教育和儿童教育的讲演集。出版这样一本书，对我个人来讲，是在意料之外，但是对儿童文学与语文教育、儿童教育的学科关系而言，又属情理之中。我在该书的自序中就坦言：这本讲演文集能够面世，不是因为我有多么深入的研究，而是因为中国的小学语文教育、儿童教育越来越需要儿童文学，需要儿童文学的资源和方法。

从通俗儿童文学的分化中，更可以见出社会发展进程的巨大影响。

以一般的通论，儿童文学的出版起源于18世纪的英国，约翰·纽伯利是其创始人。纽伯利是一个商人，他一开始就是把图书出版作为一桩生意经营，而且图书出版只不过是他众多生意中的一笔。在西方，儿童文学的出版、传播，一开始也是一种商业行为，儿童文学书籍在一开始就同时具有商业属性。

在中国，由于经济的落后，教育的不发达，特别是1949年以后计划经济体制的制约，儿童文学的出版一直缺乏商业运作。非商业化的出版模式，使儿童文学的写作缺乏明确的读者意识和市场指向。1984年10月，中国共产党十二届三中全会通过了《中共中央关于经济体制改革的决定》，《决定》中说，"社会主义计划经济必须自觉依据和运用价值规律，是在公有制基础上的有计划的商品经济"。1992年年初，邓小平"南方谈话"为确立社会主义市场经济的改革目标铺平了道路。1992年10月召开的中国共产党第十四次全国代表大会正式宣布"我国经济体制改革的目标是建立社会主义市场经济体制"。正是由于社会主义市场经济体制的运行，中国的儿童文学的出版也变成了真正的商业行为，儿童文学书籍也真正成为商品。

由于儿童文学面向的儿童读者的阅读兴趣和品位还没有出现明显的分化，因此儿童文学在总体上具有通俗性、大众性倾向。但是，在儿童文学内部，相比较而言，依然存在着较为通俗和较为艺术的两种作品类型。不管人们对通俗文学是褒是贬，都会承认它的最基本的特征是"流行性"，而"畅销"则是一部通俗文学成功的必要条件。中国的儿童文学出版一经"商业化"，通俗儿童文学的写作就有了巨大的市场需求。此前，散布于儿童文学（艺术儿童文学）创作中的一些通俗文学元素，在商业出版的召唤下，渐渐凝聚到了一些思路活泛、追逐流行的作家们的笔下，通俗儿童文学由此分化出来。

可以断言，改革开放的社会发展形态如果持续下去，中国儿童文学已经出现的分化会进一步发展乃至成熟，新的分化也还将出现。

三 分化期：儿童文学学科建设和发展的关键期

分化期既是中国儿童文学发展的最好时期，同时也是儿童文学学科建设的关键时期。

在分化期，儿童文学创作和研究中出现了很多纷繁复杂、混沌多元的现象，提出了许多未曾遭逢的新的课题，如何清醒、理性地把握这些现象，研究和解决这些课题，是儿童文学理论研究和学科建设的题中之义，不能回避，不能掉以轻心。

分化期的有些重要课题如果破解得不好、不及时，儿童文学就会出现相当范围里的迷失、混乱和停滞。我认为，以下几个领域的问题应该是儿童文学理论在分化期里需要用力解决的。

(一) 关于建立通俗儿童文学理论的问题

毋庸回避，面对通俗儿童文学的创作和出版中呈现出的一些现象，评论界是发生过很大争议的。比如，以对杨红樱的"淘气包马小跳"系列作品为中心的讨论，就出现了很多观点、立场不同的文章。其间的是非曲直另当别论，我感到的一个有意味的重要问题是，有的评论张冠李戴，移花接木，硬把艺术儿童文学的思想和艺术的向度，套在某些通俗儿童文学作品上，比如将其与安徒生、亚米契斯相提并论，从而抬高其艺术品位的身价。这种艺术标准错位的评价方式具有双重危害性：一方面，被这样拔高的通俗儿童文学作家可能被冲昏头脑，看不到自己的作品离那须正干、山中恒等通俗文学作家的水准尚远；另一方面，一旦舆论和公众真的接受了这种对通俗儿童文学作家作品的风马牛不相及的误判，将严重伤害到艺术儿童文学作家们的自尊和努力，其中的缺乏艺术定力者还会对通俗写作趋之若鹜，果真如此，将会使本来就有待提升的艺术儿童文学的创作受到打压。

目前，虽然通俗儿童文学的相关批评还是有一些的，但是，我们期待的是更具理论体系的通俗儿童文学评论和研究通俗儿童文学理论的专著尽早出现。如果儿童文学分化出了比较成熟的通俗文学理论，建立起了一套通俗文学的评价标准，可能就会避免批评标准的错位和张冠李戴的现象出现，可能面对某些作为通俗儿童文学其实是劣质产品的作品，就不至于看走眼。

(二) 关于儿童文学的文化产业研究

儿童文学的文化产业问题既与上述通俗儿童文学，也与后现代问题有着密切的联系。我认为在儿童文学文化产业的诸多问题中，较为迫切地需要研究的是儿童文学文化产业是否需要建立双重尺度这一问题。

文化是否也有负面因素？我认为一定有。因为文化是人制造出来的，凡是人制造出来的东西都可能出错，文化也不例外。

法兰克福学派的批判质疑到文化产业本身的存在合理性。虽然在当前，即使是后发国家，文化产业也是方兴未艾，愈演愈烈，但是，还不能证明当年法兰克福学派对文化产业可能导致的人类文化前景的担忧是多余的。对文化产业的合理批判、矫正，正是文化产业健康发展的必要动力。

文化产业生产的商品是"文化"，消费者消费的也是"文化"。文化产业的效用应该用人文精神和市场经济规律这两个向度来衡量，评估文化产业应该建立双重尺度。因此，人文立场的批判意识是文化产业研究的题中之义。这一批判意识不是简单否定文化产业本身，而是对文化产业的商品"内容"保持一种审视的目光。在文化产业的运作中是否有一种倾向，就是过度地强调了文化产业的经济学属性，将利润最大化作为文化产业的追求目标。这种倾向是不是过于关注文化产业的"产业"二字，而对文化产业的"文化"有所忽略所造成的呢？

强调文化产业的"利润"不应该只是经济数字所体现的金钱，是不是也应该包括所生产和消费的人文精神这一文化的价值？这是不是文化产业这一特殊产业特有的"经济学"问题？

（三）建立儿童文学的"儿童阅读"理论

2008年，新蕾出版社推出了《中国儿童阅读6人谈》。我在该书的"代序"中说：与《中国儿童文学5人谈》"时隔七年，虽然，中国的读书社会还远远没有到来，但是，从我们的这种标志性的对谈，从'儿童文学'到'儿童阅读'，一词之差却昭示出中国社会在阅读方面的发展和变化。如果编写一部2000年至今的《时代用语词典》的话，我想'亲子阅读''儿童阅读推广''儿童阅读推广人'这些新词语是应该收入其中的。在中国，儿童阅读推广正渐成气候，蔓延开来"。

儿童文学要获得社会尊重的地位，一定要强化自己在影响社会发展方面的功能。阅读可以改变社会，这是历史的经验，因此，儿童文学理论应该担当起建设"儿童阅读"理论的责任。《中国儿童阅读6人谈》只是儿童阅读研究的一次上路,真正的儿童阅读理论还在等待儿童文学界用学理化的建构行动来呼唤。

(四)进一步开展"语文教育的儿童文学"研究

近年来,儿童文学走入小学语文教育,其语文教育的功能和价值已经进入很多人的认识之中,所提出的小学语文教育需要儿童文学化这一主张,也正在得到一些有识之士的认同,下一步的任务就是要探讨如何儿童文学化,这才是语文学科,也是儿童文学学科最关键的一步。完成这一课题,需要儿童文学理论深入地融入语言学、教育学、语文教学论,整合出有自身功能和特色的儿童文学教学论。从目前的情势来看,走向这一目标显然是任重而道远的。

(五)进一步建构图画书理论

图画书作为重要的儿童图书而存在,这已经是不争的事实。图画书的分化,使幼年文学显示出与童年文学、少年文学的不同形态和功能,凸显了幼儿文学的视觉文化的特性。儿童文学研究者对这一文体越来越重视。彭懿的《图画书:阅读与经典》一书是图画书研究的厚重成果,具有开拓性的理论意义。儿童文学概论式著作,比如方卫平、王昆建主编的《儿童文学教程》(高等教育出版社2004年版)和朱自强撰写的《儿童文学概论》(高等教育出版社2009年版)在文体论部分,都将图画书列为专章来彰显它在儿童文学中的地位。

在今后的图画书研究中,有很多重要问题需要讨论,比如,图画书是否是儿童文学的问题,从幼儿文学作家到"图画书作家"的问题,文学与美术的关系问题,图画书的视觉思维问题等。

结语:建构跨学科的"儿童文学共同体"

中国儿童文学的已经露出端倪的分化还在进行,今后一定还会出现新的分化,比如,可能会分化出儿童教育的儿童文学、中国现代文学的儿童文学（儿童文学进入中国现代文学史研究）、网络儿童文学，等等。"分化"有助于儿童文学成为具有结构性、辐射性、多元功能性的一个学科，从而使自己不是作为一个孤立的存在，而是成为"社会性"的存在。

　　同时也要意识到，儿童文学的分化是对儿童文学现有学科能力的一种严峻考验。面对分化，既成的儿童文学研究者需要进入新领域、新学科的再学习，甚至可能需要学术上的转型；年轻的学人一方面需要获得儿童文学的整体性学养，另一方面要在某一两个领域深扎根须，凝神聚力，成为专才；最为重要的是，儿童文学整体需要打破与其他学科的壁垒，一方面主动融入相关学科，另一方面以开放的姿态，接纳相关学科的研究力量，结成跨学科的"儿童文学共同体"，把学科做大做强。

　　总之，中国儿童文学理论研究应该抓住"分化"这一宝贵机遇，积极应对、处理"分化期"中国儿童文学出现的纷繁复杂、混沌多元的诸多现象，通过这一处理过程，使中国儿童文学学科真正获得跨学科的性质，进一步走向成熟，一方面为学术积累做出贡献，另一方面使儿童文学与社会发展实现互动，更多地贡献于社会。

（本文发表于《南方文坛》2009年第4期）

第二辑
儿童文学理论

论"儿童本位"论的合理性和实践效用

一 问题的提起：关于"超越""儿童本位"论

"儿童本位"论是贯穿于中国儿童文学百年历史的最重要的儿童文学观，它产生于五四时期，经过当代的理论诠释和创作实践，已经成为儿童文学创作和研究中最有影响力的儿童文学思想。近年，儿童文学学术界有学者提出了以"主体间性"来"超越""儿童本位"论这一理论主张。这是一个非常有讨论价值的学术方案，尽管我本人对其可能性、合理性深为怀疑。我说其有学术价值，是因为试图超越"儿童本位"论的努力，触及的是一个中国儿童文学理论研究的重大学术问题，而这一问题一直没有得到足够深入的研讨，它尤其需要在后现代语境下，正反双方进行对话和讨论。提出"超越""儿童本位"论的人是出自怀疑精神，而我对他们对"儿童本位"论的质疑的质疑，也是出自怀疑精神。对于中国儿童文学理论而言，怀疑精神是需要大力提倡和发展的。没有怀疑精神，就没有探索、论辩和求证，因而也就难有理论的建构。

有两本运用后现代理论话语的著作可以被视为超越"儿童本位"论这一提案的代表。杜传坤在《中国现代儿童文学史论》一书中指出："联系当代儿童文学的现状，走出本质论的樊笼亦属必要。对当代儿童文学的发展而言，五四儿童本位的文学话语是救赎，也是枷锁……'儿童性'与'文学性'抑或'儿童本位'似乎成了儿童文学理论批评与创作的一个难以逾越的迷障。如同启蒙的辩证法，启蒙以理性颠覆神话，最后却使自身成为一种超历史的神话，五四文学的启蒙由反对'文以载道'最终走向'载新道'。儿童本位的儿童观与儿童文学观，同样走入了这样一个本质论的封闭话语空间。"①"'中心'或'本位'是一个尖锐的立场，它总是以排除'对象'的存在价值为前提和标志。相比之下，我们似乎可以追求儿童文学或儿童与成人（社会）之间的'主体间性'关系，不是主体/客体或我/他的二元对立，而是主体/主体或我/你的平等主体关系。它体现了二者之间的互相尊重、互为主体，以及基于平等基础上的对话关系。"②

吴其南的《20世纪中国儿童文学的文化阐释》一书，"结语"的题目就是"走出现代性"。他说："现在要做的就是从这种现代性的世界观中走出来。把自己的理解、建构当作儿童文学的普遍性，不仅独断，而且虚幻，是现实的集权意识在儿童文学中的一种投影，和现代社会的民主意识是不相融的。无论就创作还是理论而言，都是一种误区。走出这一误区首先就要消解成人/儿童、客观/主观、教育者/被教育者等一系列二元对立模式，尤其是从20世纪儿童文学中争论不已的成人本位/儿童本位的思维中超越出来，还世界以建构性，将儿童文学变成成人与儿童两个平等的主体间的对话，把握儿童的成长节律，儿童想要的正是成人想给的，使社会成为一个自由平等的社会，使人成为民主社会一个和谐发展的公民。而这，或许就是进入21世纪的儿童文学创作和理论的最重要的任务。"③

杜传坤和吴其南在主张"走出现代性"，超越"儿童本位"论时，不约而同提出以"主体间性"来替代"儿童本位"论。但是他们同样像某些只管解构不管建构的激进的后现代理论一样，推倒了"儿童本位"论，却并没有建构起属于自己而不是照搬西方后现代概念的"主体间性"理论。他们不约而同地在其著作结尾的"余论"和"结语"中，虚晃一枪式地亮

---

① 杜传坤：《中国现代儿童文学史论》，中国社会科学出版社2009年版，第340—341页。
② 同上书，第344页。
③ 吴其南：《20世纪中国儿童文学的文化阐释》，中国社会科学出版社2012年版，第286页。

出了"主体间性"这一武器,然后就鸣金收兵了。

现在,我想接过话题,面对杜传坤和吴其南提出的以"主体间性"来超越"儿童本位"论这一理论计划进行反思。我认为,现代性理论和后现代理论在阐释儿童文学时,都具有有效性,也都具有局限性,因此,我所采取的立场不是如吴其南、杜传坤那样,在现代性理论与后现代理论之间作非此即彼的选择,而是对二者进行整合,取其可以有效阐释儿童文学的那部分理论,进行有机的融合。

在本文中,我要做的主要工作是回到历史的现场,对"儿童本位"论的内涵尽可能进行现场还原式的揭示,指出"儿童本位"论批判者对这一理论的误识,并采用实用主义哲学方法,论述"儿童本位"论作为一种"真理",在历史和现实中所具有的实践效用。

二 对"儿童本位"论内涵的阐释

中国儿童文学史上,出现过两个"儿童本位"论的高潮期:一个是 20 世纪 20 年代,另一个是 20 世纪 80 年代末至今。在本文中,我把前者称为现代"儿童本位"论,把后者称为当代"儿童本位"论。由于社会、历史语境的变化,这两个时期的"儿童本位"论自然呈现出不尽相同的面貌。不论是想超越"儿童本位"论的杜传坤和吴其南,还是想思考"儿童本位"论与"主体间性"是否存在融通性的我本人,首先应该做的都是回到历史中去,对现代"儿童本位"论和当代"儿童本位"论的真义进行现场还原式的再检讨。

现代"儿童本位"论的真义是什么?对此要看首倡者、集大成者周作人自己的论述。

周作人在《苦茶——周作人回想录》中说:"以前的人对于儿童多不能正当理解,不是将他当作小型的成人,期望他少年老成,便将他看作不完全的小人,说小孩懂得什么,一笔抹杀,不去理他。现在才知道儿童在生理心理上虽然和大人有些不同,但他仍是完整的个人,有他自己内外两面的生活。这是我们从儿童学所得来的一点常识，假如要说救救孩子，大概都应以此为出发点的。"①（本文重点号均为笔者所加）上述引文的前两句话，正是出自周作人的被视为中国儿童文学的宣言的《儿童的文学》一文。从这段话可以清楚地了解到，周作人的儿童本位的儿童观是他要"救救孩子"的出发点。需要注意的是周作人用了"我们"这一复数代词，这是实指周作人和鲁迅。五四时期，周氏兄弟一起从事了"救救孩子"这一事业。

周作人终其一生都关怀妇女和儿童这两个弱势群体。他在《人的文学》里论述两性的爱，提出的是"男女两本位的平等"这一主张，并没有选择以妇女单方面为本位的立场。值得深思的是，对于儿童与成人之间，周作人却并不主张、并不提倡"儿童成人两本位的平等"，而是要以儿童为本位。这其中的缘由可以从周作人下面的话里索解一二。"人类只有一个，里面却分作男女和小孩三种；他们各是人种之一，但男人是男人，女人是女人，小孩是小孩，他们身心上仍各有差别，不能强为统一。以前人们只承认男人是人，（连女人们都是这样想！）用他的标准来统治人类，于是女人与小孩的委屈，当然是不能免了。女人还有多少力量，有时略可反抗，使敌人受点损害，至于小孩受那野蛮的大人的处治，正如小鸟在顽童的手里，除了哀鸣还有什么法子？"② 可见，儿童是最为弱小的存在，他们的命运完全掌握在大人的手里。儿童无法像妇女发动一场女权运动那样，为自己发动一场童权运动。也就是说，儿童与成人之间，有着其他任何人际关系都没有的特殊关系。

因为生命的不同存在形式，儿童的解放并不能由儿童自己，而要由成人来帮助其完成。成人社会要完成这一解放儿童的事业，唯有以儿童为本位，这是由迄今为止的历史所充分证明了的。

以上所讲的是儿童要获得做人的权利，实现做人的平等，需要成人树立以儿童为本位的儿童观，那么涉及儿童文学的创造，是否也必得以儿童

---

① 周作人：《苦茶——周作人回想录》，敦煌文艺出版社1995年版，第539页。
② 周作人：《小孩的委屈》，钟叔河编订《周作人散文全集》（第2卷），广西师范大学出版社2009年版。

为本位呢？

1914年，周作人在《玩具研究（一）》一文中提出："故选择玩具，当折其中，既以儿童趣味为本位，而又求不背于美之标准。"① "美之标准"显然出自成人的世界。所以，这句话里，实际上蕴藏着融合儿童与成人的思想。周作人曾经翻译柳泽健原的《儿童的世界》一文，其中有这样的话："……大人在本质上不能再还原为儿童，是当然的了。……大人所见的儿童的世界必不会是儿童所见的儿童的世界。这样的纯粹的儿童的世界的事情，只一切交与儿童的睿智与灵性便好了；大人没有阑入其间的必要，也没有这个资格。大人对于儿童应做的事，并不是去完全变成儿童，却在于生出在儿童的世界与大人的世界的那边的'第三之世界'。"② 周作人在译后附识中说，"这篇小文里有许多精当的话"。我想这"许多精当的话"，就应该包括这一段。就在翻译《儿童的世界》的同一年，周作人在与赵景深就童话作书信讨论时，使用了"第三之世界"这一用语："安徒生与王尔德的童话的差别，据我的意见，是在于纯朴（Naive）与否。王尔德的作品无论哪一篇，总觉得很是漂亮，轻松，而且机警，读去极为愉快，但是有苦的回味，因为在他童话里创造出来的不是'第三的世界'，却只在现实上覆了一层极薄的幕，几乎是透明的，所以还是成人的世界了。安徒生因他异常的天性，能够复造出儿童的世界，但也只是很少数，他的多数作品大抵是属于第三的世界的，这可以说是超过成人与儿童的世界，也可以说是融合成人与儿童的世界。……我相信文学的童话到了安徒生而达到理想的境地，此外的人所作的都是童话式的一种讽刺或教训罢了。"③

---

① 周作人：《玩具研究（一）》，钟叔河编订《周作人散文全集》（第1卷），广西师范大学出版社2009年版。
② 周作人译：《儿童的世界》，钟叔河编订《周作人散文全集》（第2卷），广西师范大学出版社2009年版。
③ 周作人：《童话的讨论》，钟叔河编订《周作人散文全集》（第2卷），广西师范大学出版社2009年版。

主张"儿童的文学只是儿童本位的，此外更没有什么标准"[①]的周作人，将安徒生童话视为"儿童本位的"儿童文学的"理想的境地"，而将王尔德的童话看作"成人的世界"。也许正是因为拿着这样的"儿童本位"标准，周作人才对叶圣陶的《稻草人》、冰心的《寄小读者》未赞一词。对童话集《稻草人》，连叶圣陶自己也知道"太不近于'童'"[②]。郑振铎虽然赞同《稻草人》表现成人的悲哀，但是对《稻草人》的艺术表现给予赞赏并加以引用的却都是"儿童本位"的文字，说明郑振铎潜意识深处的矛盾状态。冰心自己曾说《寄小读者》"是个不能避免的失败"[③]，"因为刚开始写还想到对象，后来就只顾自己抒情，越写越'文'，不合于儿童的了解程度，思想方面，也更不用说了"[④]。相比之下，周作人所赞赏的"儿童本位"的安徒生，在波尔·阿扎尔那里就获得了这样的评价："在安徒生诗情充沛的童话里，浸透着梦想更加美好的未来的坚强信仰。这一信仰使安徒生的灵魂和孩子们的灵魂直接融合在一起。安徒生就是这样倾听着潜藏于儿童们心底的愿望，协助他们去完成使命。安徒生和儿童们一起，并依靠儿童们的力量，防止着人类的灭亡，牢牢地守护着导引人类的那一理想之光。"[⑤]

"儿童本位"论既是周作人的儿童观，也是他为一种理想的儿童文学所设计的方案。这一方案的要点在于能够创造出"融合成人与儿童的世界"的"第三的世界"。可见"儿童本位"论所主张的并不是放弃"成人"这个世界，只要"儿童"这一个世界。不仅如此，在周作人的叙述里，这"第三的世界"之中，"儿童"与"成人"只有"融合"，而并无主次之分。在这一点上，"儿童本位"论并非如杜传坤所说，是"以排除'对象'的存在价值为前提和标志"，它并不与"主体间性"相龃龉。

[①] 周作人：《儿童的书》，钟叔河编订《周作人散文全集》第3卷，广西师范大学出版社2009年版。
[②] 叶圣陶于1922年1月14日致郑振铎信中语。
[③] 冰心：《〈冰心全集〉自序》，范伯群编《冰心研究资料》，知识产权出版社2009年版。
[④] 冰心：《〈小桔灯〉初版后记》，卓如编《冰心和儿童文学》，少年儿童出版社1990年版。
[⑤] [法]波尔·阿扎尔：《书·儿童·成人》（日文版），纪伊国屋书店1986年版，第154—155页。

在20世纪20年代，郭沫若也曾倡导"儿童本位"论。他的《儿童文学之管见》是目前我所见到的最早用"儿童本位"字样来论述儿童文学创作的文献。直到40年代，郭沫若依然不改"儿童本位"论之初衷，而且论述上还有所深化。他在《本质的文学》一文中说："人人都有过儿童时代的，一到成了人，差不多每一个人都把儿童心理丧失得非常彻底。人人差不多都是爱好儿童的，但爱好的心差不多都是自我本位，而不是儿童本位。大概就是因为这些原故，所以世界上很少有好的儿童文学，而在我们中国尤其是这样。中国在目前自然是应该尽力提倡儿童文学的，但由儿童来写则仅有'儿童'，由普通的文学家来写也恐怕只有'文学'，总要具有儿童的心和文学的本领的人然后才能胜任。"[①] 为获得"好的儿童文学"，郭沫若提出的"儿童本位"这一方案，蕴含的依然不是单一的"儿童"或单一的"文学"（成人？），而是融合了"儿童的心"和"文学的本领"这两个世界。

接下来我们探讨当代"儿童本位"论的理论内涵。客观地说，我本人是"儿童本位"论的当代倡导者、阐释者和建构者之一。我的《儿童文学的本质》，建构的是当代"儿童本位"的儿童文学观；《中国儿童文学与现代化进程》是持着"儿童本位"这一价值标准，检验百年中国儿童文学在演化中的起落消长、成败得失；《儿童文学概论》是以"儿童本位"思想为灵魂来建构儿童文学的知识体系。

在《儿童文学的本质》中，我这样阐释我所主张的"儿童本位"论："作家既不能做居临儿童之上的教训者，也不能做与儿童相向而蹲的教育者，而只能走入儿童的生命群体之中，与儿童携手共同跋涉在人生的旅途上。因此，作家的儿童观应该以儿童为本位。何为儿童本位的儿童观？不是把儿童看作未完成品，然后按照成人自己的人生预设去教训儿童（如历史上的教训主义儿童观），也不是仅从成人的精神需要出发去利用儿童（如历史上童心主义的儿童观），而是从儿童自身的原初生命欲求出发去解

---

① 郭沫若：《本质的文学》，盛巽昌、朱守芬编《郭沫若和儿童文学》，少年儿童出版社1990年版。

放和发展儿童，并且在这解放和发展儿童的过程中，将自身融入其间，以保持和丰富人性中的可贵品质，我将这种形态的儿童观称为儿童本位的儿童观。儿童文学作家在这种儿童观的观照下创作的儿童文学就是儿童本位的文学。"①

在《儿童文学概论》中，作为对"儿童文学＝儿童＋文学"和"儿童文学＝儿童＋成人＋文学"这两个公式的否定，我提出了"儿童文学＝儿童×成人×文学"这一儿童文学成立的公式。对这一公式，我做了这样的阐释："在儿童文学的生成中，成人是否专门为儿童创作并不是使作品成为儿童文学的决定性因素（很多不是专为儿童创作的作品却成为儿童文学就说明了这个问题），至为重要的是在儿童与成人之间建立双向、互动的关系，因此，我在这个公式中不用加法而用乘法，是要表达在儿童文学中'儿童'和'成人'之间不是相向而踞，可以分隔、孤立，没有交流、融合的关系，而是你中有我，我中有你的生成关系，儿童文学的独特性、复杂性、艺术可能、艺术魅力正在这里。"②"一旦儿童和成人这两种存在，通过文学的形式，走向对话、交流、融合、互动，形成相互赠予的关系，儿童文学就会出现极有能量的艺术生成。"③

也许有人会问，你所说的"你中有我，我中有你"与杜传坤和吴其南主张的"我/你"关系的"主体间性"，你所说的"对话、交流、融合、互动，形成相互赠予的关系"与杜传坤所说的"基于平等基础上的对话关系"、吴其南所说的"主体间的对话关系"不是一样吗？既然如此，为什么不统一到"主体间性"理论上来呢？不错，我所主张的"儿童本位"论与（西方的）"主体间性"理论之间存在着融通性，但是，却与杜传坤和吴其南的"超越""儿童本位"论的"主体间性"说（目前还只是一说，尚未成为理论）根本不同。因为在我看来，在儿童文学这里，离开了"儿童本位"这一立场，所谓"主体间性"是难以成立的。理由很简单：儿童的精神世界与成人的精神世界不同，儿童文化与成人文化存在着深刻的矛

---

① 朱自强：《儿童文学的本质》，少年儿童出版社1997年版，第16—17页。
② 朱自强：《儿童文学概论》，高等教育出版社2009年版，第22—23页。
③ 同上书，第23页。

盾，在现实生活中，成人是儿童的压迫者，用卡尔·波普尔的话说，"我确定孩子们是最大的贫苦阶级"[①]。在这种情况之下，不以儿童为本位，平等、对话的"我/你"关系将无法成为可能。在历史上，在不以儿童为本位的状态下，儿童正是像周作人所说的那样，是被成人"一笔抹杀"的。不以儿童为本位，儿童文学这个世界就必然缺少一个维度，即"儿童"世界，而只剩下了"成人"世界，"第三的世界"就不可能被创造出来。

不以儿童为本位，会出现儿童文学世界里"儿童"的丧失，儿童文学会失去存在的依据。那么，接下来的一个问题就是，以儿童为本位，会不会导致儿童文学世界里"成人"主体的丧失呢？我认为，这是不必要的担心。因为在儿童文学创作中，纯然表现儿童的世界是不可能的。这样说，是基于儿童文学是语言创造出来的，而凡是语言世界，就必然呈现语言使用者的主观精神本相，不管其作为文学有多么隐蔽。为儿童创作的文学作品，只可能存在两种形态：表现了成人的世界；表现了融合儿童和成人这两个世界的"第三的世界"。表现成人精神世界的文学，也可能被儿童所阅读，但是，这些文学难以作为一种范式被称为儿童文学。表现了融合儿童和成人这两个世界的"第三的世界"的文学才更有可能成为儿童文学的范式。

综合上述对现代"儿童本位"论和当代"儿童本位"论的代表性观点的评述，可以看出，"儿童本位"论的具体内涵与"主体间性"并没有发生矛盾、冲突，而是存在着内在的融通性的。杜传坤、吴其南认为只有"超越"了"儿童本位"论，才能走向"主体间性"这一观点是缺乏事实和理论的依据的。

三 对"儿童本位"论的批判及其误识

历史真是意味深长。以周作人为代表的现代"儿童本位"论在20世纪80年代开始，伴随着思想解放而被重新评价，更被当代"儿童本位"

---

① [英]卡尔·波普尔：《二十世纪的教训》，王凌霄译，上海三联书店2012年版，第64页。

论者发扬光大,但是,与此同时,对现代"儿童本位"论的新的批判也开始了。

1984年,吴其南发表了《"儿童本位论"的实质及其对儿童文学的影响》一文。吴其南在该文中说:"我们既要坚决地、有根有据地批判'儿童本位论'的错误及反动实质,又要根据历史条件,肯定其某些进步作用,在历史上给予它应有的地位。"他认为,"儿童本位"论在促进中国儿童文学的诞生方面具有重要作用,但是,它有着"反动的实质":"'儿童本位论'的突出错误,在于它割断儿童生活和整个社会的联系,把儿童生活臆想成一个与外界无涉的封闭体。""'儿童本位论'的另一个错误就是夸大了儿童心理的共同性,把儿童看成某种抽象的、超阶级的存在,这就必然陷进资产阶级人性论,反对用无产阶级思想指导儿童文学创作,对儿童进行革命的教育和影响。……如果一味鼓吹超阶级的'童心',那只能取消儿童文学的党性原则,最终成为毒害儿童的东西。"吴其南还探讨了80年代批判"儿童本位论"的现实意义,"由于种种原因,其中包括受'儿童本位论'影响",有些作品"以为有了儿童情趣就有了一切,津津乐道地描写超阶级的童心、母爱、热爱小动物的天性,看不出和旧读物有什么区别。"[①] 吴其南在堪称其儿童文学批评的"原点"式的论文中,显露出了一种强烈的"成人本位"的思想。这种"成人本位"思想,一直根深蒂固地存在于他的儿童文学理论之中,只不过是后来从政治立场、阶级立场的"成人本位",变成了文化立场的"成人本位",即以"儿童文学的读者年龄小,审美能力普遍偏低"[②],儿童"没有形成自己的世界"[③],"人无疑是要经过整合和框范的,儿童尤其是这样",所以儿童文学要"按成人的价值观对少年儿童的情感进行规范"[④] 等观点为代表。吴其南是新时期以来重要的儿童文学批评家,他的上述儿童文学观给我们带来的启示是:

[①] 吴其南:《"儿童本位论"的实质及其对儿童文学的影响》,《浙江师范学院学报》1984年第4期。
[②] 吴其南:《"热闹型"童话漫议》,《儿童文学研究》1989年第2期。
[③] 吴其南:《20世纪中国儿童文学的文化阐释》,中国社会科学出版社2012年版,第159页。
[④] 吴其南:《评"复演说"——兼谈儿童文学和原始文学的比较研究》,《温州师范学院学报》1990年第1期。

中国儿童文学克服成人本位，走向"儿童本位"之路，必然是漫长而艰难的。

与吴其南的这种赤裸裸的"成人本位"立场不同，方卫平在批判现代"儿童本位"论时所持的"成人本位"立场则较为隐蔽。

方卫平于 1988 年发表了《儿童文学本体观的倾斜及其重建》一文。正如题目所示，他在文中将以周作人为代表的现代"儿童本位"论视为"倾斜"的儿童文学本体观，认为"在这里，儿童心理不仅成了儿童文学活动的唯一出发点和归结点，而且被看成是儿童文学观念性本体的唯一构成物，或者说，它成了唯一制约、统摄儿童文学活动的力量"①。方卫平对"儿童本位"论的这种判定，完全不符合周作人的"儿童本位"论的实际内涵。

如方卫平在文中所指出的，周作人是说过儿童文学创作"非熟通儿童心理者不能试，非自具儿童心理者不能善"②，说过"迎合儿童心理供给他们文艺作品"③ 这样的话，但是，如前所述，对儿童文学的构成，周作人规划、设计的理想状态是安徒生童话那样的拥有"融合成人与儿童的世界"的"第三的世界"的作品，而并非如方卫平所说的把儿童心理"看成是儿童文学观念性本体的唯一构成物"。方卫平的这一误解，可能是失之于没有对周作人全部儿童文学论述进行整体性梳理、考察和辨析。

更深层的问题还不在于方卫平把周作人的"儿童本位"论的局部当成了整体，而是在于他对周作人的"儿童本位"论的思想神髓是比较隔膜的。我的意思是说，他不能像主张"儿童本位"论的周作人那样，看到儿童心性（"儿童心理"）所蕴含的珍贵的人性价值。比如，周作人说："世上太多的大人虽然都亲自做过小孩子，却早失了'赤子之心'，好像'毛

---

① 方卫平：《儿童文学本体观的倾斜及其重建》，《儿童文学研究》1988 年第 6 期。
② 周作人：《童话略论》，钟叔河编订《周作人散文全集》（第 1 卷），广西师范大学出版社 2009 年版。
③ 周作人：《儿童剧》，钟叔河编订《周作人散文全集》（第 3 卷），广西师范大学出版社 2009 年版。

毛虫'的变了蝴蝶，前后完全是两种情状：这是很不幸的。"① 可是，方卫平却认为"成人世界是儿童世界延伸和发展的结果"②；周作人把儿童游戏的沙堆看作与成人的"圣堂"③ 一样，把三岁的侄儿的游戏，看作"不但是得了游戏的三昧，并且也到了艺术的化境。这种忘我地造作或享受之悦乐，几乎具有宗教的高上意义，与时时处处拘囿于小主观的风雅大相悬殊：我们走过了童年，赶不着艺术的人，不容易得到这个心境，但是虽不能至，心向往之……"④ 可是，方卫平却认为，由于"顺应儿童"，"于是，儿童文学的创作视野狭小了，意蕴肤浅了；胸中块垒，无以抒发，深沉博大，何敢追求"⑤。1990年，方卫平在《憧憬博大——对一种儿童文学现象的描述和思考》一文中树立的"深沉博大"的样本，就是冰心的《寄小读者》这样的严重背离"儿童世界"，一味表现"成人世界"的作品。方卫平的这篇论文对《鱼幻》《长河一少年》等80年代的探索作品寄予厚望，认为它们"与《寄小读者》的博大情怀有着某种血缘上的联系"，"这一切，是否意味着《寄小读者》所暗示的艺术可能已经成为一种艺术现实，而那个迟迟未能兑现的谶语也终于应验了呢"⑥。我在博士论文《中国儿童文学与现代化进程》中曾经对冰心的《寄小读者》的思想性和艺术表现都做过批判（出版时这些内容删去了），1990年，我在《新时期少年小说的误区》一文中，对《鱼幻》《长河一少年》等探索作品也作了否定。今天，我依然认为，冰心的《寄小读者》这样的传统以及《鱼幻》《长河一少年》等探索作品是没有发展出路的，原因盖在于其偏离了"儿童本位"这条大路。

我在《儿童文学概论》中说："在我的阐释中，'儿童本位'是以

---

① 周作人：《阿丽思漫游奇境记》，钟叔河编订《周作人散文全集》（第2卷），广西师范大学出版社2009年版。

② 方卫平：《儿童文学本体观的倾斜及其重建》，《儿童文学研究》1988年第6期。

③ 周作人：《〈土之盘筵〉小引》，钟叔河编订《周作人散文全集》（第3卷），广西师范大学出版社2009年版。

④ 周作人：《陀螺序》，钟叔河编订《周作人散文全集》（第4卷），广西师范大学出版社2009年版。

⑤ 方卫平：《儿童文学：在创作者与接受者之间》，《文艺报》1987年5月16日。

⑥ 方卫平：《憧憬博大——对一种儿童文学现象的描述和思考》，《文艺评论》1991年第3期。

'儿童'为思想资源的一种关于儿童的哲学思想。在西方，自进入现代社会，'发现'儿童以后，'儿童'就成为社会思想的宝贵资源。从'发现儿童'的卢梭到吟咏'儿童是成人之父'的华兹华斯，从在'快乐原则'与'现实原则'间作犹疑、痛苦选择的弗洛伊德，到将儿童命名为'本能的缪斯'的布约克沃尔德，再到通过'童年'立'梦想的诗学'的巴什拉……每当这些思想者面对人类的根本问题时，总是通过对'儿童'的思想，寻找着走出黑暗隧道的光亮。如果所谓'儿童本位'的观点中，不包含从'儿童'（儿童文化）中汲取思想资源的立场，就不是真正的当代意义的'儿童本位'理论。"[1] 可是，方卫平、吴其南等反"儿童本位"论者持着机械进化论的观点，只把"儿童心性"看成是未完成态，把儿童的成长只看作是舍弃幼稚走向成熟，而不能认识到成人拥有的文化，往往遗失了"儿童心性"中的珍贵的人性资源，因而放弃向儿童学习的愿望，把儿童文学理解成了成人给予儿童的一种单向度的文学。这样的儿童文学观，必然使儿童文学失去"主体间性"，导致儿童的主体性的丧失。

对周作人的现代"儿童本位"论，方卫平还认为周作人"较少关注儿童生活与现代生活之间艺术联系的必然性和合理性。在某些情况下，他甚至强烈地排斥和否定时代对儿童文学的要求和儿童文学对时代的回应。一个著名的例子是，1923年8月，他在《关于儿童的书》中说：'近来见到《小朋友》第七十期"提倡国货号"，便忍不住要说一句话，——我觉得这不是儿童的书了。无论怎样时髦，怎样得庸众的欢迎，我以儿童的父兄的资格，总反对把一时的政治意见注入幼稚的头脑里去。''总之我很反对学校把政治上的偏见注入于小学儿童，我更反对儿童文学的报刊也来提倡这些事。'"[2] 方卫平认为，"在这里，'儿童本位论'的儿童文学观把儿童文学看作是一片远离尘世喧闹的儿童的净土，容不得半点社会文化因素的浸染。……这里已不单是一个儿童文学观念的问题，而是周作人人生理想和趣味的一个综合的反映。我们理解周作人的苦心，但不能苟同周作人的立

---

[1] 朱自强：《儿童文学概论》，高等教育出版社2009年版，第24页。
[2] 周作人：《关于儿童的书》，钟叔河编订《周作人散文全集》（第3卷），广西师范大学出版社2009年版。

论基础。在我看来，一定儿童文学、儿童文化的特性不仅受制于儿童特点，而且从根本上说也是被一定的社会历史文化存在所现实地规定了的"①。

方卫平对周作人的"儿童本位"论的这一批评，再一次显露出他对周作人所处的时代和周作人思想的隔膜。其实，周作人并不在儿童教育、儿童文学问题上反对社会作用。他在五四前论教育时说："彼以儿童属于家族，而不知外之有社会；以儿童属于祖先，而不知上之有民族。"②"教育之效在养成国民性格，事甚繁重，范围至大。……盖人自受生以来，与世相接，即随在无不受教育，内而家庭，外而社会……外缘之影响，今古同揆，此社会教育所由为今务之急。"③ 五四时期论儿童文学时则说："少年期的前半大抵也是这样，不过自我意识更为发达，关于社会道德等观念，也渐明白了。"④ 可见，周作人并非反对儿童成为社会的人。周作人论述到的儿童文学作品的确很少现实主义作品，但这与当时整个世界的现实主义儿童文学尚未发达有关，在儿童文学的现实主义桥头堡尚未建成之前，周作人当然也无法到达彼岸。但在当时，周作人还是对描写儿童现实生活的作品予以关注的。他在《新青年》上译出的日本作家国木田独步的小说《少年的悲哀》就是描写十二岁的富家少年通过结识一个妓女，了解到她的不幸生活，而体会到了人生的悲哀。周作人特地在译文后介绍国木田独步，说他的艺术以屠格涅夫为师，而对屠格涅夫，周作人是知道他是批判现实主义作家的。另外，周作人在《新青年》上译介安徒生的童话时，也并没有选择自己以前论述到的《打火匣》一类民间童话风格的作品，而是选择了表现儿童悲惨现实生活的《卖火柴的女儿》。

至于方卫平对周作人在《儿童的书》一文里批判《小朋友》"提倡国

---

① 方卫平：《中国儿童文学理论批评史》，江苏少年儿童出版社 1993 年版，第 187—188 页。
② 周作人：《儿童问题之初解》，钟叔河编订《周作人散文全集》（第 1 卷），广西师范大学出版社 2009 年版。
③ 周作人：《家庭教育一论》，钟叔河编订《周作人散文全集》（第 1 卷），广西师范大学出版社 2009 年版。
④ 周作人：《儿童的文学》，钟叔河编订《周作人散文全集》（第 2 卷），广西师范大学出版社 2009 年版。

货"的指责，是把周作人的"反对把一时的政治意见注入幼稚的头脑里去"这一观点误解成了周作人"容不得半点社会文化因素的浸染"。"一时的政治意见"与"社会文化因素"之间，并不能画等号。在这个问题上，方卫平没有认识到周作人作为思想家的远见卓识——洞察了中国社会发展的巨大隐忧。其实，在儿童与成人政治的关系上，周作人还说过比方卫平批评过的观点更辛辣的话："可怜人这东西本来总难免被吃的，我只希望人家不要把它从小就'栈'起来，一点不让享受生物的权利，只关在黑暗中等候喂肥了好吃或卖钱。旧礼教下的卖子女充饥或过瘾，硬训练了去升官发财或传教打仗，是其一，而新礼教下的造成种种花样的信徒，亦是其二。我想人们也太情急了，为什么不能慢慢的来，先让这班小朋友们去充分的生长，满足他们自然的欲望，供给他们世间的知识，至少到了中学完毕，那时再来诱引或哄骗，拉进各派去也总不迟。现在却那么迫不及待，道学家恨不得夺去小孩手里的不倒翁而易以俎豆，军国主义又想他们都玩小机关枪或大刀，在幼稚园也加上战事的训练，其他各派准此。这种办法我很不以为然，虽然在社会上颇有势力。"[1] 这不是对20世纪中国的成人社会将成人的政治生活强加于年幼儿童的做法的一针见血的揭露和批判吗？这种深刻的批判至今依然值得我们深思。周作人的这一批判恰恰来自他于1913年就认定的"儿童本位"思想："顺应自然，助长发达，使各期之儿童得保其自然之本相，按程而进，正蒙养之最要义也。"[2]

论述到这里，另一位反"儿童本位"论者杜传坤所犯的错误就不言自明了。在批判包括"儿童本位"论在内的"现代性中的中国儿童文学"时，杜传坤说："现代性中的中国儿童文学'为了儿童'而写作的宣称不是谎言胜似谎言。……说它是个谎言，因为它'为了他者'而写作的良苦用心只是对于儿童的一种别出心裁的意志强加。与其说是'为了他者'不如说是为了自身，与其说是对业已存在的具有本质规定性的儿童的承认，

---

[1] 周作人：《〈长之文学论文集〉跋》，钟叔河编订《周作人散文全集》（第6卷），广西师范大学出版社2009年版。
[2] 周作人：《童话略论》，钟叔河编订《周作人散文全集》（第1卷），广西师范大学出版社2009年版。

不如说是对尚未具有本质规定性的儿童的剥夺——成人将这种剥夺视为自然——成人（中的知识分子）天生是立法者，而儿童天生适于被立法强制。"①

杜传坤的这段话出现在《中国现代儿童文学史论》一书的"发生论辩证：中国儿童文学起源的现代性批判"一节之中。先有理论，后有创作，这是中国儿童文学发生的特异性。因此，杜传坤的上述批判当然也是对以周作人为代表的现代"儿童本位"论的批判。可是，杜传坤对"现代性中的中国儿童文学"的"强加""强制"性的描述，显然是把对象搞错了。她所描述的"强加""强制"哪里是周作人的"儿童本位"论所蕴含、揭示的儿童与成人的关系。杜传坤如果针对的是周作人所反对的封建性中的儿童教育，她的这种描述倒是恰如其分。对周作人以"儿童本位"论进行"思想革命"时所拥有的"现代性"，即使是"以今衡古"，都是依然具有价值的。所以我认为，杜传坤应该反思，她运用后现代理论进行的"现代性"批判的盲目性这一问题。

四 "儿童本位"论的历史真理性：实用主义考察

在对"儿童本位"论与"主体间性"所具有的融通性这一真义以及批判者对"儿童本位"论的误识进行了理论上的辨析之后，我想将"儿童本位"论置于实践的层面上作另一种视角和方法的考察。

马克思在《关于费尔巴哈的提纲》中曾经提出检验真理的标准这一问题："人的思维是否具有客观的［gegenständliche］真理性，这不是一个理论的问题，而是一个**实践的**问题。人应该在实践中证明自己思维的真理性，即自己思维的现实性和力量，自己思维的此岸性。关于思维——离开实践的思维——的现实性或非现实性的争论，是一个纯粹**经院哲学的**问

---

① 杜传坤：《中国现代儿童文学史论》，中国社会科学出版社2009年版，第41页。

题。"① 马克思的这一观点,让我们想到实用主义哲学的真理观。威廉·詹姆士说:"实用主义的方法是试图探索其实际效果来解释每一个概念。"②"实用主义的方法……不是去看最先的事物、原则、'范畴'和假定是必须的东西;而是去看最后的事物、收获、效果和事实。"③ 詹姆士还说,在实用主义哲学这里,"理论成为我们可以依赖的工具,而不是谜底的答案"④。理论既然是一种工具,就要使用,使用就会现出实际效果的好与坏,所以,"实用主义对于或然真理的唯一考验,是要看它在引导我们的时候是不是最有效果,是不是和总体的生活的各个部分最合适,是不是毫无遗漏地和经验所要求的总体密切结合"⑤。可见,在实用主义哲学这里,实践中的有效性成了检验真理的标准。

从历史的实践来看,以周作人为代表的"儿童本位"论无疑是催生中国儿童文学的最大的思想力量。在中国古代社会,儿童文学之所以不能产生,是因为存在着"父为子纲"(成人本位)的儿童观和文言文这两大桎梏,而周作人的"儿童本位"的儿童观在打破这两个桎梏的过程中,居功至伟。"儿童本位"论还对小学校施行儿童文学教育产生了深刻影响,比如,由魏寿镛、周侯于这两位小学教师撰写的中国第一部《儿童文学概论》,就在核心理论部分引用了周作人和郭沫若关于"儿童本位"的观点。

由于根深蒂固的"成人本位"的教训主义传统,中国儿童文学在其艰难发展的路途上,始终背负着与教训主义抗争的宿命。对儿童文学中教训主义的因子,因为持着"儿童本位"论,周作人具有超出常人的本能一般的敏感性。他在《读〈童谣大观〉》《读〈各省童谣集〉》《关于儿童的书》《童话与伦常》《〈长之文学论文集〉跋》等文章中,对各种各样的"教训"和"读经"不遗余力地进行批判。周作人自五四新文学运动起至30年代中期止,在儿童学、儿童文学领域,一直在坚持启蒙精神,没有改变

---

① 马克思:《关于费尔巴哈的提纲》,《马克思恩格斯选集》(第1卷),人民出版社1995年版,第55页。
② [美]威廉·詹姆士:《实用主义》,陈羽纶、孙瑞禾译,商务印书馆1979年版,第26页。
③ 同上书,第31页。
④ 同上书,第30页。
⑤ 同上书,第44页。

自己的思想者这一形象。

"儿童本位"论不仅发挥了思想的解毒和批判的力量，在儿童文学的艺术判断上也提供了十分恰切而有效的价值标准。周作人说："大抵在儿童文学上有两种方向不同的错误：一是太教育的，即偏于教训；二是太艺术的，即偏于玄美。教育家的主张多属前者，诗人多属后者；其实两者都不对，因为他们都不承认儿童的世界。"[①] 周作人独具慧眼所指出的这两种错误，在中国儿童文学创作史上曾经不断发生并被人们所努力克服。

依据"儿童本位"论的上述实践，我们完全有理由这样设想：中国儿童文学如果一直接受"儿童本位"论的引导，按照"儿童本位"论所设定的方案来实践，将少受很多挫折，少走不少歧途。因为历史上的那些挫折和歧途，正是"儿童本位"论所竭力批判的"教训"和"读经"所造成的。

从现实的实践来看，"儿童本位"论依然符合当下的客观现实，"和经验所要求的总体密切结合"着，具有"引导我们"的"效果"。我们试举两例。

比如，有一位叫黎鸣的哲学家，他在《为什么现代中国儿童多不听话》一文中说："我认为教育危机的最深层的根源之一应在道德沦丧。丧失了道德的孩子，不要说'水'浇（教）不入，恐怕'针'也难以插入。现在城市里尤其大城市里的孩子，不听大人话的多。为什么不听话？他们缺乏对大人深深爱的情感。缺乏爱的情感是丧失道德的开始。""解放孩子！不错，但决不能过早解放他们的本能欲望；尊重孩子！不错，但必须首先让孩子们懂得尊重父母、教师，爱父母、教师。"作为疗治"教育危机"的药方，黎鸣开出了"命名'爱父母'（孝）为中华民族第一教义"[②]。

在看待儿童教育问题的立场上，黎明显然是站在"成人本位"之上

[①] 周作人：《〈儿童的世界〉附记》，钟叔河编订《周作人散文全集》（第2卷），广西师范大学出版社2009年版。

[②] 黎鸣：《为什么现代中国儿童多不听话》，《中国人为什么这么"愚蠢"》，华龄出版社2003年版。

的。教育的最高境界当然是"爱的教育",但是,以"孝"为"中华民族第一教义"却恰恰不是爱的教育。周氏兄弟早就批判过孝道,认为维系长幼的不应该是"孝道",而是"亲子之爱"。如果孩子们"缺乏对大人深深爱的情感",是不是首先要探究大人是否缺乏对孩子的深深爱的情感?以我对当前中国儿童教育的认知来看,恰恰是大人缺乏对孩子的深深爱的情感,他们对孩子缺乏真正的爱、无私的爱。道德出现问题,教育出现问题,就把原因推到孩子的身上,这是典型的"成人本位"的霸权。

再比如,主张超越"儿童本位"论的吴其南在20世纪90年代之初主张"人无疑是要经过整合和框范的,儿童尤其是这样"①,所以儿童文学要"按成人的价值观对少年儿童的情感进行规范"②。这种作为儿童文学观的"规范""框范"论,其根基显然是"成人本位"的儿童观。我对吴其南的这一"框范"论、"规范"论进行批判以后,他依然表示坚持这一立场。③ 另外,对遭到我批判的"儿童的审美能力处于低水平"这一观点,吴其南也依然固执地继续坚持。我所不能理解的是,当吴其南不放弃"按成人的价值观对少年儿童的情感进行规范"这一儿童文学观时,他想"将儿童文学变成成人与儿童两个平等的主体间的对话"又怎么可能。

结　语

绝对真理已经遭到怀疑。但是,真理依然存在,我是说历史的真理依然存在。"儿童本位"论就是历史的真理。"儿童本位"论在实践中,依然拥有马克思所说的"现实性和力量"。不论从历史还是从现实来看,对于以成人为本位的文化传统根深蒂固的中国,"儿童本位"的儿童文学观,都是端正的、具有实践效用的儿童文学理论。它虽然深受西方现代思想,

---

① 吴其南语,见蒋风主编《儿童文学教程》,希望出版社1993年版,第241页。
② 吴其南:《评"复演说"——兼谈儿童文学和原始文学的比较研究》,《温州师范学院学报》1990年第1期。
③ 观点见吴其南《张天翼童话的反欲望叙事》,《浙江师范大学学报》2005年第6期。

尤其是儿童文学思想的影响，但却是中国本土实践产生的本土化儿童文学理论。它不仅从前解决了，而且目前还在解决着儿童文学在中国语境中面临的诸多重大问题、根本问题。作为一种理论，只有当"儿童本位"论在实践中已经失去了效用，才可能被"超越"，反之，如果它在实践中能够继续发挥效用，就不该被超越，也不可能被超越。至少在今天的现实语境里，"儿童本位"论依然是一种真理性理论，依然值得我们以此为工具去进行儿童文学以及儿童教育的实践。

（本文发表于《中国海洋大学学报》2014年第3期）

"解放儿童的文学"：新世纪的儿童文学观

我认为，"解放儿童的文学"将成为新世纪的儿童文学观。

了解中国儿童文学观念的演变的人大概会从我特意加的引号想到，我的"解放儿童的文学"这一说法是套用了鲁兵的著名的"教育儿童的文学"一说。我这样做为的就是在新世纪到来之际，旗帜鲜明地提出一种与"教育儿童的文学"相对立的儿童文学观。

在推翻教育工具论的整个20世纪80年代，儿童文学与教育之间的关系问题一直不断地成为理论探讨的话题，而鲁兵在60年代初提出、在70年代末强调的儿童文学是"教育儿童的文学"，是"教育工具"的观点，不断地被许多儿童文学作家和理论工作者所批判，鲁兵本人也曾修正过自己的这一观点。但是，进入90年代，甚至直到今天，也不能说整个儿童文学界都摆正了儿童文学与一般教育的关系，认清了儿童文学肩负的是一种怎样的教育功能。比如鲁兵就在90年代初，不仅还在说，"教育性是儿童文学的本质"，而且依然固执地将"教育儿童的文学"赫然作为自己儿童文学评论的总结性集子的题名；而80年代成长起来的，眼下已经是中坚力量的儿童文学理论家中，也有人认为"人无疑是要经过整合和框范的，儿童尤其是这样"，所以儿童文学要"按成人的价值观对少年儿童的情感进行规范"[1]。

---

[1] 吴其南：《评"复演说"——兼谈儿童文学和原始文学的比较研究》，《温州师范学院学报》1990年第1期。

我以为，中国儿童文学在改革开放的近20年中的发展，显示出向文学性回归和向儿童性回归这两大走向（关于两大走向的看法，我与白冰、孙建江不谋而合），而上述"教育性是儿童文学的本质"、儿童文学要对儿童进行"框范"和"规范"这种儿童文学观在90年代的出现，说明中国儿童文学在理念上仍然需要进一步向文学性和儿童性回归，以使儿童文学真正成为"解放儿童的文学"。

一 "儿童文学是文学"——教育本质论与教育功能论之争

20世纪80年代，是中国儿童文学在理念上否定"教育工具"论，向文学的本体回归的时期。据我所见，最早提出并强调"儿童文学是文学"这一观点的是评论家周晓写于1980年3月的《儿童文学札记二题》[①] 一文，较早公开否定"教育工具"论的是子扬发表于1984年4月的《也谈儿童文学和教育》[②] 一文，而1984年6月由文化部在石家庄主持召开的全国儿童文学理论座谈会和1985年11月在贵州花溪召开的全国儿童文学创作座谈会，则在与"教育工具"论的对峙中取得了压倒性优势。石家庄理论会议发表的会议"纪实"说，"'教育儿童的文学'和'教育的工具'这两个口号是在50年代受了'左'的影响而提出来的，因此今后不宜再重复使用"[③]。花溪创作会议上，年轻的小说作家曹文轩理直气壮地宣称："儿童文学是文学，不是别的。""它只能根据生活，塑造出一具具活着的艺术形象，而不能强行让它成为教育的工具……"[④] "儿童文学是文学"这一周晓率先提出的观点，经具有变革意识的一代年轻作家的代表人物之一的曹文轩振臂一呼，很快引起了八方响应。花溪会议上，作家刘厚明的发言对教育之于儿童文学的位置的认识是最为清醒和深刻的。他说："这里，

---

① 参见周晓《周晓评论选》，少年儿童出版社1992年版。
② 周晓：《儿童文学札记二题》，《儿童文学研究》第16辑。
③ 子扬：《也谈儿童文学和教育》，《儿童文学研究》1985年第19辑。
④ 曹文轩：《儿童文学观念的更新》，《儿童文学研究》1986年第24辑。

我愿再冒一次'不谈教育'的非议，鼓吹一下'益智'和'添趣'。"①"益智""添趣"取自刘厚明早在四年前就提出来的表述儿童文学功能的"八字诀"——"导思、染情、益智、添趣"。这有名的"八字诀"与后来人们主张的审美、教育、认识、娱乐这一功能说，是意味有别的，那就是淡化了"教育"意识。

儿童文学向文学的本体回归，就必须摆正自己与教育的关系。整个80年代，关于儿童文学与教育关系问题的讨论几乎就没有停止过，而在80年代末，这一儿童文学重要的理论问题的探讨进入了更深的层次。1987年6月4日，著名儿童文学作家陈伯吹先生在《解放日报》上发表了《卫护儿童文学的纯洁性》一文，论述儿童文学的教育性："文学的高贵处，不仅在于让读者全身心地获得愉快的美的享受，更重要的在于以先进的思想启示人生道路，促使人做出道德范畴内的高尚行为，推动社会前进。"时隔半年，陈伯吹先生又在1988年第1期《儿童文学研究》上发表《儿童文学与儿童教育》一文，指出："'文学即教育'；特别在儿童文学的实质上透视，就是如此。"陈伯吹的文章引来了方卫平和刘绪源的不同看法。方卫平并不怀疑儿童文学具有教育功能，但是，他认为，"把教育作用当成我们儿童文学观念的出发点，在客观上却造成了儿童文学自身文学品格的丧失"②。刘绪源则认为，陈伯吹先生在论述"文学的高贵处"时，"以'更重要'三字作为两层意思间的递进。这就完全符合了'教育儿童的文学'这一基本定义"。刘绪源一下子抓住了澄清问题的关键之处："文学的审美作用与教育作用、认识作用，其实并不处在同一平面上，三者并不是并列的。"他重视审美（文学性）的本位作用，强调审美（文学性）的整合性与统摄力。"美感一经产生，总是包含着极其丰富的内容，包含着近乎无限的转化的可能性。凡美感，总是积极的，向上的，总能净化人的心灵，潜移默化地将你引入一种新的境界。相反'道德范畴'却未必总是积极的，我们不就能时时感到封建的旧道德的严重束缚么？'教育'也不总

---

① 刘厚明：《路越走越宽》，《儿童文学研究》1986年第24辑。
② 方卫平：《近年来儿童文学发展态势之我见——并与陈伯吹先生商榷》，《百家》1988年第3期。

是积极向上的，先进的与落后的东西，都可能经过教育的方式灌输给下一代。所以，强调审美作用，恰恰是保证而不是降低了文学的价值。"① 刘绪源的思考标志着在儿童文学的审美与教育的关系问题上和向文学回归的方向上，新时期儿童文学理论所达到的最高点。方卫平与刘绪源的文章发表后引起了比较广泛的注意，《文汇报》《新民晚报》《报刊文摘》《新华文摘》《中国百科年鉴》等报刊先后摘介、报道、转载了有关观点或文章。这一方面说明儿童文学与教育的关系的确是重要而复杂的理论问题，另一方面也呈现出具有深厚的"文以载道"的文学传统的中国儿童文学的独特的现代化进程。

二 "解放儿童的文学"——质疑"规范"论

在20世纪80年代出现的与传统的"教育儿童的文学"相对立的"儿童文学是文学"这一儿童文学观念，反对的只是将"教育"当作儿童文学的"本质"或"实质"，而并不否认儿童文学具有"教育"的功能。因此，直到90年代末，就整体而言，"儿童文学是文学"论者并没有对儿童文学的"教育"的性质和内涵进行深入、根本的研究。对儿童文学的"教育"问题思考的这种不彻底性，便导致了在90年代，在新生代儿童文学理论家中，也会有人主张儿童文学是"现世社会"对儿童进行"文化规范"②的文学，是"按成人的价值观对少年儿童的情感进行规范""框范"的文学。这种作为儿童文学观的"规范""框范"论，不但没有受到批评，反而被人赞扬为是"从更宽阔的文化视角立论"，"正在撰写的这方面专著将对儿童文学界提供新的理论思维与成果"。③

"规范""框范"论的提出表明，正如在如何看待儿童文学的艺术性问

---

① 刘绪源：《对一种传统的儿童文学观的批评》，《儿童文学研究》1988年第4期。
② 王泉根：《共建具有自身本体精神与学术个性的儿童文学话语空间》，《儿童文学研究》1996年第4期。
③ 王林、徐永泉：《开拓与建构》，《儿童文学研究》1996年第4期。

题上存在着集体无意识的自卑一样,在儿童文学的"教育"问题上,也存在着一个文化的"原始模型"。早在"五四"时期,鲁迅就曾经为批判这个文化的"原始模型",在《我们现在怎样做父亲》一文中提出了"幼者本位"的儿童观,他说:"父母对于子女,应该健全的产生,尽力的教育,完全的解放。"鲁迅的"完全的解放"儿童并不是放任儿童,他甚至强调要"尽力的教育"。但是,鲁迅的教育思想是反对"规范""框范"儿童的,他说:"时势既有改变,生活也必须进化;所以后起的人物,一定尤异于前,决不能用同一模型,无理嵌定。"

儿童观是儿童文学的原点。每一位儿童文学作家和研究者都应该不断审视自己的儿童观。如果想验证自己作为儿童文学作家或研究者的优劣,我们可以在日本童话作家秋田雨雀指出的现代社会存在着的两种不同的儿童观面前对号入座。秋田雨雀说:"一种观点是成人把成人的世界看成是完善的东西,而要把儿童领入这个世界;另一种观点是,意识到自己和生活的不完善和不能满足,而不想让下一代重蹈覆辙。""从前一种观点出发,便产生了强制和冷酷;从后一种观点出发,便产生了解放和爱。"

我认为,"规范""框范"论是一种具有明显的成人本位色彩的儿童文学观,这种儿童文学观既有背离文学精神的一面,也有背离儿童生命世界的一面。

文学是对人类的心灵进行关怀和抚慰的,它在本质上是给人类的精神生命以解放和爱,而绝不是什么"规范""框范"。即使是对人类自身的某些丑行进行揭露的文学,比如批判现实主义文学,其作用也只是在于唤起人类的变革意志和人性中的良知,想要"规范""框范"某些人的行为也是无能为力的,在这个意义上看,真可以说文学是无用的。要想使文学具有"规范""框范"人的功能,文学就必然走向异化,这是被文学史上的铁的事实所证明了的。

"儿童文学是文学",它也必须遵循文学的全部艺术规律。不过,儿童文学又是"儿童的文学",所以,它一定还有属于自己的性格特征。由于儿童乃是处于心灵正在迅速成长的阶段,所以,儿童文学是以其审美力量将儿童引导、培育成健全的社会一员的文学。显而易见，成长中的儿童与成人相比，从文学中受到的影响要大许多，因此，儿童文学工作者才比成人文学工作者更重视自己所操持的文学的"教育"功能。

我在拙著《儿童文学的本质》中认为，儿童文学的"教育"是具有文学自主性的大写的"教育"。在这样的教育中，成人（作家）与儿童（读者）应该是一种什么样的关系呢？

首先，成人（作家）与儿童（读者）之间不是单向的教育与被教育的关系。

在儿童文学中，"作家既不能做君临儿童之上的教训者，也不能做与儿童相向而踞的教育者，而只能走入儿童的生命群体之中，与儿童携手共同跋涉在人生的旅途上"①。成人（作家）应该"不是把儿童看作未完成品，然后按照成人自己的人生预设去教训儿童（如历史上的教训主义儿童观），也不是仅从成人的精神需要出发去利用儿童（如历史上童心主义的儿童观），而是从儿童自身的原初生命欲求出发去解放和发展儿童，并且在这解放和发展儿童的过程中，将自身融入其间，以保持和丰富人性中的可贵品质……"②

其次，成人（作家）不是发展中的儿童生命的创造者，而只是具有发展潜力的儿童生命的引导者和激发者。

儿童并非赤手空拳地来到这个世上，在儿童的先在心灵结构中，已经蕴藏着丰富的人性资源和发展的潜能，因此，必须重视儿童的内在价值和潜力，让儿童在爱和自由的环境中发展他的能力，这样一种关于儿童心灵和生命状态的认识和儿童教育思想，经卢梭发现，由裴斯泰洛齐、福禄培尔和蒙太梭利等教育思想家继承和发展，已经成为最具科学性和影响力的现代教育思想。

蒙太梭利的观点对我们思考儿童文学的"教育"具有直接而深刻的启示意义。她认为，儿童教育中经常出现的症结就是成人把儿童假设成一个

---

① 朱自强：《儿童文学的本质》，少年儿童出版社1997年版，第16页。
② 同上书，第16—17页。

空的容器,等待成人去向他们灌输知识和经验,而不是把儿童当作一个必然有着发展自己生命潜力的人来看待。"在与儿童的关系上,成人是一个自我中心主义者,不是利己,但是以自我为中心,他总是从自己的角度出发来考虑一切,因此常常会误解儿童。正是由于站在这个立场上,他才会认为儿童是空的容器,是懒惰的、无能的、内心是盲目的,因而成人必须向他灌输知识,为他做一切事情,引导他一步步往前走。直到最后,成人自认为是儿童的创造者……"① 但是,"成人必须认识到,他仅处于一个次要地位,他应竭尽全力地去理解儿童,支持和帮助儿童发展其生命,这应成为母亲和教师的奋斗目标。如果需要帮助而得以发展的是儿童的个性,而儿童的个性较弱,成人的个性较强,因此成人就必须抑制自己,不要对儿童好为人师,而要以能够理解和追随儿童的成长为荣"②。由蒙太梭利所批评的把儿童看作是"空的容器"的观点,人们会联想起在卢梭时代之前,约翰·洛克提出的"白板"说。如果在教育领域,"空的容器""白板"说这种导致成人采用单方面灌输的教育方式的教育思想都是错误的,那么在儿童文学领域,主张"规范""框范"儿童的文学思想,又有多少合理性可言呢?

我一直认为,任何儿童文学理论和主张,必须建立在对儿童文学作品尤其是经典作品的阅读体验和儿童文学的历史事实之上。从我个人的视野看去,还没有发现有一位因为要"规范""框范"儿童而获得了成功的儿童文学作家,也没有看到有一种要"规范"儿童的儿童文学创作思潮产生过久远的影响力和生命力。在世界儿童文学名著中,即使是教育性最为鲜明、突出甚至含有教训意味的科洛迪的《木偶奇遇记》,皮诺曹最终由一个木偶变为(成长为)一个真正的孩子,也并不是"规范""框范"的结果,而是因为皮诺曹内心深处所蕴藏着的想成为一个善良、正直、勇敢的孩子这一强烈的意愿,正是由于有了这一向善的愿望并愿意为此付诸行动,皮诺曹才无论多么幼稚,无论受到什么样的引诱,无论走过

---

① [美]波拉·波尔克·里拉德:《现代幼儿教育法》,刘彦龙、李四梅译,明天出版社1986年版,第97页。
② 同上书,第98页。

多少弯路，最终使自己的生活出现了奇迹。"规范"儿童的创作思潮在世界儿童文学发展史上也是存在的。17世纪，英国清教徒们所持的儿童观是得到加尔文派支持的传统基督教的观点，即认为儿童生来就已带有原罪痕迹，只能靠无情抑制其欲望和使其服从父母及教会长老才能得到拯救，为此，他们创作了许多用意在压抑、规范儿童的书籍，可是这些书籍无一不是短命的。18世纪也是儿童文学的教训主义的时代，但时间的潮水犹如大浪淘沙，这些作品不久便彻底地从孩子们的书架上消失了踪影。

也许我们把目光投注于中国改革开放三十多年中的儿童文学创作出现的飞跃性变化上，就更能清晰地看到中国儿童文学逐渐走向"解放儿童"的足迹。我认为，80—90年代的儿童文学创作在向儿童性回归时显示出从"童心"到成长、从教训到解放、从功利主义到游戏精神、从严肃到幽默、从观念到心灵、从"白纸"说到种子说等一系列大趋向。在这些创作观念转型中，任溶溶、高洪波等人的儿童诗，郑渊洁、孙幼军、周锐、彭懿、葛冰、汤素兰等人的童话，陈丹燕、秦文君、程玮、梅子涵等人的少年小说，或营造出解放儿童心灵的艺术境界，或塑造出具有内在生命潜能和动力的生机勃勃、坚韧不屈、向上成长的儿童形象。可以说，中国儿童文学从来没有像今天这样充满了旺盛的生命意志，在上述那些优秀儿童文学作家的创作上，我是无论如何也找不到一点"规范""框范"儿童的意图的。

90年代末，中国儿童文学涌现出两个声势不同凡响的创作潮流，这就是以浙江少年儿童出版社推出的"中国幽默儿童文学创作丛书"为代表的幽默儿童文学创作，以21世纪出版社策动的"大幻想文学"丛书（已出两辑）为代表的幻想文学创作。我将这两股创作潮流称为中国儿童文学的"跨世纪现代性追求"，我深信，幽默文学与幻想文学的创作，是支举中国儿童文学水准上升的两个有力的千斤顶，它们将成为新世纪的中国儿童文学的两个最大的、最有前途的生长点。尽管幽默文学与幻想文学各有不同的特质，但是，两者仍有一个共同的本质特征，那就是都具有强大的"解放"心灵的力量。我认为，在幽默文学和幻想文学这两个创作领域内，作家的儿童文学心性和才情受到的是最严峻的考验，想用自己的作品"规范""框范"儿童的作家只有被清除出局这一个结局。

面向新世纪，中国正在深化教育体制的改革，实施素质教育已经成为教育国策之一。素质教育的根本应该置于激活、发展儿童的想象力和创造力之上。我想，如果我们不把素质教育矮小化为狭义教育甚至功利性教育的话，那就可以说，是该轮到儿童文学理直气壮、挺身而出的时候了，因为"解放儿童的文学"也就是解放和发展肩负着中华民族未来的儿童的想象力的文学。

三 "教育成人的文学"——儿童文学的人文关怀

我的"教育成人的文学"这一说法也是针对"教育儿童"以及"规范""框范"儿童的观点提出来的。如果"教育儿童的文学"的说法是错误的，从语法逻辑上讲，"教育成人的文学"的说法也是错误的。我知道自己是在矫枉过正，但依然认为有必要这样做。

我有一个很大的疑惑或者说有一个很大的不满，这就是为什么人们一讲到儿童文学的教育功能时，教育的目标总是指向儿童，而从不指向成人自己呢？我们读安徒生的《皇帝的新装》，当听到一个孩子戳穿全城的大人自编自演的自欺欺人的骗局时，你能说安徒生是在教育儿童吗？其实，许多世界儿童文学名著，如马克·吐温的《汤姆·索亚历险记》和《哈克贝利·费恩历险记》、巴内特的《小公子》、斯比丽的《夏蒂》、埃克絮佩利的《小王子》、米切尔·恩德的《毛毛》、凯斯特纳的《两个洛蒂》等，从中应该受"教育"的并不是儿童而是成人，可是为什么从来不见我们的某些儿童文学作家和研究者说儿童文学是"教育成人的文学"呢？我想原因大概在于某些儿童文学作家和研究者并没有将自己看作与儿童一起跋涉、探索于人生道路上的同伴，没有意识到在儿童文学中（当然也在生活中），成人作家与儿童是在作双方面的相互赠予，而是把自己当成了"教师"，以为成人在创作儿童文学时可以像学校教师在教室里教小学生一加一算式一样，能够随时把一切人生的大道理教导给儿童。如果不是持着这种"教师"心态，怎么会在那里不厌其烦地大讲"教育儿童""教育儿童"呢？

　　成人作家的确应该通过儿童文学来"教育"（我更愿意用帮助、引导、激发这些语汇）儿童。但是，这可与教师在教室里教给小学生知识这种教育有本质的不同，因为对人生的真知灼见的获得并不以年龄和经验来保证。儿童文学作家在用儿童文学教育儿童之前，必须首先"教育"自己。无论是儿童文学创作还是儿童文学研究，都绝不是仅仅知道道德上的几个观念、儿童心理上的几个常识，而对生活的真义却一知半解的人可以随便伸手操持的。儿童文学正因为面对的是天真纯朴的儿童，"教育"者（作家）才越要谨慎小心，莫让儿童文学这块有珍贵价值的璞玉毁在自己手里。从这个意义上讲，我认为，儿童文学作家和研究者今后可少谈"教育儿童"，而多去"教育"自己。当你真的经历了"成长"的风霜雨雪的磨炼，经历了颠沛坎坷的人生的摸爬滚打，从中获取了丰富的人生智慧和经验，能够真实地观照人的本质和生活的本质，对它们有了真正的迷惘或清醒时，你肯定会放弃"教育儿童"这一教师的立场，而愿意把自己看作与儿童共同探索人生的朋友或同路人。而恰在你不想"教育"（与鲁兵的"教育"相同）儿童的时候，你的文学成了"教育"（与鲁兵的"教育"不同）儿童的文学，即对儿童心灵的成长具有帮助、引导、激发作用的文学。我们常常能从人们对儿童文学的态度（比如，儿童文学研究在大学中的境遇）中感到，儿童文学是被视为"小儿科"（贬义）的。我想，这一方面是由于此等人的蒙昧无知，另一方面也是由于许多儿童文学创作在思想上的贫弱授人以口实。中国儿童文学诞生期的叶圣陶的悲天悯人式的人文关怀精神，长期以来并没有得到真正的发扬光大。儿童文学本来丰富拥有的"教育全人类"的人文精神，在只知道"教育""规范""框范"儿童的羊肠小路上不断地流失了。我认为，要想从根本上治理、恢复、优化儿童文学的人文精神环境，使其作为大写的文学，为人类的精神发展前景增添一道亮丽的景观，就应该首先从"解放儿童""教育成人"做起。

我们不能将儿童期仅仅看作向成人发展的过渡阶段，其实，如蒙太梭利指出的，儿童与成人是人生的两极，是人的生命的两种不同的形态，两者相互影响，同步发展。研究、介绍蒙太梭利教育思想的波拉·波尔克·里拉德说："童年期是人生的另一极，这在今天来说也是一个重要原则。我们的社会不顾一切地以急剧的步伐进行着生产和制造，迫切需要平衡，这种平衡也就是儿童眼中的世界。儿童像一切生物一样，有他自己的自然法则，认识这些法则，按照这种法则调整我们的步伐是于成人有益的，因为成人已经在很大程度上失去了自然的生物节奏。尊重儿童的需要，将会帮助我们重新发现自己并使我们反过来对老年人的需要采取更宽容的态度。这样，人类的整个生命周期都会更加充满尊重和相互理解。如果我们像蒙太梭利所建议的那样，更经常地把目光注视着儿童，我们就不会对儿童、对自然、对别人和对自己做出种种缺乏人性的事情了。"[①]

苏联作家阿·托尔斯泰说过的下面一段话在今天仍有意义："旧时代的教育家把儿童看作是一张白纸，——他们可以在上面涂写一条条抽象的哲理和僵死的道德箴言。说也奇怪，这种教育家有的竟然活到了今天。他们对于儿童自己也能够反过来教会教育家一些东西，感到不能理解，甚至有时还感到愤懑。"[②] 成人应该向儿童学习，这是儿童文学是"教育成人的文学"这一观点的逻辑基点。成人应该向儿童学习什么？一句话，学习儿童的缪斯精神。在心性上，儿童是缪斯性存在。如果说，儿童与成人是不同文化的拥有者，那么，儿童文化就是缪斯文化，这一文化中的自由的想象力、鲜活的审美力以及广博的同情心和正义感正是成人文化所严重缺失的。

人类的存在是一种关系性存在。人与自然之间的关系，人与人自身之间的关系，囊括了人类存在的全部。今天已经可以看得很清楚，成人

---

① ［美］波拉·波尔克·里拉德：《现代幼儿教育法》，刘彦龙、李四梅译，明天出版社1986年版，第135页。
② ［苏］阿·托尔斯泰：《论儿童文学》，周忠和编译《俄苏作家论儿童文学》，河南少年儿童出版社1983年版。

社会还没有学会处理好这两方面的关系。远的不说，1998年的长江大洪水和2000年春季肆虐于北京的沙尘暴就是长期遭破坏的大自然对我们的警告，而1999年的波黑战争更显示出西方成人社会在处理人际关系时是多么愚蠢和无能。这样的成人社会真该听一听来自儿童世界的呼声——

　　自从那个夏天我和"王—阿—勒"跟它的小海獭交上朋友以后，我没有再杀过海獭。我有一件海獭披肩，一直用到破旧也没再做一件新的。我也没有再杀过鸬鹚，取它们美丽的羽毛，尽管它们的脖子又细又长，互相交谈起来发出一种难听的声音。我也没有再杀海豹，取它们的筋了，需要捆扎东西的时候，我就改用海草。我也没有再杀过一条野狗，我也不想再用镖枪叉海象了。

　　乌拉帕一定会笑我，其他人也会笑我——特别是我父亲。但对于那些已经成为我朋友的动物，我还是有这种感情。即使乌拉帕和我父亲回来笑话我，我还是会有这种感情的，因为动物和鸟也和人一样，虽然它们说的话不一样，做的事不一样。没有它们，地球就会变得枯燥无味。

　　我在面包店里／看见一个心形大面包／热乎乎，香喷喷，／于是我想到：／"如果我有一颗面包做的心，／多少孩子可以吃个够！／给你，我挨饿的朋友，／还给你，给你，给你……／我这面包做的心啊，请来吃一口。"／对一个挨饿受怕的孩子，／光说"我爱你"还不够，／碰到流泪的孩子，／不能说一声"可怜的朋友"。／如果我有一颗面包做的心，／多少孩子可以吃个够！／你是一个当权的人，／为什么不做面包的炸弹，／请问什么碍着你这么办？／这样，到了战争结束的时候，／每个士兵快快活活／带回家一大篮／味道芳香、皮子焦黄、金色的炸弹。／然而，这只是梦罢了，／我那挨饿的朋友，／他的眼泪还在流着。／啊，但愿我的心是面包做的！

前者是儿童小说《蓝色的海豚岛》中的一段文字，表述了生活在孤岛上的印第安少女卡拉娜的自然观、动物观；后者是意大利一个名叫安娜·索尔迪的 11 岁女孩写的一首诗《一颗面包做的心》。正如诗人、评论家高洪波所说的："成人世界的生活准则对于孩子来说，未必都是金科玉律，孩子有孩子们自己评定是非善恶的标准，我以为孩子们的标准更接近诗的领域。"①

评论家朱大可在"缅怀浪漫主义"时，曾用诗人的语言写道："在北欧阴郁而寒冷的车站，安徒生的容貌明亮地浮现了。这个用鹅毛笔写作童话的人，是浪漫主义史上最伟大的歌者之一，所有的孩童和成人都在倾听他。在宇宙亘古不息的大雪里，他用隽永的故事点燃了人类的壁炉。"② 如果可以将安徒生的童话视为儿童文学的象征的话，我们就应该自信地说，儿童文学这团温暖的炉火就燃烧在人类的身边。

在人类历史的发展中，儿童变得越来越重要。从约翰·洛克、卢梭、英国浪漫派诗人、弗洛伊德身上，我们看到，每当人类的探索走进黑暗的隧道，只要把目光投向儿童，就能找到前方召唤的亮光。我曾在《儿童文学：儿童本位的文学》一文中写道："守护儿童心性中不可替代的珍贵的人生价值，守护儿童永远不丧失自己特别的眼光，这正是以儿童为本位的儿童文学肩负着的任重而道远的伟大使命，这正是以儿童为本位的儿童文学在人类发展进程中所作的独特的历史性贡献。"③ 我相信，具有这种独特人文关怀的儿童文学，在新世纪里将越来越成为成人社会思考人类终极命运的需要。

在我充满自信地表述"解放儿童的文学"这一新世纪的儿童文学观时，给我以最大支持的莫过于法国的文学史家、比较文学学者波尔·阿扎尔在描述儿童时说过的这样一段话："生存于这个世上的他们的使命就是给这个世界再次带来信仰和希望。如果人类的精神不能经常被这一充满自信的年轻力量而唤醒，这个世界会成为什么样子呢？我们的后继者走过来

---

① 高洪波：《又是一年春草绿——1984 年儿童小说漫谈》，《鹅背驮着的童话——中外儿童文学管窥》，安徽少年儿童出版社 1987 年版。
② 朱大可：《逃亡者档案》，学林出版社 1999 年版，第 60 页。
③ 朱自强：《儿童文学：儿童本位的文学》，《儿童文学研究》1997 年第 1 期。

了。孩子们再次开始美丽地装饰这片土地。一切都重返青春、映照着绿色，人生的价值被重新发现……"①

解放儿童，放飞儿童的生命就是放飞人类的希望！

（本文发表于《中国儿童文学》2000 年第 4 期）

---

① ［法］波尔·阿扎尔：《书·儿童·成人》（日文版），纪伊国屋书店 1986 年版，第 154—155 页。

儿童文学：儿童本位的文学

当阿基米德发现杠杆原理时，他曾经兴奋地说："给我一个支点，我能移动整个地球。"在一门学科的研究中，寻找理论的根本支点也是至关重要的，这一努力应该成为理论研究的兴奋中心。

儿童文学的最根本的立足点是什么？有几个？不少理论研究者都有意识地把目光投注于寻找这个根本支点上。不知我这样归纳是否合适，在班马看来，儿童文学只有一个根本立足点："儿童性"即"'前审美'形态从根本上解释了儿童文学相对独立于成人文学的根据"；在方卫平看来，尽管本体论观念可以处于不同层次，但儿童文学"不同于成人文学的美学意味和审美特征"，"是儿童文学生存魅力的最根本的立足点"；似乎（我明显变得小心翼翼，因为我并没找到绪源兄的原话，如果不幸我推断有误，责任当在我）在刘绪源看来，"文学性"与"儿童性"或曰"儿童特征"是儿童文学本质的两个根本支点。

我赞同儿童文学的最根本的立足点只有一个的观点。那么，这个立足点究竟该靠落于何处呢？班马有一句话说得十分敏锐而到位："中国儿童文学理论界的重大盲区之一就是没有自己的哲学立足点。"而且班马进一步指出由于没有自己的哲学立足点，中国的儿童文学"正势必导入'精神性'方向的成人文学艺术价值的靠泊。"我把班马的两篇文章，尤其是后一篇《开发自身本体的"儿童美学"艺术价值》看作是他的儿童文学独立宣言。

在方法论上，我自认为与班马是同道。我认为儿童文学必得以儿童哲学为自己的根本立足点。但这里说的儿童哲学不是柏拉图、笛卡尔、黑格尔式的形而上学哲学，而是叔本华、尼采、狄尔泰式的重视主体感性的诗化哲学，因此也可以说是诗化的儿童生命哲学。我曾在1988年撰文用"儿童观——儿童文学的原点"这样的语言来表述我对儿童文学本体定位的构想。近来读到上述三位学术同人富于启发性、鼓舞性的文章，很想就儿童文学的本体理论建设问题谈谈我与三位同人的一些相同和不同的看法。

一

应该说，班马多年治学"儿童美学"，是在这个较少有人涉足的学术领域中耕耘最多、收获最多的学者。他的"儿童美学"中有触目可及的理论发现，这些见解无疑为此后整个学术界的"儿童美学"研究打下了一定的基础。尤其是他提出的以"儿童美学"（我用"诗化的儿童生命哲学"或"儿童观"来表述）为儿童文学的本体定位，在方法论上不仅正确无疑，而且意义重大。不过我以为班马的"儿童美学"的具体化概念"儿童性""'前审美'形态"本身存在着很大疏忽，有着令人生疑的理论内涵。

"儿童性"与"儿童美学"并不同质同构。关于"儿童性"作为儿童文学的本位根基的失格问题，方卫平的文章已有精到论述。我赞同方卫平"儿童文学的本体构成都应是成人世界与儿童世界相互碰撞、辩证统一的整体"的说法，因此，我进一步坚定了"儿童观是儿童文学的原点"的设想，因为儿童观正是成人与儿童这两个生命体相撞击、相融合的结晶。

班马提出的"'前审美'形态"这一概念所以令我生疑除了因为它与"儿童美学"不是同质同构外，更是因为他使用的那个"前"字。"前"：意指某事物产生之前，比如"前科学"指科学产生之前，"前资本主义"指资本主义产生之前。"前××"意味着××事物的未成熟未分化状态（重点号均为作者所加）。如果这种对"前××"一类词的解释可以成立，那么我们不禁要问：儿童的审美是未成熟、未分化的审美吗？是如班马所说，儿童的审美"不是纯粹'审美'"吗？这一疑问势必把我们逼到儿童生命哲学即儿童观的层面上来回答。

我觉得儿童文学理论界应该反思一个问题，即对儿童文学理论而言，皮亚杰的发生认识论是否具有整体移植或套用的合理性？（我绝对承认其重大的参考借鉴价值）皮亚杰在《发生认识论原理》一书的引言中说："发生认识论的特有问题是认识的成长问题：从一种不充分的、比较贫乏的认识向在深度、广度上都较为丰富的认识的过渡。"我们不应忘记，皮亚杰的发生认识论探讨的只是"认识的成长问题"。当我们从文学、艺术的角度探讨儿童的身心发展问题时，关注的核心内容应该是情感和想象（感性思维），而不是认识（理性思维）。在人的一生中，情感和想象（感性思维）并非像认识（理性思维）那样呈线性进化的态势的。儿童所具有的情感和想象这些浑然一体的生命的感性能力，在其走向成人的过程中有可能因得到艺术的守护而发展，也有可能因理性、概念的遮蔽或侵蚀而退化。因此皮亚杰认识论的"前运演思维"这种"前"的用法是不宜置换到审美理论中来的。

如果不是以成人的审美形态为本位即不是将成人的审美看作是最高完成态的话，你得承认儿童（包括幼儿）的审美形态也是一种纯粹的审美形态。这当然需要实证。篇幅所限，我仅举几个例证。儿童在雪地上撒尿，他会用尿流浇出一个怪异耸起的小雪堆，然后想象成是自己建造出的一个城堡；如果是在土坡上撒尿，他又会想象成自己的河流将蚂蚁、枯叶冲决而下，势不可当。在这种行为表现中，儿童会感到生命的创造性快乐。儿童的思维是文学性（审美）思维。看到大人用刀切菜，他会说"刀在走路"；看到夜雨中手电筒发出的光束，他会说"光被雨淋湿了"；看到上窜摆动的火苗，他会惊叹"多么好看的手啊！"儿童的这种思维方式，我们只在一小部分成人身上才能看到，而他们就叫作"诗人"或"艺术家"。可见儿童的世界是直接与文学的世界、审美的世界相通的。相反，倒是在被合理主义的理性束缚的成人那里，在审美时，心理常常出现障碍。动画片《黑猫警长》有这样一个精彩场面：黑猫警长追捕仓皇逃窜的老鼠"一只耳",并向他射出一枪,"一只耳"已经拐过墙角,可是那子弹却跟着他拐弯,一直穷追不舍,终于击中了他。对这一情节,曾有人认为不合乎知识和情理,会给幼儿一种不正确的知识。对此观点,动画片《黑猫警长》的导演在电视中(1995年5月25日中央电视台节目)反驳说,虽然现在的手枪子弹不能拐弯,但不是已经有追踪导弹了吗?因此,这个情节是将来会实现的科学幻想,对幼儿是无害的。我却认为,两者都是站在艺术的门外讨论问题。其实知识也好,科学幻想也好,都是与子弹拐弯风马牛不相及的事情。与心灵僵硬的成人不同,幼儿可以径直奔入艺术的殿堂,因为在幼儿的心理体验中,愿望的世界往往比现实的世界更为真实(艺术在本质上不正是愿望世界的表现吗?)。是幼儿这种独特的心理给那颗子弹施了魔法,使它像格林童话中那根自己会从口袋里跳出来惩罚人的棍子一样,随心所欲,战无不胜。对幼儿来说,黑猫警长射出的子弹不会拐弯才是咄咄怪事。我想,成人在面对《米老鼠和唐老鸭》这样的集荒诞、幻想之大成的艺术品时,也会不时尴尬地出现艺术欣赏障碍。

我曾在东北师大实验保育院给幼儿们讲过图画故事名著《大萝卜》。在我讲到"小老鼠拽着小猫,小猫拽着小狗,小狗拽着小孙女,小孙女拽着老奶奶,老奶奶拽着老爷爷,老爷爷拽着大萝卜,拔呀,拔呀——"时,有的孩子不禁伸出手,身体伴随着我道出的"拔呀,拔呀"的节奏做出用力拔东西的动作(孩子们表现出的文学理解,帮助我悟出"拔呀,拔呀"这简单的节奏所具有的意味和魅力,并进而感受到整个故事的内在呼吸节奏)。这恐怕就是班马所说的"身心一元"的感动吧。我当然把这称为艺术的感动,而不是"前艺术"的感动。仍然是《大萝卜》这本图画故事书,我在给坐在我膝上的四岁的儿子讲述时,当我照着文字讲完"萝卜终于拔出来啦!"(文字的最后一句)之后,儿子仍然在期待着,看我不再往下讲,他抬头催促我,"讲啊!"我只好说,"讲完啦",可是儿子说,"你还没讲小老鼠他们都很高兴呢"(这时我才真正注意到那只很小的老鼠用尾巴缠住大萝卜的根须,在萝卜上面手舞足蹈)。文字上没有的内容,孩子通过画面发现出来并细腻地感受到了。如果把《大萝卜》看作是堂堂正正的艺术品的话,我只能惭愧地说,对它的欣赏,有些地方我的审美能力不及儿童。当然，如果评论起来，成人会比儿童说得头头是道，但是把对作品审美的原体验相比较，你很难说成人一定就比儿童质量高。善于分析的成人在深化对作品的审美理解的同时，难道没有加进一些不自然、不真实的解释在其中吗？这是否也是成人的一种自欺欺人的非纯粹审美因素呢？

我认为，如果把儿童的审美看作"前审美""非纯粹审美"的话，肯定会动摇我们的儿童文学是一种纯粹的艺术、真正的艺术这一自信，肯定会影响到我们对儿童文学所进行的纯粹的、真正的艺术追求。如果真是这样，刘绪源的"儿童文学渐渐远离了文学"的担忧，就会不幸成为现实。

二

我认为，应该把儿童看作独特文化的拥有者，应该在承认儿童在成长的路途上与成人世界存在着紧密联系的同时，最大限度地划清儿童与成人之间的界限，建立起相对独立的儿童王国，这种划分对儿童文学研究来说，不仅是必要的，而且是必需的，它尤其是儿童文学本质论（本体论）所无法超越的一个重要理论环节。从根本而言，儿童文学的本体论只有在区别而不是联系中才能建立。虽然前面我对班马的两个重要概念提出了疑问，但是我仍然要再一次认同班马的方法论。因此我下面的讨论将会显示出与刘绪源的强调儿童文学与成人文学、儿童与成人的联系，淡化儿童文学与成人文学、儿童与成人的区别的理论主张之间的分歧。需要说明，我所用的"淡化"一词不是指刘绪源的研究行为，在行为上他恰恰重视对儿童特征的实证性研究，以求说明与成人的区别。我所指的是他的理论意识和理论内涵具有"淡化"区别的倾向。

比如刘绪源说："在解决儿童文学的审美本质的问题时，我们发现了过分强调儿童文学的特殊性所带来的危害；现在，在解决儿童文学的儿童特征时，也同样要防止过分强调儿童与成人间的区别，因为这也会造成另一种危害。儿童与成人的确有区别，这区别正是我们要花大功夫去研究的。但我感到,在班马的猜想里,似乎有将这一区别神秘化的倾向。儿童期终究只有短短的十余年,在出生之初,儿童尚不能思维;稍大,又缺少思维和体验的积累;在儿童逐步形成自己特别眼光的过程中,与成人间的距离却又越缩越小了……因此,儿童的心灵是既复杂又单纯的,是充满神秘却又并非不可解的,是有别于成人而又在本质上与成人相通的。"

我认为儿童虽然与成人存有联系,但又在本质上与成人相区别。需要取消一个纠缠性的实际是没有意义的提问,同作为人,儿童与成人在本质上不是相通的吗?需要限定"成人"概念的内涵——这里的"成人"不是年龄意义的成人,而是心性意义的成人,它不包括某些葆有儿童心性的成人,或者不包括成人保留的儿童心性的因素。

儿童是与成人完全不同的人,儿童与成人是人生的两极,儿童是与成人不同的人种,思想家卢梭、教育家蒙台梭利、儿童文学理论家利利安·史密斯如是说。语言为精神之相,当人类(当然是成年人自己)将这样一群处于人生的早期阶段的人,既不称作"人",也不称作"男人"或"女人",而是称作"儿童"时,成年人一定已经意识到这是一群与成人判然有别的人种。由于人类社会长期以来并未揭示儿童生命世界与成人生命世界在本质上的不同,儿童一直没有得到特殊的对待。近代以来,精神科学的发展,为探究儿童不同于成人的本质特征提供了一些证据,儿童获得了市民权,有关儿童的设施也出现了,儿童文学便是其中之一。尽管如此,对儿童生命世界的研究仍然步履维艰。儿童生命能力的一个重要侧面——理性认识,由于心理学的研究如上述皮亚杰的发生认识论,已经得到了相当科学的证明,但是儿童生命的另一个重要侧面——感性世界却依然混沌一团。在揭示儿童感性世界这方面,儿童文学作家,包括像苏童、余华这样的成人文学作家所作的努力要比心理学家的工作更有成效。儿童文学理论工作者也承担着这一责任。班马以《中国儿童文学理论批评构想》一书在这方面已做出过出色的工作,刘绪源恐怕也已开始了对儿童特征的实证研究。我认为随着这类研究工作的开展,人们是会认同儿童与成人间存在本质的区别这一观点的。

当然,我现在就必得面对这样的诘问:你该不会是凭空臆想出儿童与成人具有本质的区别这一观点的吧,请拿出证据来!我很惭愧,证据当然是有一些,但我对这个问题的认识恐怕更多地来自直觉和感悟。阐述儿童与成人的本质区别是困扰整个人类的大难题,以我的学力来应对,实在如蚂蚁搬山。但我想我可以从零做起,可以一步步尝试。

我认为,儿童具有独特的存在感觉——

1995年7月某日,我家中。妻子的小侄女左旭(4岁零10个月)听到楼下有许聪(7岁男孩,左旭的游戏伙伴)的说话声,便突然问我:"二姑夫,你小时候跟许聪玩过吗?"

1990年某月某日早晨,我家中。那段时期,我儿子朱小鹤(5岁多)经常尿床,这天他又画了张"地图",我很不满地对他说:"你看,又得给你晒褥子!"儿子马上接过话说:"等我长大了,我就会自己晒褥子啦!"

这样的事例表明了5岁左右的儿童对时间的理解和感觉与成人完全不同。在成人的时间概念中,我小的时候,当然许聪还没有出生,朱小鹤长大了,自然不再尿床,也就用不着他自己晒尿湿的褥子。但是5岁左右的儿童不懂时间的这种相对性。对生活中儿童表现出的这种天真,成人从自身本位出发往往将其看作是无知,最好的是说声"可爱"便一笑置之。其实在儿童打破时间的相对性概念之后,是完成了自己对生活的独特把握的,在左旭发出那句天真的发问之时,她那小小的脑海中,难道不曾闪过小时候的二姑夫与许聪一起游戏的情景吗?从儿童文学的立场看,三十几年前的我与今天的许聪一起游戏,绝对是富于创造性的本色的幻想故事。

儿童的空间感也与成人大不相同。相信很多成年人都有这样的体验——童年时代自己嬉戏的一片草地是那么辽阔,草丛是那么高那么密,可是成年后故地重游,你却惊讶地发觉,这片草地原来如此狭小,草丛也只高及膝间。儿童与成人这种空间感的迥然相异,并非仅仅因为身体比例和视角的不同,更根本的原因是儿童丰富的感受性和生动的想象力扩大了物理的空间。

儿童对空间的变化是十分敏感的,他们常常主动创造出空间的变化,以使自己拥有一个崭新的天地。我曾见过一个7岁男孩喜欢钻到桌子底下向外看世界,我还听说过一个10岁男孩喜欢爬上冰箱,从上面向下看世界。这两个孩子得到的那种乐趣,日本儿童文学作家古田足日曾在他那本再版上百次的杰作《壁橱里的冒险》中生动描写过。我家的影集里有一张儿子小时候的照片,他两腿叉开,头朝下,弯下腰,双手扶着地板,从两腿之间向后看(这是儿子在那段时期常用的动作,他的姨夫觉得露在开裆裤外面的小屁股很可爱,便抢拍了这个动作)。我想,儿子一定是在自己颠倒过来的世界中找到了正常世界所没有的乐趣。后来,我果然在读《玛丽·波平斯阿姨回来了》一书的"颠倒先生"一章时,进一步证实了我的这一想法。

日本的儿童文化研究者本田和子在她的《儿童所在的宇宙》一书中指出,儿童感觉到的生活世界是一个"现实"与"非现实"共存的世界。对儿童来说,他所搭建的积木,既是不可攀越的险峻的城堡,同时(除了极幼小的幼儿)他也明白,这高度一步就可跨过。本田和子认为判断哪个是真哪个是假是毫无意义的,因为这两者都既是虚假的,同时又是真实的。儿童看待世界的这种双重目光使现实与非现实、理性与情感、时间与空间都浑然一体地凝缩于自己的身心之中。本田和子慨叹成人的这种"双重视力"已极度衰弱,渐渐失去了自由往来于现实与非现实之间的超越本领,而片面地陷入了难以挣脱的合理主义的束缚之中。

不仅在生存感觉上,而且在价值观上,儿童与成人也常常发生根本的矛盾、冲突。篇幅所限,我仅举一例。当代作家韩少功的散文《我家养鸡》写"我"上小学不久遇上粮食困难时期,全家人都填不饱肚子,后来,妈妈从乡下带回来的四只鸡也在"我"无济于事的抗争中一只只被杀掉了。最后被杀的是一只黄色的母鸡,它"孤零零的","哪儿也找不到它的朋友。直到放学时分,才有我来给它喂食,对它说话,把它抚摸。它对别人似乎都有些畏惧,见人就惊慌地躲避,但对我十分亲热温顺,似乎已熟悉我。我压它低头,它就久久地低头,我压它蹲伏,它就久久地蹲伏,非常听话。眼睛老投注于我，好像看我还有什么吩咐。有时候发出低低的'咕咕咕'，似感激，似撒娇，又似不安地诉求什么。"当全家饿慌了，把黄母鸡的口粮取消后，"我"忍着饥饿，"每餐饭我都在自己的碗里留一口，去小院里拨给它。"但是，最揪心的事情终于发生了——

  我放学回来，见小院子里空荡荡的，只剩下那个粘满糠粉的鸡食盆，而厨房里飘来一丝鸡肉的香味。我明白了，我无能为力，我再也忍不住，跑到房里扑倒在床上，伤心地大哭起来。我在哭泣中突然明白了一个道理：大人们是很坏的，而我终究也要变成大人，我也会变坏。这个想法使我恐惧。

  几块鸡肉被夹到我的碗里，是母亲特意留给我的。一餐又一餐，它被热了一次又一次，但我还是没有去碰它。

  从鸡"养大就是让人吃，就要杀"这一成人社会的生存法则看，杀掉黄母鸡的大人并非"是很坏的"，甚至毋宁说"我"的感情用事倒十分幼稚。但是，儿童的世界毕竟与成人世界不同，它很文学化，有着太多与现实原则根本冲突的价值观。我们不该对"我"的泪水和拒食鸡肉的骨气有半点轻视之意，就像我们不该漠然看待"不食周粟"，饿死于首阳山上的伯夷、叔齐一样。

  与成人相比，儿童持有独特的人生态度。成人（包括许多心理学家、教育学家）往往认为15岁以前的儿童不谙世事，还没有形成自己的人生观。如果把人生观仅仅限制在理性范畴的话，这种看法也许成立。但是，正如狄尔泰可以在他的生命哲学中把诗的世界观合法化一样，我们也可以说，正是因为品尝着生命早年果实的美好滋味的儿童还没有受到太多的现实原则的束缚，才可能保持一种独特而健全的人生态度。对这一点，我想仅仅举出人们熟知的《汤姆·索亚历险记》和《哈克贝利·费恩历险记》就可以证明（关于儿童与成人的本质区别的例证，本文在此打住。我在正在写作的《儿童文学的本质》一书中有专章论述，如能付梓，请诸位同行赐教）。毫无疑问，应该重视儿童世界与成人世界的联系，因为儿童毕竟是动态成长的，但是相比较而言，重视儿童世界与成人世界的区别有着更为重要的理论意义。理由之一是，如果将儿童世界与成人世界存在密切联系这一观点极端化（"过分强调"），那么，"儿童"与"成人"这两个作为两极对立才能存在的分类就很可能消失，由此一来，儿童文学也便失去了存在的根据。理由之二是，儿童文学的创造者是成人，过于强调儿童世界与成人世界的联系，很容易强化成人世界既成价值观和成人的生命需求、审美意识，而忽视儿童世界的价值观和儿童自身的生命需求、审美意识。在儿童文学史上，为了成人规定的"将来"而牺牲儿童自身的具有价值的"现在"的许多教训我们应该还记忆犹新。理由之三是，建立起相对独立的儿童王国，有助于使我们认识到，作为两种不同的生命形态，不仅成人世界对儿童的成长产生着深刻的影响，而且儿童世界也会对成人社会的发展施加影响，给予启示（就像马克·吐温在《哈克贝利·费恩历险记》中，巴内特在《小公子》中，斯比丽在《小夏蒂》中，米歇尔·恩德在《莫莫》中所描写的那样）。即两者不是一方对另一方的施舍，而是双方面的相互赠予。站在这个事实上，我们就有理由说，儿童文学不是浅薄的"小儿科"，而是可以与成人文学比肩而立的有关人类前途和命运的大写的文学。

　　如果儿童与成人具有本质区别这一观点可以成立，如果儿童世界中除了应该建立一个与成人世界相联系的通道外，更应该建立一个与成人相区别的独立王国的话，我只有说，儿童文学作家、儿童文学理论工作者的儿童观应该以儿童为本位（注意，我没有在儿童本位上画引号，意在避免与历史上的如周作人"儿童本位"的儿童观相混同）。不是把儿童看作未完成品，然后按照成人自己的人生预设去教训儿童（如历史上的教训主义儿童观），也不是仅从成人的精神需要出发去利用儿童（如历史上的童心主义儿童观），而是从儿童自身的原初生命欲求出发去解放和发展儿童，并且在这解放和发展儿童的过程中，将自身融入其间，以保持和丰富人性中的可贵品质，我将这种形态的儿童观称为儿童本位的儿童观。在这种儿童观观照下产生的儿童文学是儿童本位的文学。以儿童为本位的儿童文学是走进儿童生命空间，表现儿童的生存感觉、价值观和人生态度，并承认儿童生命蕴含着高度人生价值的文学。以儿童为本位的儿童文学作家应该是特殊的人种，是成熟的"儿童"。在作品中进行"自我表现"的作家与儿童是结成"同谋"的"团伙"，他站在儿童利益的根本立场上，引领着儿童去"谋"取生命的健全成长和发展。

如果我们承认儿童与成人间不是量的不同而是质的区别，我们将会修正前述刘绪源的话语述说方式：儿童期尽管只有短短的十余年，但却具有不可替代的珍贵的人生价值，年幼的儿童虽然不能进行理性思维，但却有鲜活的感受，稍大，虽然缺乏理性思维和经验的积累，但却拥有丰富的感性和细腻的体验能力，但是，在与成人间的距离越缩越小的过程中，儿童有可能逐步丧失了自己特别的眼光。

守护儿童心性中不可替代的珍贵的人生价值，守护儿童永远不丧失自己特别的眼光，这正是以儿童为本位的儿童文学肩负着的任重而道远的伟大使命，这正是以儿童为本位的儿童文学在人类发展进程中所作的独特的历史性贡献。

我有一种预感，如果关于儿童文学本体理论建设的学术探讨能引起儿童文学界的普遍关注和参与，并在大范围内深化下去，中国儿童文学理论研究很可能出现历史性的新的突破。

（本文发表于《儿童文学研究》1997年第1期）

儿童文学理论：在"现代"与"后现代"之间

目前的中国儿童文学学术研究迫切需要理论。

理论是什么？乔纳森·卡勒说："一般说来，要称得上是一种理论，它必须不是一个显而易见的解释。这还不够，它还应该包含一定的错综性……一个理论必须不仅仅是一种推测：它不能一望即知；在诸多因素中，它涉及一种系统的错综关系；而且要证实或推翻它都不是件容易事。"[1] "理论常常是常识性观点的好斗的批评家。"[2] "正因为它给从事其他领域研究的人以启迪，并且已经被大家借鉴，它才能成为理论。"[3] 更重要的是，卡勒说："理论不会有和谐的答案。""……理论能够提供的不是一套结论，而是为新思想的出现开拓视野。"[4]

儿童文学这一文学样式，因其特定的起源和演变的历史，"现代性"话语和后现代思想就是能够"为新思想的出现开拓视野"的理论。

在中国，与成人文学研究相比，儿童文学研究对"现代性"话语和后现代理论的运用具有一定的滞后性，不过，还是出现了较为深入、较具规模地运用这两种理论的学术著作，较有代表性的可以举出运用"现代性话语"的《中国儿童文学与现代化进程》（朱自强，2000年），运用后现代

---

[1] [美]乔纳森·卡勒：《文学理论入门》，李平译，译林出版社2013年版，第3页。
[2] 同上书，第5页。
[3] 同上书，第7页。
[4] 同上书，第125页。

理论的《中国现代儿童文学史论》（杜传坤，2009 年）、《20 世纪中国儿童文学的文化阐释》（吴其南，2012 年）。我之所以举出这三种著作作为儿童文学研究中的"现代性"话语和后现代理论实践的代表，是因为由于后两种著作的"现代性批判""走出现代性"的姿态，与我本人的"现代性"话语实践形成了紧张的关系性，而我认为，对这一紧张的关系性的思考和探究，有助于中国儿童文学理论进一步向纵深开展。

本文就是以上述紧张的关系性为语境，置身于"现代"与"后现代"之间，对中国儿童文学理论发展的可能性路径所作的一项思考。

一 无法"走出"的"现代性"

道格拉斯·凯尔纳和斯蒂文·贝斯特指出："所有的'后'（post）字都是一种序列符号，表明那些事物是处在现代之后并接现代之踵而来。"[1] 既然"后现代"是"接现代之踵而来"，如果持着历史的目光，就应该深刻地理解或走进现代性，否则不可能准确地理解各种后现代思想和理论。所以，我认为，对于中国儿童文学理论研究而言，还不能急切地"走出现代性"。

我这样说，是因为在我看来，一方面中国儿童文学在创作实践上没有完成应该完成的"现代性"任务；另一方面目前的儿童文学理论在"现代性"认识上还存在着诸多的语焉不详乃至错误阐释。

反对"现代性"必须"在场"，必须首先身处"现代性"历史的现场。人们曾经对激进的后现代理论的代表人物博德里拉作过这样的批判："博德里拉的这种'超'把戏，只是一名唯心主义者匆匆路过一个他从未莅临、也不了解，甚至根本没有认真去对待的环境时，浮光掠影地瞥见

---

[1] ［美］道格拉斯·凯尔纳、斯蒂文·贝斯特：《后现代理论——批判性的质疑》，张志斌译，中央编译出版社 2011 年版，第 31 页。

的一点皮毛而已。"① 中国儿童文学界屈指可数的几位操持后现代理论话语的研究者，也在不同程度上存在着不在"现代性"历史的现场这一问题。

吴其南的《20世纪中国儿童文学的文化阐释》和杜传坤的《中国现代儿童文学史论》是两个用后现代理论批判现代性的典型文本，前者的"结语"以"走出现代性"为题，后者的第一章"反思与重构：中国儿童文学史的研究与写作"中的一节的题目就是"发生论辩证：中国儿童文学起源的现代性批判"。对于儿童文学史研究的这两部著作来说，通过对史料的梳理、辨析，通过对当时的思想、文化、教育的中国"环境"的历史性把握，来阐释中国儿童文学的"现代"历史，乃是应该具有的"在场"行为，但是，在我看来，这两部算得上运用后现代理论的著作，在解构"现代性"时所提出的重大、重要的观点，都出现了不"在场"的状况。下面，我们稍稍作一下具体的说明和分析。

吴其南认为："20世纪中国文化经历了三次启蒙高潮。……前两次，从戊戌维新到五四新文化运动，中国儿童文学尚处在草创阶段，启蒙作为一种文化思潮不可能在儿童文学中有多大的表现……只有新时期、80年代的新启蒙，才在儿童文学内部产生影响，出现真正的启蒙主义的儿童文学。"② 我的观点恰恰与吴其南相反，纵观中国儿童文学的百年历史，"真正的启蒙主义的儿童文学"恰恰发生于"草创阶段"，它以周作人的"儿童本位"论为代表。

我在《"儿童的发现"：周作人的"人的文学"的思想源头》一文中指出："以往的现代文学研究在阐释周作人的《人的文学》一文时，往往细读不够，从而将'人的文学'所指之'人'作笼统的理解，即把周作人所要解决的'人的问题'里的'人'理解为整体的人类。可是，我在剖析《人的文学》的思想论述逻辑之后，却发现了一个颇有意味、耐人寻思的

---

① ［美］道格拉斯·凯尔纳、斯蒂文·贝斯特：《后现代理论——批判性的质疑》，张志斌译，中央编译出版社2011年版，第154页。
② 吴其南：《20世纪中国儿童文学的文化阐释》，中国社会科学出版社2012年版，第166—167页。

现象——'人的问题'里的'人',主要的并非指整体的人类,而是指的'儿童'和'妇女',并不包括'男人'在内。在《人的文学》里,周作人的'人'的概念,除了对整体的'人'的论述,还具体地把'人'区分为'儿童'与'父母''妇女'与'男人'两类对应的人。周作人就是在这对应的两类人的关系中,思考他的'人的文学'的道德问题的。周作人要解放的主要是儿童和妇女,而不是男人。《人的文学》的这一核心的论述逻辑,也是思想逻辑,体现出周作人的现代思想的独特性以及'国民性'批判的独特性。""其实,在《人的文学》一文中,周作人所主张的'人'的文学,首先和主要是为儿童和妇女争得做人的权利的文学,男人('神圣的''父与夫')的权利,已经是'神圣的'了,一时还用不着帮他们去争。由此可见,在提出并思考'人的文学'这个问题上,作为思想家,周作人表现出了其反封建的现代思想的十分独特的一面。"① 在《人的文学》发表两年后撰写的《儿童的文学》一文,其实是周作人在《人的文学》中表述的一个方面的启蒙思想,在儿童文学领域里的再一次具体呈现。此后,周作人在《儿童的书》《关于儿童的书》《〈长之文学论文集〉跋》等文章对抹杀儿童、教训儿童的成人本位思想的批判,都是深刻的思想启蒙,是吴其南所说的"专指意义上的启蒙,即人文主义与封建主义的冲突"。周作人的这些"思想革命"的文字,对规划中国儿童文学的发展方向至为重要。

"吴其南认为'只有新时期、80年代'才'出现真正的启蒙主义的儿童文学',其阅读历史的目光显然是被蒙蔽着的。造成这种被遮蔽的原因之一,就是对整体的历史事实,比如对周作人的'人的文学'的理念,对周作人儿童本位的儿童文学思想的全部面貌,没有进行凝视、谛视和审视,因而对于周作人作为思想家的资质不能作出辨识和体认。"②

再来看看杜传坤的"中国儿童文学起源的现代性批判"。杜传坤在

---

① 朱自强:《"儿童的发现":周作人的"人的文学"的思想源头》,《中国现代文学研究丛刊》2013年第10期。
② 朱自强:《"反本质论"的学术后果——对中国儿童文学史重大问题的辨析》,《中国海洋大学学报》2013年第5期。

《中国现代儿童文学史论》这部著作中对"儿童本位"论这一"发现儿童"的现代性思想进行了批判,认为"五四儿童本位的文学话语是救赎,也是枷锁"①。杜传坤这样分析现代的"儿童的发现"——"儿童被认同才获得其社会身份,而其社会身份一旦确立,马上就被置于知识分子所构筑的庞大的社会权力网络之中——只有满足了国家与社会需要的'儿童'才有可能获得认同,因此,成为'儿童'就意味着获得监视。监视实践要求为儿童立法的那些人,比如儿童文学专家、教育专家、心理专家从事一门专业的监督任务,在这一监督中,一种社会无意识逐渐得以形成——儿童具有内在的不完美性、有欠缺,为了能够在未来的成人世界里生存,儿童必须习得成人为其规定的知识、道德与审美能力……"② 我认为,这也是对中国儿童文学的现代性的不"在场"的阐释。要"在场"就得从笼统的宏观叙事,走向具体的微观分析。在中国,"儿童的发现"的代表人物是周作人,"儿童的发现"具体体现为他的"儿童本位"理论。当杜传坤指出"成为'儿童'就意味着获得监视"时,最应该做的是在最能代表"现代"思想的周作人的"儿童本位"论中发现"监视"儿童的证据,发现周作人认为"儿童具有内在的不完美性、有欠缺"的证据。我翻遍周作人的著作,非但找不到可以支撑杜传坤的批判的只言片语,反而随处遇到的是推翻她的指控的观点。我们信手拈来两例。

"以前的人对于儿童多不能正当理解,不是将他当作缩小的成人,拿'圣经贤传'尽量的灌下去,便将他看作不完全的小人,说小孩懂得甚么,一笔抹杀,不去理他。近来才知道儿童在生理心理上,虽然和大人有点不同,但他仍是完全的个人,有他自己的内外两面的生活。儿童期的二十岁年的生活,一面固然是成人生活的预备,但一面也自有独立的意义与价值,因为全生活只是一个生长,我们不能指定那一截的时期,是真正的生活。我以为顺应自然生活各期——生长、成熟、老死,都是真正的生活。所以我们对于误认儿童为缩小的成人的教法,固然完全反对,就是那不承

---

① 杜传坤:《中国现代儿童文学史论》,中国社会科学出版社2009年版,第340页。
② 同上书,第36—37页。

认儿童的独立生活的意见,我们也不以为然。那全然蔑视的不必说了,在诗歌里鼓吹合群,在故事里提倡爱国,专为将来设想,不顾现在儿童生活的需要的办法,也不免浪费了儿童的时间,缺损了儿童的生活。"① 周作人的这样的言论不恰恰是对杜传坤所说的"只有满足了国家与社会需要的'儿童'才有可能获得认同"这一观念的批判吗?

"昨天我看满三岁的小侄儿小波波在丁香花下玩耍,他拿了一个煤球的铲子在挖泥土,模仿苦力的样子用右足踏铲,竭力地挖掘,只有条头糕一般粗的小胳膊上满是汗了,大人们来叫他去,他还是不歇,后来心思一转这才停止,却又起手学摇煤球的人把泥土一瓢一瓢地舀去倒在台阶上了。他这样的玩,不但是得了游戏的三昧,并且也到了艺术的化境。这种忘我地造作或享受之悦乐,几乎具有宗教的高上意义,与时时处处拘囚于小主观的风雅大相悬殊:我们走过了童年,赶不着艺术的人,不容易得到这个心境,但是虽不能至,心向往之;既不求法,亦不求知,那么努力学玩,正是我们唯一的道了。"② 在这样的话语里,我们看到的完全是与"儿童具有内在的不完美性、有欠缺"这一观念相反的儿童观。

如果按照杜传坤的观点,即将"监视"儿童视为"现代性",那么周作人的"儿童本位"论就是反现代性的;如果认为周作人的"儿童本位"论是现代性的,那么杜传坤所判定的现代的"监视"儿童,就不是现代性的。我本人是将周作人的"儿童本位"论视为中国儿童文学的现代性的最为杰出的代表。我在《论"儿童本位"论的合理性和实践效用》一文中指出:"绝对真理已经遭到怀疑。但是,真理依然存在,我是说历史的真理依然存在。'儿童本位'论就是历史的真理。'儿童本位'论在实践中,依然拥有马克思所说的'现实性和力量'。不论从历史还是从现实来看,对于以成人为本位的文化传统根深蒂固的中国,'儿童本位'的儿童文学观,都是端正的、具有实践效用的儿童文学理论。它虽然深受西方现代思想,

---

① 周作人:《儿童的文学》,钟叔河编订《周作人散文全集》(第2卷),广西师范大学出版社2009年版。
② 周作人:《陀螺序》,钟叔河编订《周作人散文全集》(第4卷),广西师范大学出版社2009年版。

尤其是儿童文学思想的影响，但却是中国本土实践产生的本土化儿童文学理论。它不仅从前解决了，而且目前还在解决着儿童文学在中国语境中面临的诸多重大问题、根本问题。作为一种理论，只有当'儿童本位'论在实践中已经失去了效用，才可能被'超越'，反之，如果它在实践中能够继续发挥效用，就不该被超越，也不可能被超越。至少在今天的现实语境里，'儿童本位'论依然是一种真理性理论，依然值得我们以此为工具去进行儿童文学以及儿童教育的实践。"[①]

钱淑英在《2013年中国儿童文学研究：热烈中的沉潜》[②]一文中，指出了当前围绕着"儿童本位论"的学术分歧。从钱淑英的"与此相反，以吴其南为代表的研究者则站在后现代建构论的立场，对'儿童本位论'进行了批评和反拨"这一表述里，似乎可以读出关于"儿童本位论"的认识、评价上的分歧，似乎是"现代"与"后现代"的分歧这一信息。可是，我却想说，在本质上，我与吴其南、杜传坤的分歧不是"现代"与"后现代"的分歧，而是是否置身于"现代性"历史的现场，准确、客观地把握了"儿童本位"这一现代思想的真实内涵的分歧。

我对于哈贝马斯将"现代性"视为"一项未竟的事业"，抱有深切同感。现代性思想的相当大部分，依然适合中国的国情。在中国这个正在建构"现代"的具体的历史语境里，或者用哈贝马斯的话说，在中国儿童文学的"现代性"还是"一项未竟的事业"的时代里，我们只能、只有先成为现代性的实践者。不论在现在，还是在将来，这都具有历史的合理性、合法性。至少，我们也得在自己的内部，使"现代"已经成为一种个人传统之后，才可能对其进行超越，才有可能与"后现代"对话、融合。这体现出人的"局限"，但是也可以看作是一种规律。

---

① 朱自强：《论"儿童本位"论的合理性和实践效用》，《中国海洋大学学报》2014年第3期。
② 钱淑英：《2013年中国儿童文学研究：热烈中的沉潜》，《文艺报》2014年1月31日。

二 必须"走进"的后现代理论

我虽然批评了杜传坤、吴其南的后现代话语中的某些观点,但是对两位学者积极汲取后现代理论资源的姿态却怀着尊重,并且认为,这样的研究能够把对问题的讨论引向深入,具有重要的学术价值。我从他们的研究中悟出的道理是,在儿童文学、儿童文化的发展方面,现代思想和理论依然富含着建设性的价值,可以在当下继续发挥功能,而后现代理论也可以照出现代性视野的"盲点",提供新的建构方法,开辟广阔的理论空间。

现代社会以及人类的思维方式和精神结构正在发生重大的变化,20世纪60年代以来出现的某些后现代思想理论就是对这一变化的一种十分重要的反应。后现代理论关注、阐释的问题,是人的自身的问题,对于知识分子,对于学术研究者,更是必须面对的问题。从某种意义、某些方面来看,后现代理论是揭示以现代性方式呈现的人的思维和认识的局限和盲点的理论。与这一理论"对话",有助于我们看清既有理论(包括自身的理论)的局限性。因此,"走进"后现代理论是中国儿童文学学术研究不可绕过的一段进程。

后现代理论中具有开拓性、创造性和批判性的那些部分,对我有着极大的吸引力,后现代理论中有我所需要的理论资源。不过,如同"现代性是一种双重现象"(吉登斯语)一样,后现代主义理论也存在着很多的悖论。我的基本立场,与写作《后现代理论——批判性的质疑》一书的道格拉斯·凯尔纳和斯蒂文·贝斯特的立场是一致的——"我们并不接受那种认为历史已经发生了彻底的断裂,需要用全新的理论模式和思维方式去解释的后现代假设。不过我们承认,广大的社会和文化领域内已经发生了重要变化,它需要我们去重建社会理论和文化理论,同时这些变化每每也为'后现代'一词在理论、艺术、社会及政治领域的运用提供了正当性。同样,尽管我们同意后现代对现代性和现代理论的某些批判,但我们并不打算全盘抛弃过去的理论和方法,不打算全盘抛弃现代性。"①

"自觉地进行学术反思,在我有着现实的迫切性。我的儿童文学本质理论研究和中国儿童文学史研究,在一些重要的学术问题上,面临着有些学者的质疑和批评,它们是我必须面对的问题,也是我愿意进一步深入思考的问题。其中最为核心的是要回答本质论(不是本质主义)的合理性和可能性这一问题,而与这一问题相联系的是中国儿童文学的历史起源即儿童文学是不是'古已有之'这一问题。"② 我所说的"有些学者的质疑和批评"指的就是来自吴其南、杜传坤等学者的后现代理论话语式的批判(尽管没有指名)。

在中国儿童文学界操持"后现代"话语的研究者混淆了"本质论"与"本质主义"的区别。吴其南在批判现代性时说:"关键就在于人们持一种本质论的世界观,现实、历史后面有一个本质的、不以人的意志为转移的东西在那儿,人们的任务只是去探索它、发现它。"③ 杜传坤在《中国现代儿童文学史论》一书中认为:"联系当代儿童文学的现状,走出本质论的樊笼亦属必要。对当代儿童文学的发展而言,五四儿童本位的文学话语是救赎,也是枷锁……'儿童性'与'文学性'抑或'儿童本位'似乎成了儿童文学理论批评与创作的一个难以逾越的迷障。如同启蒙的辩证法,启蒙以理性颠覆神话,最后却使自身成为一种超历史的神话,五四文学的启蒙由反对'文以载道'最终走向'载新道'。儿童本位的儿童观与儿童文学观,同样走入了这样一个本质论的封闭话语空间。"④

我的立场很明确,"本质论"与"本质主义"并不是一回事,我赞成批判、告别"本质主义",但是不赞成放弃"本质论",为此,我特别撰写了《"反本质论"的学术后果——对中国儿童文学史重大问题的辨析》一文,以事实为据,指出了以吴其南为代表的"反本质论"研究的学术失

---

① [美]格拉斯·凯尔纳、斯蒂文·贝斯特:《后现代理论——批判性的质疑》,张志斌译,中央编译出版社2011年版,第35页。
② 朱自强:《"儿童文学"的知识考古——论中国儿童文学不是"古已有之"》,《中国文学研究》2014年第3期。
③ 吴其南:《20世纪中国儿童文学的文化阐释》,中国社会科学出版社2012年版,第286页。
④ 杜传坤:《中国现代儿童文学史论》,中国社会科学出版社2009年版,第340—341页。

范、学术失据的问题。我在文中说道:"犯这样的错误,与他们盲目地接受西方后现代理论中激进的'解构'理论,进而采取盲目的反本质论的学术态度直接相关。从吴其南等学者的研究的负面学术效果来看,他们的'反本质论'已经陷入了误区,目前还不是一个值得'赞同的语汇','反本质论'作为一项工具,使用起来效果不彰,与本质论研究相比,远远没有做到'看起来更具吸引力'。"在论文的结尾,我作了这样的倡议:"我想郑重倡议,不管是'反本质论'研究,还是'本质论'研究,都要在自己的学术语言里,把'世界'与'真理''事实'与'观念'区分清楚,进而都不要放弃凝视、谛视、审视研究对象这三重学术目光。我深信,拥有这三重目光的学术研究,才会持续不断地给儿童文学的学科发展带来学术的增值。"①

近年来,我本人也在努力理解后现代理论,希望借鉴后现代理论,解决自己的现代性话语所难以解决的重大学术问题。尽管我依然坚持儿童文学的本质论研究立场,但是,面对研究者们对本质主义和本质论的批判,我还是反思到自己的相关研究的确存在着思考的局限性。其中最重要的局限,是没能在人文学科范畴内,将世界与对世界的"描述"严格、清晰地区分开来。有意味的是,我的这一反思,同样是得益于后现代理论,其中主要是理查德·罗蒂的后现代哲学思想。

在借鉴后现代理论的过程中,我反思自己以往的本质论研究的局限性,明确发展出了建构主义的本质论。我做的最大也是最有意义的一项运用后现代理论的学术工作,是运用建构主义的本质论方法,解决中国儿童文学是否"古已有之"这一文学史起源研究的重大学术问题。

一直以来,以王泉根、方卫平、吴其南、涂明求为代表的学者们认为中国儿童文学"古已有之",而我则反对这种文学史观,认为儿童文学是"现代"文学,它没有"古代",只有"现代"。但是,在论证各自的观点时,双方采用的都是将儿童文学看成是一个"实体"存在这种思维,而这种思维具有本质主义的色彩。所谓将儿童文学看成是一个"实体"存在,就是认为

---

① 朱自强:《"反本质论"的学术后果——对中国儿童文学史重大问题的辨析》,《中国海洋大学学报》2013年第5期。

儿童文学可以像一块石头一样，不证自明——如果一个文本是儿童文学，那么就应该在所有人的眼里都是儿童文学。在我眼里是儿童文学的，在你眼里如果不是，那就是你错了。这样的思维方式使中国儿童文学是否"古已有之"的讨论，陷入了公说公有理、婆说婆有理的困局之中。然而，中国儿童文学的起源问题不说清楚，儿童文学这一学科就没有坚实的立足点。

是借鉴自后现代理论的建构主义本质论帮助我打破了思考的僵局。我在重建建构主义的本质论这一方法之后，认识到儿童文学不是一个客观存在的"实体"，而是现代人建构的一个文学观念。依据建构主义的本质论观点，作为"实体"的儿童文学在中国是否"古已有之"这一问题已经不能成立，剩下的能够成立的问题只是——作为观念的儿童文学是在哪个时代被建构出来的。于是，我撰写了《"儿童文学"的知识考古——论中国儿童文学不是"古已有之"》一文，借鉴福柯的知识考古学方法以及布尔迪厄的"文学场"概念，对"儿童文学"这一观念进行知识考古，得出了"儿童文学"这个观念不是在"古代"而是在"现代"被建构出来的这一结论。在《论周作人的"儿童文学"观念的发生——以美国影响为中心》[①]一文和《现代儿童文学文论解说》[②]一书中，我进一步考证了周作人的"儿童文学"概念的建构过程。

三 未来指向：融合"现代"与"后现代"

在我看来，在某些理论问题上，现代性与后现代不是敌人，而是具有爱恨交织的复杂关系。后现代理论所倡导的"平等""多元""多样性"（去中心）、"多视角"等概念，本身就包含了不能用"后现代"来取代"现代性"这一逻辑。这两者之间虽然充满了矛盾，却是互为证明的存在，共同构成了巨大的思想张力。

[①] 朱自强：《论周作人的"儿童文学"观念的发生——以美国影响为中心》，《中国海洋大学学报》2015年第2期。

[②] 朱自强：《现代儿童文学文论解说》，海豚出版社2014年版。

儿童文学理论：在"现代"与"后现代"之间

后现代主义不是铁板一块，而是有着不同的形态。激进的后现代理论对中国是有害的，建设性后现代理论则是有益的。建设性后现代理论的代表人物大卫·雷·格里芬指出："建设性后现代思想强调，范围广泛的解放必须来自现代性本身，它为我们时代的生态、和平、女权和其他解放运动提供了依据。然而，与前现代相对的后现代一词强调的是，现代世界已取得了空前的进步，不能因为反对其消极特点而抛弃这些进步。"[①]

在中国儿童文学的现代性中就具有为"其他解放运动提供了依据"的思想，其中最具有价值的就是周作人的"儿童本位"论。周作人终其一生都在关怀妇女和儿童这两个弱势群体。他在《人的文学》里论述两性的爱，提出的是"男女两本位的平等"这一主张，然而对于儿童与成人之间，却主张的是"儿童本位"，这是因为周作人洞察了儿童与成人之间，有着其他任何人际关系都没有的特殊关系。周作人说："以前人们只承认男人是人，（连女人们都是这样想！）用他的标准来统治人类，于是女人与小孩的委屈，当然是不能免了。女人还有多少力量，有时略可反抗，使敌人受点损害，至于小孩受那野蛮的大人的处治，正如小鸟在顽童的手里，除了哀鸣还有什么法子？"[②] 周作人所说的妇女的"反抗"已经由19世纪至眼前的女权主义运动所证明，然而，与妇女相比更为弱小的儿童的命运依然完全掌握在大人的手里。尽管某些后现代理论在张扬儿童的实践能力，但是直到目前为止，儿童显然还无法像妇女发动一场女权运动那样，为自己发动一场童权运动。那么，"以儿童为本位"的成人们有没有可能与儿童携起手来，共同推动"解放儿童"的"童权主义"运动呢？

我认为，这样的理论构想就是"现代性"与"后现代"思想所共同期盼，并且有可能共同描绘的一个未来图景。

（本文发表于《当代作家评论》2015年第3期）

---

① ［美］大卫·雷·格里芬：《后现代精神》，王成兵译，中央编译出版社2011年版，第225页。
② 周作人：《小孩的委屈》，钟叔河编订《周作人散文全集》（第2卷），广西师范大学出版社2009年版。

儿童文学本质论的方法

当阿基米德发现杠杆原理时，他曾经兴奋地说："给我一个支点，我能移动整个地球。"在儿童文学本质的研究中，寻找理论的根本支点是至关重要的。何谓本质？一件事物的本质是该事物所以为该事物的性质，是能将一事物与它事物相区别开来的根本属性。"儿童文学"这一表示一种文学样式的名称本身就显示了它是在与"成人文学"相关系、相参照的情况下产生的。正如"儿童"不是与"人""男人""女人"相对立，而是与"成人"相对立才能存在的概念一样，"儿童文学"也是与"成人文学"相对立才能存在的一种文学样式。因此，从根本而言，儿童文学的本质论只有在与成人文学的区别而不是联系中才能建立。

儿童文学与成人文学的根本区别是什么？很简单明白，两者的根本区别就是，儿童文学是儿童的文学，而成人文学是成人的文学。这并不是在搞语言的游戏。之所以这样讲，是因为儿童文学理论研究包括本质研究中，的确存在忽视儿童文学是儿童的文学这一简单常识的问题。常识是最容易被人忽视的东西。但是，真理却总是寓于常识之中。因此，忽视常识便很容易与真理失之交臂。

儿童文学不是成人文学，而是儿童文学，因此，儿童这一存在对儿童文学的本质具有决定性，即是说，开启通向儿童文学本质大门的钥匙紧握在儿童的手中。我历来认为，儿童读者是具有健全的感悟儿童文学艺术神髓的审美能力的，但是，尽管如此，批评精神还没有成熟起来的儿童仍然不可能回答儿童文学本质这一问题,正如儿童文学的创作只能由成人来完成一样,儿童文学本质的研究也只能由成人来完成。读者马上会发觉我的话中存在矛盾:既然儿童文学本质研究只能由成人来完成,开启通向儿童文学本质大门的钥匙怎么会握在儿童手中呢?

这需要说明。儿童文学与成人文学的一个根本区别是,作为儿童文学作家的成人不是像成人文学创作那样,是成人为成人创作,而是成人为儿童创作。在成人文学生成中,成人(作家)所以能为成人创作,是因为成人(作家)对成人的生活世界和心灵状态具有体验、理解和认识;同样,在儿童文学生成中,成人(儿童文学作家)之所以能为儿童创作,也是因为成人对儿童的生活世界和心灵状态具有体验、理解和认识。儿童文学作家对儿童生命的体验、理解和认识程度,决定了他所创作的儿童文学作品的质地的优劣程度。如果作家能够走入儿童的生命世界,将自己的生命与儿童的生命融为一体,像尼·诺索夫那样成为儿童的"自己人",那么,他就会从儿童手中得到那把登堂入室的钥匙。同理,儿童文学研究者如果能够进入体验、理解和认识儿童的最深层,将自己的生命与儿童的生命融为一体,成为儿童的"自己人",他也会从儿童手中接过那把钥匙,真正步入儿童文学的殿堂,发现儿童文学的本质。

我所说的成人对儿童生命的理解和认识便是成人的"儿童观"。儿童观是成人在人生哲学层次上对儿童这一生命存在所作的认识和观照。它是成人将自己的生命与儿童这一生命体相撞击、相融合后的结晶。对儿童文学作家而言,儿童观是其儿童文学创作的根本支点;对儿童文学研究者而言,儿童观是其儿童文学(本质)观的根本支点。

1988年我曾发表文章,提出了"儿童观——儿童文学的原点"[1] 这一观点,同年,我又发表了《论中国当代儿童文学的儿童观》一文,[2] 尝试以儿童观作为视角,研究中国当代儿童文学对儿童生命世界的理解和把握。紧接着方卫平撰文进一步提出"童年:儿童文学理论的逻辑起点"[3]

---

[1] 参见朱自强《儿童观——儿童文学的原点》,《文艺报》1988年11月12日。
[2] 参见朱自强《论中国当代儿童文学的儿童观》,《东北师大学报》1988年第4期。
[3] 方卫平:《童年:儿童文学理论的逻辑起点》,《浙江师范大学学报》1990年第2期。

的重要命题;王泉根在其学术专著《儿童文学的审美指令》中深入阐述了"儿童观:儿童文学的美学原点"①的理论思想;而1996年,班马以多年治学"儿童美学"之积累,在《儿童文学研究》的"热点争鸣"栏目开展的关于儿童文学本体理论建设的学术讨论中,发出了以"儿童美学"作为儿童文学本体的根基的呼吁。这些理论现象都表明,新时期的儿童文学理论在完成向文学回归的战略行为之后,已经着手在立于儿童生命基点之上的儿童观或"儿童美学"与儿童文学本体之间进行新的理论搭建。

儿童文学研究既然是一门学科,就应该有它存在的界限、范围和属于自己的特殊的研究方法,就应该有它内在的统一性。这种统一性从学科建设来看,就是儿童文学的哲学基点,没有这个基点,儿童文学这门学科只能如立散沙之上,无法建成高耸的楼阁。

在方法论上,我认为儿童文学的本质研究必得以儿童哲学为自己的根本立足点。这里说的儿童哲学不是柏拉图、笛卡尔、黑格尔式的形而上学哲学,而是叔本华、尼采、狄尔泰的重视主体感性的诗化哲学,因此也可以说是诗化的儿童生命哲学,即诗化的儿童观。在儿童文学本质研究中,儿童心理学是可资借鉴的重要理论资源,但是儿童心理学既不能作为儿童文学本质论的根本理论支点,也没有整体移植和套用的合法性、有效性。因为正如美学家桑塔耶纳所言:"现代人即使在心理学的领域内,也是首先研究知觉的功能和知识的原理,仿佛借此可以认识外在的事物,他们比较忽视想象力和感情这纯粹主观的人性方面。"② 就以对新时期儿童文学理论影响最大的皮亚杰的"发生认识论"而言,其作为主导的哲学认识论是无法把握儿童的主体生命活感性的,因而也是无法解开儿童文学世界的本质奥秘的。

儿童的生命存在与儿童文学本质之间存在着衡定的独一无二的本体逻辑关系。正如不能先于研究人去研究文学一样,我们也不能先于研究儿童而去研究儿童文学。探索儿童文学的本质,无可避免地要去探求儿童生命

---

① 王泉根:《儿童文学的审美指令》,湖北少年儿童出版社1991年版。
② [美]乔治·桑塔耶纳:《美感》,缪灵珠译,中国社会科学出版社1982年版,第2页。

的本质，并在这一探求过程中，建立起自身的儿童观，由此儿童观指引，寻找到通向儿童文学本质的大路。建立科学、合理的儿童观是儿童文学本质研究的重中之重。

意大利历史哲学派美学家维柯对美学的最大贡献就在于运用了历史发展观点和历史方法。他的历史发展观点和历史方法有一个总的原则作为出发点："凡是事物的本质不过是它们在某种时代以某种方式发生出来的过程。"[①] 这就是说事物的本质应从事物产生的原因和发展的过程来研究。如果借用维柯的历史发展观点和历史方法，我们会清晰地看到儿童观对儿童文学的根本制约：儿童文学的发生是以近代儿童观对"儿童的发现"为前提的；儿童文学一经产生，就在历史上存在的多种儿童观的操纵下，生成了多种形态的儿童文学。那么，有多种儿童观和多种形态的儿童文学存在是否就能证明儿童文学有多种本质呢？

现代的存在主义哲学，特别是在萨特的著作中，屡次讨论过一个著名的论题："存在先于本质。"萨特认为人与物不同，物是一种自在存在，人则是自为存在。萨特宣称，"存在先于本质"这一论题只能适用于人，只有在人的身上它才显得有价值。尽管存在主义者对这个论题众说纷纭，但他们都同意这个论题是他们对人的分析的重要依据。儿童文学与它的创造者人一样，也是一种自为存在。由此推论，儿童文学的存在先于儿童文学的本质。儿童文学这一存在也可能像人的异化一样，分裂成本来的儿童文学和非本来的儿童文学。我们应该将儿童文学的本质看作儿童文学在其发展过程中的不断扬弃和创造。从这个意义上讲，儿童文学的本质不是先天给定的，而是历史生成的。儿童文学的本质蕴藏于儿童文学的历史发展之中，生成于自身的不断变革更新之中。因此，审视儿童文学的本质需要建立一个历史之维。当我们把儿童文学交还历史之时，我们与其是在诘问儿童文学的本质为何物，莫如说是在求索儿童文学的本质生成为何形。历史上存在着压抑儿童天性、束缚儿童成长的教训主义儿童文学，但是，它并不能反映儿童文学的本质；现实中存在着大量艺术水准低下的儿童文学作

---

① 转引自朱光潜《西方美学史》（上卷），人民文学出版社1963年版，第332页。

品,但是,这并不能证明儿童文学在本质上是一种低劣的艺术。存在的不一定是合理的,而合理的必然是存在的。不合理的存在会在一夜间成为明日黄花,合理的存在经年历载也会依旧生机盎然。

儿童文学本质论以儿童观为根基。有各种各样的儿童观,但是,儿童文学的本质却并不与其一一相对应。当儿童文学本质研究注目既成的形形色色的儿童文学存在时,要发现与儿童生命本质、儿童审美需求本质相契合的那些儿童文学存在,在此基础上建立儿童文学本质理论,而对那些与儿童生命本质、儿童审美需求本质相疏离,甚至相悖的儿童文学存在,则要采取批判的立场。可以这样说,有反映儿童文学本质的儿童文学存在,也有不能反映儿童文学本质的儿童文学存在。从存在的角度看,我们不能说不能反映儿童文学本质的儿童文学就不是儿童文学,但从价值判断的立场上,我们却可以说哪些是好的儿童文学,哪些是坏的儿童文学,哪些是有益的儿童文学,哪些是有害的儿童文学。儿童文学本质理论正是为这种价值判断提供依据的。

文学研究与自然科学研究不同,它是在多种可能性中进行自主选择的一种行为。儿童文学作为自为的生成物,其存在是形形色色的,但是对研究个体而言,儿童文学的本质却不可能是形形色色的。哪些儿童文学能够反映儿童文学的本质?这既需要判断,更需要选择。选择就避免不了排斥。"这也可以那也可以"的调和说法,等于消解了本质。

我认为建立儿童文学本质理论,必须具有"名著意识"。所谓名著,是指那些经受住儿童读者和时间的双重检验,在广阔的范围内得到公认的优秀儿童文学作品。我选择了这些名著,因为我相信,"任何一种特定事物的定义也就是那一类中的好事物的定义,因为一件事物在它那一类中是好的事物,它就只能是具有那一类特性的事物"[①]。我的儿童文学本质论是企图建立在对好的儿童文学作品的体验之上的。进行儿童文学本质研究的我,必须将目光盯在质感最强的那类作品身上。当然,我所给予肯定的作

---

① [英]罗宾·乔治·科林伍德:《艺术原理》,王至元、陈华中译,中国社会科学出版社 1985年版,第286页。

品中，也有还未得到"名著"这一定评的作品，但是，它们却是符合我的儿童文学本质观，符合我的儿童文学理想的。

当然，我们在以优秀的儿童文学作为立论依据，讨论儿童文学的本质时，不能把儿童文学的存在看得狭窄和单一起来。我们不能因为自己的儿童文学理想，就养成儿童文学判断上的一种洁癖。理想应该坚持，但是应该在现实中坚持。理想会与现实斗争，也会与现实达成适当的妥协。在儿童文学这片稻海中，那些颗粒最为饱满的稻粒可以作为传播的种子，不甚饱满的也可以作为食粮，而夹杂于稻粒之中的稗籽是必须择除务尽的。

我认为，儿童文学本质研究，应该把儿童文学作为一个整体来把握，具体说，它囊括了给3岁至15岁的儿童读者的幼年文学、童年文学和少年文学。超过15岁的读者，我以为可以交由青年文学甚至成人文学来服务（当然，有15岁以前的早熟儿童去读"大书"，也有15岁以后的青年来读"小书"的现象。但是，它们都不能改变儿童文学的儿童读者为3岁至15岁的儿童这一目前仍然通用的基本原则）。在新时期里，王泉根借鉴国外经验，提出了将儿童文学三分天下的主张，这一观点对作家创作最具价值，而且也确实解决了儿童文学理论中存在争议的一些问题。不过，我认为，就儿童文学的本质研究而言，还是有必要将幼年文学、童年文学、少年文学三分合一。儿童文学的本质论应该是一种整体观，应该对各个年龄层次的儿童文学具有整体的涵盖力和统摄性。因此，儿童文学本质研究并不考虑面向不同年龄层次的儿童文学创作的不同技术层面，而只探讨其共通的生命哲学和审美意蕴。

儿童文学本质研究应该采用体验在先的论述方法。我认为，我们的儿童文学理论（尤其是对儿童的研究方面）在整体上谈玄说理过多，却很少将理论的支撑者——事实体验推到前台来，即是说，悬浮的立论多，踏实的实证少。在实证方面，刘绪源的专著《儿童文学的三大母题》开了一个好头。他有理论框架，但绝不缺少对作家、作品、思潮等的事实体验，这就使其著作血肉丰满地融理性与感性于一体。读这本书，我们能切实感受到研究者那种令人信服的儿童文学悟性。另外，汤锐的专著《现代儿童文学本体论》也是将富于感性的散文笔墨与逻辑严谨的理论阐述相融合的理论佳作。当然，理论研究有各种路数，不该专此划一。不过，我本人更推崇感性与理性相融合的那种"落霞与孤鹜齐飞，秋水共长天一色"的理论境界。

对儿童文学研究而言，最少不得事实体验，而且在理论表述上，也应该提倡实证的方法。因为儿童文学研究经常不是在谈论成人自己，而是在谈论儿童（也许正是因为关于儿童的实证难以获得，我们才只好以谈玄说理来补拙）。儿童文学理论产生的历史很短，理论体系尚处于建构之中。大家都在摸索中前行，因此，在许多理论问题还没有形成共识，没有合法化之前，儿童文学理论研究要出言有据，而不能仅凭假说，不能从理论到理论。只要我们将儿童观作为儿童文学本质论的根本支点，就必得在儿童研究和儿童文学作家、作品研究两方面拿出一些实证。这对我们来说是一个巨大的难题，但又是一份不可回避的答卷。

"文学是人学"，是人的灵魂学、精神主体学。我认为对儿童观和儿童文学本质的探寻，不能仅仅从纯学问的立场出发，把它作为谋生的饭碗或者智力的操演形式，而是应该上升到通过对儿童文学本质的思考，追问自身的生存哲学的层次，即把自己的生命和灵魂投入研究之中，在儿童文学的本质与自身的生存哲学或人生观之间寻找到沟通之路。我相信，超然物外、隔岸观火的冷漠的研究态度，只能使研究者远离儿童文学本质的真髓。

在与研究者的精神主体相关的儿童文学本质研究中，具备一般的文学修养，具备比较完备的儿童心理学、教育学、儿童社会学、民间文学等方面的知识修养固然重要，但是，向儿童文学本质掘进的最为根本的驱动力却是来自研究者立于儿童观基点上的生命哲学。

（本文发表于《东北师大学报》1999年第2期）

第三辑
儿童文学批评

新世纪中国儿童文学的困境和出路

一　用眼睛看不清的困境

新时期以来，中国儿童文学突飞猛进的发展有目共睹。眼下，作为儿童文学两翼的幻想文学和成长文学都被自觉意识到，作品正在被创作；儿童文学的重要而独具特色的"绘本"也正在被倡导和创作；儿童文学作品出版数量正在逐渐升高，我们已经拥有一批优秀的儿童文学作家和出色的儿童文学作品……在这样一派形势大好的气象里，中国儿童文学的"困境"在哪里？这是不是一个夸大的题目，是不是哗众取宠、危言耸听，是不是以偏概全，一叶障目不见泰山？

当我写下本文题目时，我知道自己很可能面对这样的诘问，而且我没有忘记，自己在论著中不断地肯定新时期以来中国儿童文学取得的成就。但是，埃克絮佩利的《小王子》中的狐狸说的一句话一直萦绕在我耳边，挥之不去："只有用心才看得清事物的本质。实质性的东西用眼睛是看不见的。"我认为，文学理论和批评也应该是一种理想，一种预言，文学理论和批评应该运用"心"的想象力，揭示出当下还不是显在，但是不久将成为巨大问题的隐含状态。

眼睛永远没有心灵走得远。中国儿童文学的真正困境是在眼睛的视线之外,在心灵感应的区域之内。所以,我不想谈当下眼睛看得清的显在的困境,比如,映像文化对文字媒体的冲击,升学考试对文学阅读的冲击,读书市场的需求大于供给对原创造成的压力,即作家疲于奔命,没有休耕期,难以进行艺术的深加工而出现的思想和艺术的稀释化,甚至萝卜卖得快了就不洗泥,等等。**我想论述的是用眼睛看不清的困境,是中国儿童文学欲作新一轮的艺术攀升时,就会出现,就会面临的困境。**

二 如何解读时代,为儿童"言说"?

儿童文学是一种必须在儿童教育上选择、站定立场,并且有所作为的文学。记得20世纪80年代,中国儿童文学曾经在儿童教育的领域努力为儿童"言说"。作家们几乎是蜂拥而上,面对教育观念、儿童的生存现状进行思考,为儿童代言。《上锁的抽屉》《黑发》《今夜月儿明》《三色圆珠笔》《我要我的雕刻刀》等一大批作品以及相关评论,记载了那段思想、激情和良心燃烧的历史。在我眼里,今天的教育中的儿童生存现状并不好于20世纪80年代,但是,我却隐约地感到,与20世纪80年代相比,今天的儿童文学关注儿童教育现实的热情减退了,思考儿童教育本质的力量减弱了,批判儿童教育弊端的锋芒变钝了。正像有的研究者描述的,儿童文学正在从"忧患"走向"放松",从"思考"走向"感受",从"深度"走向"平面",从"凝重"走向"调侃"。针对这种状况,我在2002年第六届亚洲儿童文学大会的论文发言中曾指出:"在儿童生命生态令人堪忧的今天,儿童文学缺乏'忧患''思考''深度''凝重',是十分可疑的现象。虽然秦文君写了《一个女孩的心灵史》,但是,这种姿态似乎是无人喝彩、无人追随。这个时代,多么需要卢梭的《爱弥儿》、塞林格的《麦田里的守望者》式的作品。如果众多儿童文学作家退出关注、思考教育问题的领域,对儿童心灵生态状况缺乏忧患意识,儿童文学创作将出现思想上的贫血,力量上的虚脱。这样的儿童文学是不'在场'的文学,它难以对这个时代以及这个时代的儿童负责。"①

我认为,在破坏童年生态的功利主义、应试主义的儿童教育面前,相当数量的作家患了失语症,创作着不能为儿童"言说"的儿童文学。导致这种状况,与作家人生痛感的丧失、思想的麻木甚至迷失有关。

我们前所未有地处于一个容易使生命"存在"迷失的时代。我们今天的文化正处于危机之中。这种文化的危机性正如1954年诺贝尔和平奖获得者史怀泽所指出的,"它的物质发展过分地超过了它的精神发展。它们之间的平衡被破坏了"②。提出"敬畏生命"的伦理学观点的史怀泽认为,文化的本质并不是物质方面的成就,物质成就反而会给文化带来最普遍的危险:由于生活条件的改变,人大量地从自由进入不自由的状态。史怀泽说,"决定文化命运的是信念保持对事实的影响",对此,他作了十分准确的比喻:"航行的出路不取决于船开得快慢,它的动力是帆或蒸汽机,而是取决于它是否选择了正确的航道和它的操纵是否正确。"③

我们被物质主义、功利主义迷雾遮住双眼的文化大船出现了生命"存在"的精神迷失,它正在现代的核动力的推动下,迅速地远离荷尔德林所吟咏的可以"诗意地安居"的"大地"(抵抗物质主义、功利主义是全球性任务,更是急切走在发展路途中的中国的紧迫任务)。在这样一个时代走向里,童年生态正在被异化、被破坏。

这一代的儿童正处在人生的困惑和迷惘之中。当孩子们沉迷于网吧、厌学、失学甚至犯罪,从根本而言,这不是儿童自己的问题,而是成人社会的问题,成人社会的责任。儿童文学作家要在这个时代里,通过自己的作品为儿童"言说",必须具有解读时代的能力。

我曾读到过著名学者王富仁先生的文章《呼唤儿童文学》,深深为王富仁先生关注、关怀儿童文学的精神以及文章中表现出的对儿童文学的极

---

① 朱自强:《儿童文学与童年生态》,《当代儿童文学的精神指向》,辽宁少年儿童出版社2002年版。

② [法]阿尔贝特·史怀泽:《敬畏生命》,陈泽环译,上海社会科学院出版社1996年版,第44页。

③ 同上书,第45页。

高悟性而钦佩。不过，在谈到学校教育问题时，王富仁先生却表达了与儿童文学精神相对立的立场和价值观。他认为，"学校教育注定有其强制性，注定不会也不可能达到使儿童在身心上完全自由的发展程度"。说到家庭教育，他说："家长作为成年人所感到的生存压力越大，他们对自己的孩子的前途越关心；他们对自己孩子的前途越关心，他们越会强制自己的孩子更快更充分地满足当前社会对一个成人的要求，而不得不牺牲自己孩子当下的幸福。"王富仁先生承认这种"强制"教育的合理性，总结说："总之，不论是学校教育，还是家庭教育，只要是教育，就带有强制性。"[①] 我能够理解在儿童教育和儿童文学之间，采取二元价值观立场的王富仁先生的苦衷，但是不能同意他的"强制"教育论的观点。如果儿童文学的思想是正确的，那么，这种思想在学校教育、语文教育领域也应该是正确的。为了成年的将来，而牺牲童年的幸福的"强制"教育，是违反受教育者儿童的根本利益的，因而也是背离真正教育的本质的。

我特别理解王富仁先生使用的"不得不"这样的词语，它显示出王富仁先生在现实面前的无奈。问题恰恰在这里，一个文学研究者"不得不"放弃改革现实、超越现实这一儿童文学的立场，"不得不"归顺以童年的幸福作为牺牲的不合理的教育现实，清晰地昭示了儿童的"困境"以及儿童文学的"困境"。

我认为，从总体而言，当下的儿童文学创作，对教育的现状、童年生态的现状是有所遮蔽的，而且遮蔽的正是不能被遮蔽的本质之相。也就是说，儿童文学对童年生态危机缺乏敏感，疏于应对。**"童年"的被异化是最为深刻的教育问题和社会问题之一，也是民族的危机所在。已经成为民族未来的隐忧的童年生态问题，必须是全体儿童文学给予最大关注和应对的问题。**

我不禁思考，为什么"成长小说"被呼唤了好几年，但是，却没有收获很好的创作实绩，是不是就与创作"成长小说"的作家对当前儿童的真实精神生存状态失去思想的能力，作家自己不能进入人生的"寻路"状态

---

① 王富仁：《呼唤儿童文学》，《中国儿童文学》2000 年第 4 期。

有根本的关系。我还想到，为什么明显宣扬"弱肉强食"这一社会达尔文主义的动物小说会在评论界一再得到赞扬，这是不是在残酷的竞争压力下，作家和评论家的人生观、价值观已经在随波逐流中迷失的结果。在西方，摇滚乐、垮掉的一代的文学都是帮助青少年寻找精神之路的。当鲍勃·迪伦反复唱着"这感觉如何/这感觉如何/独自一人感觉如何/没有家的方向感觉如何"时，他为摇滚乐注入了灵魂；当塞林格写下《麦田里的守望者》时，在精神上完成了对将要跌落悬崖的孩子们的守望。中国的儿童文学正需要鲍勃·迪伦、塞林格这样真正与人生对决的作家。

中国儿童文学即使不能为面对人生困惑、迷惘的儿童同时也是为自己搭起引航的灯塔，至少该去探索迷雾中的路！

三 "儿童"何时能成为思想的资源？

儿童文学是儿童的文学。儿童是儿童文学的出发点和归宿。

在西方，自进入现代社会，"发现"儿童以后，"儿童"就成为社会思想的宝贵资源。从"发现儿童"的卢梭到吟咏"儿童是成人之父"的华兹华斯，从在"快乐原则"与"现实原则"间作犹疑、痛苦选择的弗洛伊德，到将儿童命名为"本能的缪斯"的布约克沃尔德，从通过"童年"建立"梦想的诗学"的巴什拉，到把儿童尊奉为哲学家的费鲁奇……每当这些思想者面对人类的根本问题时，总是通过对"儿童"的思想，寻找着走出黑暗隧道的光亮。

在西方儿童文学史上，许多经典、优秀之作，是作家们通过"儿童"进行思想的结晶。能够自然感受人生真义的儿童出现在许多作家的笔下。安徒生《皇帝的新装》里那个说出皇帝什么都没穿的孩子，使所有的成人的虚伪露出了马脚；马克·吐温笔下的哈克，这个在蓄奴制时代里，只听凭自然、健康的本能而行动的少年，正是人类真正道德的化身；塞林格在揭露现代文明的荒诞时精心创造的"麦田里的守望者"这一保护儿童不跌入悬崖的意象，就是出自少年霍尔顿的愿望，完全可以认为，霍尔顿在时代生活面前的迷惘，显示出的恰恰是超越那些在物质主义生活面前"对酒当歌"的成人们的一种清醒。还有巴里的彼得·潘、恩德的毛毛、林格伦的皮皮、凯斯特纳的洛蒂和丽莎，这些儿童形象都会给成人带来深刻的人生启迪。

儿童文学是大巧若拙、举重若轻的艺术，但是，中国的很多作家没有举起儿童文学的思想和艺术的力量，其根本原因在于，在当代中国，"儿童"还没有成为成人社会的思想的资源。在通过儿童进行人生思考这一点上，中国社会几乎是在退化。在20世纪二三十年代，还有一些作家，如冰心、丰子恺、周作人等来大声地赞美童心，其中最深刻、最艺术化地表现出儿童生命的绿色生态性的当数鲁迅的作品。鲁迅的小说名篇《故乡》，通过"失乐园"的一声长长的喟叹，来隐含对人类精神"故乡"的追寻的心境。鲁迅在《故乡》中表现的"童心"，不仅发出灵魂深处的肉搏的震颤，而且沾染着自身生活的摸爬滚打的泥土。人生的乐园在哪里？鲁迅以《故乡》中那个反复闪回的"神异的图画"告诉我们——人生的乐园就在童年！鲁迅在《故乡》中委委婉婉想说而说不出来的其实就是这句话。正是这句没有说出来的话，使《故乡》含蓄地蕴藉了人类文学的一个重大而永恒的母题。由于人类目前非但没能解决成人自身的童年乐园的丧失问题，反而又造成了儿童自身的"童年的消逝"，因此，鲁迅的《故乡》就更应该属于今天这个时代。然而，鲁迅以《故乡》发出的这一天问，在中国有几位作家在继续思想以期回答呢？

中国社会的不成熟的重要表现之一，是没有学会向儿童学习，没有通过思考"儿童"来获取富于生气与活力的思想资源。儿童文学界在谈到儿童时，也是习惯于只把儿童看作受教育者，说到儿童文学的教育性，则只把教育看作是教育儿童，而忽略了用儿童文学教育成人自身。儿童文学并不只属于儿童，而是属于全人类。表现儿童的儿童文学常常于不动声色之中，深刻揭示整个人类生活的本质，成为开启时代心性的一把钥匙。迪士尼根据英国民间故事《三只小猪》创作的同名卡通影片在大萧条时期的美国轰动一时。片中描写勤劳的小猪由于盖了一座砖石的房屋，免于被饿狼吞噬。这个故事和片中那首动人的歌曲"谁怕那只大恶狼？不是我们！不是我们！"对当时的美国人来说，意味着对经济危机的挑战。用迪士尼的广告词来讲：《三只小猪》给经济萧条的美国社会带进了一股活力和希望。在鲍姆的《绿野仙踪》这部童话名著里，铁皮人想得到的心灵，稻草人想要的头脑，狮子想获得的勇气，正是19世纪与20世纪之交的美国人想要寻求的精神财富。像这类及时而准确地把握时代脉搏，为社会发展进程提供思想坐标的作品，我们还可以想起马克·吐温的《哈克·贝利芬历险记》、诺顿的《地板下的小人》、恩德的《时间窃贼》、克吕斯的《出卖笑的孩子》，等等。

以中国的教育现状和童年生态的现状而言，中国儿童文学尤其迫切地需要思想型的作家，需要作家用儿童文学来思考、处理这个时代所面临的重大的和根本的问题。

四 中国儿童文学何时成为感性儿童心理学？

心理学是从哲学分化出来的一门年轻的科学，在短短的百年时间里，这门学科获得了快速的发展，原因就在于，它为人类认识自己的心灵世界开辟了一条柳暗花明的坦途。心理学特别是儿童心理学的成果，无疑给当代的儿童文学作家认识儿童的心灵提供了诸多的启示，不过，也必须认识到，儿童心理学并没有为我们展示儿童心灵世界的全部，可以说，包容着情感、想象的儿童心灵世界，在儿童心理学这里，还是一个没有完全被打开的"黑箱子"。另外，儿童文学也可以为心理学研究提供宝贵的资源，因为正如勃兰兑斯所说，文学史就其最深刻的意义来说，是一种心理学。与成人文学相比，**儿童文学更是具有心理学的特征，我将儿童文学的这种心理学称为感性儿童心理学。**

虽然儿童文学中有以成人或动物为主要描写对象的作品，但是，仍然可以说，儿童文学基本是描写、表现儿童心灵世界的文学。从儿童文学史和心理学史的事实来看，儿童文学先于儿童心理学理论，已经建立起了一种感性的儿童心理学：一方面，儿童文学在儿童心理学研究比较忽视的想象力和感情这一纯粹主观的人性方面发掘出了丰富的矿藏，沿着马克·吐温、巴内特、斯比丽、凯斯特纳、林格伦等优秀的儿童文学作家挖掘的坑道，我们得以深入地走进儿童那隐秘的内心世界。另一方面，儿童心理学所揭示出的儿童心理发展过程，比如，第一反抗期、第二反抗期、自我同一性、性意识、快乐原则与现实原则的冲突等，在《彼得·潘》《玛丽·波平斯阿姨回来了》《红发安妮》《拉蒙娜和妈妈》《艾尔韦斯的秘密》《我是我》等作品中得到了生动形象的展现。这些作品绝不是儿童心理学成果的图解，恰恰相反，它们所描写的儿童心灵生活正是那些心理学理论阐释得以成立的依据。在儿童文学作品中，儿童是完整、生动、个性化的生态生命，而实证主义的儿童心理学则往往将儿童分解成诸多可以测量的要素，两者的不同，正可以在我们认识儿童时形成互补。

正是因为儿童文学是先于儿童心理学的感性儿童心理学，才会有贝托海姆的《魔法的用途》、雪登·凯许登的《巫婆一定得死》、山中康裕的《绘本和童话的荣格心理学》、河合隼雄的《儿童的宇宙》这样的通过研究儿童书籍来作心理学理论发现和阐释的心理学名著或优秀之作。

我们考察杰出的儿童文学作家，比如尼古拉·诺索夫、林格伦、凯斯特纳、玛利亚·格里珀、贝弗莉·克利林、葛西尼、杰奎琳·威尔逊等人，就不能不说，他们都是杰出的感性儿童心理学家。波尔·阿扎尔在其名著《书·儿童·成人》中曾说："毫不夸张地讲，仅凭儿童书籍，就能够重新建起一个英国。"同样可以说，凭着英国的儿童文学作品，就可以建立起完整的感性儿童心理学。中国儿童文学当然有自己的优秀作家和作品，但是相比之下，能够称得上感性心理学家的人却寥若晨星，凭现有的儿童文学作品也恐怕难以建立起完整的感性儿童心理学。

儿童文学创作走向感性儿童心理学，就可以消解说教，可以避免观念化和概念化，可以防止故事的生编硬造和人物性格的虚假，可以消除成人化，可以从拟似的儿童表现走向本真的儿童表现……总之，儿童文学作家掌握了感性儿童心理学，就有了金刚不坏之身或包治百病的灵丹妙药。

建立完整的感性儿童心理学是中国儿童文学应该走通的路，应该达到的目标。

五 真正走向"儿童本位"这条路

新时期儿童文学呈现出两大走向,一是走向文学,二是走向儿童,并因此继20世纪50年代之后,打造出儿童文学的又一个黄金时代。在走向儿童的过程中,曾遭到批判的五四时期以周作人为代表的"儿童本位"理论得到重新评价。这一理论行为,推举着儿童文学迈上了现代化的更高一层台阶。但是,在我看来,人们对"儿童本位"理论的重新评价以及对其进行的当代阐释中,存在着深层的问题,这些问题将给儿童文学的新一轮艺术攀升造成相当大的阻力。我所说的真正走向"儿童本位"这条路里的"真正",就是对此而言。

重新评价周作人的儿童本位论时,很多人采取的姿态是:一方面承认其具有积极的意义,另一方面批评其反对儿童文学的教育功利性与社会功能。我认为人们的批评是因为没有读懂周作人的文学思想,没有读懂周作人所处的那个时代,尤其是没有读懂成人文化与儿童文化之间存在的冲突。"顺应满足儿童之本能的兴趣与趣味","顺应自然,助长发达,使各期儿童得保其自然之本相",这样的儿童本位主张,不仅在当时,就是在今天,也是切中肯綮之论。

再好的理论,在时代的更迭中也是要向前发展的,因此对儿童本位论必须进行具有超越性的当代诠释。我认为,在建立新时代的儿童本位理论时,存在着肤浅阐释以及认识停滞的问题。比如,将儿童本位解释成是以儿童文学的服务对象与接受对象的儿童为中心;将儿童本位观解释成是对少年儿童的人格独立性、自主性、自尊心、自信心的理解与尊重。儿童文学以自己的服务对象与接受对象的儿童为中心,儿童文学要对少年儿童的人格独立性、自主性、自尊心、自信心给予理解与尊重,这样的观点本身没有任何问题,但是,用来作为儿童本位论的当代诠释,则将儿童本位理论矮小化了。这种矮小化了的"儿童本位论"并不能把中国儿童文学引向阳关大道。

建立真正的儿童本位的儿童文学观,应该从自卢梭以来,通过"儿童"进行思想的思想家、教育哲学家那里汲取理论的资源。比如,卢梭就认为,儿童之所以重要,不是因为儿童仅仅是实现目的的手段,而是因为儿童本身就是重要的,儿童时代绝不只是迈向成人的一个台阶,而是具有自身的价值,儿童代表着人的潜力的最完美的形式。与将儿童比喻成白纸的约翰·洛克截然不同,卢梭将儿童看作自然中的植物。在洛克那里,成人将白纸填满,便是成熟;而卢梭所要做的是使儿童避免受到文明中病态东西的污染,有机地、自然地成长。福禄培尔说,儿童与教育者的关系,就像葡萄藤和园丁的关系一样,给葡萄藤带来葡萄的不是修剪、施肥的园丁而是葡萄藤本身。蒙太梭利在说明儿童的自我建设过程时指出,在出生之前,儿童已经具有了自己内在特定的心理发展模式。她把这种先天的心理实体称为"精神胚胎",这种"精神胚胎"与形成人体的受精卵是一样的。这颗精神受精卵并不等于一个成人的雏形,但是却包含了其发展的预定蓝图。尼采设计的完成自我超越、获得完美人生的路径是:先做一只骆驼,去忍耐遇到的困难;然后变成一只狮子,充满勇气地去战斗;最后,就要变成一个幼儿,天真无邪地开创一切。而意大利哲学家、心理学家皮耶罗·费鲁奇则对儿童给成人带来的人生启示深怀感恩之心:"怎样才能唤起我们心中的爱意,唯一的答案就是:与孩子们在一起。我看过许多人愁云惨雾笼罩,但在孩子面前就能暂时抛开凄苦,融化与爱,回归于心。这种爱能在我们觉得寒冷的时候给予我们温暖,僵硬的时候使我们软化,阴郁的时候照亮我们面前的道路。"[1]

所以,真正的儿童本位的儿童文学,就不仅是服务于儿童,甚至不仅是理解与尊重儿童,而是更要认识、发掘儿童生命中珍贵的人性价值,从儿童自身的原初生命欲求出发去解放和发展儿童,并且在这解放和发展儿童的过程中,将成人自身融入其间,以保持和丰富自己人性中的可贵品质,也就是说要在儿童文学的创造中,实现成人与儿童之间的相互赠予。

---

[1] [意]皮耶罗·费鲁奇:《孩子是个哲学家》,陆妮译,海南出版社2002年版,第167—168页。

儿童生命中珍贵的人性价值是什么呢？那就是敏锐的感受性、真挚的情感、丰富的想象力和旺盛的生命活力。而这一切的一切，不正是绝大多数成年人在所谓"成熟"的路途上已经遗忘或失去的财富吗？在这个意义上，儿童文学不仅是解放、发展儿童的文学，而且还是教育、引导成人的文学。

中国儿童文学的阳关大道就是走向儿童，与儿童携手，共同跋涉，探索人生。

最后，我想引用我所深爱的波尔·阿扎尔描述儿童的一段话："生存于这个世上的他们的使命就是给这个世界再次带来信仰和希望。如果人类的精神不能经常被这一充满自信的年轻力量而唤醒，这个世界会成为什么样子呢？我们的后继者走过来了。孩子们再次开始美丽地装饰这片土地。一切都重返青春、映照着绿色，人生的价值被重新发现……"[①]

以这样的儿童为本位，岂止是儿童文学，而是整个人类社会都将充满希望！

（本文发表于《文艺争鸣》2006 年第 2 期）

---

① ［法］波尔·阿扎尔：《书籍·儿童·成人》（日文版），纪伊国屋书店 1986 年版，第 154—155 页。

"足踏大地之书"

——张炜的《半岛哈里哈气》的思想深度

一 张炜：对自然和儿童怀着虔敬

我看成人文学作家有个私家标准：一是看他对自然的态度，二是看他对儿童或童年的态度。除非对这两者不表态，但一旦表态，在我这里，就会因为他的态度而见出其思想和艺术境界的高下。我钦佩的是对自然和儿童怀着虔敬的态度，与之产生交感并勉力从中获得思想资源的作家。因为自然和儿童最能揭示生命的本性，而任何不去探寻生命本性、人类本性的文学，都是半途而废的。

这样的作家在当代并不多见，而张炜则是其中的佼佼者。我在《儿童文学概论》一书中曾表达过我对他的钦佩："在我眼里，中国作家张炜是一位深蕴现代性的作家，因为他在心灵深处对'儿童'和'自然'有着需求。"[1]

"城市是一片被肆意修饰过的野地，我最终将告别它。我想寻找一个原来，一个真实。这纯稚的想念如同一首热烈的歌谣，在那儿引诱我。市声如潮，淹没了一切，我想浮出来看一眼原野、山峦，看一眼丛林、青纱

---

[1] 朱自强：《儿童文学概论》，高等教育出版社2009年版，第93页。

帐。我寻找了，看到了，挽回的只是没完没了的默想。辽阔的大地，大地边缘是海洋。无数的生命在腾跃、繁衍生长，升起的太阳一次次把它们照亮……当我在某一瞬间睁大了双目时，突然看到了眼前的一切都变得簇新。它令人惊悸，感动，诧异，好像生来第一遭发现了我们的四周遍布奇迹。"(《融入野地》)读他的《融入野地》等散文，其笔墨让我想到梭罗的《瓦尔登湖》。

多年以前，我撰写《儿童文学的本质》一书，就引述过张炜的话："麻木的心灵是不会产生艺术的。艺术当然是感动的产物。最能感动的是儿童，因为周围的世界对他而言满目新鲜。儿童的感动是有深度的——源于生命的激越。"[1] 可以看出，在张炜的眼里，儿童是距艺术最近的人。

对自然和儿童怀着虔敬的态度并勉力从中获得思想资源的作家，是与儿童文学的世界相通的人。因为知道张炜是这样的人，对他创作的儿童文学《半岛哈里哈气》（我首先把《半岛哈里哈气》看作是儿童文学），我并没有感到多么意外。另外，因为刚刚获得茅盾文学奖的《你在高原》是四百五十万字的皇皇巨著，所以，对张炜写儿童文学，一出手就拿出了一个五卷本的系列作品，我也并没有过于吃惊。可是，读完了《半岛哈里哈气》，我着实吃了一惊：这部作品太好看了！而且这部作品在中国儿童文学原创作品中具有重要的意义和价值——作为顽童小说，不论是从规模还是艺术表现来看，《半岛哈里哈气》都是十分成功的，这是原创儿童文学所欠缺的顽童作品这一重要领域里的一项重大突破，在一定程度上，优化了原创儿童文学的版图结构，很可能成为划时代的作品。

有感于我们这个社会对儿童文学的无知式的轻视甚至蔑视，我还想说，儿童文学的《半岛哈里哈气》不仅对于张炜的小说创作是一部非常重要的作品，它对于一般文学也具有特殊重要的意义。我们应该像对待萧红的《呼兰河传》、林海音的《城南旧事》一样，重视这部小说对童年的书写。而且，如果我们想一想顽童汤姆和哈克的文学价值以及给马克·吐温带来的巨大声誉，是不是该好好掂量一下顽童小说《半岛哈里哈气》的分

---

[1] 张炜：《秋日二题》，《忧愤的归途》，华艺出版社1995年版。

量——它是不是给顽童小说这一文类奇缺的中国文坛的一份珍贵礼物呢？

至少在我眼里，因为写了《半岛哈里哈气》，张炜的小说创作又增添了一种喜人的样式和风格，显示出别一种艺术灵性，并因此而超越了很多人。

二 "足踏大地之书"——《半岛哈里哈气》的顽童精神和思想深度

在中国的历史上，质变式的"儿童的发现"只有一次，其标志性"事件"就是民国初年，特别是五四时期，新文化、新文学领袖周作人、鲁迅提出了"以儿童为本位"的思想。"儿童本位"这一思想的提出深刻地影响了中国现代文学的开展（尽管很少有人注意到这一点）。仅举周氏兄弟为例，离开"儿童本位"这一思想根基和资源，不仅周作人的"人的文学"这一新文学最为重要的理念不能成立，而且鲁迅文学中的名篇《狂人日记》《故乡》《社戏》《孔乙己》以及散文集《朝花夕拾》等作品也将失去支撑。但是，五四落潮以后，在"儿童"问题上，中国社会在不停地退化，发生了一次一次的、或大或小的对被发现的"儿童"的遮蔽。近些年，随着儿童文学思想的变革、儿童教育和小学语文教育理念的变革（以秦文君的《一个女孩的心灵史》、朱自强等人的《小学语文教材七人谈》为代表），似乎正在出现"儿童"的"再发现"的态势。

在我看来，今日之"儿童"的"再发现"，要从思考童年生态面临的巨大危机开始。我在 2003 年发表的《童年的诺亚方舟谁来负责打造——对童年生态危机的思考之一》一文中说过："给童年生态造成最为根本、最为巨大的破坏的是功利主义的应试教育。一个孩子，一个生气勃勃的生命来到这个世界，本来应该是为了享受自由、快乐的生命，体验丰富多彩的生活的，但是，孩子的生命的蓝天，却竟然被几本教科书给遮黑了。""我不相信压抑儿童生命力、剥夺儿童生命实感的功利主义的应试教育能承诺给我们的民族一个生气勃勃、创造无限的未来。这并非耸人听闻——

被破坏的童年生态里，潜藏着我们这个民族将面临的严重的精神危机。"①如何解放儿童的生命力，给予儿童以生命的实感，我在《童年的身体生态哲学初探》一文中，提出了"身体生活和身体教育"这一思考："中国目前的儿童教育的危机最根本的症结是童年生态的被破坏。其中的一个主要表现就是童年的身体生活的被挤压甚至被剥夺，从而造成了儿童生活中的身体不在场。出于功利主义的打算，成人（家长、教师们）对书本文化顶礼膜拜，却抽取掉在儿童成长中具有原点和根基意义的身体生活。这种无源之水、无本之木的教育，不仅难以使儿童成材，甚至难以使儿童成'人'。""反思当前的童年生态和儿童教育，我们不能不坚决地说，关于儿童的一切教育必须回到原点上来。这个原点毋庸置疑地是童年的身体生活和身体教育。生态学的教育就是使童年恢复其固有的以身体对待世界的方式。身体先于知识和科学，因此，在童年，身体的教育先于知识的教育，更先于书本知识的教育。身体行动是人性存在的原型，如果遭到异化，后果不堪设想。要让孩子们在童年时代，建立和保持身体与自然的交感，建立和保持对生命的身体体验。……让孩子们对世界的认识通过身体来完成。让身体感知成为世界延展的基础和起点。让孩子们对世界的表达也以身体来进行。让孩子的面部表情、手势、笑声、哭泣成为生命对外部世界的表达。让岁月不仅镌刻在孩子的心灵中，也显现于他们的身体上。"②

就在我这样思考着的时候，张炜的《半岛哈里哈气》出现在我的视野。不用说，它给我带来了巨大的精神震撼和深深的心灵共鸣。多年以前，我在评论儿童文学作家秦文君的《一个女孩的心灵史》时，题目就是"儿童的'再发现'"。这部作品和《半岛哈里哈气》是一反一正来重新发现儿童的重要著作。秦文君是审视、批判当下的学校教育对儿童天性的压抑，而张炜则立足于对儿童的解放，以鲜活的文学表达告诉我们，什么才是本真的、健全的、快乐的、成长的儿童生活！张炜显然认同顽童们的生

---

① 朱自强：《童年的诺亚方舟谁来负责打造——对童年生态危机的思考一》，《中国儿童文化》（第1辑），浙江少年儿童出版社2003年版。
② 朱自强：《童年的身体生态哲学初探——对童年生态危机的思考之二》，《中国儿童文化》（第2辑），浙江少年儿童出版社2005年版。

活状态、精神状态,因此张炜笔下的"顽童"既是一个文学形象,也是一个思想意象,里面大有深意,隐藏着作家的精神密码。《半岛哈里哈气》不是简单、肤浅的"儿童文学",而是一本精神上的"大书",是别种风格的"麦田里的守望者"。

说到"大书",我想到了《从文自传》里的一个章节标题,"我读一本小书同时又读一本大书"。小书是指私塾里、学校里读的书;大书是指生活(包括大自然和人生两部分)。沈从文在自传中详尽地描写了不断地逃学,用身体去读自然和生活这本"大书"的乐趣。他明确说,"逃避那些枯燥书本去同一切自然相亲近"的"这一年的生活形成了我一生性格与感情的基础"。"我的心总得为一种新鲜声音、新鲜颜色、新鲜气味而跳。""我的智慧应该从直接生活上得来,却不须从一本好书一句好话上学来。"我相信,正是童年的这种身体生活,正是身体教育先于书本教育这种人生观造就了沈从文这位被称为"人性治疗者"的小说家。由"大书"我还想到了法国作家法朗士的人文教育。他在《开学》一文中,充满深情地回忆了自己儿时在闲逛的"街道"上的学习。他说,"要让孩子理解社会这架机器,什么也比不上街道"。"街道""这座风雨学校教给我高超的学问","就这样,我完成了我的人文教育"。

与今天被禁锢在应试教育的牢笼中的少年不同,而与沈从文和法朗士的童年相同,《半岛哈里哈气》里的少年在读大自然和人生这本大书。作为张炜的同龄人,我不难想象,张炜的童年是在读这样的"大书"中成长的。

文学是人学。张炜一直在用文学来思考、探究健全人性的根本并持着独具思想的文学观。他不满当下文学创作的非身体的虚拟性:"这种生命活动过程中地理空间的缩小,引起的后果也许是很致命的,它将会影响文学的品质,一代一代影响下去。这样的文学会是轻飘无力的,其中的表述变得越来越不靠谱,使我们读了以后没有痛感,觉得读不读都差不多。"[1]我赞同这一观点,也曾做过一个对比:"那就是没有读过几天书的小说家

---

[1] 张炜:《地理空间和心理空间》,《午夜来獾》,作家出版社 2011 年版。

王朔、童话家郑渊洁和'80后'作家郭敬明的作品之间的区别。我有一个直觉,那就是,在郭敬明的作品中,显示出的书本知识的确比王朔、郑渊洁多了,但是,生活的底蕴,却是比他们少了。我相信,这不是年龄的差距造成的。我以为,这与童年的身体生活之不同有关。"[1]

"我当时想写一部很长的书,它的气质要与自己以前的作品有些区别。如果在现代,一个写作者力图写出一部'足踏大地之书',那种想法对我是有诱惑力的。我想找到一种不同的心理和地理的空间,并将这种感受落实在文字中。这是过于确切的目标,但是也许值得努力……"[2] 有人评论,张炜的大河小说《你在高原》是"一部足踏大地之书"。在我眼里,书写童年的身体生活和精神生活的《半岛哈里哈气》,同样是具有广阔的心理和地理空间的"足踏大地之书"。张炜在具有生命景深的大自然中和与少年有着肌肤摩擦的成人生活中,表现着顽童们的成长。我说《半岛哈里哈气》属于顽童小说,并不是因为五部小说中描写了逃学、抽烟、喝酒、打架、偷果子、掏鸟、捉鱼、捉弄人等淘气顽皮的生活事件,而是因为作品表现出了努力挣脱成人社会,特别是正统教育的规约,在大自然和游戏中获得了身心的自由和解放的少年世界。

说到顽童小说,儿童文学界的人会想到林格伦的《长袜子皮皮》《小飞人卡尔松》,成人文学界的人恐怕想起的则是马克·吐温的《汤姆索亚历险记》《哈克贝利芬历险记》。在《半岛哈里哈气》中,我看到了很多与《汤姆索亚历险记》《哈克贝利芬历险记》同质的东西,比如对成人文化的批判,对自然本性的坚守,对儿童价值观的认同。

刘绪源在《儿童文学三大母题》中认为,顽童母题体现的是"儿童自己的眼光",我深表赞同。张炜的《半岛哈里哈气》体现的当然也是"儿童自己的眼光":"其实我那会儿想的是:我和老憨就要带起一支队伍了,这事儿可不能耽搁,因为我们绝不甘心让这个夏天白白溜过去。"(《抽烟和捉鱼》) 这是写少年们拉帮结伙打架的事,在大人眼里是件不好的事情,

---

[1] 朱自强:《童年的身体生态哲学初探——对童年生态危机的思考之二》,《中国儿童文化》(第2辑),浙江少年儿童出版社2005年版。

[2] 张炜:《地理空间和心理空间》,《午夜来獾》,作家出版社2011年版。

可是，不打架，这个夏天会"白白溜过去"，这就是少年人的价值观，这也是张炜认同的一种生活，但是，他在描写中，揭示了这种生活向成长的转化。

从这部系列作品的思想倾向来看，张炜持着儿童本位的儿童观。儿童本位的儿童观具有赞美童心的倾向。在他的巨著《你在高原》中，《人的杂志》里有一节的题目就是"给我童心"，这显示了张炜的赞美童心的倾向。在《半岛哈里哈气》里，他多次让少年"我"（老果孩儿）直接说出这样的话："我有一句话一直没有说出来，就是：凭自己长期的观察，大人们是非常愚蠢的。当然只有少数人不是这样，比如妈妈；爸爸嘛，那还要另说。除了个别人，我总觉得人一长大就变得比较愚蠢——我真的试过一些，几乎很少有什么例外。"（《美少年》）小说对儿童的赞美也有一些内在的表现。我觉得，唱拉网号子这么重要的工作让两个少年完成，让鱼把头对这两个少年言听计从，这恐怕不是偶然的（可以想一想《鹿眼》里是谁在领喊拉网号子）。让玉石眼和"狐狸老婆"这两个不共戴天的仇敌，最终化干戈为玉帛，也是"老憨"们努力的结果。这些情节设定，都是张炜的儿童本位的儿童观在起作用。

张炜说，"儿童的感动是有深度的——源于生命的激越"。这恐怕是张炜创作《半岛哈里哈气》的本源动机。而张炜选择顽童小说这一文类，是因为他看重自然、野性、自由、游戏对于儿童心灵成长的重要价值。在儿童的精神成长的过程中，融入大自然和现实生活的身体生活是极为重要、不可或缺的。它是生命的根基，也是教育的根基。在《半岛哈里哈气》中，少年生命与"哈里哈气"的"野物"是同构的。醉心于这种生命同构的艺术表现的张炜，其儿童文学思想是深刻的，是具有人类精神的高度的。

三 "大自然是儿童思想的发源地"

让我们看看在《半岛哈里哈气》中，大自然中的身体生活是如何"教育"儿童的——

我们常常在书里看到许多有气节的英雄人物，他们至死不背叛不投降，那么坚强！这曾经让我们多么感动多么敬佩啊！可是小野兔们在这方面真是毫不逊色，它们简直就是近在眼前的、活生生的英雄……

而我们这些捉它们的人，就成了十恶不赦的坏蛋。

"我们是坏蛋。"我对老憨说。

——《养兔记》

我和老憨那时都惊得一声不吭。我们从来没有在四月的夜晚，在月亮大明的艾草地边呆上这么久，也不知道兔子们会高兴成这样！原来它们在这样的夜晚一刻也不得安闲啊，原来它们在尽情地闹腾啊……

怪不得啊，四月里就是不同凡响！这会儿，整个海滩到处开满了槐花，这时候谁要闷在屋里，那会是多么傻的人啊！那就连兔子也不如了！

不声不响的老憨正在低头想事，也许这会儿和我一样：想当一只野兔！

——《养兔记》

这两段话，证明了苏霍姆林斯基的论断："大自然是儿童思想的发源地。"这两段话也证明，张炜在哈佛大学的讲演中，对那只"午夜来獾"的生命想象，已经植根于《半岛哈里哈气》的文学自然之中。

在英文中，"自然"一词除了指大自然，还指"本性"。在《半岛哈里哈气》中，张炜写"我"和"老憨"们在自然中发现动物的本性，进而体会自身的本性，是深有意味的——

说实在的，我们的品质远远比不上它们。我们长大了，坏心眼儿一天多似一天，整个人却会变得更加愚蠢。大人们总是很蠢——想一想真难过，我们自己也在一天天长大啊！

——《养兔记》

读这样的文字，我会想起张炜在中国香港浸会大学讲演时说过的话——"我们的人类社会是一个极其残缺的、不完善的、相当低级的文明。我们的生存有问题。所以当我们表述对动物情感的时候，很多时候并非是从文学的角度来谈，而是带着对生命的深深的歉疚、热爱、怀念等等情愫跟它们对话。"并以此确认主要是写给儿童的《半岛哈里哈气》其实是具有厚重的思想根基的作品。

为儿童创作的作家，应该是与儿童结成一个谋求生命成长、发展的秘密团伙，成为儿童的"自己人"。"夏天的海边故事最多，最热闹，如果谁到了夏天还要一直坐在教室里，那才是最傻的人呢。"（《美少年》）张炜在《半岛哈里哈气》中热情满怀地描写野孩子的疯玩，是因为他童年时有这种体验，成年后又在其中发现了有珍贵价值的东西。他在散文《回眸三叶》中就写道："上学后，童年就被约束了。但走出校门的时间总多于规规矩矩做学生的时间。我们撒腿在林子里奔跑，欢乐享用不尽，留做滋养一生。"所以，《半岛哈里哈气》让人看到，人生的智慧，心灵的成长，对事物的认知，都得以在疯玩中实现。在《抽烟和捉鱼》中，"我"和老憨拉起一支队伍，是要和别的村的野孩子打仗玩的，可是，当他们了解了玉石眼与"狐狸老婆"之间的恩怨，以孩子的直觉悟出："他们天天想同一个人，又想得一样厉害，怎么会是仇人？"再"接着议论下去，都以为我们应该设法让两个老人和好，这才是我们最该干的一件事——这事远比教师布置的那些暑假作业重要得多。"张炜用非常扎实的描写让我们看到，"我"和老憨们在生活里学到了很多书本里学不到的东西，他们在探寻着大人的世界的过程中，"足踏大地"般坚实地成长着。

《半岛哈里哈气》里的故事在今天读起来尤为可贵。今天的孩子们被关在逼仄的应试学习的栅栏里，就像王朔所说的，即使知道自己在浪费青春也无计可施。尽管《半岛哈里哈气》会让我联想到马克·吐温的顽童小说，但是，《半岛哈里哈气》依然是独创的，它既来自那个王朔在《动物凶猛》中所说的，孩子们获得了空前解放的那个特殊的时代，也来自这个孩子们被关在"牢笼"的当今时代。《半岛哈里哈气》是"我"们这些顽童的生活史、心灵史，也是一个时代的珍贵的历史记录。我相信，这部作品随着那个时代渐行渐远、一去不返，将不断显示出它的珍贵价值。

这五部系列小说是一座小小的但是很了不起的博物馆，它珍藏和展示着不算十分遥远，但是却在迅速消失的一种独特的童年。这种生活注定价值永存，令人怀念。

（本文发表于《当代作家评论》2015年第1期）

从动物问题到人生问题
——论沈石溪动物小说的艺术模式与思想

眼下，沈石溪的动物小说正成为"热点"讨论的对象。对中国儿童文学来说，这件事很有意义，因为它并非仅限于作家论的层次，而是更关涉到对"动物小说"这一重要文体的认识和把握，关涉到这一文体在中国儿童文学中如何稳固确立和长足发展的问题。

由于条件所限，我只阅读了 50 万字的沈石溪的动物小说，因此，我只敢说，下面的率性而谈，其观点和感受的有效性仅限于这些作品。

一 动物本位：动物小说的精神

沈石溪是中国动物小说的重要开拓者之一，他的创作起步于 80 年代初期，然而，其时在西方，真正意义的动物小说已经有整整一个世纪的历史。因此，从文体的角度评价沈石溪的动物小说，仅把体验和认识局限于这一位作家身上难免给人以坐井观天之感。儿童文学是具世界性的一种文学，以自然界中的动物为主人公的动物小说尤其具有世界性。鉴于中国动物小说创作的严重滞后，我们在评价沈石溪的动物小说时，应该尽可能地将其置于世界动物小说的大语境之中。

动物小说的产生是与人类对自身与自然之间关系的认识取得进步有密切关系的。人与自然的关系大致有三种历史模式，即人是自然的奴隶；人是自然的征服者；人是自然的一部分。当人类持着人是自然的征服者这一人类沙文主义思想时，动物小说是不会产生的。从19世纪浪漫主义运动以后，特别是现代工业和科学技术的发展给人类自身生存造成严重威胁的20世纪，人类开始意识到人和人的理性不是万能的，人只是自然的一部分。以揭示和防范现代文明的危机为宗旨的罗马俱乐部的创建人贝恰博士就指出："我们具有这些知识和力量而变得极其傲慢，变成以自我为中心，舍弃了同自然的交感。"① "即使承认人是自然的最重要的组成部分，但人绝不是自然的统治者，终究不过是其中的一部分。"②（重点号为原文所有）捷克作家米兰·昆德拉在小说《生命中不能承受之轻》中这样批判人类沙文主义："《创世记》一开始就告诉我们，上帝创造了人，是为了让人去统治鱼、禽和其他一切上帝的造物。当然，《创世记》是人写的，不是马写的。上帝是否真的赐人以统辖万物的威权，并不是确定无疑的。事实上，倒有点像这么回事，是人发明了上帝，神化了人侵夺来的威权，用来统治牛和马。是的，即使在血流成河的战争中，宰杀一匹鹿和一头牛的权利也是全人类都能赞同的。"昆德拉以其惊人的想象讽刺说："也许，一个被火星人驾驭着拉套引车的人，一个被银河系居民炙烤在铁架上的人，将会回忆起他曾经切入餐盘的小牛肉片，并且对牛（太迟了!）有所内疚和忏悔。"

正如以成人为本位的社会不会产生真正意义的儿童文学一样，将人类视为万物的中心和尺度的意识也不会生成真正的动物小说。动物小说是最具有现代意识的文体之一。如果我们深切体味汤普森·西顿、杰克·伦敦、惊鸠十的作品，体味《班比》《白比姆黑耳朵》《格里什卡和他的熊》《野生的爱尔莎》，我们便会感受到这些动物小说所表现出的作家对动物生命的理解、尊重甚至是崇尚。他们创造的是以动物为本位，立于动物生命空间的文学。由于这样的动物小说，我们走进了一个未知的崭新而广阔的世界，获得了描写人的文学所无法替代的独特的审美体验和艺术感动。我

---

① ［日］池田大作、［意］奥锐里欧·贝恰：《二十一世纪的警钟》，卞立强译，中国国际广播出版社1988年版，第10页。

② 同上书，第189—190页。

们被这些作品所描写和表现的富于灵性的动物的生命世界所吸引和迷醉，为动物生命的神秘而震惊，为动物生命的尊严而感动，我们抚怀感喟，唏嘘不已。我们的审美视野因那些作为自然的另一部分的动物形象而变得辽阔和深邃。我们对生命的理解和感受因来自动物的馈赠而变得更为丰富和完整。

优秀的动物小说是作家用自己的生命去体验动物的生命的结晶。也许与人类社会相比，动物的生活世界和心灵奥秘对他们更具有吸引力和审美价值。加拿大的西顿是动物小说这一文体的奠基人和典范作家。他自幼便对动物有浓厚兴趣，为了了解动物的生命（而不仅是关于动物的知识），他将一生的绝大部分岁月奉献给了加拿大辽阔的荒野和林莽。美国作家杰克·伦敦曾在北极苔原地带做过淘金工人，有过遭狼群围困的经历，因而才创造出了北极苔原地带的狼的形象。日本作家惊鸠十为了写出位于日本南部的一座孤岛甑岛上的野狗的生活，曾花费数年时间进行调查，终于成功地创作出了《孤岛的野狗》这部动物小说。吉约的动物小说也是他在塞内加尔任教期间，游历非洲腹地，同当地人一道打猎，驯养野兽这种生活的积累之果。而《野生的爱尔莎》直接就是奥地利女作家乔伊·亚当森与母狮爱尔莎共同生活的真实记录。

与写人的写实主义小说一样，动物小说以真实性为自己的第一道生命线。在动物小说中，动物的生活习性和行为方式首先要经得住生物学的检验。这使动物小说与将动物人格化的寓言与童话相区别。但是动物小说中的动物又不是生物学教科书中的动物，而是大自然生活中的富于生活感，具有独特个性和丰富的内心世界的文学形象。因此，动物小说以对个性化的、有灵性的动物形象的艺术塑造为自己的第二道生命线。这又使动物小说与介绍动物习性的知识读物相区别（尽管动物小说包容着关于动物的丰富知识）。上述两条准则，使动物小说成为难写的一种文体。我们不可能期待"戴着镣铐跳舞"的动物小说出现如童话和一般小说那么多的名家和名作。

二 兽面人心：沈石溪动物小说的艺术模式

沈石溪是一位勤于思考人类与动物之间关系的作家。他自幼酷爱动物。长成少年，因为在书中看到西双版纳是天然动物园，便在知青下乡时毅然选择了最偏远的云南。热带雨林的生活，使他熟悉了众多的野生动物，为其后来的动物小说创作提供了珍贵的生活体验。从《闲话牛与人》这样的创作谈中，我们也可以看到沈石溪对动物的同情和尊重。比如他在解释野牛之所以被人类驯化时发挥文学的想象力，见解独到地说："那时先人还没开化，并不觉得自己是万物之灵长，天地之主宰，而把自己摆在和牛平等的地位，把牛看作是可以同甘共苦的朋友。"[1] 他还以自己的孩子因心爱的兔子被杀掉烹吃而哭泣一事为例，说明"孩子的思维与感情，有点像太古时的先人；孩子的心里，还没形成物种的优越感。他们平等地看待它们周围的动物，他们觉得自己和动物是可以进行真诚的感情交流与心灵互渗"[2]。

沈石溪的确曾把自己对动物的生活体验和情感写进了他的动物小说。不过就我的阅读范围而言，这类比较正宗的动物小说似乎仅限于他创作较早的《象群迁移的时候》《第七条猎狗》《戴银铃的长臂猿》《蠢熊吉帕》等为数不多的短篇作品。而大约从80年代中期的《象冢》《牝狼》《退役军犬黄狐》等作品起，沈石溪笔下那些产生巨大影响的动物形象明显开始被人格化，这种写法可以说到目前已是愈演愈烈，形成了沈石溪动物小说的根本艺术模式。

有些读者认为沈石溪描写动物的作品不像动物小说，恐怕就是起因于沈石溪将动物人格化的创作模式。确实，读过西顿、杰克·伦敦、椋鸠十作品的读者都会对沈石溪的动物小说产生异样的感觉。我本人常常对沈石

---

[1] 沈石溪：《闲话牛与人》，《儿童文学选刊》1992年第5期。
[2] 同上。

溪笔下的动物产生疑惑：我所面对的是一只动物还是一个人？我现在知道，阅读沈石溪的动物小说不能采用由西顿式的真实表现自然生态的动物小说所格式化的审美习惯和标准，因为沈石溪的小说是动物小说的一种变体，体现了作家自身的一种艺术探索和追求。

没有作家新的艺术探求，新的文学体裁难以产生。同样，没有作家新的艺术探求，一种文体也难以出现丰富的发展和变化。就动物小说而言，著名的《班比》就是探索成功的一例。我一直觉得，用拟人手法写动物小说就像人走钢丝，是十分危险的。但是，作家萨尔登天才地对拟人手法加以控制，使其不妨碍作家对动物的生活习性和内心情感的真实描写，因而这部作品不仅没有滑落到童话这种文体上去，而且成了动物小说中别具魅力的杰作。

不论从哪个意义上讲，沈石溪的探索精神都应该给予充分鼓励。当然，我们在评价他的作品的时候，不应该因其探索性而降低衡量的艺术标准。

我感到，从总体而言，沈石溪的动物小说的兴奋点由早期的对动物生活和动物内心世界的关心，倾斜到了后来的对人类生活和心灵世界的关心。在他的《老鹿王哈克》《红奶羊》《牝狼》《母狼紫岚》《残狼灰满》等作品中，动物尽管保持着自然赋予的外形和饮食等方面的生活习性，但动物的性格和思想以及受性格和思想所支配的行为已经基本是人格化、社会化的了，它们有理性思维、因果判断力，有伦理道德观念、人生哲学思考，有时间概念、数字概念，有对人、动物与事件的清晰记忆能力。作家通过这些形象表现的已经不是动物生活世界的主题，而是人类社会生活的主题。

沈石溪以动物为载体来演说人情世事时，等于摆脱了自然界动物的生命本质给他带来的许多制约和束缚。很显然，他的作品写得越来越放得开，越来越具有评论家吴其南所指出的"假定性"。沈石溪作品的假定性其实与西顿动物小说的虚构性是属于不同层面的概念。西顿的虚构故事因恪守森林生活法则而具有动物传记式的真实性，而沈石溪的假定性是悬浮于动物生活现实和人类生活现实之上的一种空想。沈石溪在这个意义的假定性上发挥了他的想象力和创造力。这主要表现在《红奶羊》《残狼灰满》等作品所讲述的曲折、变化,富于传奇色彩的故事上。这些故事具有一定的可读性。

但是,摘下"镣铐"的兽面人心的假定性艺术模式也使沈石溪付出了惨重的代价。

当沈石溪"假定"那些摆脱自然动物的生命本质的制约的故事时,也就等于自动放弃了揭示与人类相向而蹲的自然的另外一部分——动物世界的神秘性、神奇性的机会,他失去了除却动物小说之外的其他文体所无法走进的一片辽阔而珍贵的审美区域,失去了动物给予一个文学家的馈赠。用贝恰博士的话说,他"舍弃了同自然的交感"。而对越来越被异化的现代人来说,人同自然的"交感"是多么重要啊。

由于沈石溪对动物形象进行的兽面人心的假定性设定,他笔下的许多动物性格经常处于一种分裂的状态。在《老鹿王哈克》中,老鹿王哈克因想到"种族的生存和繁荣无疑要比王位的价值大得多"而忍痛将王位让给了年轻的雄鹿杰米。当失去王位的哈克看到昨天还属于自己的雌鹿艾莉马上"投进了杰米的怀抱"时,作品写道:

> 你嫉妒得牙龈发酸,却也无可奈何。鹿就是鹿,永远无法和高级动物人类相媲美的。你知道,在鹿群社会里,既没有婚姻契约,也没有道德法庭,鹿的爱情观就是汰劣留良的优生原则;母鹿按照大自然适者生存的进化原理和遗传规则,向往同最高大最健壮最勇敢的公鹿交配以保证自己产下具有最强生存和竞争能力的后代。这虽然无情无义,却符合物竞天择的最高原则,有利于整个种族的生存和进化,因此,亘古至今马鹿都遵循这种极不文明极不道德的爱情观生活的。艾莉虽然是王后,也无法摆脱这种卑劣的天性。你虽然很嫉妒,却也能理解和容忍艾莉的背叛行为。

作品一会儿站在马鹿生存的立场上承认汰劣留良的优生原则,一会儿站在偏狭的人类本位的立场上指责马鹿"极不文明极不道德的""卑劣的天性",进而要"战胜食草类动物卑微的天性,创造出奇迹来",结果兽面人心的哈克(作品中的"你")只能无奈地将自己分裂成两半——一半是动物的自然法则,一半是人类的道德法则。

《红奶羊》中的红崖羊茜露儿被黑狼掠去,奶大狼崽黑球,竟想"重塑黑球性格","改变黑球的食谱",让它舍肉而食草。回到羊群中后,茜露儿又要把自己生下的小公羊沦戛"塑造成一头具有勇敢品性的新型公羊"。它让沦戛向小型食肉兽挑衅,为了让沦戛接近一匹死狼,"还进行了耐心细致的思想教育",在"收效甚微"时便"身教重于言教",自己亲自去踢蹬死狼。尽管茜露儿费尽心机,沦戛还是在恶狼追赶时抢先逃命。失望的它只好去找童话传说中那头"羊脸虎爪狼牙熊胆豹尾牛腰的红崖羊","它要和这头杰出的大公羊生活在一起,繁殖出新品质的羊种,既有食草类动物的脉脉温情,又有食肉类猛兽的胆识和爪牙"。作家在作品结尾写茜露儿去寻找那并不存在的大公羊时,有意张扬它的那种追寻理想的精神:"白皑皑的雪山上,有一个醒目的小红点,像一团燃烧的火焰,在蠕动,在跳跃。"但是,我们知道只要茜露儿不改变自己的羊身,它的那种理想永无实现之可能。

吴其南曾指出沈石溪的动物小说艺术上存在着"缺乏感性的深度"的不足,对此我颇有同感。沈石溪的艺术运思主要依凭他人为加在动物形象中的属人的那部分性格或曰思想,而动物自然本真的生活并不是他真正关心的事情,这就造成了他笔下的动物形象缺乏个性而流于雷同。吴其南已经看出沈石溪作品写到的格斗基本上都大同小异,连操作程序都十分相似。我在此想指出,由于沈石溪无意真实表现动物作为物种的特殊行为方式,而是赋予动物以属人的行为、思考方式,因此他的故事情节缺乏西顿等人的动物小说依物种的性格和行为方式而展开故事情节的那种水到渠成、瓜熟蒂落的自然感。沈石溪作品的故事展开有时显得过于人为化、模式化。比如,一到作家想说明什么道理时,他就让动物想起了"两年前"或"两个月前"的某件事情;一到动物形象面临什么困难、困境时,作家就让它"蓦地,想出个绝妙的主意来"。我在读过的作品中作过粗略的统计,这句相同的话出现近十次之多。我想如果作家让动物凭本性应对生活，动物自会有各自不同的上佳表现，可以帮助作家免去千篇一律的"想出个绝妙的主意"的模式化的处理。优秀的动物小说作家绝不让自己笔下的动物经推论而想出个主意来，因为他们深知动物"并不是这么'像人一样地'把问题推论出来的"，"动物多半是依照感觉而不是依照思索而行动的"（杰克·伦敦：《白牙》）。动物小说家的这种观点得到了动物心理研究专家的支持。美国心理学家桑戴克就在《动物的智慧》一书中说："动物不会认为一物像另一物，它也不会像人们常常所说的那样把一物错当成另一物；它根本就不思考什么，而只认定什么……"① （重点号为原文所有）

沈石溪描写兽面人心的动物小说不是作为童话来创作的。西双版纳、日曲卡雪山等具体实在的环境，对越自卫反击战等具体实在的事件，作品写实性的语境都对儿童读者起着"这是真实发生的事情"这种心理暗示作用。因此，沈石溪的那些森林法则与人类法则混淆于一身的动物形象是否会给知识和经验相对不足的儿童读者以关于自然和动物的错误认识呢？我认为，这也是作家在今后的创作中需要认真思考，慎重对待的一个问题。

三　漂泊的浮萍：沈石溪动物小说的思想

我这里以漂泊的浮萍作比喻，是因为在我看来，沈石溪动物小说的思想面向生活没有扎根于泥土；面向时代，没有自持、坚守文学的立场，而在时代的风潮中随波逐流。

沈石溪动物小说的思想不是取自动物生活而是取自人类社会。从沈石溪动物小说的实际表现看，作家还没有为自己的思想寻找到富于感性的艺术形象。我感到在《牝狼》《老鹿王哈克》《红奶羊》《残狼灰满》《母狼紫岚》等作品中，作家的思想是非常理念化的。它们没有给读者以由活生生的现实生活所触发而自然生成的感觉，它们更多的是先在于作家对生活

---

① 转引自［德］恩斯特·卡西尔《人论》，甘阳译，上海译文出版社1985年版，第41页。

的认识之中，然后借假定的动物形象来加以演绎而成，动物形象失去了本真的灵性，成了作家手中理念的玩偶。

因篇幅所限，我对这种悬浮于生活之上的理念化倾向不多评析，而对他的小说随波逐流于时代风潮的特征想多谈几句。

沈石溪的动物小说给我一个感觉，如果将动物与人放在一起表现，他的动物相对像动物，而越是专门表现动物自身，他的动物便离动物本真越远而更像人类。所以考察沈石溪动物小说的思想，我更注意的是那些专写动物的小说。

在前面提到的沈石溪专写动物的小说中有一种共同的东西，那就是"强者"情结。"改造自己食草类动物怯懦的天性"，"挺直腰杆"与老狼"拼死一斗"的老鹿王哈克和要与"杰出的大公羊生活在一起"，繁殖出"既有食草类动物的脉脉温情，又有食肉类猛兽的胆识和爪牙"的"新品质羊种"的红奶羊茜露儿，属于种族中特立独行的"强者"。残狼灰满为了重夺狼王宝座，让一只"小贱狼"做了"它的铺垫或者说它的跳板"，又在自己的王位受到威胁时，丧失自尊，委身于自己的"跳板"，以换来王座的稳固；母狼紫岚则为了实现"让自己生下的某一个狼崽将来能当上地位显赫的狼王"的"狼王梦"，殚精竭虑，费尽心机，不仅玩弄篡权阴谋，而且卑鄙地咬死与女儿媚媚相恋的"狼群中最没出息的独眼公狼"。灰满和紫岚可以说是为了成为王者而不择任何手段、不惜牺牲一切的"强者"形象。这两个形象所体现出来的与其说是"强者"情结，莫如说是"王者"情结。

一般而言，儿童文学作品张扬强者意识并不为错，但是，儿童文学不应该将"强者"意识作为一种绝对的价值观，对强者意识的张扬不应该与普遍的人道主义精神相对立。比如，人类虽然具有优秀的智力的资质，但人类并没有权利去决定资质低劣的动物的生存及其生存方式。动物小说作家（儿童文学作家）不能宣扬人类本位和强者本位的思想。我们可以回想西顿笔下那些具有各自生命的充实感、幸福感、尊严感的动物形象。即使是一只松鸡，也"每天都要到它的树桩上去，为它们欢乐的生活擂鼓高歌"，而当它死于猎人之手之后，"到了春天，树林里的鸟儿也听不到咚咚的军乐声了。烂泥涧那根用来啄击的老树桩子,自从不用了以后,也无声无息地腐烂了"(西顿:《红脖子》)。在这里我们看到的是作家对广大生命包括弱小生命的博爱之心、尊重之心、赞美之心。

但是,我感到沈石溪的动物小说具有一种人类本位、强者本位的思想倾向。在是赋予动物形象以其自身的心灵还是人类的心灵时,沈石溪选择了后者。在写到那些食草类动物如马鹿和红崖羊时,沈石溪一再通过动物形象来指责自身的天性,表现它们(他们)否定自我,想要脱胎换骨,成为异己的强大物种的愿望。而写到食肉猛兽狼时,则又以"狼王"为最高的绝对的生活理想,把这些"野心狼"的奋斗史写得既悲且壮。在这些不择手段,不惜牺牲一切要成为"狼王"的"强者"的背后,我看到了作家充满欣赏之情的目光。这有作品为证。在残狼灰满为了不让"任何力量能损害败坏它双体狼酋的光辉形象"而与公原羚一同坠下悬崖时,作家极尽了渲染之笔墨。这里只截取小说结尾的一段——

> 黄鼬朝天长嗥,所有的狼都学着黄鼬的样,蹲在悬崖边缘,向蓝天,向红日,向远处白皑皑的雪峰,向迎面刮来的尖硬的山风,向荒漠与空寂,向黑咕隆咚深不可测的谷底,发出阵阵长嗥。
>
> 这是对强者的拜祭,也是对生命的礼赞。

作家把为实现"狼王梦"而与老雕同归于尽的母狼紫岚的死也写得很是悲壮,不仅如此,他还在作品的结尾站出来表达了对紫岚"狼王梦"的赞同——

> 这时,山麓那个冬暖夏凉的石洞里,媚媚的五只狼崽呱呱落地了。其中有两只是公狼崽,一只毛色漆黑,一只毛色紫黛,长得特别像黑桑和紫岚。但愿这其中的一只将来能成为顶天立地的狼王。

沈石溪在《撕碎温情的面纱》一文中曾明确说:"中篇动物小说《残狼灰满》其实是我对'强人'意识和生存竞争的一场反思。""让我感到得意的是我所要表达的哲理意蕴,恰好与狼的生物属性和生存环境相吻合。""我衷心希望少年朋友通过阅读《残狼灰满》,能感悟到生存的艰难,能体验到竞争的无情,更能欣赏不屈不挠的强者风采和激烈竞争中生命被激活的灵性和生命被释放的能量。"① 在这里,我们已能感到作家将"弱肉强食"的森林法则导入了人类社会的道德观和价值观之中。不过,作家在这个问题上又显然是矛盾的,因为他同时认为,当今社会"沉渣泛起贫富悬殊,竞争的罪恶暴露无遗"②。于是,作家只好靠泊于历史学的立场,用"邪恶出辉煌"③ 来标定自己的人生哲学(我注意到,沈石溪的动物小说《缺陷》中曾有"世界原本不是凶悍的强者预定的筵席,亲情与善良有更自由宽广的天空"的话。但是,在作品中它只是一个脱离意象的单摆浮搁的概念,毫无说服力,而且《撕碎温情的面纱》一文的发表时间晚于《缺陷》)。"邪恶出辉煌"一语令人想起黑格尔的"恶是历史发展的动力借以表现出来的形式"④ 的历史观。黑格尔的这一历史观曾得到马克思和恩格斯的认同。马克思在《资本论》《不列颠在印度的统治》等著作、文章中,恩格斯在《反杜林论》中都曾肯定奴隶制的历史作用,反对将"历史道德化"。但是,我们必须看到历史学与文学之间存在着二律背反。历史的发展犹如一支巨大的火箭升空,需要人类消耗、牺牲无数的个体生命作为推进的燃料。历史学跨过个体生命的命运过程,把目光放在历史发展的结果上来作价值判断,它主要关注人类在发展过程中得到了什么。与历史学的这一立场不同,文学始终用温暖的感情注视着历史发展的过程,它更关注的是人类在发展过程中失去了什么。而且文学把历史学所忽视的个体生命拉到自己的舞台的中心,用强光将其照射并放大。这是两种不同的思维方式。当个体的生命从视野中消失的时候,历史学将人类社会的千年化作了自己思维的一瞬;而以在历史长河中犹如一瞬的个体生命的命运去对人类作终极关怀的文学则是将这一瞬的个体生命化作了永恒。

---

① 沈石溪:《撕碎温情的面纱》,《儿童文学选刊》1994 年第 5 期。
② 同上。
③ 同上。
④ 此语为恩格斯在《路德维希·费尔巴哈和德国古典哲学的终结》中对黑格尔历史观的归纳。见《马克思恩格斯选集》(第 4 卷),人民出版社 1972 年版,第 233 页。

正如历史学不能将历史道德化一样，文学也不能抛弃个体生命的命运而将文学功利化。文学的审美意识，是一种非功利的对待人生的态度。文学无意否认"恶"（比如黑奴制）作为历史的发展动力的作用，然而让文学像历史学那样以肯定"恶"的历史作用为直接目的来进行描述，则实在是强文学所难，因为文学是以形象表现情感的艺术活动。以《汤姆叔叔的小屋》为例，当斯陀夫人以受压迫、蹂躏的汤姆叔叔这一黑奴形象表达了她对黑奴制的愤怒情感之后，便绝对无法在作品中对黑奴制推动社会历史发展的一面报以掌声，因为这会彻底破坏作品的艺术和谐。

文学的情感总是拒绝对历史和现实作功利主义的价值判断。文学是自由的和超越的，它有自身的自持和操守，它永远不该在一时的时代风潮中趋炎附势，随波逐流。文学到任何时代都不该以"既然社会倡导竞争，既然人是从动物进化而来的，那么，想要完全克服掉兽性，在很长一段时间内恐怕是难以实现的"[①]这一理由而把"邪恶"当作"辉煌"。正因为人的"邪恶"还不断从潘多拉的匣子里跑出来，人道主义的文学才更应该睁大警惕的眼睛。

我完全同意沈石溪的儿童文学应该把"生活的真实"告诉给少年朋友的观点（而且正因为面对的是少年，儿童文学才更应该拿出对"生活的真实"的真知灼见），但是，什么是"生活的真实"？什么是生活的本质呢？由于篇幅所限，我将这一思考留给我自己，留给沈石溪，同时也求教于所有关怀儿童、思考人生问题的同道。

（本文发表于《儿童文学研究》1997年第3期）

---

① 沈石溪：《撕碎温情的面纱》，《儿童文学选刊》1994年第5期。

诗人的绿色理论睿智
——评高洪波的儿童文学评论

作为创作儿童诗的诗人，高洪波一直处于中国儿童文学创作舞台的中心，他的儿童诗不断地被聚光灯照亮，赢得了持久的关注和一次次的喝彩。不过，在我的眼里，作为儿童文学评论家的高洪波对中国儿童文学理论的发展同样具有中心的意义，我们有理由以理论舞台的聚光灯对高洪波独具特色的儿童文学评论作一次照射。

一

我是在前两年从事国家哲学社会科学基金项目"中国儿童文学与现代化进程"的研究中开始认真关注评论家高洪波的。我认为，20世纪八九十年代在中国儿童文学现代化进程中是持续最久的加速期，这段时期的儿童文学呈现出向文学性回归和向儿童性回归这两大走向（在"两大走向"这一认识上，我与孙建江、白冰不谋而合）。80年代，从历史的迷雾中摸爬出来的亢奋的中国儿童文学在探索新的发展道路时，也曾出现过方向上的重大迷误。当我反思这一问题时，高洪波的儿童文学评论一再吸引住我的目光。我发现，当一些儿童文学作家、理论家相互呼应着、彼此鼓励着走进泥沼时，高洪波不仅在儿童诗创作中，而且还在儿童文学评论中相当自信地保持着自己的清醒，并在许多方面走在了理论的前面。

在20世纪80年代前半期，儿童文学界做的最重要的一件事情就是推翻"教育工具论"，确立"儿童文学是文学"这一观念。通过这一行动，中国儿童文学摘掉了一块蒙在眼睛上的黑布，发现自己原来置身于广阔的文学原野。但是，如果80年代的儿童文学仅仅致力于向文学性回归的话，它并不值得我们对其深怀信任，因为"儿童文学是文学"只是儿童文学的半个命题，儿童文学的完整命题应该是儿童文学是"儿童的文学"。可以说，"儿童文学是文学"这一理念再向前走半步，就会步入泥沼。今天，人们已经看得很清楚，从80年代中期开始举起探索大旗的那些作家和评论家，当时的确没有适时地停住走向"文学"的脚步。

1987年，高洪波出版了评论集《鹅背驮着的童话——中外儿童文学管窥》，透过这本评论集，我看到一个优秀的儿童诗人在追求儿童文学的文学性时，驻足于儿童文学的历史长河之滨，埋头如沙里淘金，选取着货真价实的儿童文学珍品。举凡高洪波专章评论的儿童文学名著，外国的有安徒生的《丑小鸭》、卡洛·科洛迪的《木偶奇遇记》、埃·拉斯别的《吹牛大王历险记》、塞尔玛·拉格勒芙的《骑鹅旅行记》、史蒂文生的《宝岛》、马克·吐温的《汤姆·索亚历险记》《哈克贝利·费恩历险记》等，中国的有《小兵张嘎》《金色的海螺》《马莲花》以及柯岩的儿童诗等。今天，将高洪波的这种欣赏、借鉴的姿态放置于当时儿童文学的整个心态的大背景去考察，我才真切地感到，他是相当孤高的。就在探索文学为追求"文学性"而一再向西方现代主义文学暗送秋波，掀起一股淡化甚至消解故事、模糊人物性格的风潮之前，高洪波早已镇定自若地把理论目光投向了世界儿童文学的经典作品和中国儿童文学的优秀作品。两者在选择借鉴方向时的背离，如实昭示了自身的儿童文学价值观。

高洪波在评论柯岩的儿童诗时，准确地抓住了动作化情节和性格化人物这两个特征，并将其作为儿童文学创作的艺术规律大力提倡。他说："孩子的天性是活泼的、好动的，他们对世界充满了新鲜的好奇，并且用积极的行动去探索、寻觅甚至企图打破这些好奇。与此同时，从行动中学会认识世界和了解世界的方法。儿童诗如果一味陈述或空泛地抒情，会造成小读者的冷淡以至费解，孩子们要求明朗的、动作性强的诗歌……"

"从行动中揭示人物的性格,是一个作家描写人物的重要手法,对于儿童文学作家来说,这一点尤为重要。孩子毕竟不同于成人,他们不会静坐半小时,来聆听慢吞吞的毫无情节的故事,他们也不可能理解那些细致的、静止的心理描写或抒情片断,他们需要活动,渴望行动,他们的生命和生活,贯穿着活泼泼的运动,从思维到行为,莫不如此,所以,儿童诗不能不考虑儿童这个心理特点。"① 正是因为高洪波持着这样的"传统"(世界儿童文学的优秀传统)的儿童文学价值观,他才在撰写 1984 年儿童小说年评时提醒人们:"诗意固然是我们应该追寻的,它的存在可以使作品呈现出美丽的色泽,柔和的音调,但如果过于追求淡化、距离、氛围,舍本求末,反而有种遥远的距离感,使人感到'不解渴'。"② 而在 1996 年,他则这样描绘 80 年代:"有一个时期以来,出于探索和突破的良好愿望,儿童文学质的规定性受到挑战与冲击,好处是拓宽思路,坏处是四野迷茫。"③"四野迷茫",这正是当年"探索"状态的真实写照。

不仅在艺术表现方式上,而且在思想气质的传递方面,高洪波的儿童文学评论也具有一种儿童文学的"定力"。高洪波自从事儿童文学评论起,其文章中就反复出现一个单位意象:"快乐"。他在评论罗大里童话时说过的一句话可以作为这个意象的形象代表:"哪位同学有兴趣,就来玩玩罗大里的童话魔方!"④ 透过这个意象,我们不难窥见高洪波的儿童文学观。

80 年代中后期,儿童文学文坛上出现过某些有影响的作家热衷表现悲剧题材的倾向,一些作品以成人化的"深沉""悲怆""阴郁"来显示文学性。高洪波显然对这种儿童文学观不以为然。他说:"其实就文学,尤其是儿童文学的本质而言,我认为乐——快乐之乐是主要的,儿童文学是快乐文学,生命文学,而不是悲怆文学,死亡文学。基于这一点,我认为

---

① 高洪波:《微笑着的诗情——读柯岩的儿童诗》,《鹅背驮着的童话——中外儿童文学管窥》,安徽少年儿童出版社 1987 年版。
② 高洪波:《又是一年春草绿——1984 年儿童小说漫谈》,《鹅背驮着的童话——中外儿童文学管窥》,安徽少年儿童出版社 1987 年版。
③ 高洪波:《秦文君将了不得》,《为青春祝福》,湖北少年儿童出版社 1999 年版。
④ 高洪波:《一组奇妙的微型童话——读罗大里的〈电话里的故事〉》,《鹅背驮着的童话——中外儿童文学管窥》,安徽少年儿童出版社 1987 年版。

当前中国儿童文学比较匮乏的是快乐与幽默，换言之，缺乏幽默化。"① 高洪波敏感地发现了当时儿童文学创作普遍存在的问题，他特意为自己的文章加了这样的标题："幽默化，一个迫在眉睫的命题"。如果我们看一看在90年代初由秦文君的《男生贾里》开始涌起，在20世纪末由浙江少年儿童出版社的"中国幽默儿童文学创作丛书"形成高潮的"幽默儿童文学"创作，就不能不承认高洪波理论目光的超前性。对背负"文以载道"重负的中国儿童文学而言，高洪波在理念上倡导的"快乐"和"幽默"是推进中国儿童文学的现代化进程的革命性动力。由高洪波的"快乐""幽默"文学与"悲怆""死亡"文学的对立，我甚至感觉到，后者看似"现代"，其实骨子里却隐匿着一种改头换面的"说教"意味。

80年代出现的消解故事、淡化性格的探索也好，悲剧文学的提倡也好，其文学价值的指向都是暗自对准（部分）成人文学的。儿童文学当然需要吸取成人文学中于自己有用的营养，但是，由于这些作家在借鉴的过程中，背离了儿童文学的主体性，舍弃了已经存在的具有高度文学性和长久艺术生命力的世界儿童文学名著，人们有理由怀疑，这样的文学性追求的背后，隐藏着的是对儿童文学的艺术性的不信任，甚至可以说，是潜意识里的儿童文学劣等感。而高洪波对儿童文学优秀传统的认同和张扬，则是来自对儿童文学的艺术性的充分信任。

80年代末至今，有的儿童文学评论家打出了提升儿童的审美能力的标语。这一主张的逻辑支点是"儿童的审美能力处于低水平"，儿童的审美是"前审美"。儿童是否具备一种健全的审美能力这一问题，事关儿童文学在本质上能否成为真正的艺术这一根本性问题。因为如果儿童是审美上的低等公民，他们欣赏的文学也就只配是低等文学。在这个问题上，高洪波是毫不含糊的，他断然说："儿童文学作品同样可以与当代优秀成人文学作品比肩，而不是如同某些人误解的那样，是哄孩子的二等品，是'小儿科'。"② 他在选编《八十年代儿童诗选》时，曾将大学生的诗作收入其

---

① 高洪波：《幽默化，一个迫在眉睫的命题》，《儿童文学研究》1989年第4期。
② 高洪波：《一支温存的歌》，《鹅背驮着的童话——中外儿童文学管窥》，安徽少年儿童出版社1987年版。

中:"许德民的《紫色的海星星》是大学生诗作中的名篇……之所以将它编入诗选,是因为这首诗中迷离斑驳的童话色彩吸引了我,加上海星星身上寄托的对人生命运的思考让人激动,由于相信小读者们的领悟力,便选了进来。"① 他还认为,"孩子们对于爱历来十分敏感",儿童诗创作"关键需要的是真诚恳切的感情,而不是伪饰过的诗句。在这一点上,孩子同样是具有高超辨别力的'门将'"。② "童心"与"诗心"在高洪波那里经常是结伴而来的,因为"成人世界的生活准则对于孩子来说,未必都是金科玉律,孩子有孩子们自己评定是非善恶的标准,我以为孩子们的标准更接近诗的领域"③。充分信任儿童的审美能力的高洪波"盼望出现这样一种局面:儿童文学创作已成为每一位作家心灵的自觉,成为他事业的自豪,而不是一种集体无意识的自卑"④。

作为儿童文学评论家的高洪波,相对于 80 年代探索文学出现的迷失,他是清醒的;相对于某些评论家的浮躁,他是沉稳的;相对于集体无意识的自卑,他是自信的。如果借用别林斯基的话来说,这样的高洪波身上具有一种"生就"的儿童文学素质。

二

高洪波曾说过:"并不是每一个舞文弄墨者都适合为儿童写作。"⑤ 其实,不仅是创作,儿童文学评论也是如此。与儿童文学作家一样,儿童文学研究者的能力结构也是双重的:他既要有对文学艺术本身的修为,更要有如鱼入水般的儿童文学的悟性。一般而言,与儿童文学研究者相比,我更信任那些优秀的儿童文学作家们对儿童文学所作的理论解说,因为后者

---

① 高洪波:《在童心与诗心的映照下》,《为青春祝福》,湖北少年儿童出版社 1999 年版。
② 同上。
③ 高洪波:《又是一年春草绿——1984 年儿童小说漫谈》,《鹅背驮着的童话——中外儿童文学管窥》,安徽少年儿童出版社 1987 年版。
④ 高洪波:《儿童文学与远景目标》,《为青春祝福》,湖北少年儿童出版社 1999 年版。
⑤ 高洪波:《秦文君将了不得》,《为青春祝福》,湖北少年儿童出版社 1999 年版。

的儿童文学悟性已经可以信任。高洪波在儿童文学评论方面就表现出一个优秀的儿童诗人的理论睿智,我想,这种令我这样的专事研究的人羡慕甚至嫉妒的诗性智慧来自直觉和本能。

艺术的直觉和本能既是天生的,也可以在后天得到强化。决定一个儿童文学评论家的儿童文学悟性的,除了他的天生资质之外,童年的儿童文学阅读体验(我称其为"原体验")也是极为重要的因素。从现有文字资料来看,在50年代出生的儿童文学评论家中,高洪波的童年阅读条件是得天独厚的。在他童年的儿童文学阅读里,我们能够找到成为他今天的儿童文学观的原点的那些源流。

在童年时代,高洪波曾在小学校的阅览室里"读着《卓娅和舒拉的故事》,读着《刘胡兰的故事》,也读着《森林报》《安徒生童话》和《罗文应的故事》,当然,《吹牛大王历险记》更让人入迷"[1]。"王葆的宝葫芦,装进了我们无尽的思索;唐小西和他的下次开船港,给了我们许多的教益和乐趣;吃西瓜和学武艺都大出洋相的猪八戒,几乎可与《西游记》媲美。当年我们急切地盼望着《中国少年报》的连载……那跳龙门的小鲤鱼,经历了一系列奇遇的小布头,无所不能的神笔马良,钓出宝盆的老渔夫,以及平凡而又神奇的马兰花、能大能小的宝船等,和已经逝去的五十年代、六十年代前期,熔铸在了一起。至今回想起来,心头还充盈着温暖和愉快。"[2] 童年的阅读,培养了一种根深蒂固的审美趣味:高洪波在成年以后,还专去买来《吹牛大王历险记》,以了却"一桩心愿"——"我把这本《吹牛大王历险记》珍藏在书柜里,也珍藏起自己在童年生活、在风雪弥漫的冬季一段读书的记忆,一泓快活而清纯的泉水。"[3] "问渠哪得清如许,为有源头活水来。"正是童年阅读这"一泓快活而清纯的泉水"浇灌出评论家高洪波的"儿童文学是快乐文学"这一纯净的儿童文学观。

---

[1] 高洪波:《难能可爱的"吹牛大王"——读〈吹牛大王历险记〉》,《鹅背驮着的童话——中外儿童文学管窥》,安徽少年儿童出版社1987年版。

[2] 高洪波:《让孩子们天天过节——当前童话创作的若干问题》,《鹅背驮着的童话——中外儿童文学管窥》,安徽少年儿童出版社1987年版。

[3] 高洪波:《难能可爱的"吹牛大王"——读〈吹牛大王历险记〉》,《鹅背驮着的童话——中外儿童文学管窥》,安徽少年儿童出版社1987年版。

高洪波的童年阅读中，还有不容忽视的另一种矿藏，这就是"在冬日里"，"坐在火炕上的老奶奶那讲不完而我又百听不厌的故事和传说"。在老奶奶的民间文学里，"最多的就要算是动物故事"。高洪波承认，"正是这种早期教育，使我对涉及动物的故事和奇闻轶事产生了浓厚的兴趣，这种兴趣并且历久不衰。直到今天，凡是有关动物的文学书籍，只要能找到，我都乐意找来一读"[①]。在听老奶奶讲故事的高洪波的身上，我既看见了痴迷地创作动物诗的儿童诗人高洪波的影子，又看见了在中国也许是第一个研究并鼓吹动物小说这一重要文体的评论家高洪波的影子。高洪波对儿童文学是自然、单纯、朴素、幽默的艺术的感悟，除了来自儿童文学作品的启发，还来自民间文学的滋养。别的不讲，单看他的儿童诗那干脆利落、朗朗上口的韵语，就一定与潜在的童年时代受到的口语文学的濡染密切相关。

因为童年时代练过儿童文学鉴赏的内功，拿起儿童文学评论之笔的高洪波是底气很足的："对于儿童读者而言，作品的可读性是第一位的，作者的知名度左右不了孩子。这是典型的接受美学，几十年前我就无师自通了。"[②] 读这样的话，我的脑海里曾经出现过一幅画面：当高洪波在灯下挥写儿童文学评论时，总是有一个孩子陪伴在身边，高洪波时而与他谈笑嬉戏，时而向他认真讨教，这个孩子就是童年时的他自己。"儿童是成人之父"，这真是儿童文学研究者应该记取的真理。

三

评论家高洪波曾谦虚地说："我不是理论家，只能算是一名品评儿童文学名篇佳作的受益者。"[③] 这是值得我们认真玩味的一句话。理论应该生

[①] 高洪波：《吃石头的鳄鱼·后记》，人民文学出版社1983年版。
[②] 高洪波：《仁者寿——贺郭风先生创作生涯五十五年》，《为青春祝福》，湖北少年儿童出版社1999年版。
[③] 高洪波：《鹅背驮着的童话·后记》，《鹅背驮着的童话——中外儿童文学管窥》，安徽少年儿童出版社1987年版。

长在生活之树上，而对儿童文学理论工作者而言，他的"生活"既包括在现实人生中的诗性深省，也包括他对儿童文学作品，尤其是名篇佳作的品读。一个缺乏诗性生活，没有丰富的儿童文学名著品读生活作为底蕴的理论家，其理论的灰色是注定掩盖不住的。

高洪波的儿童文学理论建立在他对人生问题的诗性深省和对儿童文学名篇佳作的品评之上，因而时时闪烁着生命的绿色。作为一位优秀的儿童诗人，高洪波将自己的诗性智慧融入了理论创造之中。他的评论不是经院式的，更无冬烘气，而是常常采用感性化的、灵动的随笔形式。《仁者寿》《秦文君将了不得》《"绿猫"葛冰》等对中国的儿童文学研究而言显得十分独特而稀有的绿色评论，不故作理论的高深，也不玩弄花哨的名词，而是尽显自己本色的质地。周作人曾说过，凭本色作文反是困难，因为本色可以拿得出去，必须本来的质地形色站得住脚。想来，高洪波对自己的儿童文学观的质地是相当自信的。

在高洪波这里，儿童文学评论不是纯学术行为，而是一种通过对儿童文学这种独特艺术的解读，探寻人生的终极问题的方式。回顾人类漫长的思想历史，我们发现，约翰·洛克、卢梭、布莱克、弗洛伊德、皮亚杰这些对人类认识自身作出卓越贡献的人，都将儿童作为思考的原点。每当人类的探索进入黑暗的隧道，仿佛将手伸向孩子，我们就能找到远方召唤的亮光。高洪波在以儿童文学评论来观照人生时，也将儿童当作了思想的重心。我感觉到，高洪波是将儿童视为孕育健全的人性的一种生命形态的。他说，与成人相比，儿童的是非善恶的标准更接近诗的领域，儿童的天性属于诗。从诗人荷尔德林的诗句中获得思想灵感的海德格尔认为，"诗首先让人的安居进入它的本质"。我们似乎可以这样认定：高洪波自从事儿童文学评论以来一以贯之地对童年、童心的守护，也就是对人类本质化安居的守护。他说，"能为儿童写作的作家是上帝的福音"，"正是儿童文学作家的存在使人类的后代得以健康快乐地成长，心灵不至于萎缩，大脑不至于退化"。[①] 而那些"忘记了自己的童年"，"自私自利妄自尊大"的成

[①] 高洪波：《秦文君将了不得》，《为青春祝福》，湖北少年儿童出版社1999年版。

人,"他们的人格缺陷和精神自卑便愈强烈"①。在这些朴素而感性化的绿色评论语言里,我们既清晰地看到了他的儿童观和儿童文学观,又真切地感受到了他的人生信念和理想。与一般文学研究相比,儿童文学研究更容易陷入一种蒙在鼓里,却又撞得叮当作响的怪状,因此,朴素、真切、本色的评论应该为儿童文学界所珍视。

中国儿童文学评论界也面临着如何迎接新世纪的到来的问题,我想,只有新世纪不是作为自然的时间,而是成为新一轮发展的机遇,所谓"跨世纪"才有了真正的意义。站在新世纪的门槛前,正是由于诗人评论家高洪波的存在,我才突然意识到,中国儿童文学研究所长期缺少的正是一种灵动的、真切的、绿色的儿童文学理论和批评。借用荷尔德林的诗句,愿新世纪的中国儿童文学的理论和批评诗意地安居于绿色的生活大地上。

(本文发表于《当代作家评论》2000年第6期)

---

① 参见高洪波、孙建江、秦文君、董宏猷《中国儿童文学的现状与未来》,《武汉日报》1999年6月23日。

挽救"附魅的自然"
——评汤素兰的《阁楼精灵》的后现代思想

儿童文学需要理论。还可以说，儿童文学比其他学科更需要理论。只有理论才能帮助我们看清儿童文学所具有的真理和价值。没有理论的儿童文学言说，不仅是语焉不详，而且还词不达意。但是，我们有理由担忧，儿童文学正在进入理论空洞化、碎片化的时代。对于儿童文学批评来说，如果缺失了对真理和价值进行建构的理论，批评将会是没有精神方向、价值标准以及思想穿透力的茫然若失、模棱两可、就事论事的低能言说，很容易沦为创作的附庸和跟从。

儿童文学是现代文学。儿童文学没有古代形态，只有现代形态。作为一种在传统社会向现代社会转型的过程中产生的一种新文学形态，儿童文学理论必然与现代性紧密联系。自20世纪末，后现代理论产生广泛影响以后，现代性的世界观和方法论面临着不可回避的挑战。因此，今日之儿童文学理论必然要在现代性理论与后现代理论之间进行多向度的反思。

现代性理论也好，后现代理论也好，都不是理论的凭空虚构，而是对其面临的现实问题的真实、深切的反应。在儿童文学创作中，如果一个作家是有良知和思想力的，其创作也必然会在一定程度上，触摸到身处时代的脉搏。我读汤素兰的幻想小说《阁楼精灵》，就感觉到这是一部耐人寻味的思想性的作品。《阁楼精灵》以其对人类在现代社会面临的重大问题的表现，在汤素兰的儿童文学创作中，占据一个特殊的重要的位置。我认为，评论这部作品的思想性，有必要将其置于现代性与后现代性的交集语境之中。

一 《阁楼精灵》：具有后现代精神的文本

从思想意义上讲，《阁楼精灵》是具有后现代精神的文本。我明显感到，在作品中，作家汤素兰在有意识地反思现代化的后果："在这个世界上，除了大自然本身，其他所有的一切，无论是精灵、幽灵、巫婆和魔法师，还是人类，都是不能永生的。……人类在自然的照料和精灵的关怀中，逐渐强大了。他们依靠自己的聪明才智，改造着这个古老的世界。他们让世界按照他们自己描绘的样子而改变，而不是让世界按照自然本身的样子发展。""人类将森林里的大树砍下来，用它们建设城市。人类将溪谷中的溪流堵住，让水变成电，照亮夜晚。森林消失了，草原消失了，精灵们也开始离开人类。"

作为故事主线的阁楼精灵的长途迁移，就是缘于新铁路的建设导致乡村的城镇化。这种城镇化使得阁楼精灵失去了家园，因为阁楼将不复存在。

何卫青在《中国幻想小说论》一书中说："在严格的意义上，中国幻想小说家们在其作品中透露出来的生态观是不自觉的，并且有些表面化，多数作品对环境的指责并没有摆脱常识的范畴，文本里自然界中其他生命体的情感化、人格化似乎更多地出于小说的'幻想性质'的考虑，而不是出于自觉地对现实困境的思索，可以说，大多数中国幻想小说并不是生态文本。"[①] 我认为，汤素兰的幻想小说《阁楼精灵》应该不在何卫青所说的"大多数中国幻想小说"之列，因为作家通过大自然生态的变化，表现的既不是人类居住环境的恶化这一物质生活问题，也不是仅仅出于"小说的'幻想性质'的考虑"，而是关注着"精灵们也开始离开人类"这一精神世界的问题。对此，何卫青论述得很清楚——"在精灵们对人类的寻求与远离的变迁中，有着对人类生态环境恶化的忧虑，而精灵们作为音乐、舞

---

① 朱自强、何卫青：《中国幻想小说论》，少年儿童出版社2006年版，第234页。

蹈、绘画和其他一切艺术的灵魂的象征，他们与人类关系的远与近，他们的生存与死亡，又隐喻着人类寻求理性与感性平衡和谐的努力。精灵的世界与人类的情感世界有着某种对应性，本来要靠人类的爱才能够永生的精灵们向精灵谷的迁移是人类在理性占据绝对优势的时代的悲哀。"①

美国的建设性后现代主义思想家大卫·格里芬在论述自然的本质时说："对世界和平带来消极影响的现代范式的第二个特征是它的唯物主义自然观。第一阶段的现代思想是二元论的，第二阶段的现代思想则是彻底的唯物的。然而二者都对自然作了唯物主义的理解。二者都带来了灾难性的后果。唯物主义的自然观认为，自然完全是由无生命的物质构成的，它缺乏任何经验、情感、内在关系，缺乏有目的的活动和努力。一句话，它没有任何内在的价值。马克斯·韦伯曾经指出，这种'世界的祛魅'是现时代的一个主要特征。自然被看作是僵死的东西，它是由无生气的物体造成的，没有有生命的神性在它里面。这种'自然的死亡'导致各种各样的灾难性的后果。"②

在现代性中诞生的儿童文学，本身又具有对现代性的反思能力。其中，特别是幻想小说这一文体，往往在无法超越现实的现实主义小说所鞭长莫及的位置上努力批判现代社会的弊病，探求着更美好健全的人类的未来。德国的儿童文学作家米歇尔·恩德创作的在世界引起巨大反响的幻想小说《毛毛》（亦有中译本为《时间窃贼》）就是以一群灰绅士夺取构成人们生命的时间，将人的本质异化的故事，直接对现代文明提出了质疑。被誉为"二战"后英国儿童文学旗手的玛丽·诺顿的幻想小说《地板下的小人们》描写了寄居在人类家庭地板下的小人们，被人类发现后，被迫出走的受难过程，明确地对资本主义现代文明进行了批判。

《阁楼精灵》也同样具有对现代性的反思功能。这部作品通过阁楼精灵的生存危机，在一定程度上，表现了马克斯·韦伯所说的"世界的祛魅"（从对现代性对神秘的有魔力事物的舍弃这一角度）的过程。但是，

---

① 朱自强、何卫青：《中国幻想小说论》，少年儿童出版社2006年版，第152—153页。
② ［美］大卫·格里芬：《和平与后现代范式》，大卫·格里芬编《后现代精神》，中央编译出版社2011年版。

我们也能看到《阁楼精灵》抗拒"世界的祛魅"的努力,标志性情节就是阁楼精灵为躲避现代后果而离开人类后,又重新返回人类身边。

二 "城市":一种复杂的现代性的符号

在《阁楼精灵》中,"乡村"和"城市"构成了一组对立的意象。"城市"是一种现代性的符号。

阁楼精灵世世代代居住于乡村的阁楼里。"最喜欢做的事情,就是照顾小孩子。""他们带领小孩子到草丛中去,让花仙子教孩子们跳舞。他们领着孩子穿过月光下的荒野,到长满翠竹的山坡上听精灵们吹笛子。他们把画眉、百灵和云雀请到屋檐下,教孩子们唱歌。这就是为什么在一些偏僻的乡村里的孩子们从没有学过唱歌、跳舞,却能成为天才的艺术家。"然而,一条报纸上的新闻传来,一条准备兴建的铁路要通过阁楼精灵居住的大树下村。这个村子和上万个村子要被"建成现代化的小城镇"。城市里的楼房是没有阁楼的,阁楼精灵面临着迁徙的命运。

阁楼精灵朝哪里迁移?精灵奶奶说:"朝远离城市的地方","朝山里去"。当烟斗爷爷提醒精灵奶奶,"山里不只远离城市,还会远离人类"时,精灵奶奶说:"人类已经不再是我们古老的祖先们遇到他们时的样子了,我们曾经照料过的孩子,现在很少回到故乡……他们已经不会思念了,他们一旦离开故乡,就不记得小路上的花香鸟语,不记得田野里的谷穗、村口的洋槐。"

毫无疑问,城市是现代化的产物。而阁楼精灵的远离城市这一情节设定,暗示着作家对现代化(现代性)的一种怀疑心理。整本书所流露出的对乡村的怀旧情绪,是城市观照的对应物。精灵"朝远离城市的地方"迁移,在人类的心灵深处,是具有现实感的。人类的本性中应该具有这种冲动和渴望。甚至,在爱默生、梭罗、缪尔、巴勒斯、利奥波德等美国自然文学作家那里,我们还看见了行动。

我们看看巫婆格里格(其实也是精灵)描绘的"城市"形象:"我知

道那个地方,那里是城市,是非常非常奇怪的地方,白天像黑夜一样,天上布满了阴云,看不到太阳,晚上却又像白天一样莫名其妙地亮着,看不到星星和月亮。那里的人类,像我见过的蝗虫一样多……"

就是这样使阁楼精灵们避之犹恐不及的"城市",有一天,他们却要主动返回去。因为阁楼精灵不得不离开人类,迁移至精灵谷后,发生了重大问题,即他们在迅速衰老:"精灵奶奶站起身,朝木屋走去。她每走一步,都觉得吃力。虽然按理说,三百多岁的精灵并不是特别老,但这个峡谷中的阁楼精灵们,正在一天比一天老,一天比一天衰弱,因为他们的生命中,缺乏一种东西。"阁楼精灵缺乏的那种东西是什么?是对人类的爱。对此,作品的开头作过交代:"古老的阁楼精灵就是靠自己对人类的关怀和爱,获得永生的。没有对人类的关怀和爱,没有人类对他们的依恋,他们就不能永生。"幽灵单眼皮也深知这一点:"他们离开了人类,这才是他们消亡的最重要的原因……我们的首要任务是要看住他们,不让他们再和人类接触。"

儿童文学是世界观,是对这个世界的价值和真理的阐释。我注意到,擅长童话创作的汤素兰在幻想小说《阁楼精灵》里,运用了相当多的篇幅在议论。这些议论不仅在构建作品的幻想文法和逻辑,以获得幻想世界的真实性,而且也是在阐释作家的世界观。

面对自身的迅速衰老和单眼皮、双眼皮这两个幽灵企图灭绝阁楼精灵的阴谋,精灵们陷入了沉思:"离开人类以后,他们并没有找到安宁,离开人类以后,幽灵们却找到了他们……也许是该回归人类的时候了?"最终,阁楼精灵让两个小精灵小西和阿三回到了人类的身边,来到了城市。

阁楼精灵回到城市这一情节,这是否暗示着作家并不是像卢梭那样,企图回到历史的零度来解决现代社会的问题,也不是想回到前现代去解决问题,而是采取了一种向前走的姿态。这种姿态与建设性的后现代主义企图创造性地结合现代的真理和价值观与前现代的真理和价值观的努力,就有一定的相通之处了。当然,《阁楼精灵》更多的是留下了空白,供我们思索。

我想强调的是,在《阁楼精灵》中,"城市"是复杂的意象符号,正如我们对现代化的爱恨交织。

三　"童话模式"：前现代性与现代性的融合

　　幻想小说的产生既是人类渴求解放想象力的结果，也与现代社会的科学发展有着直接、密切的关系。对幻想小说来说，现代科学称得上是成败萧何。幻想小说萌生时，正是西方的现代化迅猛推进的时代。达尔文进化论的出现，科学精神、合理主义的急速发展，使科学的世界观挤压甚至扭转着传统的宗教世界观和泛灵思想。人类对现实的认识已经不是一元的，而是出现了现实世界和幻想世界的分裂。现代人对幻想世界、超自然现象持着明显的惊异甚至不信的心态。现代的合理主义思想，造成了幻想精神家园的水土流失。但是，幻想作为人类精神领域中的第二现实，是挥之不去的。为了守护幻想这一人类天赋的伟大神性，以保持人类精神的丰富性和超越性，儿童文学作家打造了幻想小说这一有力的武器。在科学的、合理主义的世界观威胁幻想的生存的时候，幻想小说运用科学的实证主义方法，以文学的方式，对人类精神中的幻想的真实性作了"实证"。可以说，幻想小说的诞生和繁荣是人类幻想力争取"市民权"的一大胜利。

　　二十年前，当我第一次将幻想小说（fantasy）作为"一种新的文学体裁"来倡导的时候，我把这种体裁称为"小说童话"，原因是"fantasy是一种以小说式的表现方法创作的幻想故事（这里的'故事'，指叙事性作品），其母体是童话，但又吸收了现实主义小说的遗传基因"[1]。我所指出的是幻想小说创作的普遍倾向，但是，丰富多彩的创作，当然会出现很多不同的可能。《阁楼精灵》在叙述表现上，就不仅具有小说性，而且还具有童话性。在我与何卫青合著的《中国幻想小说论》中，何卫青甚至将《阁楼精灵》归类为"童话模式"的幻想小说。

　　如果你曾经去过茂密的楠竹林，或许你会在竹林里碰到一种小精

---

[1] 朱自强：《小说童话：一种新的文学体裁》，《东北师大学报》1992年第4期。

灵，他们住在空空的竹节里面，特别会吹笛子。月光明亮的夜晚，他们坐在竹梢上一边看星星一边吹笛子。如果你想成为一个吹笛子的高手，或者想要一支声音悦耳的竹笛，你最好在明亮的晚上去竹林里，将身子靠着某株挺拔的竹子，耐心地等待。因为有的小精灵吹笛子吹累了，或者夜太深了，他坐在竹梢上打瞌睡，会不小心从竹梢上摔下来。这时候，你伸出手掌，轻轻把他托住，不让他摔到地上，不让地上的沙子硌疼他的屁股，为了感谢你，他就会答应你向他提出的要求，告诉你哪一根竹子适合做竹笛。据说从前的笛子都是用小精灵选的竹子做的，声音特别好听。

这段意境空灵、美妙的文字，唤起我们阅读那些优美的童话的感受。但是，在整体上，《阁楼精灵》采用的是小说式的结构以及讲述故事的方法。我以为，作家采用这种将前现代的童话思维和现代的小说思维，进行杂糅这一艺术形式，很可能内里的原因是前现代意识（潜意识？）与现代意识（潜意识？）在审美过程中的一种交融。在我这里，这种交融的结果是产生了非常有价值的思想信息。大卫·格里芬在《建设性后现代主义》一文中说："建构性后现代主义……不仅希望保留对现代性至关重要的人类自我观念、历史意义和一致真理的积极意义，而且希望挽救神性世界、宇宙含义和附魅的自然这样一些前现代概念的积极意义。……由于它重新回到了有机论并接受了非感官感知，它愿意从曾被现代性独断地拒斥的各种形式的前现代思想和实践中恢复真理和价值观。这种建设性的、修正的后现代主义是现代真理和价值观与前现代真理和价值观的创造性结合。"[1] 我想，如果我们说，希望"挽救""附魅的自然"的汤素兰的《阁楼精灵》是包含着前现代思想和现代思想的"创造性结合"，具有某些建设性后现代主义的思想因素，应该是不无根据的。

---

[1] ［美］大卫·格里芬：《建设性后现代主义——"桑尼丛书"介绍》，大卫·格里芬编《后现代精神》，中央编译出版社2011年版。

四 "希望走在高悬的钢丝绳上"

"希望走在高悬的钢丝绳上"是我为米歇尔·恩德的幻想小说《愿望潘趣酒》撰写评论时使用的文章名。现在用于《阁楼精灵》的评论，是因为汤素兰的作品虽然在程度上有所不同，但是，依然像米歇尔·恩德的《愿望潘趣酒》一样，引起了我的一种担忧。

我想，从出版时间上看，汤素兰写作《阁楼精灵》时，还不可能看到米歇尔·恩德的幻想小说《愿望潘趣酒》，但是，这两部作品却异曲同工，有着灵犀相通的人类终极关怀的思想。让我产生这一联想的主要是汤素兰为《阁楼精灵》安排的结尾。

阁楼精灵阿三和小四，为了躲避幽灵单眼皮和双眼皮的追杀，来到了星沙城，并与男孩木里成了好朋友。在结尾，作家写道：

> 深夜，一个巨大的黑影朝星沙城飞来。
> ……
> "我闻到了，我闻到了。在空气中，我闻到了精灵的味道！"
> 黑影狂叫着，像一块破抹布似的，从摩天大楼顶上急剧地飘落下来，钻进了马路边一个打开盖子的污水管道里。
> "把全城的猫都召来，帮我去找那两个精灵！决不能让他们和人类在一起！一旦他们从人类那儿获得了力量，我们的幽灵城堡计划就完蛋了！"
> 这个黑影，就是双眼皮幽灵。现在，她也来到了星沙城。但愿她永远也找不到木里的家，找不到阁楼精灵的下落！

我在阅读《阁楼精灵》的这一结尾的时候，产生过与阅读《愿望潘趣酒》时的那种相似的心情。我那篇关于《愿望潘趣酒》的评论，其结尾的文字是：

我读《愿望潘趣酒》，一颗心被吊在了半空中，因为雄猫莫里茨和乌鸦雅各布带着希望一起走在高悬的一根钢丝绳上。哪怕出现一次闪失，希望就会跌入1940年4月27日的奥斯威辛、1945年8月6日的广岛和2001年9月11日的纽约。

我们眼前的现实世界的真实性有时是有限的，有时是可疑的，而穷究人性本源和人类命运的儿童文学所创造的幻想世界让我们睁开了审视人类生活真实的另一只眼睛。

当今年除夕夜的雪花飞舞起来的时候，我会在灯火辉煌的喜庆里想起恩德讲述的这个充满预言的故事，并且留意小猫的叫声和乌鸦飞过的身影……①

对我而言，汤素兰的《阁楼精灵》有着近似的阅读效果：精灵的命运，乃至人类的前途和命运的确令人担忧……

（本文发表于《南方文坛》2013年第4期。发表时有删节）

---

① 朱自强：《希望走在高悬的钢丝绳上》，《中国图书商报》2002年9月12日。

新时期少年小说的误区

一 "少年小说变得越来越像小说了"
—— 无视少年读者的班马们

被日本的中国儿童文学评论家河野孝之先生称为"在创作了众多的优秀儿童小说的同时，作为评论家也是中国儿童文学的先导"① 的曹文轩，于1989年在为1988年《全国优秀少年小说选》写的代序文《在平静中走向自己》中，不无兴奋和自豪地说道："我们的少年小说变得越来越像小说了。"②（本文的重点号均为笔者所加）曹文轩这句话也精到地阐明了我对新时期少年小说发展的一个大趋向的感受。当然，明眼的读者，尤其是与我在后文所阐述的问题上持同样观点的读者，已经能从我所加的重点号里看出，我的心境与曹文轩截然不同。其实，要想更明确地表达我的意思得换一种说法，那就是——我们的一些少年小说变得越来越不像少年小说了！

我不是在挑起争议，因为争论早已经开始。围绕着新时期少年小说创

---

① ［日］河野孝之：《中国儿童文学的现状》，《中国儿童文学》第8号。译文见《佳木斯师专学报》1989年第6期。

② 曹文轩：《在平静中走向自己》，《儿童文学选刊》1989年第3期。

作，儿童文学作家和评论家们有过种种不同意见的讨论，但是最尖锐、最多的争议还是集中在"儿童化"和"成人化"这个问题上。也很自然，因为它直接涉及儿童文学的本质这一根本问题；而什么是儿童文学的本质，我们过去又没能很好地交出答案。这个事实也证明了新时期里，我们的少年小说做出了十分认真而又艰苦的努力。

应该说，从新时期之初，儿童文学界便从总结历史经验教训的基点起步，比较迅速地逼近了对创作来说至关重大的儿童文学本体意识这一问题。在培养少年儿童健全成长的过程中，如何发挥儿童文学所特有的作用，是许多儿童文学工作者从那时起便开始的思索。结论几乎是共同的——"儿童文学首先是文学。"这个命题的提出，可以说带来中国新时期儿童文学的质变，具有十分重大的文学史意义。但是，正如一位名人所说的，再往前一步，哪怕只是一小步，真理就会变成谬误。当我们把儿童文学置于诸如儿童心理学、儿童教育学等非文学的儿童文化形态的参照系里思考儿童文学的本体意义时，"儿童文学首先是文学"这一命题无疑是正确的。这个命题也正是在这种参照中提出来的。然而，当我们把儿童文学置于文学这个大系统中思考儿童文学的本体意义时，"儿童文学首先是文学"这个命题则无疑是错误的。正确的则应该是"儿童文学就是儿童的文学"，即是说在儿童文化大系统里强调文学性，在文学大系统里强调儿童属性，这才能把握住儿童文学的本体意义。

但是，一些少年小说作家，包括一些评论者（我也曾一度），不加节制地强调、使用了"儿童文学首先是文学"这一本来是正确的命题。在他们的头脑中文学性大大膨胀，儿童化被挤到了角落。一般来说在儿童文学中追求文学性不仅没有错误，而且应该是有抱负的儿童文学作家的执着追求。但是在特殊的条件下，这项工作却面临着步入远离儿童文学的歧途的危险。比如，不是如安徒生、卡洛尔、张天翼那样极具儿童文学作家天赋的人，在对儿童文学的知识不甚了然的情况下，就当起了儿童文学作家，并且把文学性作为坚定的追求，这时候就极易发生上述危险。

在我们少年小说作家中，就有几位三四十岁的青年作家走入了误区。这是有着深刻的历史原因的。他们的童年、少年时代正处于文化荒芜的时期，不可能更多地从儿童文学作品尤其是儿童文学名著中获得一种根深蒂固的感性体验。当他们长成青年，因种种原因拿起了创作儿童文学之笔时，又因为我们儿童文学毕竟只有六七十年的历史，理论研究自是十分薄弱，何况又处于对既有理论的反思之中，所以他们无论是年少时还是成年后，都没有条件获得深厚的儿童文学修养。然而，他们却偏偏是极有志向，极有文学才华的人，于是只好在粮草未足的情况下，便开始了出征。

毋庸赘言，"儿童文学首先是文学"正是引路的旗帜。他们和前辈儿童文学作家以及其他同代儿童文学作家们一起，在这一旗帜指引下，成功地在儿童文化的大系统中寻找到了自己应有的位置。但是，当他们痛感过去许多儿童文学作品文学品位的低下，要提高儿童文学的文学性时，他们仍然打着这面旗帜，而没有建立"儿童文学就是儿童文学"这一命题。因此必然不是以《汤姆·索亚历险记》《哈克贝利·芬历险记》《宝岛》《爱的教育》《表》等世界少年小说名著，以及中国五六十年代的一些文学性较高的少年小说，如《小兵张嘎》《长长的流水》《微山湖上》等为参照系，来提高儿童文学的文学性。那么，离开这个参照系，去提高儿童文学的文学性，就只有向一般文学即成人文学去寻找参照系，其结果便是向成人文学靠拢，提高的已经不是儿童文学的文学性了。这种情况下，文学性越高，作品便离儿童文学越远。班马的《鱼幻》[①]便是最为典型的例子。所以曹文轩说道："我们的少年小说变得越来越像小说了！"这些少年小说作家写得越像小说，也就越是方便了那些颇具一般文学批评修养的评论家，因为他们用不着去重新创造破译真正儿童文学的特殊密码，就可以就这些少年小说高谈阔论。来自评论界的鼓励，刺激了这些少年小说作家的不正常的求新求奇的欲望。于是由"是儿童

[①] 班马：《鱼幻》，《当代少年》1986 年第 8 期。

小说，但不典范"① 的《独船》② 开始发展到成人化越来越浓，已经无法将其称为少年小说的作品，比如，《月光下的荒野》③《迷人的声音》④《鱼幻》《一岁的呐喊》⑤《渴望》⑥《"女儿潭"边的呐喊》⑦ 等。事实上，在《鱼幻》发表之后，便有不少评论者指出其不仅少年读者看不懂，而且连作为儿童文学工作者的成人都难看懂。然而令人不解的是，不仅有评论家仍然为这篇根本不是依据儿童文学创作方法写出的作品诡辩："我认为班马的这些未必成功的作品，其真正的价值，恰恰在于从题材到描写都打破了旧有的陈套，为儿童文学开拓了新的天地。"⑧ 而且继续不断地冒出少年儿童读者明显读不懂的作品。我无意就班马的《鱼幻》展开评论，甚至无意对《鱼幻》这类少年读者读不懂的小说展开评论，因为我怕喋喋不休地对这些儿童读不懂的"儿童文学"进行争论，会遭到后人的耻笑。我要说的只是，我国有三亿多嗷嗷待哺的少年儿童，相比之下，儿童文学读物的出版发行数量却少得可怜，又值此出版业的低谷，再不能给此类"探索"开绿灯了！

真正的危险并不来自班马们和《鱼幻》一类的作品，而是隐蔽在目前在少年小说中影响很大，被评论为质量高，认为创作成就大的常新港、曹文轩、刘健屏等作家的少年小说创作之中！将评论界对这三位少年小说作家的评价与他们的一些代表作品加以对照、衡量，我的总体感觉是，盛名之下其实难副！下文将对这三位作家的少年小说代表作进行具体的分析和评价。

---

① 梅子涵：《是小说，但不典范》，《儿童文学选刊》1986 年第 2 期。
② 常新港：《独船》，《少年文艺》1984 年第 11 期。
③ 金逸铭：《月光下的荒野》，《当代少年》1986 年第 5 期。
④ 鱼在洋：《迷人的声音》，《当代少年》1986 年第 6 期。
⑤ 金逸铭：《一岁的呐喊》，《儿童文学》1986 年第 9 期
⑥ 董宏猷：《渴望》，《芳草》1987 年第 6 期。
⑦ 董宏猷：《"女儿潭"边的呐喊》，《少年世界》1988 年第 2 期。
⑧ 刘绪源：《我与周晓波的分歧——关于班马小说的几点补充意见》，《儿童文学选刊》1988 年第 5 期。

二 "趣—情—理"
——从面向儿童转而面向成人的刘健屏

正如曹文轩"在平静中走向自己"这一命题所显示的那样，在提高少年小说的文学性的过程中，全身心地投入创作，在作品中表现自我，加强作家的主体意识，是包括曹文轩、刘健屏、常新港在内的许许多多少年小说作家的艺术追求。

纵观世界儿童文学发展史，儿童文学作家自我表现意识的出现，确实提高了儿童文学的文学性，给儿童文学创作带来了新的生机和历史阶段性的变化。具有划时代意义的长篇童话《艾丽丝漫游奇境记》所创造的非现实的幻想世界，对处于重视体面，以及形式主义横行的英国维多利亚时代的大学教授刘易斯·卡洛尔来说，是一个得以休憩的世界，他在这里获得了精神的平衡；斯蒂文森一生苦于病弱，疾病枷住了他行动的自由，所以他创作了描写少年航海寻宝，与海盗们进行惊心动魄的生死搏斗的《宝岛》，以此作为对自己的不幸生活的慰藉；而马克·吐温的《汤姆·索亚历险记》《哈克贝利·芬历险记》则被称为他对自己在那里度过少年时代的密西西比河流域的回归之心的产物。对马克·吐温来说，密西西比和西部，并不单是怀旧的寄托，更是与欧洲文明的对立，是对美国资本主义勃兴期的价值观、人类观进行批判的源泉。他以这两部成功的少年小说，向世人显示了自己的人生观。他的《哈克贝利·芬历险记》甚至被誉为美国近代文学的发轫之作。

似乎可以说，自我表现意识苏醒，使少年小说作家们创作文学价值很高的少年小说成为可能。事实上，也确有相当数量的作家创作出了比较出色的少年小说。但是，十分遗憾，在儿童文学评论界得到高度赞誉的曹文轩、刘健屏、常新港三位作家却在表现自我的路途上，出现了程度不同的偏颇与失误。

同样是表现自我，为什么或有成功或有失败？众所周知，儿童文学是成人作家写给儿童读者的。那么，要在儿童文学中表现自我，而作品又不失其儿童文学属性，就要求作家使自我意识与儿童心性、儿童生活形态达到契合。这种契合的程度越高，作品的完成度越高，获得高品位文学性的可能性越大。也许是不甚贴切的比喻，如果儿童的心性、儿童的生活形态好比水，那么作家的自我意识应该是一粒盐，而不是一滴油。当作家的自我是一滴油时，不仅它不能溶于儿童生活，而且更多的时候，是在作品中连真正的儿童生活都难以找到。

刘健屏的《我要我的雕刻刀》[1]就是一篇这样的作品。

小说的情节梗概是，老教师"我"因为学生章杰酷爱雕刻不参加集体活动，躲在教室里搞雕刻，而没收了他的雕刻刀。"我"回忆了章杰与众不同的几件事。为了教育章杰，"我"去找了章杰的父亲，而章杰的父亲二十多年前恰好是"我"的学生，还是得意的班长，后因写了暴露大炼钢铁时饿死人的独特作文，失去了"我"的信任，不再当班长，直到下乡后变得平庸麻木，失去了棱角。"我"从章杰爸爸那回来后，醒悟到自己像把锉刀，又将会锉去章杰的棱角，于是把雕刻刀还给了章杰，并说："祝你在雕塑上取得成就！但也不要忘了集体。"

很显然，这篇小说旨在提出并回答如何看待孩子身上的个性这样一个教育领域中比较尖锐深刻的问题。发表后引起轰动并获得很高赞扬，其原因也在这里。作品强烈地显示出作家的自我意识。但是由于这种自我意识不是与真实的儿童生活和儿童人物形象水乳交融于一起写入作品，从而使小说的主题不过沦为图解的概念，而且是图解得极不高明的概念。

这篇小说通篇是"我"的叙述。既然"我"直到小说结尾才意识到自己的"过错"，那么在此之前，"我"自然应该站在批评的立场上，向读者叙述章杰那与众不同的个性。但是从小说中我们看到"我"流露出的更多的却是对章杰的欣赏。比如，"眼睛是心灵的窗户。从我面前这一双不大但很明亮的眼睛里，显露出了他的与众不同"，"活泼而又沉静，热烈而又冷漠，倔强而又多情，竟是那么奇妙地糅合在他的眼神里"，"对一个初二

---

[1] 刘健屏：《我要我的雕刻刀》，《儿童文学》1983年第1期。

的学生来说，他实在是太成熟了，太与众不同了"。对直接和章杰与众不同的个性有关的雕塑之事，"我"如此讲道：

> 我记得很清楚，那天看了女排战胜日本女排而获得世界冠军的电视后，同学们都在操场上蹦跳着、欢呼着，有的敲起锣鼓，有的放起鞭炮，有的奔跑追逐，有的互相厮打……以此来表达内心的狂喜。
>
> 而他，却一个人默默地坐在电视室里，一动不动——他在哭，眼泪顺着他的脸颊淌下来，淌得很猛……
>
> "章杰，你怎么了？"
>
> 我走上去问。我第一次看见他的眼泪。
>
> "我，我要做世界第一流的雕塑家！"
>
> 那时，他就轻轻地说了这么一句话……

我们不去说写十三四岁的孩子以这种方式对女排胜利表达这样的感情是否真实，从"我"的讲述中，已经十分明显地袒露出对章杰的赞扬。可是在叙述了章杰如此热爱祖国之后，"我"却对他还有这样的担心："能合群吗？能成为集体中积极的一员吗？"简直是不合逻辑。

"我"心口不一的叙述，实在是太多了。这里无法一一列举。因为出现这么多失误，只有一个解释，那就是作家性急地要把他的主观意念告诉给读者，所以总是忘记作家笔下的"我"与作家的教育观念本来是对立的。作家的心态浮躁到如此地步，笔下缺少的必然是真实的生活，多余的则是作家的思想观念。而抽去生活，思想也无法得以附着。从小说来看，虽然老师"我"把雕刻刀还给了章杰，但看似解决的问题并没有真正解决，因为，"我"既然为没收了章杰的雕刻刀而悔过，那么为什么在祝章杰雕塑上取得成就后，仍然要求他"但也不要忘掉了集体"，须知，章杰正是因为"忘了集体"才被"我"没收了雕刻刀的呀。归根结底，没有生活的逻辑来整理，思想主题必然会陷入一片混乱和矛盾之中。

刘健屏曾说过，自己在初学写作时，"比较偏爱马克·吐温的作品，所以在人物上致力塑造富有幽默特点的角色，情节结构上追求喜剧色彩，语言上努力写得诙谐活泼一点。《漫画上的渔翁》等一组比较幽默轻松的小说发表之后，小读者比较喜欢……后来我就写了一些格调比较深沉的小说，又用散文笔调写了比较抒情的小说，还写了《我要我的雕刻刀》这样不同于其他作品的小说"①。刘健屏上述对自己创作变化的总结，后来被有的评论者概括为三个阶段："趣—情—理"，并充分地肯定了第三阶段的创作："从内容和形式的统一上看，刘健屏一直在寻求着表达自己思想，抒发自己感情的最和谐的形式。"②

然而，我为刘健屏的这种变化感到遗憾和惋惜。尽管第一段的作品并非那么完美，但却是站在了真正儿童文学的基点上。比如《交了"倒霉运"的人》写的"我"，是个活生生的性格。小说写得极为自然流畅，得心应手，看出作家对儿童的行为、语言、心态、思维逻辑的熟知。其讲述风格令人想起马克·吐温对汤姆索亚的刻画。但是刘健屏不满意这些"幽默轻松"的小说，而向格调"深沉"的小说发展，即去思考追求深刻重大的主题。这些"深沉"的主题，没有一个是错误的，相反，都相当正确而及时。不过它们并没有艺术地凝结成儿童生活形象，在作品中，它们仅仅是一个"理"——是作家的深沉的自我。

刘健屏的变化实质上是一种创作立场的变化。在第一阶段的《交了"倒霉运"的人》里，作家的倾诉对象是儿童。第三阶段的《我要我的雕刻刀》《脚下的路》等，正如赞扬者所说，"作品所要表现的，是对扼杀儿童个性的教育的忿懑和对尊重、理解儿童个性的疾呼，作品正如曹文轩所评论的那样，带着'挑战性'"③。很明显，"忿懑""疾呼""挑战性"，都说明作家倾诉的对象是成人和社会，这时作家与儿童的关系仅仅是儿童利益的代言人。刘健屏用写给儿童看的作品来向成人"挑战"真有些像是在空中走钢丝。因为对成人说话时，选择的问题，采取的讲述方式，与对儿童说话时所选择的问题和采取的讲述方式是难以一致的。

---

① 转引自胡健玲主编《中国新时期儿童文学研究资料》，山东文艺出版社2006年版，第149页。
② 唐代凌：《从婉约到豪放——刘健屏作品讨论会发言》，《儿童文学研究》1989年第3期。
③ 同上。

由"趣""情"到"理",意味着作家的读者意识的变化。虽然作家们仍然想写儿童生活,但是,将《交了"倒霉运"的人》与《我要我的雕刻刀》比较,不难发现,作家切入儿童生活的角度变了。前者是写儿童在生活面前的变化、成长,后者是提出需要成人教育者们应该反省的问题,前者的主人公"我"是一个活泼顽皮的孩子,后者的主人公"我"是一位有三十年教龄的老教师;前者,作家是化为一个孩子去行动,后者,作家是化为一个老师去思考;作品中的儿童生活,在前者是"我"的亲身经历,在后者是"我"的道听途说。至于讲述方式,更是截然不同:

看来这一架是非打不可了。在这种场合我当然是不会退阵的,别的不说,王立国就在旁边,如果我对这么一个瘦小子还让步,让他那张碎嘴皮到处去瞎说,我在伙伴中间还抬得起头?

——打!

——《交了"倒霉运"的人》

对于他,是很难从心理学的角度来考察他的个性气质的,说他是活泼好动的多血质不尽其然,说他是沉稳喜静的黏液质也不准确;当然,他既非急躁鲁莽的胆汁质,更非脆弱多愁的抑郁质。

——《我要我的雕刻刀》

少年儿童读者喜欢哪篇作品,我想是再明白不过了。像《我要我的雕刻刀》这样的题材并非不能写成既让孩子爱读,又能对成人具有警醒作用的作品。如果刘健屏听从"我要我的雕刻刀"这一孩子的呼声的指引,将"我"化身为章杰而不是教师,直接深入章杰的生活写他的行动和心理上的经历,作品恐怕就不会像现在这样,成为编造的生活与主观意念的分裂体。但是,这样做,无疑面向成人和社会的"挑战性"就会大大减弱,作家深沉的思想就要收拾到作品后面去,这对性急地要表现自我的刘健屏却是不情愿的。

当主题思想不是在深入儿童生活时体验到的,而是在思考教育问题时认识到的时候,作品便容易陷入对生活的编造,而编造的作品是极易雷同的。《我要我的雕刻刀》便与《脚下的路》① 相似得像孪生兄弟。除了主题不同之处，少年都是由老师介绍出来的，都有为了解决学生问题去家访，家访之后进入结尾的语言都惊人地一样，前者是"晚风吹拂着我滚烫的脸颊"，后者是"晚风习习，吹拂着我滚烫的脸颊"。然后，前者的"我"这样反省："我难道真的还像一把锉刀，在用自己的模式'锉着'他们？……"后者的"我"这样思考："面对严峻的生活，究竟应该怎么办呢？我默默地寻思着……"

必须匆匆地结束对刘健屏的评论了——刘健屏的少年小说创作道路，是一个因为走向成人"深沉"的思想，却背离了儿童生活的过程。其结果，当然是不但没提高反而却降低了他的少年小说的文学性。

三 "我根本不想去了解现今的中学生"
——架空儿童与真实生活的曹文轩

所创作的少年小说被高度地评价为是"对民族灵魂的真诚的呼唤"②的曹文轩，曾经激奋地振臂高呼："儿童文学，请你清醒地意识到你塑造民族个性的天职！"此语虽然显得有些夸大其词，但毕竟没有错。不过我们评价一个作家，不光要听他的理论口号，更要考察他的创作实践。说实话，对这位在北京大学执教，以儿童文学进行如此恢宏博大追求的学者型作家，我是怀着期待的目光阅读他的少年小说代表作的。我很失望，我感觉到，他的那些小说大而空洞，华而无实。

试以《古堡》③ 为例。这篇小说，写的是两个少年山儿、森仔去探寻老人讲的一座高山上的古堡。他俩忍着饥渴、疲劳，战胜山势的险峻，终

---

① 刘健屏：《脚下的路》，《儿童文学》1985 年第 8 期。
② 徐长宁：《对民族灵魂的真诚的呼唤——评曹文轩的儿童小说创作》，《儿童文学研究》1988 年第 6 期。
③ 曹文轩：《古堡》，《少年文艺》1985 年第 1 期。

于攀上了山巅,但却不见什么古堡,只有一堆乱石。当他们沮丧哭泣的时候,初升的朝阳使"他们心里生出一个新的意识:他和他是这个世界上第一个知道山顶上没有古堡的人!"平心而论,就其构思上,不无新颖和想象力。如果作家实实在在地写两个少年在这个经历中的行动、心理、感受,将会成为一篇很有新意的作品。但是,作家对自己所能"编造"的故事期望值太高,结果赋予作品以实际生活形象所无法承受得了的一种过于博大的感情和思想,引用赞扬它的评论,就是:"《古堡》则更富有开拓未来的雄心和魄力。两个少年对传说中的古堡的探寻,无疑象征着新的人生追求。……在那纯美的情境中,两个少年终于感悟到了真正的人生。"

我认为,山儿和森仔这两个十四岁的少年,在小说中总的性格是虚假的。比如,作品有这样的描写:

> 他们还在七岁那年,就瞒着大人往这迷人的山巅爬过,可是失败了——只爬了十三分之一,就灰溜溜地滚了回去,叫山下的全体居民使劲地嘲笑了一顿。于是他们年复一年地仰脸望着这在云雾里变得似有似无的山巅,攥紧拳头,在心里发狠:大山呀,你等着!
>
> 现在他们十四岁,长高了,壮实了,有力了,于是,他们想起了七岁那年的失败,又开始往山巅攀登——他们坚决要成为今天这个世界上第一个看到古堡的人!

这段文字有明显的矛盾之处。七岁时"瞒着大人"却又被"全体居民使劲地嘲笑了一顿";七岁时能爬十三分之一的大山,到了十四岁,却要爬到天黑不算,还要在山上露宿,五更天出发爬到天亮才能登上山巅。写十四岁时爬山这样艰难,作家是要说明少年的"开拓未来的雄心和魄力",写"叫山下的全体居民使劲地嘲笑一顿",作家是要说明少年是如何的超凡脱俗。因此这是实际生活与作家夸大的思想感情的矛盾。上述描写给我的感受是,有些不像生活中的十四岁农村少年为好奇心和冒险精神驱使去探寻高山上的古堡,而有点像是神话传说中的夸父去追日,少年之举动,不是带着游戏性,而有些像哥伦布为发现新大陆去进行伟大的探险。作家创作时是有意识这样写的。不然，为什么写上是这个村子上第一个看到古堡的人就已经足够表明两少年的勇敢探求精神，却偏偏一定要换上"这个世界上"呢！为什么写十四岁攀登这样险峻的山就已经足够艰难的了，却偏偏还要写从七岁起就攀这山，失败了还要"年复一年"地"在心里发狠"呢？显然是想将少年的行为夸大成一种久蕴的抱负和崇高的壮举，造成一种激动人心的气氛和效果。后来人们的评论恐怕也正是从曹文轩这种写法中提炼出来。这种夸大其词的写法在曹文轩的代表作中已经形成一种风格。

还好，作家后来总算在具体描写爬山过程中想起了他们还是十四岁的孩子：当山势险峻，少年又饥又渴时，"森仔开始埋怨山儿"，"山儿歉疚地看着森仔，站起来，跟着他。是的，是他首先提出去看古堡的。不是他，森仔这会儿也许正和伙伴们在山脚下的那条凉快的小溪里惬意地游水或抓鱼。他忽然觉得欠了森仔点什么似的，并且对自己的行动有点懊悔"。在这里，作家罩在少年身上的耀眼光环暂时消失了，他们成了可信、可感的生活中的普通少年。但是，一到作家想表达点什么的时候，他就又要夸张地激动起来。写到少年失望地发现，山巅根本没有古堡时，"眼泪从他们因疲倦，饥渴而变得黄巴巴的小脸上，一滴抢着一滴地滚下。这两个孩子忽然双腿一软，扑倒在石头上，好久，他们才爬起来——两副沮丧的面孔。失败了还是胜利了？"后来，他们看到太阳初升的美丽景色，"两个孩子心情突然好转"，"心里猛然间生出一个新的意识：他和他是这个世界上第一个知道山顶上没有古堡的人！说：失败了，还是胜利了？"

我注意到，曹文轩的少年小说有一种不适宜的脱离少年生活的大而空洞的和华而无实的诗化现象。《古堡》中的山儿和森仔就有时是生活中的少年，有时又成为一种哲理的替身和诗化的对象。他们的身上缺少的是少年生活中的泥土，多余的是成人作家主观意念的光环。这种失误也同样发生在他的其他代表作中的少年主人公身上。如《弓》[①]中的黑豆儿，《手

---

① 曹文轩：《弓》，《儿童文学》1982 年第 4 期。

套》① 中的莎莎,《再见了我的星星》② 里的星星,后两者,从名字上就可以感到与农村少年的隔膜,而星星,作家明确地交代他具有农村"一般孩子所没有的灵性和对美的感受力"。可以说,这些十三四岁的少年(莎莎虽说生于都市,但成长于农村)不仅缺少那个年龄孩子的特点,而且还缺少农村少年的质朴、踏实,过多地带有都市里的早熟的文学少年的灵气和浪漫的气质。像《再见了我的星星》里的女知青晓雅"按照城里一个文化人家的标准塑造这个有着天分的捏泥巴的男孩儿"一样从本质上讲,富有浪漫气质和诗歌精神的作家曹文轩在按照自己的审美标准在头脑中想象塑造着这些农村少年。

在《弓》中,曹文轩为了造成一种感人的充满诗意的效果,先是让十四五岁的进城做工的农村少年黑豆儿遭受所有的不幸:父母双双离世,收养他的伯母向他"甩脸色",与伯父到城里做工又遭火灾,全部家当钱财以至顾客的十床棉絮付之一炬。然后再让几乎所有的人向他伸出援助之手,而对这些,黑豆儿一一拒绝,拒绝不了的则知恩必报。当小提琴家要留下将回乡下的黑豆,让他继续读书时,"'我不嘛。'孩子说,'我要回到老家去,清明我要给妈妈上坟。我能养活自己……'"于是,一种"开朗的、充满生气的、强悍的,浑身透着灵气和英气"③ 的性格似乎就塑造完成了。

然而,黑豆儿实在不过是作家观念和理想的并不高明的图解。他的善良,即阻止伯父给瞎眼老奶奶的被套偷工减料,是小说中的小提琴家路过小工棚时听来的(注意,不了解儿童真实生活,又急于表达主观意念的作家常常省力地运用这种方法);他在困苦中的坚韧不屈是,虽然在伯父回乡后遭受火灾落入无居无食的困境,但既不接受小提琴家的暂留居住,也不跟随一位老人去饭店吃顿饭,他认为这是"莫大的耻辱","自己就是饿死,他也不低头折腰的!""我要自己挣饭吃,自己挣饭吃!"然后便开弓弹棉花,然后便有"城里的许多人像心慈的小提琴家一样,纷纷向孩子伸

---

① 曹文轩:《手套》,《东方少年》1984 年第 9 期。
② 曹文轩:《再见了我的星星》,《儿童文学》1985 年第 5 期。
③ 曹文轩:《弓》,《儿童文学》1982 年第 4 期。

出热情的手"。

令人不可思议的是，这时黑豆儿却"低头折腰"，接受了这些援助。十四岁的黑豆儿的这些性格没有真实性，它们在作品中是架空的。因为作家仅仅写黑豆儿是这样，却不写为什么是这样，即作家只写结果，不写过程。仿佛在作家看来，有了结果能得出结论就足够了。但是他忘了过程的重要。过程是什么，是一连串的事件，是事物间的联系，是生活的逻辑。有了过程，结果自会产生，没有过程，结果便是无本之木，令人难以置信。作家在《弓》里，想要表现的重大的主题所必需的过程，实在又是短篇小说所难以承受、容纳得了的。我说曹文轩的小说大而空洞、华而无实，原因之一也在这里。

曹文轩曾就塑造民族性格说过："我说宁可要一个狡猾一点但品质不坏的孩子，不要一个单纯得如同一张白纸的孩子，好孩子。"[①] 但曹文轩的《弓》里的黑豆儿，《手套》里的莎莎，《再见了我的星星》里的星星，却个个是"通体透明"的好孩子。比如写黑豆儿，小提琴家被黑豆儿感动，为他创作了独奏曲《一个从乡下来的孩子》，并在自己的独奏音乐会上作为压台节目来演奏，"小提琴家向人们倾诉一个孩子的不幸遭遇，一个天使般纯洁的少年，似乎在橘黄色的柔光中出现了。迷人的音乐（不如说是黑豆——笔者注）将人们引向了一个崇高、圣洁、美好的境地"。再比如写懂事的莎莎，为保护爷爷干活儿的双手去城里收购手套；她呼买手套时，"这声音是那样纯洁，那样真挚，人们听到这带着一丝企求，渴望的声音，仿佛不把多余的手套卖给她，就觉得心里不踏实似的"。

曹文轩就是这样用童心主义的亚流观念将儿童与他们真正面临的真实社会生活隔离开来。他在与少年主人公的关系中常常是一个旁观者、评价者、欣赏者的角色。《弓》中的小提琴家便是他的绝妙象征。动辄激动一番：听到黑豆儿不让伯父骗老奶奶，"小提琴家扶着白杨树，低着头，内心里思潮翻滚。他真想跑进去好好亲一亲这个心地纯洁的好孩子，这是一个多么令人喜爱的孩子！"动辄赞扬一番："豆儿，好孩子，他要悄悄地、

---

① 曹文轩的发言，见《儿童文学选刊》1986年第1期。

让人觉察不出地偿还社会和人们所给予他的一切！沉思、沉思……小提琴家神情激动地突然蹦出了这么一句话：'豆儿，是你手中的那把弓，才在这把提琴上拉出了这支好听的曲子。'"曹文轩并没有真诚地与黑豆儿一起去经历、体验父母双亡，衣食无着、奔波糊口这些灾难和艰辛，因此也就不可能为我们塑造一位有血有肉的坚韧少年。我很不理解有的评论者所说的曹文轩的作品中"洋溢着一股恢宏、阳刚之气"[①]。对曹文轩的主人公我的感觉不过是，他们有时像小提琴家（当然也是曹文轩的感情）"真想跑进去好好亲一亲"的"令人喜爱"的孩童，有时又像《古堡》中那两个故作成熟的"坚决要成为今天这个世界上第一个看到古堡的人"的夸张的"大人"。

总之，曹文轩笔下，没有生活中的儿童，只有他自己观念中的、想象中的儿童。所以我对曹文轩的《在平静中走向自己》一文中的话心领神会——"我根本不想去了解现今的中学生，因为我就是中学生"。报告文学的"任务就应该是注目第一层面：现实和现实中的人物。而小说应该注目的层面是在下面，更下面——最下面则是普遍的，相对稳定的基本人性。……从这一层面说，中学生是永远的。每一个注意到并能有力量地把握这一层面的人都可以自信地说：我最熟悉中学生"[②]。

曹文轩的少年小说大而空洞、华而无实的原因就在于他"根本不想去了解现今的中学生"——不去写现实生活中的少年。

其实作为"普遍的、相对稳定的"意义的少年，他又何尝了解呢？他的少年小说里没有少年。就像他的《弓》中所描写的小提琴家拉完那支《一个从乡下来的孩子》的曲子说：黑豆是你的那把弓才在这把提琴上拉出了这支好听的曲子，"黑豆儿疑惑不解地瞪起眼睛：'叔叔，我的弓也能拉出曲子吗？'"曹文轩的"少年小说"也只能是让少年读者们疑惑不解地瞪起眼睛："叔叔，我们真的像您写的那样吗？"

[①] 徐长宁：《对民族灵魂的真诚的呼唤——评曹文轩的儿童小说创作》，《儿童文学研究》1988年第6期。

[②] 曹文轩：《在平静中走向自己》，《儿童文学选刊》1989年第3期。

四 "直抒悲哀""令我获得了大大的快感"
——陷入偏狭、自私心理的常新港

似乎与刘健屏、曹文轩相比，稍晚些冲入少年小说文坛的常新港在评论界获得了更高的赞美和荣誉。的确，常新港的少年小说有独特的取材、独特的人物和个性化的语言。他的出现给少年小说文坛带来了一股"新鲜"的气息，有多少人的心灵因常新港的成名作《独船》而深深的战栗。可以说尽管也有小异议，《独船》还是震惊了、俘虏了评论界。但是，此后常新港没有很好地巩固和发展《独船》里那些具有很高的儿童文学价值的东西，而是走入了发泄对个人命运怨天尤人的死胡同。

关于《独船》，我非常赞同梅子涵所作出的评价，在是以石牙还是以父亲作为切入角度这方面，《独船》是有些颠倒。虽然由于不是以石牙来切入，因而写得并不是那么充分，但是，我们还是看到在生活的沉重压迫下，石牙默默地咬紧牙关，用少年人所能够做出的全部努力去争得自己应该从生活中得到的那份欢乐，即伙伴们的尊重和友谊。人的生存环境是一种社会关系，对少年人来说，伙伴们的尊重和友谊，几乎是他们生存环境中的最重要最必需的条件。因而，石牙才能为获得这一切而置生死于度外。需要特别注意的是，石牙身处困境，但他从没有抱怨命运和任何人。对造成自己的不幸应负一定责任的父亲，他虽然"恨父亲做事太绝"但又"同情父亲"，对侮辱他自尊和人格的伙伴，并没有陷入一己的怨恨。《独船》之所以具有很高的儿童文学价值，就在于石牙使少年读者感悟到在生活的困苦磨难面前，自身的崇高尊严和成长的力量，从而产生自尊、自强的精神。正因如此，描写了不幸甚至死亡的《独船》的美学价值才是高层次的，即不是一种悲哀，而是一种悲壮。

有人断定常新港儿童文学最显著的审美特征是悲壮。① 但是，在我所读过的常新港少年小说中，能够获此殊荣的实在只有《独船》一篇。因为在此后常新港的那些表现生活艰辛和磨难的小说中，他的少年主人公失去了石牙默默地坚忍和顽强地超越人生的艰辛磨难这种自尊、自强的精神，而是程度不同地带着一种抚摸自己的创伤时而产生的对个人不幸命运的不平和对生活的怨恨之气，而这种不平和怨恨之气，有时甚至不公正地撒向那些比自己的命运好一些的同龄人。《十五岁那年冬天的历史》② 是这种倾向的突出代表。作家想表现的是北方少年"我"即雷加在"中国与一江之隔的国家发生了冲突"，班主任老师和一些同学离开可能发生战争的家乡前后的日子里，雷加的"坚强成长"，和他身上的爱国主义精神品质。后来，评论者也从这两方面对小说作了高度的评价。但是，我却从小说中看到作家这两方面的努力都完完全全地失败了。下面是小说的情节线索。

当即将发生战争的消息广播后，班长刘征"把头抵在桌子上，两只手抱着自己的脖子，好像在拒绝听一种声音"。这时，雷加感到轻蔑："他平时那气宇轩昂的神气劲哪里去了？""我动了一点恶念"，用左手写了一张讥讽嘲笑刘征的纸条。在此之前，雷加就因为刘征曾在雷加入团问题上说过"再考验一年吧！雷加这个人，我们一直看不透，不好接近"的话，而认为刘征是"小人"。听说刘征回老家的消息，正在挖防空洞的雷加"心里涌出一股说不出的愤怒"，"一镐头竟砸在自己的脚上"。后来他的好朋友丁维也回了老家，这时雷加的心情是："丁维也走了！丁维也走了！！丁维也走了！！！都走吧！都走吧！！都走吧！！！我哭了，蹲在没人的防空洞里哭了。我感到了孤独。"雷加问自己的爸爸："同学们一个个都走了。我们的老家在哪里？我是不是也要回老家？"当爸爸告诉他："傻儿子！你爸爸的爸爸的爸爸就生在这里，这就是老家"时，"我低着头，咽掉了自己脆弱的眼泪"。

战争终于没有在这里发生。夏老师、刘征和同学们都返回来了。在学

---

① 李福亮：《艰辛的人生苦涩的童年——略论常新港少儿小说的底层意识》，《儿童文学研究》1989 年第 3 期。

② 常新港：《十五岁那年冬天的历史》，《东方少年》1986 年第 2 期。

校通知开学的第一天,刘征在教室里嘲讽了雷加(必须说明,刘征的嘲讽举动在作品中并不能找到什么性格依据)。于是雷加将刘征一拳打倒在地,满脸是血。夏老师严厉地批评他:"难道同学不是你的兄弟姐妹吗?"这时雷加心底的积愤爆发了:

> 跟我谈兄弟!谈姐妹?!我这个土生土长的孩子挖防空洞的时候,我的班长兄弟上哪去了?那时候我多么希望听见班长好听的声音!我成了跛子蹲在防空洞里时,我的教师姐姐上哪里去了?是不是漫步在上海豫园里看金鱼?

后来,夏老师取消了雷加代理班长的职务,班长仍然由刘征担任。

我在描述小说情节和雷加形象时尽力保持冷静和客观,我注意寻找雷加"坚强"性格的形成及其成长,但是很遗憾,我无法找到。夏老师和一些同学离开学校后,雷加做了什么与其他留下来的同学特别不同的事情吗?在关于这些描写的数百字里,我能找到的有利于雷加的就是"我拼命挖防空洞,家里的挖好了,学校里的也挖好了。学校还进行隐蔽演习。我时刻等待飞机从我们的头顶上掠过","有一天,我哪里也不想去,一个人蹲在防空洞里,想起了好多好多的事情,想起了好多好多的人",这样空洞地带着作家意图的文字。

如上所述,作品的矛盾线索主要表现在雷加与被评论者称为是"临阵脱逃"者的夏老师和班长刘征之间,不,更准确地说是没走的人与离开的人之间。小说不是在雷加打倒刘征之后写道:"几位同学在斥责我,我没听见,我的身后也站着一群理解我的同学,这些同学,是跟我一起度过那个严峻冬天的朋友。"的确,夏老师率先离开学校回上海,是有些不大光彩,班长刘征一反常态,也是性格上的弱点。但是我认为事情远远没有严重到"临阵脱逃"的性质,尤其对十四五岁的刘征们来说。然而雷加把这些行为看作是"临阵脱逃",而且其心态简直到了势不两立的地步。如果雷加是由于幼稚(但作家常新港不该幼稚)产生了这种看法,倒也罢了,但综上所述,可以明显感到雷加对待夏老师、刘征等人的心态里,显然是怀着过多的怨尤甚至仇恨。雷加的心理不能不说有些偏狭、自私和阴暗。这与石牙受到同学的侮辱后的心态和行动是多么截然不同！想想雷加大爆发时的那段自白吧。在那里我看到的恰恰不是雷加的坚韧而是怯弱，不是刚烈而是卑萎，当需要别人而不得便产生这么深的怨恨，这不是真正的怯弱、卑萎又是什么？

一个表现崇高爱国主义精神的题材，在常新港的笔下竟然写成了少年间的怨恨，正是由此，我开始注意到常新港作品中对所谓"上层孩子""下层孩子"的处理，以及这种处理后面作家所特有的心态。

有评论者指出："常新港，就是那底层孩子的代言人。"[1] 在常新港塑造的"底层孩子"身上，"诚实、直率、友爱、善良、勤劳、俭朴、剽悍、倔强、勇敢、刚毅、同情弱者、见义勇为……这些底层劳动者所具有的素质与美德开始在他们身上滋长"[2]。"值得注意的是，这些对底层孩子的礼赞，往往是通过对城里人或'上层人'的对比实现的。文友、文楠、刘征、童洁、赵琼……命运给这些出身优越的孩子带来的却是并不优秀的人格和品德。在以阴柔为主要特征的性格中，已经令人不安地滋生着浅薄轻飘、孱弱无能、骄纵虚伪、自私自利、薄情寡义等足以最终窒息人类自身的菌瘤。"[3]

我这里不想谈论把我们今天的社会里处于生活条件优越和低劣的不同处境中的孩子分为上层人和下层人是否合适，甚至不想谈论像常新港那样一律将美德都赋予所谓"下层孩子"，将丑行都塞给"上层孩子"这一观照生活的立场是否符合复杂生活的本质，我只想指出，常新港笔下的这两类少年形象大都缺乏生活的依据，他们没有复杂的性格，只有简单化的脸谱。常新港与曹文轩一样，不描述其性格成长的过程，只满足于给其一种结果。

更重要的问题还在于，常新港并没有真正像评论者所说的那样，描写

---

[1] 李福亮：《艰辛的人生、苦涩的童年——略论常新港少儿小说的底层意识》，《儿童文学研究》1989年第3期。

[2] 同上。

[3] 同上。

出"底层孩子"所处的"艰难困苦的环境"。作家曾说过:"我写《白云山林》《在雪谷里》《十五岁那年冬天的历史》,还有长篇《青春的荒草地》,让自己在艰涩的苦河里沉浮漂流。"① 但是正如前面所做出的分析那样,《十五岁那年冬天的历史》贯穿始终的不是少年成长的艰辛,而不过是雷加的一种怨恨。在常新港的其他小说,《冬天里的故事》②《儿子·父亲·守林人》③《沼泽地上的那棵树》④《一个普通少年的冬日》⑤ 等里面,我们也找不出真正的生活困苦。常新港为了造成一种生活艰辛以及少年坚韧不拔的效果,经常使用一些空泛的、与作品内容没有必然的、深刻的联系的语言。比如,"我觉得自己已经懂事了","当爸爸被关进学校那座破旧的仓库里时,我已学会像个男子汉一样说话,干活了","不!我没有怕过。不管是鞭子抽在爸爸的背上,我的脖子上,还是抽在山谷的胸膛上,我没怕过。我记着它。白山林记着它。"(《白山林》)"我总想跟爸爸说一句话:我要自己自由自在地生活了。"(《一个普通少年的冬日》)"我的背挺得直直的,不管什么时候,我的腰也不会轻易弯下来。""在我的血肉里,却有更多的东西滋长着。""这就是我们十五岁的历史。十五岁冬天的历史。"(《十五岁那年冬天的历史》)这些话给我的感觉也不是评论者所说的什么"阳刚之气",实在不过是虚张声势,它们大而无当,造作异常。这些孩子也并非什么"小硬汉"。

在常新港小说中,"上层孩子"总是不明不白地就有了一张讨厌的脸孔(性格)。干部子弟、城里孩子、班级干部、干净斯文的、聪明伶俐的,无一不成为作品的"反面人物"和作家嘲讽、指责的对象,雷加式的"下层孩子"的陪衬,可以说,常新港的小说总是明显流露出对"上层孩子"的一股怨恨之情。为什么?我一直想从常新港的身世中寻找一些原因。但是,我只能从"初去北大荒时,他是一个不足十岁的孩子"这一点点线索

---

① 常新港:《关于"悲哀"》,《儿童文学研究》1989 年第 3 期。
② 常新港:《冬天里的故事》,《文学少年》1985 年第 2 期。
③ 常新港:《儿子·父亲·守林人》,《少年文艺》1985 年第 4 期。
④ 常新港:《沼泽地上的那棵树》,《少年文艺》1986 年第 2 期。
⑤ 常新港:《一个普通少年的冬日》,《少年文艺》1988 年第 2 期。

猜想他曾像《白山林》里的"我"经历过生活的落魄。不过后来常新港自己道出了他的"不幸"——

  因为我的童年和少年是悲哀的，所以我要倾吐灵魂里盛满了的悲哀。
  我喜欢甜美的日子，可我很是不幸，甜美有眼，与我无缘。
  我感谢文学。（注意说的是文学，为什么不说儿童文学？——笔者注）
  它允许人类去直抒悲哀。它令我获得了大大的快感。[①]

  恕我直言，他的这些话令我大惊失色，因为我还从未听到过任何一位儿童文学作家如此谈论自己以及儿童文学创作。也恕我愚钝，我并没有从常新港的少年小说中感受到那"灵魂里盛满了的悲哀"，相反，我倒是因为他的"令我获得了大大的快感"这句话，深切地回味起他小说中对"上层孩子"的那股怨恨不平之气，而且想起他在少年小说文坛上令人瞩目的"成功"。

  事实上，在与常新港同龄的儿童文学作家中，也有童年和少年很不幸的人。我曾在一篇论陈丹燕少女文学的文章中，在谈到陈丹燕度过了暗淡无光、不得梦想的少女时光，以及她对新时期少女的羡慕和对自己少女时代的痛惜之情时写道："这里，我想为陈丹燕的人格说几句话。我们知道心理学曾指出，对他人幸运的羡慕和对自身不幸的痛苦，如果发生在一个人格平平的人身上，也许会出现心理上的失重，导致人格的畸形发展。但是陈丹燕是属于鲁迅所说的'自己背着因袭的重担，肩扛住了黑暗的闸门，放他们到宽阔光明的地方去'的那种人。……在歌唱八十年代少女的活泼和自由的时候，陈丹燕的青春也仿佛沾染上少女生命的圣水，第二次复活了。"

  即使常新港的童年和少年真正像他说的那样"很是不幸"，但是他的

[①] 常新港：《关于"悲哀"》，《儿童文学研究》1989年第3期。

少年小说的那股怨恨不平之气，是否还是使人感到他的心理有些偏狭、自私、阴暗呢。这样一种少年小说，又谈何"悲壮"和"阳刚"呢！

概而言之，在上述三位作家追求儿童文学性，表现自我的过程中，刘健屏为表现自我的深刻思考，创作立场由面向儿童而转为面向成人，曹文轩为表现自我"根本不想去了解现今的中学生"，常新港为表现自我的一己不幸，以格调低下的文学"获得了大大的快感"。严格地讲，他们创作的上述作品都难说是成功的儿童文学，至少不能说是如评论者所赞美的那样，是优秀的儿童文学。

至此，我是将目前在评论界呼声很大、载誉极高的刘健屏、曹文轩、常新港的创作基本否定了。但是我绝没有一丝想否定新时期少年小说创作的巨大成绩的意思。我只是认为赞誉绝不该给予这三位走进误区的作家。依我的寡陋所见，有许多作家在新时期少年小说追求儿童文学性的努力中进行了有益的探索，取得了一定的成功。虽然本文已无暇对其进行评论，但我愿备忘录式地记在这里。这就是，梅子涵的《课堂》《走在路上》等，陈丹燕的《上锁的抽屉》《灾难的礼物》等，夏有志的《我听见了我的声音》《普列维梯彻公司》等，葛冰的《我们头上有一片绿云》《一只神奇的鹦鹉》等，金曾豪的《小巷木屐声》《笠帽渡》等，程玮的《白色的塔》《孩子、老人和雕塑》等，此外任大星的《三个铜板豆腐》，汪晓军的《把大王的故事》，苏纪明的《"滑头"班长》等，都是儿童文学性较高且很有个性的作品。当然还有许多作家的作品显示出了新时期少年小说的进步，这里已无法一一列举。这些作家和作品对儿童文学的文学品位的追求，明显地区别于曹文轩等作家之处的便是始终没有忘记，没有背离儿童读者。仅凭此一点，我也愿意将敬意和赞誉献给这样的作家和作品。因为儿童文学无论到了什么时代，也永远是儿童文学。

1990年4月于长春

（本文发表于《儿童文学研究》1991年第2期，删节稿发表于《当代作家评论》1990年第4期）

王淑芬儿童文学创作论

当我读过王淑芬几乎全部的儿童文学作品,并想就此写一篇评论时,我突然产生了心理上的不安。

我想起了意大利美学家克罗齐的一个观点。克罗齐认为,艺术创作是一种纯感性的直觉的表现,它先于概念而不依存于概念,而批评乃是一种理性的概念活动,它是跟艺术截然对立的。克罗齐根本否认文艺批评的必要性,他甚至讥讽地说:"诗人死在批评家里面。"

作为从事文学研究和文学批评的人,我当然维护文学批评的存在权益,但是,克罗齐的观点的确使人产生一种警觉:作家创造出的鲜活、灵动的感性化"自然",不会在批评家的理性思考和概念判断下水土流失甚至沙化吗?

我又想到接受美学的一个比喻:作家创造的文本像一部管弦乐谱。如果真是如此,那么在一个批评家的艺术造诣一开始就难以将文本这一乐谱再造成美妙的乐曲的情况下,他的理论诠释又有多大的可靠性和有效性呢?

面对王淑芬的儿童文学世界,我的阅读经验、阅读习惯受到很大的冲击和挑战。这种冲击和挑战主要不是来自某一部或几部作品,而是来自其作品的整体。我大略统计了一下,我读过的王淑芬的二十多本儿童文学作品有六十几万字。坦率地说,这并不是一个庞大的数字。但是,令人吃惊的是,王淑芬像魔术师一样,凭借这不多的文字,为读者构建了一个丰富而广大的艺术世界。一会儿是震动人心的现实主义小说（《我是白痴》《地图女孩VS鲸鱼男孩》），一会儿是幽默横生的生活故事（《新生"鲜"事多》等）；一本散文刚叙述过童年趣事（《童年忏悔录》），另一本散文又真情抒发"十四岁"的"心事"（《我的左手笔记》）；放下写作报告文学的写实的笔（《红柿子小孩》），又描绘起空灵的童话（画）（《绿绿公主》等）；刚刚还在优雅地吟诗作赋（《如何谋杀一首诗》），转身就跑到厨房大快朵颐（《女主角的秘密厨房》）；既可开怀大笑，又能掩卷沉思；一个故事以两种文本讲述（《地图女孩VS鲸鱼男孩》《罗蜜海鸥与小猪丽叶》），两种文体在一本书里合成（《如何谋杀一首诗》）……王淑芬的作品世界犹如变幻莫测的万花筒，给读者以目不暇接之变化的乐趣。

然而，王淑芬从多方位尽情显露出的儿童文学才华，也可能给评论者造成一种压力。欣赏和驾驭多种文体的能力、幽默的心性、细腻而敏锐的感受力、明察秋毫的智慧、深刻而有力的哲思……在阅读王淑芬的儿童文学作品时，我强烈感受到对自己目前还欠缺的这些能力的渴求。

当然，事情往往是辩证的，也许我对丰富、变幻又有一些陌生的充满艺术魅力的王淑芬的儿童文学世界的探寻，也能给我的理论思维的神经带来新鲜的刺激。

一　天性型儿童文学作家

儿童文学与成人文学的一个根本区别是，作为儿童文学作家的成人不是像成人文学创作那样，是成人为成人创作，而是成人为儿童创作。在成人文学生成中，成人（作家）之所以能为成人创作，是因为成人（作家）对成人的生活世界和心灵状态具有体验、理解和认识；同样，在儿童文学生成中，成人（儿童文学作家）之所以能为儿童创作，也是因为成人对儿童的生活世界和心灵状态具有体验、理解和认识。儿童文学作家对儿童生命的体验、理解和认识程度，决定了他所创作的儿童文学作品的质地的优劣程度。

我曾经将儿童文学作家分为天性型和技艺型两种类型。所谓天性型即是别林斯基所说的"生就"的儿童文学作家，而技艺型则是别林斯基所说的"造就"的儿童文学作家。尽管别林斯基说儿童文学作家"不应是造就的"，但是，在任何时代都会有"造就"的儿童文学作家存在。鲁迅说过："孩子在他的世界里，是好像鱼之在水，游泳自如，忘其所以的，成人却有如人的凫水一样，虽然也觉到水的柔滑和清凉，不过总不免吃力，为难，非上陆不可了。"①"造就"的儿童文学作家就有如鲁迅所讲的进入儿童世界凫水的成人，其创作总是显露出"吃力"和"为难"，而"生就"的儿童文学作家在进入儿童的生命世界时，则也如鲁迅所说，"是好像鱼之在水，游泳自如，忘其所以的"。

王淑芬的各种文体的儿童文学创作，犹如蚕之吐丝，没有半点"吃力"和"为难"，可以毫无疑问地说，她是一位"生就"的天性型儿童文学作家。

作为天性型儿童文学作家，王淑芬主要有以下表现。

（一）表现"内在的儿童时代"

出生于荷兰的美国作家迈因德特·狄扬是美国第一位获国际安徒生奖的优秀儿童文学作家，他的儿童文学杰作《校舍上的车轮》曾获1955年美国纽伯瑞儿童文学奖。在受奖讲演说中，狄扬讲了这样一番话："我想回到儿童时代，走进儿童时代的本质和美之中。创作儿童书籍的时候，谁都必须这样做。为了唤回儿童时代的本质，我们只有深入而又深入地穿过神秘的本能的潜意识层，重返自己的儿童时代。我想，如果能够到达最为深层、最为根本的地方，重新成为从前的那个孩子，就会经由潜意识，与具有普遍性的儿童相逢。这时，只有在这时，才可以开始为儿童写书……为儿童创作时，理所当然地应该以自己内在的儿童时代为本，而不是以成人的记忆为本，这是单纯而又明快的逻辑。"②

王淑芬的创作姿态与狄扬的主张是一脉相通的。她在少年散文集《我

---

① 鲁迅：《看图识字》，《鲁迅全集》（第6卷），人民文学出版社1981年版，第35页。
② 转引自［日］濑田贞二、猪熊叶子、神宫辉夫《英美儿童文学史》（日文版），研究社1986年版，第374—375页。

的左手笔记》的自序《与你同行》中写道:"这本书里的字字句句,并不是我'模仿'少年朋友的情绪来写的,是那个住在我身体里,未曾遗弃我的年少时的心灵在说话。"我理解,王淑芬所说的"'模仿'少年朋友的情绪来写"与"未曾遗弃我的年少时的心灵在说话"这两种创作姿态的区别,就是儿童生活现象与儿童生命本质的区别。也可以换句话说是拟似的儿童本位立场与真正的儿童本位立场的区别。

由于葆有一颗"年少时的心灵",王淑芬无论是创作小说、散文,还是创作童话、故事,都使儿童的生活和生命形态得到了原生态式的表现,都让作品的艺术表现形式和艺术情趣与儿童读者的审美需求达到了紧密的契合。

(二) 以儿童为本位的价值观

我在拙著《儿童文学的本质》中表述过这样的观点:与只有一元价值观即成人价值观的成人文学不同,儿童文学具有二元价值系统,即儿童自身的价值观和儿童文学作家的价值观。儿童文学作家的"自我表现"与成人文学作家的"自我表现"的根本不同,就是儿童文学作家必须能够将自己的价值观与儿童自身的价值观统一、融合到一个共同的根基上。儿童文学是成人作家与儿童两者间生命形态和审美意识相撞击和融合的结晶。在优秀的儿童文学这里,这两种生命形态和审美意识,在本质上不是对立的,而是统一的。当然,儿童的生命形态和审美意识与成人作家的生命形态和审美意识并不完全重合,但是,不完全重合并不意味着就是对立。成人作家的价值观和审美意识与儿童的价值观和审美意识像两个大小有别的同心圆,两者立于一个共同的根基。儿童文学作家应该持着以儿童为本位的儿童观,走进儿童生命的空间,在认同和表现儿童独特的生命世界的同时,引导着儿童进行自我生命的扩充和超越,并且在这个过程中将自身融入其间,以保持和丰富自身人性中的可贵品质。

王淑芬的儿童文学创作成功的最大秘诀就是将自己的生命根基与儿童的生命根基融合在了同一个原点上。她以与儿童的精神需求并行不悖的立场为自己创作的出发点,她的作品持着以儿童为本位的价值观。

自1993年至1999年,王淑芬创作了《新生"鲜"事多》《二年仔孙悟空》《男生女生配》《小四的烦恼》《11岁意见多》这五本校园生活故事系列。这些故事让人联想到尼诺索夫的儿童故事和桑贝、葛西尼合著的"小淘气尼古拉"系列故事,充满儿童情趣的作品是体现王淑芬儿童本位价值观的代表作。

好奇、古怪、精力充沛、令大人难以掌握以至于头疼,这就是儿童。王淑芬的校园生活故事系列,在为读者展示这样的儿童的各种生活和心理样相的时候,一再流露出对其接受、承认乃至信任、鼓励的目光。

在《童年忏悔录》《肉包与鳄鱼》《女主角的秘密厨房》等散文、故事作品中,王淑芬不厌其烦地表现着令一般大人皱眉的孩子"吃"和"玩"这两个题材,尤其对"吃",王淑芬津津乐道,表现出远远超出一般儿童文学作家的执着性关心,这一点突出地表明了她取向于儿童的价值观。

和很多描写"吃"的儿童文学名著一样,王淑芬的作品对"吃"的关注也是具有人文性和文学性的。她在《女主角的秘密厨房》的序"肚皮与心情"中写道:"不论日子过得如何,总是要吃吧,'吃'与我们的生活是如此息息相关。真实的世界里,温饱是最实在又最基本的需求。女主角们的心事,借着一道道食物发抒、解放。肚皮与心是如此接近,每一道食物也许是最了解心情的配方。"王淑芬将"吃"与心情(精神世界)联系在一起是有道理的。在我看来,与儿童相比,成人食欲的减弱是生命力衰退的反映,而儿童的"贪吃"则是生命力旺盛勃发的表现。我认定作家本人也是像儿童一般"贪吃"的,因而也具有儿童般的旺盛的生命泉水,否则她的笔下绝对不会涌出"生命中许多记忆都是有味道的""我喜欢水果茶那种与世无争的味道"(《女主角的秘密厨房》)、"我用心爱的巧克力来对付星期一哀愁……巧克力是糖果中的贵族,最有资格打击沮丧"(《我的左手笔记》)等富于生命感性的诗一般的语句。

这里,我们再列举一些王淑芬作品中表现出的以儿童为本位的价值观:

校长是不是把上下课的时间弄颠倒了。

——《新生"鲜"事多》

一个蒸得暖烘烘的便当，对一个十岁的小孩子来说，是很重要，很珍贵的。

——《童年忏悔录·笋干与萝卜干》

这是一次成功的生日宴会；因为我们不但吃得饱，玩得好，而且把陈汶家的玻璃打破两块。

——《男生女生配》

在《白痴》这本小说里，老师说："彭铁男，你真的很可怜。"但是，具有哲学家气质的"跛脚"不这样看："其实，聪明人未必比白痴快乐。"

在《二年仔孙悟空》里，妈妈给买的香铅笔可以与妹妹一起迅速削光，可是，老师送的香铅笔妹妹连碰都不能碰。

（三）儿童的"自己人"

《11岁意见多》中的"绝不外借"这个故事描写暴龙老师常常以数学课取代美劳课和体育课，孩子们"心里有说不出的痛苦"，可是张君伟的妈妈却大加"赞许"，于是作家借张君伟之口这样叙述："从这件事可以知道，大人就是大人，儿童就是儿童，总之，就是不同。"

"大人就是大人，儿童就是儿童。"在王淑芬的作品世界里，儿童与成人是有着鲜明区别的存在。当大人与儿童这两个不同的人群之间发生矛盾、冲突时，王淑芬往往是站在孩子们这一边的。自称"脾气不算好，对很多大人常是不耐烦"的王淑芬，并不满足仅仅隐身在作品中做儿童的"自己人"，所以她很乐意写"序"，直接在作品之外，面向大人们一吐为快。面对不能理解孩子的大人，她大声提醒："您有'这样'健忘吗？"（《新生"鲜"事多·作者的话》）面对有违儿童心性的学校教育，她表示出"诚恳的、良性的焦虑"："为什么参加比赛就一定要得奖？为什么要有比赛？为什么老师'怕'校长、主任？为什么大人总是规定'不行、不可以'，却没有令小孩信服的理由。为什么……"（《二年仔孙悟空·作者的话》）她公开承认自己那些好笑的故事是"笑里藏刀"，藏着一把"解剖教育现状"的"手术刀"（《男生女生配·作者序》）。当她谈论自己创作的"因为最笨所以当了总统的故事"《"卡"过敏总统》时说:"事实上,谁都需要一位英明领袖,但是,理想和现实差距多大啊,我们只能把希望放在下一代。"(《猪大王·分享小站》)

作为儿童的"自己人",创作儿童本位的儿童文学时,王淑芬没有忘记自己肩上的责任。她倾听着发自儿童心底的呼声,抚慰着儿童的"不被原谅的哀愁",以自己在生活中磨炼出的智慧之眼,帮助儿童寻找着理想的教育和成长之路。

二 多彩的文体、多姿的艺术风格、高超的语言功力

我在前面说过,我要写这篇评论时产生过怕难以胜任的心理上的不安,还说过,王淑芬凭借不多的文字,为读者构建了一个丰富而阔大的艺术世界,我这样讲都是因为王淑芬的儿童文学世界,展示着多彩的文体、多姿的风格,并显示出高超的语言功力。

(一) 全能型的文体探险家

自1993年出版《新生"鲜"事多》以来,王淑芬在八年的短短时间里,举凡儿童小说、少年小说、儿童散文、少年散文、少年诗、生活故事、童话、图画书、传记、报告文学,儿童文学所包含的文体她不仅几乎都创作过,而且她对这些文体心有灵犀,且屡试不爽,几乎没有在读者面前露出初试之怯。从我的阅读视野看去,在这样短的时间里就遍历近十种文体,创作并大都保持很高水准的华文作家,恐怕还只有王淑芬一人。

王淑芬在儿童文学文体方面进行广泛耕耘的时候,显示出很高的驾驭文体的艺术才力和悟性。她的创作,在娴熟地把握文体特征的基础上,敢于大胆探险,独具匠心地进行创新尝试。

《地图女孩VS鲸鱼男孩》是我读到的第一本王淑芬的儿童文学作品,正是这部具有独到创意的作品引起了我对她的创作的关注。作品讲述的是少男少女的友情加爱情的故事,作家以第一人称的叙述方式,建立了由故事主人公女孩张晴和男孩戴立德各自叙述的两个文本,每个文本都具有完

整性，可以独立地自足构成作品。但是，由于两个文本都是主人公以与对方的关系为主线来叙述，所以又有一个向心力统合着，形成"互文"的两个文本。作家大胆而巧妙地设计的这种文本形式，产生了奇特的阅读效果：本来每个文本都只有主人公这一个视角，但是读者却可以通过两个文本的阅读得到两个视角，然后自觉或不自觉地像音乐和声一样，将自己从两个视角得到的信息组合成近似于全知全能视角下的第三个文本。《地图女孩 VS 鲸鱼男孩》调动着读者的能动性，给读者以新鲜、丰富的阅读乐趣，是挖掘小说文体的可能性的成功之作。

在《如何谋杀一首诗》一书中，作家不仅将少年诗与散文点评文字融合于一处，而且以非诗化点评来"谋杀"诗歌，收到了诗人萧萧所指出的通过"误读"走向"悟读"这种"置之死地而后生"[1]的艺术效果。

《女主角的秘密厨房》颠覆流传久远的《灰姑娘》《白雪公主》《小红帽》《海的女儿》等故事，甚至大胆地做翻案文章，既为读者提供了新的故事，又提出并鼓励了另类思考。

《二年仔孙悟空》设置的留言板、《男生女生配》的读后感、《11 岁意见多》里的意见栏，都为作品平添了新的情趣和意味。

王淑芬的儿童文学作品充满了新奇、变化，时时可以让读者领略到她的灵动的想象力和活跃的创造精神。她所具备的这些资质，尤其是儿童文学作家的看家功夫。

（二）丰富多彩的艺术风格

在我所知道的儿童文学作家里，王淑芬是创作上最富于变化和色彩的作家之一。其作品变化之大，色彩反差之大，常常给我以判若两人之感。

比如，雅与俗共赏。

高雅文学和通俗文学都是文学，两者本来没有高低之分，也并非井水不犯河水。但是，在很多作家那里，高雅文学和通俗文学是很难相融合的，有的作家甚至偏执一端，扬此抑彼。而多才多艺的王淑芬却能雅俗共

---

[1] 萧萧：《谋杀果实是为了让种子落地（代序）》，《如何谋杀一首诗》，民生报社 1999 年版。

赏，显示了她的艺术包容性。

在《我的左手笔记》和《如何谋杀一首诗》里，作家既选取着青春、友情、孤独、迷惑、梦想等高雅的题材，也采用着优雅的文笔来抒写散文和诗歌的句子；在《童年忏悔录》《肉包与鳄鱼》等作品里，作家则大量地书写着吃、玩这两个"俗气"的题材，文笔也十分通俗；写《女主角的秘密厨房》时，作家干脆完全打通雅与俗，将精神世界与"饮食"紧密联系起来，作家让木兰"用冰凉的酸梅茶，来洗涤自己的乡愁"，并借木兰之口说着这样的"吃心话"："我不认为'饮食'中没有人生哲理，平民百姓为生命基本温饱所作的努力，并不亚于关在象牙塔里闭门造车的学者。"

又比如，既生动地叙述故事，又优美地抒写心情。

毫无疑问，王淑芬是一位具有高超的叙述故事才能的儿童文学作家。《罗蜜海鸥与小猪丽叶》里的两位主人公在"小儿科魔法师"那里的推门相遇，让人感觉到作家在设计故事情节上所具有的巧妙匠心；《地图女孩VS鲸鱼男孩》里的讲述一个故事主线的两个文本，并不给人以重复之感，也是因为作家的叙述精到地把握住了少男少女的不同心态。《新生"鲜"事多》等校园系列故事的生动性、趣味性，与其说来自生活事件，不如说来自大巧若拙的叙述。

热闹地讲完系列校园生活故事的王淑芬又静下来抒写心情。从外向走向内敛，她就像改变电视频道一样，没有留下任何转变的痕迹。《我的左手笔记》中的那些散文，《如何谋杀一首诗》中的那些诗，证明王淑芬有着与其叙述故事的水准难分伯仲的诗人气质和风度。

再比如，幽默与哲思兼备。

在王淑芬儿童文学创作的风格中，幽默最为耀眼，可以说是一块金字招牌。王淑芬的作品在读者（包括儿童和成人）中最有影响、获得最大支持的恐怕就是她按年级别而创作的校园生活故事，这些作品是名副其实的幽默文学。

在中国，"幽默"这一概念最早大概是由林语堂于1924年提出来的。林语堂的幽默观的精神实质是主张幽默是一种人生观，文学上的幽默则是人生观的体现，是"心灵舒展的花朵"。我体会王淑芬的校园生活故事中的幽默应该与林语堂提倡的幽默主张相一致，即不是简单的"搞笑"，而是蕴含着一种乐观的、健全的人生态度。这些作品的幽默品质既产生于作家通过经生活磨炼出的智慧之眼来孩子式地看待事物的方式，也产生于孩子的生活态度本身。有人说，这些故事是"笑里藏刀"，作家本人说，"细心的大人将可在字里行间嗅到些许'酸苦'味"，这都反映出王淑芬的作品的幽默背后，还隐藏着对人生问题的思考和启示。

正是由于王淑芬笔下能创造出不是简单的"搞笑"，而是包含着人生况味的幽默，所以，当王淑芬创作比较严肃的作品时笔下才会又出现凝重的哲思。她写道，"一个男人加一个女人，等于一堆麻烦"，"一个中学教师加一个中学生，等于零或无限"，"爱像个水桶，唯有先倾倒出来，才能有别的水源继续注满"。王淑芬是一个喜欢思考、勤于思考人生问题的作家，这一点在《我的左手笔记》《如何谋杀一首诗》这两本集子中一目了然。另外，《王淑芬妙点子故事集》（十种）在很大意义上，也是她哲思的结晶。

（三）高超的语言功力

我总是隐约感到：社会上还存在着一种集体无意识，即把儿童文学看作是创作难度不大的文学，以为儿童文学作家用不着深厚的文学功底。其实，儿童文学是大巧若拙、大智若愚、举重若轻、以少少许胜多多许的独特艺术，创作好的儿童文学需要作家有真正的文学修炼。

我感到，王淑芬是虔诚地看待儿童文学这门艺术的。她在《童年忏悔录》（作者手迹）中说："因为喜爱孩子，所以，写给孩子看的作品，都是绞尽脑汁，字句再三斟酌。我可不想把一些'劣等品'送给自己真正在乎的人。"

文学是语言的艺术，王淑芬以她全力以赴的创作，有力地证明了儿童文学同样是语言的艺术。

王淑芬的作品语言往往传达出细腻、周到的感受和独特的想象力。"烛泪一滴滴往下，往往半路就凝结，仿佛走到半路，忽然忘了为什么要伤心。""樱花一瓣一瓣打着梦的节拍，轻轻掉落下来。""钢琴中躲着精灵，他们有着长长的耳朵，癖好收集声音。待白键与黑键启动，他们便将平生收藏一一展现。""仙度拉被月光吵得睡不着；皎洁明月，在她床头喋喋不休。""看她们嗑瓜子的架势，似乎对'光阴'这玩意儿毫不在乎。"相信这样的语言，会使轻视儿童文学艺术性的人刮目相看。

读王淑芬的诗歌，也能感受到她在语言表达上的堂堂风度——

朴拙的小家碧玉/老让人在脚下踩着/对钢琴那种大户人家/不是没有过想望/但又能怎么样/虽然也懂得贝多芬/甚至肖邦/嘴一张/嗓音却如此苍凉/一排黄牙/有冷风在齿间嘶嘶作响

——《风琴》

王淑芬具有语言的独创力。她这样写一年级小朋友背《论语》："只只喂只只，不只喂不只，四只也。"她这样写乐器行老板作推销："……有一个好消息要告诉大家，本公司正在周年庆，买钢琴送风琴，请大家告诉大家。"她给自己写的可爱的爱情童话故事取名为"罗蜜海鸥与小猪丽叶"。夏日教室"窗子打开，微风和路上的噪音一起飘进来；窗子关上，教室内是一屋子闷臭。"她套用著名的"哈姆雷特命题"写道："关与不关，真是本班的人生难题。"这些语言给人幽默，促人联想，有着独特的表现力。

在我表达了对王淑芬的儿童文学创作的欣赏之意后，最后想说的是，王淑芬的儿童文学创作才华目前应该是在表现现实这一方面发挥得淋漓尽致，我的意思是，王淑芬虽然也创作了不少童话作品（多为拟人体童话），而且这些作品有的也不乏精巧的构思、独特的想象和一定的趣味性，但是，终于因为没有有力度的长篇作品，没有本色的幻想世界的表现，这些童话作品难以与她的小说、生活故事、散文作品平分秋色。不过，想到金无足赤，尺有所短一类话，我这样讲，也许已是苛求。

[本文发表于中国台湾《儿童文学学刊》2001年第6期（下卷）]

第四辑
日本儿童文学论

《买手套》论

一 为什么强调是"童话"

《买手套》是新美南吉的代表作之一,它经常被研究者指出在故事情节和结构上存在着重大"缺陷"。例如:

> 因惧怕人类而畏缩不前的狐狸妈妈却让小狐狸去镇上,对我而言,这是无论如何也无法理解的。(中略)作为童话中出场的母亲(若是反面角色的母亲姑且不谈)这难道称职吗?因为这一抹不掉的不可理解之处的存在,我难以无条件认同《买手套》。①

> 对于作为读者的孩子们而言,难以理解的是人实在是"可怕的东西"这句话,如果"无论如何都动弹不了","没办法"的话,就不要"让小狐狸一个人去镇上",因为不过是副手套而已,不买不就行了吗?自己本身"畏缩不前",寸步难行的危险地方,为何让可爱的小狐狸"一个人去镇上"呢?说是"没办法",为什么"没办法"呢?②

---

① [日]佐藤通雅:《新美南吉童话论》,牧书店1970年版。
② [日]西乡竹彦:《〈买手套〉论——孕育矛盾的母亲形象》,《新美南吉的世界》,好博出版社1967年版。

关于《买手套》,有个孩子说了一件非常有趣的事。他说:如果我是妈妈的话,我要把两只手都变成人手,我不明白为什么只把一只手变成了人手。这句话在抓住这部作品不足之处的同时,也让我感到了这部作品的不能让人饶有兴味地品读的不幸之处。这个孩子在此遇到障碍,是因为他没有读懂狐狸妈妈所念叨的"人真的是好的吗"这句话。①

当然,尽管儿童文学研究者从各自的角度指出了作品中的"缺陷",但是,都没有否认《买手套》是一篇经典作品。也就是,借用西乡竹彦的话来说,"即便有瑕疵,玉石依然是玉石"②。不过,佐藤通雅则认为"对人类抱有恐怖心理的狐狸妈妈让孩子一个人去买手套,无论附以任何理由,这都是不自然且牵强附会的故事",因此"把《买手套》作为代表作实在是问题不少"。③

关于《买手套》的魅力,佐藤通雅谈道:"在人与动物这两种完全不同性质的存在之间,用单纯来融合,却又无法完全融合,这种带有宿命的、伤感的、不可思议的魅力正在于此。"④并且,同上述"缺陷"论大体上持相同观点的上田信道认为:"《买手套》的现实性和魅力是由'人真的是好的吗'这一问句来支持的",而且他将"人真的是好的吗"解释为这是"对人类存在的终极疑问"。⑤

引用已经很多,将上述观点概括为,《买手套》在故事情节和结构上存在重大缺陷,但作品主题是具有"趣味性"的,恐怕是可以的吧。

在我看来,无论是名作还是经典,存在某种缺陷丝毫不足为奇,但《买手套》被指出的缺陷已不再是玉的瑕疵了。如果承认《买手套》是面向小学中低年级学生的童话,并且是吸引孩子们的经典作品,那么作品的

---

① [日] 古田足日:《〈爷爷的煤油灯〉解说》,岩波书店 1965 年版。
② [日] 西乡竹彦:《〈买手套〉论——孕育矛盾的母亲形象》,《新美南吉的世界》,好博出版社 1967 年版。
③ [日] 佐藤通雅:《新美南吉论》,《国文学解释与鉴赏》1983 年版。
④ [日] 佐藤通雅:《新美南吉童话论》,牧书店 1970 年版。
⑤ [日] 上田信道:《新美南吉〈买手套〉论——人真的是善良的吗这一问句的含义》,《国际儿童文学馆学报》1986 年第 3 期。

故事必须有趣，而且母亲（非反面角色的狐狸妈妈）必须疼爱小狐狸并给他以安全感。但从被指出的"缺陷"来看，《买手套》在关键地方存在着致命伤，作为经典，难道不是已经丧失资格了吗？并且，上田信道先生所讲到的支撑作品本身的"对人类存在的终极疑问"这一主题，面向小学中低年级学生合适吗？换言之，为孩子们所喜爱的《买手套》的主题究竟是这样的吗？对于上述见解我不敢苟同。

首先从结论谈起，我认为，上述"缺陷"论和对主题的解释是错误的，而且产生这一错误的原因，就在于不是把《买手套》作为民间故事风格的童话来对待，而是以小说精神来考察的。我明知谁都认为《买手套》是童话，却还是在题目中强调"童话"，原因也正在于此。

二 为什么"只是一只手"

首先，我想就《买手套》是民间故事风格的童话这一问题，作一简单论述。

说《买手套》是民间故事风格的童话，理由有三点。一是作品具有空想性。这个故事并非在现实条件下产生，而是在狐狸与人自然交往这一空想条件下产生的，而且狐狸还会魔法。二是狐狸妈妈的预言均——轻而易举地实现。在小狐狸去镇上之前，狐狸妈妈告诉他的"有很多人家""门外挂着圆帽子招牌的房子"在镇上必定都有。小狐狸也一定会按照被告诉的那样，"咚咚敲门说晚上好"，而且人也一定像狐狸妈妈所说的那样，"开一点儿门"，小狐狸也一定伸出了狐狸妈妈说"不准伸出"的那只手。在民间故事风格的童话中，前面有了预言，后来却不实现的情形是不存在的。这也是民间故事特有的反复技法的一种。三是人物性格单纯。童话在人物描写方面，就是要放弃复杂的、现实存在的人物，而去描写单纯的性格。这些人物都不是拥有个性的人而是一种类型。个性在一般文艺中是必不可少的因素，但对于单纯的童话的儿童读者来说，复杂化了的性格是不易理解的。《买手套》中出现的人物有狐狸母子、人类母子、百姓、狐狸朋友、帽店老板，无论哪一个都是没有个性的类型。读一下结尾删除部分，便可明白：即使是看上去有点复杂的狐狸妈妈，也先是轻易地不相信人类，而后又轻易地悔过这样一种性格，虽然由于被删除，导致这一性格变得有些暧昧。

基于以上所述，可以认可《买手套》是一部民间故事风格的童话吧。如果像这样，将其作为童话来考察的话，那么它被指出的在故事情节和结构上的"缺陷"就非但不是缺陷，反倒可以说是优点。

例如"为什么只把一只手变成人手"？因为民间故事风格的童话中使用的魔法常常是有局限的。安徒生的《美人鱼》就是如此。海魔女的魔法并非任何时候都可以用，若把美人鱼变成了人，那就不能轻易再变回人鱼了。童话中魔法的局限对于故事情节的转换起着很大的作用。《买手套》中狐狸妈妈只把小狐狸的一只手变成了人手。正因为是一只，所以狐狸妈妈才能警告小狐狸"绝不能伸出这只手"。前面已经提过，狐狸妈妈的预言全部一一实现。在童话中，警告等预告的话得以实现、禁止被打破之类的情况屡见不鲜。打破禁止才会产生波澜，故事情节才得以展开。正因为小狐狸完全违背了警告，才获得了"人一点儿也不恐怖"这一对人类的信赖，而且，狐狸妈妈也因小狐狸的经历而开始悔过。也就是说"把一只手变成人手"是《买手套》主题展开的关键。如果"两只手都变成人手"，作品将会怎样，我们不得而知，总之，现在的《买手套》对孩子们而言是充满吸引力的，这是事实，并且我认为其魅力也主要在于"一只手"的设定与展开上。我深深佩服完全把握了童话精髓的儿童文学作家南吉的才华。对于"把一只手变成人手"，有的孩子是抱有疑问的，但我想，这样的孩子不会很多吧。我认为问题不在作品本身而在孩子。我想，这样的孩子也就是那些将现实的合理精神原封不动地拿来，而难以将童话中的不可思议的世界看作是理所当然的事情的孩子吧。

三　为什么让小狐狸一个人去镇上

佐藤通雅问道：为什么狐狸妈妈自己"惧怕人类畏缩不前，却让小狐狸去了镇上"？这大概也是用现实的小说精神来看待《买手套》了吧。

我并不认为狐狸妈妈的这一举动不可理解。狐狸妈妈既然已经将小狐狸的手（虽然只是一只）变成了人手，并且教给了他很多，当然可以让小狐狸一个人去镇上。这在童话中是合情合理的。童话中的人物都很单纯，他们不像现实或小说中的人物一样将事情考虑得很复杂，而是以童话中的逻辑去想问题做事情。也就是说，"我"已经把孩子的手变成了人手，虽然只是一只，但已经警告他"不能伸出"另一只，并且也具体详细地教给了他做法……这样一来就万无一失了——狐狸妈妈的性格就是如此简单。后来，狐狸妈妈曾担心地等待小狐狸的归来，但是事实上，童话《买手套》的结局注定了是小狐狸会平安归来的。小狐狸必须平安归来。让小狐狸一个人去镇上的不是狐狸妈妈，而是作家南吉。南吉让小狐狸一个人去镇上，是为了在作品中营造一种惊险，给读者孩子们以紧张感。而且其根本目的在于，通过小狐狸回到担心自己的狐狸妈妈身边这样一个可喜的大团圆，给孩子以"这样真是太好了"（人类一点儿也不恐怖）这一安心感。

西乡竹彦评论说：

> 南吉一只手在寻找"天使"般的母亲形象的同时，另一只手也并非没有触及"恶魔"般的母亲形象。难道不能说，正是这一矛盾带来了童话中母亲形象的矛盾和分裂吗？[①]

在此，我想先指出，将《买手套》中的狐狸妈妈解释成天使与恶魔并存的矛盾的母亲形象的前提是错误的。

[①]　［日］西乡竹彦：《〈买手套〉论——孕育矛盾的母亲形象》，《新美南吉的世界》，好博出版社1967年版。

西乡的论文首先引用南吉小说《归乡》中的"母亲,你将幸福与不幸带到了父亲的家里,你右手拿着白花,左手拿着黑花而来"一语之后,又论述道——

  南吉的良师益友巽圣歌曾说:"这部作品是事实的罗列。"当然不能像他那样,就说成作品是"事实的罗列",不过,至少如南吉自身所言,他幼时是"神经敏感、感受性强的孩子",对这样的他来说,母亲是同时带来"幸与不幸"的一种存在吧。①

在写作论文的当时,西乡把巽圣歌所造出的南吉的"虚像",以及把由神经敏感的南吉所造出的继母信的"虚像",原封不动拿来当成继母本人是否妥当姑且不论,我只想指出西乡将南吉的继母观和母亲观等同对待是错误的。

从南吉敏感的性格推断,可以说,对他而言,继母和生母是完全不同的。不仅仅是南吉,以世俗的眼光来看,即使是体贴入微的继母,她的爱和生母也是不同的。只是对南吉而言更加不同而已。南吉的母亲是他所歌唱的那个永远的母亲:

  母亲,你的身影
  就这样,在春日的正午
  当我倚门眺望街头时
  推着婴儿车而来
  又忽而远去
  ——同春风而来
  随春风而去
    ——《春风——母亲去世20周年哥哥亦幼年夭折》

---

① [日]西乡竹彦:《〈买手套〉论——孕育矛盾的母亲形象》,《新美南吉的世界》,好博出版社1967年版。

在南吉的内心深处，他无疑拒绝将继母信当作母亲。因此，我断言，在塑造《买手套》中的狐狸妈妈时，南吉绝对不会取材于继母信。

可以说，在明知"非常恐怖"，因此自己"无论如何也动弹不了"，却让"孩子一个人去镇上"这一母亲形象上，作者所谓的"恶魔"般的这一侧面，超越了作者的意图，无意中反映了出来。①

在我看来，西乡的这一说法犯了双重错误。他没有正确理解作为童话的《买手套》，也没有准确把握南吉面对母亲形象时的心境。

至此，我一直在强调《买手套》是民间故事风格的童话。这部作品归根结底是南吉所创作的，因此它理所当然要体现南吉的个性。刚才我也说到西乡先生所理解的南吉的母亲观是错误的，不过，南吉的母亲观也确实反映在了作品故事情节的构成及描写上。

我认为，夜晚的人类母子的关系使小狐狸对于人的信赖更加坚定这一情节设定，以及"多么温柔，多么美好，多么优雅的声音啊"这些语言表现，是出自四岁丧母，八岁过着忍受夜晚"无处派遣之寂寞"（重点号均由笔者所加）的养子生活，没有充分享受母爱的南吉对于母亲的依恋之情和对母爱的渴望。当南吉写下"听了这些，小狐狸突然想妈妈了，蹦蹦跳跳朝着妈妈等待的地方而跑去"时是怎样一种心情呢？那个"一九三三年十二月二十六日夜"（虽然《买手套》的写作时间存在疑问，但是在冬天的夜晚应该无误），也就是"寒冷的冬天从北方""到来"的那个夜晚，南吉是通过创作这个洋溢着母爱的、美好温暖的童话世界，慰藉了自己失去母亲的孤独和寂寞吧。

上田信道论述说：

对于母爱用相当夸张的表现形式来描写，这是十分引人注目的。但是，这让人产生疑问：母爱必须这样特别夸张地来表达吗？母子关

---

① ［日］西乡竹彦：《〈买手套〉论——孕育矛盾的母亲形象》，《新美南吉的世界》，好博出版社1967年版。

系有那样见外吗？南吉与继母的关系即便在此不特别提出，作品中对母爱的表现越是夸张，越不能不让人觉得别扭。①

上田信道的这一观点，大概也是没有把南吉对母亲的那份特别的心境放在研究意识之中吧。

四 所谓"人"是怎样的人

《买手套》结尾处狐狸妈妈念叨的"人真的是善良的吗"所蕴含的意味是阐释这篇作品主题的关键所在。

首先，狐狸妈妈所说的"人真的是善良的吗"中的"人"是指什么样的人？这个问题是狐狸妈妈的自问，因此这里的"人"是狐狸妈妈见过的听到过的人，也就是非现实中的普遍的人，而且是只限于出现在《买手套》中的人。

那么，南吉在作品中所创作出的人是什么样的人呢？首先，出场人物有追赶狐狸朋友的"农民"、卖给小狐狸手套的"帽店老板"及被小狐狸听到他们谈话的母子。其中，"农民"是狐狸妈妈亲身接触过的人，"帽店老板"和母子是小狐狸亲身接触过的人。狐狸妈妈接触过的人"很可怕"，小狐狸接触过的人"一点儿也不可怕"。可见，狐狸妈妈和小狐狸的人类观是多么的不同。那么，哪一个是正确的呢？

对此，上田信道说道：

> 客观来看，我们不得不说，小狐狸的判断是从其肤浅的经验而作出的轻率判断，而狐狸妈妈的疑问才是正视了现实。②

---

① ［日］上田信道：《新美南吉〈买手套〉论——人真的是善良的吗这一问句的含义》，《国际儿童文学馆学报》1986 年第 3 期。

② 同上。

但是，若不去客观地正视现实，而是客观地看待作品的话，那么，我认为小狐狸的判断比狐狸妈妈的判断更具说服力。因为，"农民"是在"狐狸朋友要偷某家家鸭"时而追赶的那只狐狸，并不能称其为做坏事。相反，尽管"帽店老板"知道对方是狐狸，并且也怀疑小狐狸"肯定拿树叶来买"，但也没有依据先入为主的观念来捉小狐狸，而是在确认"是真钱"后，"拿出小孩戴的毛线手套放在小狐狸手上，让他拿好"这件事，还有人类妈妈对孩子的爱以及人类母子对狐狸母子的善意等，都证明人是善良的，至少"一点儿也不可怕"。

上田信道对帽店老板的善意是这样解释的：

> 作品中帽店老板的"善意"归根到底是在小狐狸付了真钱这一前提下成立的，而不是心心相连而成立的。①

我也十分重视小狐狸拿出的不是"树叶"而是"当当发出好听声音"的真正的白铜板这一点。但是，与上田信道看法不同的是，我认为这个真正的白铜板，在作品中不单单是作为买卖媒介的钱，而是狐狸与人"作为属于不同生存空间的灵魂的共鸣"的一个原点，也就是"诚意"的一种象征。而且，我认为南吉在将真正的白铜板与狐狸朋友偷盗这种没有"诚意"的行为作对比。在我看来，这种"诚意"在南吉的其他童话代表作《狐狸阿权》《拴牛的山茶花树》《花树村和小偷们》中，也是被始终追求的。

退一步来说，假如帽店老板像上田信道所说的那样，是"从商品交换的角度出发""无论对方是谁，只要付了公道的价钱，就无妨"，那也不是可怕的坏人啊。但是，作品中的"帽店老板"看上去果真是这样的人吗？从"帽店老板"不是递给小狐狸，而是"放在小狐狸手上，让他拿好"这一动作以及小狐狸对狐狸妈妈说"给了我这样一副暖和的好手套"，并把戴着手套的双手"啪啪"拍给妈妈看这一言语行为来看，我感觉"帽店老

---

① ［日］上田信道：《新美南吉〈买手套〉论——人真的是善良的吗这一问句的含义》，《国际儿童文学馆学报》1986 年第 3 期。

板"是善良的人。南吉在写有关"帽店老板"的内容时,是否有意识姑且不论,但的确是使用了支持"帽店老板"的语言。虽然小狐狸涉世不深,但其感觉却绝不迟钝,不,莫如说比作为大人的狐狸妈妈更为敏锐。

如此不去客观看待现实而是客观地看待作品,我认为狐狸妈妈所说的"人真的是善良的吗"中的"人",与好坏相比,倒更是足以信赖的"一点儿也不可怕"的存在。而且,我认为,《买手套》的主题是,只要以"诚意"相待,狐狸与人可以产生"属于不同生存空间的灵魂的共鸣"。

五 "人真的是善良的吗"这一问句的含义

我将狐狸妈妈所说的"人真的是善良的吗"中的"人"解释成"一点儿也不可怕"的足以信赖的存在,但讲这句话的狐狸妈妈本人最终认为"人"是怎样的呢?接下来我想就"人真的是善良的吗"的含义作一下阐释。

再来客观地看一下作品。使狐狸妈妈产生"人是可怕的东西"这一人类观的是狐狸朋友被农民狠狠地追赶,仓皇逃命这一事件。在此,重要的是狐狸妈妈认为"人是可怕的东西"的同时,从一开始就承认狐狸朋友也是坏的这一事实。因为作品中也清楚地写道,"我劝他别干,他不听"。为什么狐狸朋友做了坏事,而狐狸妈妈却对人产生了不信任感呢?这是因为它不了解其他的人。因此,当它听了小狐狸的经历时,马上"小声念叨:'人真的是善良的吗?人真的善良的话,那企图骗人的我真是犯了天大的过错',并用清澈的眼睛仰望神灵所在的星空",开始反省悔改。这是童话般特有的或者是孩子特有的单纯的逻辑。

众所周知,刚才的引用是南吉的初稿。后来,南吉推敲、润色时才改成"人真的是善良的吗?人真的是善良的吗?"但是,我认为从故事情节来看,初稿不仅非常自然,而且道出了南吉的本意。

那么,南吉又是根据什么想法,对结尾处进行润色与删削的呢?这一润色与删削又为作品带来了什么样的结果呢?关于结尾处的润色与删削的动机，南吉自身并没有提过，因此只能推测。滑川道夫先生解释为"南吉反省如若那样写就写过头了，因而以狐狸妈妈的疑问来结束"①。虽对"以疑问来结束"稍有不满，但我很赞成滑川道夫先生的"反省写过头"的解释，也就是说，这一润色与删削是南吉为留有余韵而采取的做法。

这是原因之一，我认为还有其二。狐狸妈妈反省"人真的善良的话，那企图骗人的我真是犯了天大的过错"，但我认为她把小狐狸一只手变成人手，乍看上去是要骗人，但只要让小狐狸带着真的白铜板去了，那么这一行为就难以称其为欺骗，尤其是"天大的过错"。狐狸妈妈的反省有些牵强。从"犯了天大的过错"这一没有必要的反省以及仅仅因为要行窃的狐狸朋友被百姓追赶这一件事就相信"人是非常可怕的"这一点来看，狐狸妈妈似乎在某一点上与神经质和郁闷的南吉有着相似之处。

最近，保坂重政考证《买手套》结尾处的删削是南吉晚年的1942年前后所做。② 至少可以说是南吉当了安成女子高中的教师才做的删削的可能性很大。安成女子高中时代是南吉在生活上和精神上都安定和有余裕的时代。我想这种精神上的安定来自"身在'乡间'，身为'东京人'的自身的'教养'被认可"而为"南吉带来了对儿童文学坚定的自信"。③ 可能与先前相比内心有余裕的南吉再次推敲《买手套》时，意识到了刚才提到的狐狸妈妈反省的牵强。

如此解释，当然结论也就是润色与删削为作品带来了余韵。与此持不同观点的上田信道认为初稿的结尾把狐狸妈妈认为人是可怕的动物这一认识完全改变，而得到了人是善良的值得信赖的这一认识，于是就有了处于不同立场的存在可以相互理解这样一个乐天的结尾。④ 对此我基本上赞成。

---

① [日] 滑川道夫：《以幼儿童话和初期作品为中心》，《新美南吉全集1卷·解说》，牧书店1965年版。
② [日] 保坂重政：《解读"推敲"——以〈狐狸阿权〉和〈买手套〉为中心》，《日本儿童文学》1990年8月号。
③ [日] 安藤美纪夫：《新美南吉与〈乡村〉》，《新美南吉的世界》，好博出版社1979年版。
④ [日] 上田信道：《新美南吉〈买手套〉论——人真的是善良的吗这一问句的含义》，《国际儿童文学馆学报》1986年第3期。

他接着又谈到,比较两个结尾,"初稿中体现出的对人的全面信任在定稿中却被置换成了人是否值得信赖这一对人的终极怀疑"①。对此解释我有疑义。据上田信道的说法,对《买手套》最后狐狸妈妈70余字的念叨所作的删削和"人真的是善良的吗"这一问句的添加,使得作品主题完全改变且变成其对立面。但是,文学创作不会是如此简单的工作。作品主题是由文学形象来支撑的,因此一旦《买手套》形成了乐天的主题,那么,只要故事情节和人物形象等没有发生重大改变,那么主题也是不可能逆转的。

当然,并非说这一润色与删削是不重要的。刚才也提到了南吉是为留有余韵而作润色、删削的。其实,作品在留有余韵的同时,也在某种程度上产生了模糊性。但是,即便如此,作品主题从根本上依然没变。"人真的是善良的吗"这一问句是包含着狐狸妈妈对自己不信任人类的反省和要改变人是可怕的这一认识的。如果没有这些内涵,又怎能说是余韵呢?狐狸妈妈清楚说到的改变对人类不信任的话被删除了。尽管如此,对保留下来的"人真的是善良的吗"这一问句的回答方向是不变的。决定回答方向的不是最后删掉的狐狸妈妈的小声念叨,而是至此的整个故事的艺术形象。

南吉作过推敲的不仅仅是作品结尾。此外还有被当作问题指出的修改,即"村子"都改成了"镇子",故事的舞台由村庄变成了城镇。对此修改应如何解释呢?

保坂重政这样讲道:

> 初稿与修改后的文本相比,作品本身发生了戏剧性的变化——从简单的童话基调一转,变成了包含对人类存在的怀疑这样一个充满紧张感的结尾。而且,难道不是在做此联系时,南吉才将作品的舞台由"村庄"变成"镇子"的吗?因为,在自然产生的民间故事风格的童

---

① [日]上田信道:《新美南吉〈买手套〉论——人真的是善良的吗这一问句的含义》,《国际儿童文学馆学报》1986年第3期。

话世界里,"村子"中,被狐狸妈妈怀疑"人真的是善良的吗"这样的人是不存在的。①

并且,作为论据,保坂重政又引用了南吉的作品。"在只有农民居住的村子,可以真正地享受平和的金色的暮色"(《和太郎与牛》),"那样的话,村子必须是心地善良的人居住的"(《花树村和小偷们》)。

从上述南吉作品中可以看出,对南吉来说"农民"和"村子"是一体的。如果南吉像保坂重政所言一样,因为村子住的是心地善良的农民,而将"村子"改为"镇子"的话,那么这确实是把"人真的是善良的吗"这一疑问当作"对人类存在的怀疑"这一观点的有力证据之一。但在定稿中,南吉不是又把追赶狐狸朋友而使狐狸妈妈对人产生不信任感的人称作了"农民"吗?

我实际查对了南吉的初稿和誊写稿(均为手稿),发现南吉在誊写稿之后,又再次推敲"要偷某农民家的鸭子时,被农民发现而被狠狠追赶"那部分时,把"某农民家"中的"农民"删除,而把紧跟其后的"被农民发现"中的"农民"原样保留下来了。因此,我认为依然把追赶狐狸朋友的人称为"农民"是笔下疏漏的可能性几乎为零。

将"某农民家"改成"某家",将"被农民发现"原样保留,又将"村子"改为"镇子",这些修改是誊写稿之后所做的修改,是显而易见的。

据《校订新美南吉全集》中《买手套》的《解题》记载,南吉对于誊写稿的修改是从1938年8月到1939年5月这一时期。这样可以推定初稿的再度修改是在其晚年当安城女子高中教师时所为。这一时代的南吉依然把带给狐狸妈妈对人类不信任感的人称为"农民",因此,我无论如何也难以认同保坂重政所讲的南吉将"村子"改为"镇子",是因为"在'村子',被狐狸妈妈怀疑'人真的是善良的吗'这样的人是不存在的"。

---

① [日]保坂重政:《解读"推敲"——以〈狐狸阿权〉和〈买手套〉为中心》,《日本儿童文学》1990年8月号。

相反，我倒是觉得，保坂重政所说的，"作为挂着'圆帽招牌'的地方，或者作为给孩子哼唱着舒伯特的摇篮曲的母亲所住的地方，'镇子'比'村子'更合适"这一说法是有道理的。

写下"在都是农民居住的村庄，可以真正享受平和的、金色的暮色"的晚年的南吉依然把追赶狐狸朋友的人称作"农民"，难道不正是证明南吉自身并没有打算将狐狸妈妈的"人真的是善良的吗"这一问句作为对人类的怀疑的一个证据吗？

我实在难以从南吉所创造的《买手套》的美好、温馨、安全的童话世界中感觉出狐狸妈妈的"人真的是善良的吗"这一问句是对人类的怀疑。

小狐狸拿到了暖和的手套并懂得了人类母子的心情，又平安回到自己想念的狐狸妈妈的身边以后，南吉作了这样的自然景色描写："两只狐狸朝森林走去。月亮露出来了，狐狸的毛皮闪着银光，留下的脚印窝里盛着天蓝色的影子。"狐狸母子出来时，"漆黑漆黑的夜"铺开的"包袱一样的影子"，变成了"月亮露出来了，狐狸的毛皮闪着银光，留下的脚印窝里盛着天蓝色的影子"。我认为有必要注意这前后的对照描写。这些景色映在狐狸母子的眼中，更浮上了南吉的心头。南吉在结尾处为何描写了这么美丽、明亮的景色呢？当时，在南吉心中有着喜悦和感动吧。至少心境不是灰暗的。这种心境又怎么能与怀疑人类的心境有联系呢？

在创作《买手套》时，南吉如愿考入东京外语学校英语部，并且《赤鸟》上发表了《狐狸阿权》《野狗》以及众多的童谣，他一定看到人生的前途是光明的。吟唱着"那时／太好了／那时的一切／都太好了"（诗歌《信》）的南吉将童话《买手套》作为歌颂对人类信赖的乐天作品难道如此不可思议吗？在即便死这一黑影遮罩眼前的晚年，南吉依然创作了一连串乐天的民间故事风格的童话、故事，对于他的心灵的坚强我时常感动不已。我认为，平静地迎接死的到来的南吉与再苦再难也不沮丧的童话精神，在本质上是一致的。正因为如此，南吉才在他短暂而苦难的生命历程里，让民间故事风格的童话开出了绚烂的花朵，并且更以民间故事风格的童话而非少年小说，奠定了他在日本儿童文学史上经典作家的地位。

漆黑漆黑的夜，如同包袱一样伸展开黑影，包裹着原野和森林，可是，由于雪是那么洁白，无论黑夜怎么包裹，雪还是白白地浮现了出来。①

我感到，《买手套》中这一节自然描写，象征着新美南吉的生涯和人生观。

［此文为日文写作，发表于《宫泽贤治与新美南吉比较研究》（日文版），文溪堂 1994 年版。中文译者为田波］

---

① ［日］保坂重政：《解读"推敲"——以〈狐狸阿权〉和〈买手套〉为中心》，《日本儿童文学》1990 年 8 月号。

中日儿童文学术语异同比较

在文学艺术领域，用一种语言去表现另一种语言创造的世界是一件极其艰难而又危险的工作。凡是从事过文学翻译的人都知道，翻译是多么不可靠的东西。它总是违背原文，似乎不断地从原文中夺走某些价值，再将某些因素添加到原作上去。正是因此，在意大利才有"翻译者即是背叛者"这样的谚语。既然一种语言无法将另一种语言的意义彻底还原，那么研究母语以外的语言的文学，或者对母语文学与其他语言的文学进行比较研究的时候，精通对方的语言，从原作入手就成了保证研究具有科学性、准确性的重要和先决的条件。而对那些更多地通过翻译来了解不同语言的民族的文学的人来说，便要首先打消自己能够原原本本地了解对象的奢望，做好"上当受骗"的心理准备。

语言的这种尴尬也不无例外地横在汉语与日语之间。比如，汉语的小说很少使用连词，这使日本译者大伤脑筋，其译文有时不由自主地现出原本没有的接续关系。反过来，日语小说中的时态、敬语、男女用语也令中国译者不知所措。在学术性研究方面，汉语与日语之间的隔膜依然存在，只不过与表现人的思想、情感、心态的文学作品相比，其疏离程度小一些而已。

在中日儿童文学的交流中，语言既是桥梁也是沟堑。凡是懂得对方的语言，同时又了解两国儿童文学的理论和文学史的人，都会感到双方使用的某些儿童文学术语，或者是难以对接，或者不能完全契合。我们绞尽脑汁去寻找与对方语言相对应的语汇，却常常词不达意，令人失望。这也不奇怪，人类是借助语言进行思维从而认识世界的，当不同文化背景下的不同民族对一种文学怀有不同理解时，当然首先表现出语言方面的疏离。不过事情总有它的另一面。如果循着中日两国儿童文学用语的疏离进行探究，反而更能披露各自的性格，而明确了彼此的性格，显然是为交流奠定了基础。

下面，我站在中国儿童文学接受日本儿童文学的立场上，阐述两国儿童文学的一些重要用语的异同。

日本：“童心主义”VS中国：“童心主义”

日本儿童文学中的"童心主义"一语，指的是日本大正（1912—1926）后半期的儿童文学主流思想。"童心主义"将处于人生中的儿童期的纯真善感的心态称为"童心"，把回归童心作为成年人的生活理想。历史地看，日本的童心主义同时包容着积极和消极两个方面。

在20世纪的第二个十年里，半封建的日本近代社会掀起了被称为"大正民主主义"的自由思想的浪潮。尊重儿童的人格和自由的近代儿童观取代了封建的儿童观，渗透进教育和儿童文化的领域。在这一时代的机运中，刊载童话、童谣作品的《赤鸟》于1918年创刊。继此之后，《金船》（1919年，后改为《金星》）、《童话》（1920）等杂志也相继诞生。这些杂志便成为童心主义儿童文学的主要舞台。

儿童拥有一个与成人不同的独自的心灵世界和生活领域，这一对儿童的发现，在日本大正时期的作家和诗人们那里，是以对"童心"的发现表现出来的。提倡创作"童心童语"的新童谣的北原白秋以及西条八十、野口雨情等诗人的童谣，小川未明、浜田广介、千叶省三等作家的童话，超越了各自资质和风格的差别，共同立于解放童心的理念之上。特别是童谣作品，与作曲结合在一起，相映生辉，绽放出童心艺术的花朵。

童心主义尽管本来具有歌颂儿童的内部世界的积极意义，但也产生了封闭在作为成年人怀旧的"童心"里面的倾向。尤其是童心主义的亚流思想，将"童心"与成人的世界隔离开来加以赞美，陷入逃避现实的观念论的泥淖，脱离了现实生活中的儿童。由于昭和初期无产阶级儿童文学对童心主义的批判以及时代的变化，童心主义急速地衰落下去。但是"童心主义"一语仍然为现代日本儿童文学所承继使用着。正如人们面对那些将儿童单纯地当作可爱的存在加以描写，缺乏真实感的甜蜜蜜的童话，常说"这是童心主义"所显示的，在现代日本，人们往往从消极的意义方面使用"童心主义"一语。

中国早有"童心"一词。《左传·襄公三十一年》篇中就有"于是昭公十九年矣，犹有童心"之说。而作为一种思想观念的阐述，则首推李贽的"童心说"一文，尽管其所发并非儿童文学的议论。

进入现代，鲁迅等现代文学作家用过"童心"一语，不过中国儿童文学第一次讨论"童心"问题是在1960年。1958年，陈伯吹在《儿童文学研究》（内部刊）第4期上发表了《漫谈当前儿童文学问题》一文，其中有这样的话："如果审读儿童文学作品不从'儿童观点'出发，不在'儿童情趣'上体会，不怀着一颗'童心'去欣赏鉴别，一定会有'沧海遗珠'的遗憾……"到了1960年，随着文艺界对修正主义文艺思想的批判拉开帷幕，陈伯吹的上述观点也被作为"童心论"来批判。正如1980年重新讨论"童心论"时，陈伯吹所解释的，当时他所讲的"童心""也就是儿童的思想与感情的结晶体"。阅读有关"童心论"讨论的文章，可以清楚看到，陈伯吹以及其他人所说的"童心"，强调的只是成人对儿童的理解，而非哲学观念上的崇尚，因而与日本童心主义儿童文学所提倡的"童心"属于不同的次元。

中国的儿童文学，直到近年以前，一直没有"童心主义"一语。尽管在中国现代文学史上可以找到鲁迅、冰心、丰子恺等推崇赞美"童心"的作家，在他们的作品中可以体会到某些与日本童心主义儿童文学相似的心境，但是，在阶级斗争和抗日救亡的时代大洪流中，"童心"只能是转瞬即逝的浪花，无法像日本那样成为一个时代的主流的儿童文学思想。

据我所知，第一次将日本童心主义介绍到中国的是王敏的《日本儿童文学中的童心主义》；第一次将日本童心主义思想与中国作家崇尚"童心"的心境进行比较研究的是朱自强的《鲁迅的儿童观：儿童文学视角》；第一次从哲学观上论述儿童文学的"童心"问题的是班马的论著《中国儿童文学理论批评与构想》，稍晚其后的王泉根的论著《儿童文学的审美指令》与班马持相同问题意识阐述这一观念时，则进一步以"童心主义"取代了"童心"一语。由此，中国的儿童文学开始了对"童心主义"的思考。

班马、王泉根在人生哲学方面对"童心"或"童心主义"所作的思考基本同日本的"童心主义"思想位于同一次元，然而在作为儿童文学的创作方法来思考时，王泉根对新时期中国儿童文学创作中所谓"童心主义"现象的评价则有忽略"童心主义"负价值一面之嫌。比如，他所高度赞誉的曹文轩的"童心崇拜"的小说《红枣儿》《静静的小河湾》《静静的水、清清的水》《哑牛》，便流于对纯洁无瑕的"童心"的简单、浅层的赞美，是童心主义的亚流作品。

由于汉语与日语共同使用相同汉字的特点，目前我们直接用汉语的"童心主义"对应日语的"童心主义"一语。但是，这种文字表达上的便利却带来了潜在的危险，即容易产生一种错觉，以为中国对"童心主义"的理解与日本的"童心主义"概念是一致的。然而，正如前文所述，目前中国认识、理解的"童心主义"与日本的"童心主义"是两个意义不尽相同的概念。在这种情况下虽然在谈论日本儿童文学或对中日儿童文学进行比较时，用汉语的"童心主义"指谓了日语的"童心主义"，但是，严格来讲，这里的"童心主义"并非"童心主义"。造成这种疏离的原因是两国对儿童文学在某些方面怀着不同的理解，拥有不同的儿童文学史。

日本："ファンタジー"VS 中国：？

日本是一个善于吸收外来文化的国家。日语中大量外来语的存在便证明这一开放的接受态度。日语的"ファンタジー"一语来自英语中的 fantasy。"ファンタジー"有两个意思，一个意为幻想，另一个是指一种文学体裁。这里谈论的是后者。

正如词源所显示的，"ファンタジー"这种文学体裁发源于英国。深受欧美儿童文学影响的日本从1960年石井桃子等人出版评论集《儿童与文学》起,开始使用"ファンタジー"这一概念,目前,"ファンタジー"在日本儿童文学界,已作为儿童文学的一种体裁而被固定下来。日本学者神宫辉夫给"ファンタジー"下的定义可以代表一种普遍的认识:"包含着超自然的要素,以具有小说式的展开的故事,引起读者惊奇感觉的作品。"[①] 日本"ファンタジー"的滥觞之作是佐藤晓的《谁也不知道的小小国》(1959)和乾富子的《树荫之家的小人们》(1959)。

然而,中国儿童文学界一直没有一个与日语"ファンタジー"相对应的文学体裁称谓。在中国,仍然普遍把"ファンタジー"作为"童话"来看待。这是因为,在创作方面,"ファンタジー"还没有作为文学体裁被确立起来;在世界儿童文学史研究方面,还没有明确幻想型故事文学所走过的民间童话文学童话"ファンタジー"这三个历史阶段。当然,不是说中国连一篇自己的"ファンタジー"都没有,也不是说中国的研究者一点都没有注意到幻想型故事文学向"ファンタジー"的发展(关于这方面的情况请参见拙文《小说童话:一种新的文学体裁》)[②]。然而,在把"ファンタジー"作为一种文学体裁来认识这一层次上,中国与日本相比则存在着明显的时间差。怀着改变中国在"ファンタジー"认识问题上,与欧美(包括日本)的非同步状况这一问题意识,我曾在《小说童话:一种新的文学体裁》一文中,抛砖引玉式地以"小说童话"作为与"ファンタジー"相对接的文学体裁用语,论述了在中国确立"小说童话"这一文体的依据、"小说童话"的本质、"小说童话"的成因及其艺术魅力。给"ファンタジー"一个对应的汉语名称并不难,难的是深刻理解它的本质,把握它后面的文学史背景,在创作上确立"ファンタジー"文体并在此基础上建立真正的文体批评式的作家、作品论。这显然需要一个不短不易的过程。没有这个过程,中国儿童文学是难以与日本儿童文学的"ファンタジー"进行精确(相对)对接的。

---

① [日]神宫辉夫:《儿童文学的主将们》,日本广播电视出版协会1989年版,第115页。
② 载于《东北师大学报》1992年第4期。

日本:"童话" VS 中国:"童话"

尽管有些研究者曾提出异议,但是我在经过考证之后,仍然认为周作人的"童话"一词"是从日本来的"这一说法是可信的。

中国第一次使用从日语词汇引进的"童话"一词是在1908年,见于孙毓修为商务印书馆主编的《童话》丛书。由于年代久远,《童话》丛书的原始出版物大多散佚,但根据赵景深所著《民间故事研究》一书对孙毓修所编童话来源的整理,我们可以了解到,《童话》中除了"《书呆子》和《寻快乐》似乎是沈德鸿的创作"外,其余"童话"均为编写、编译的中国历史故事、外国神话、童话、寓言和小说。即是说,孙毓修所用的"童话"便是儿童文学的代名词。"童话"一词后来经过周作人等学者的考证研究,范围逐渐收拢。到了新中国成立以后,儿童文学界几乎一致认为"童话"是一种特殊的幻想故事,即把幻想作为童话的最根本的艺术特征。

与中国儿童文学对"童话"的认识过程相比,日本的"童话"意义的变化更为复杂。虽然日语的"童话"一词的出现早于中国近一百年(1810),但是江户时代的"童话"指的是从民间故事中选取的适合儿童的故事读物,而近代意义的日本儿童文学的诞生却是在岩谷小波出版《小狗阿黄》的1891年。尽管在明治时期,从事儿童教育的人士使用过"童话"一词,不过明治时期文学领域里的人士以及后来的研究者都以"御伽噺"(下文将作论述)来覆盖明治时期的儿童文学。进入大正时代,铃木三重吉不满于以岩谷小波为代表的明治时代的"御伽噺"文笔上的粗糙,选材上的不全面,创刊了艺术杂志《赤鸟》,旨在创造"具有真正艺术价值的文笔流畅、优雅的童话和童谣"。从此日本儿童文学(叙事性作品)从"御伽噺"的时代进入了"童话"的时代。

从在《赤鸟》上发表的"童话"可以看出,所谓"童话"既有表现幻想的"童话",也有描写现实的"童话"。前者的代表性作家是小川未明,后者的代表性作家是坪田让治。从铃木三重吉把素材和表现方法完全不同的两类作品都纳入"童话"这一点可以肯定，对他而言，"童话"就是以具有艺术性的语言为儿童所创作的故事。这一对"童话"的理解为当时的日本儿童文学界所普遍接受，这样的"童话"不断产生，直到"二战"之后的"童话传统批判"发起为止，"童话"一语发挥着儿童文学的代名词的功能。

需要指出的是，三重吉所追求的艺术童话具有排除年龄大的儿童的特征。"童话"的"童"不是指所有的儿童，而是指年幼的儿童。另外从兼收并蓄幻想故事与现实故事这一点看，"童话"也不是文学体裁上的名称。

如果大正艺术儿童文学运动的组织者、领导者铃木三重吉在文学体裁上不是抱着如此模糊的认识，恐怕日本儿童文学的"童话"用语不会在漫长的时期里呈现着严重的暧昧和混沌的状态。可以说，这种暧昧和混沌即使在今天依然程度不同地存在着。

比如，以儿童小说《一串葡萄》争得日本近代儿童文学史上的一席重要地位的文坛作家有岛武郎的儿童文学作品集《一串葡萄》便仍被称为"童话集"。但是，该集子中的作品均为小说和现实故事，没有一篇是表现幻想内容的。再如，讲谈社于1989年出版的新美南吉的儿童文学作品集《新美南吉童话大全》中，儿童小说也占了相当的比例。

通过上述分析可以看出，日语的"童话"含义十分暧昧，在很多情况下与汉语的"童话"显然不是能够对应的概念。

日本进入昭和时代之后，开始出现将"童话"限定为包含幻想要素的故事性作品的倾向。这样的主张大都出自专事儿童文学的人士。为了避免"童话"含义的暧昧，有时便在"童话"的前面冠以限制词。"生活童话"便是这样的语汇。从文学发展史的立场来看，"生活童话"是1930年前后发展起来的无产阶级儿童文学为伪装自己的阶级色彩而造出的名字，但是到了无产阶级儿童文学运动完全衰微下去的1935年前后，"生活童话"则广义指以写实手法描写儿童日常现实生活的作品。用日本学者上笙一郎的话说，这是因现实主义未得确立才应运而生的一种既非童话也非儿童小说的折中形式。"生活童话"在1953年早大童话会发起"童话传统批判"时，因被倡导现实主义小说创作方法的早大童话会的主将鸟越信和古田足日认为是与"私小说"同质的文学,受到激烈批判,从此销声匿迹,"生活童话"也成了死语。

在中国,尽管也曾有一些与日本的"生活童话"相近似的儿童故事,但由于没有日本"生活童话"那样的一种文学史的现象和过程,因而,目前中国的儿童文学用语中依然找不到与"生活童话"相对应的文学用语,而只好依凭汉语与日语使用相同汉字的天然条件将其译成"生活童话"。但是,如上所述,如果对日本儿童文学史缺乏了解,这种译法还是使人有些不知所云。

日本:"御伽噺" VS 中国:?

"御伽噺"是日语使用汉字自造的文学用语,在汉语中找不到与其相对应的固有词汇。"伽"的意思是不去睡觉而来讲述故事,"噺"字则指为了不重复同一个内容而加进新意的故事。以《小狗阿黄》(1891)拉开近代日本儿童文学帷幕的岩谷小波创造了"御伽噺"这一用语指谓写给儿童的童话、故事。"御伽噺"被明确提出的标志是1894年1月号的《幼年杂志》所设立的"御伽噺"专栏。岩谷小波笔下的"御伽噺"既有神话传说、民间故事、传记的改写,也有如《小狗阿黄》那样的独自创作。而"御伽噺"的主流则属于后者。

前文已述,日本儿童文学从明治时期到大正时期,是从"御伽噺"的时代进入了"童话"的时代。那么,都是指谓写给儿童的童话和故事,为什么却使用了两个不同的用语呢?

在思想内容上,岩谷小波的"御伽噺"正如当时人们对《小狗阿黄》批判时指出的那样,包含着封建的道德观念,宣传的是仁义忠孝、劝善惩恶的陈旧的儒教思想,其塑造的少年英雄迎合了明治时期国家富国强兵、个人出人头地的时代风潮;而大正时期以《赤鸟》为代表的"童话"的思想基础则是个人主义、民主主义、人道主义的新思想,其响应的是不为国家的目标所左右,思考个人的生活,探索个人的生存方式的时代风潮。

在文学表现上，岩谷小波的"御伽噺"正如其词源意义所显示的那样，具有民间文学讲述的风格，注重外向性，文笔比较粗糙；而大正时代以小川未明为代表的"童话"则摆脱了民间文学的讲述性，以优雅的文笔创造了一种内向的"诗意的""情感的"艺术世界。

以上可见，"御伽噺"和"童话"虽然都是为儿童创作的童话、故事，但是其性质却有极大的区别。因此日本儿童文学以两个不同的用语来分别指谓，实在是符合儿童文学史的客观逻辑，科学而又合理。不过这却给具有不同的文学发展史和使用不同语言的中国儿童文学带来了困窘。把"御伽噺"称为童话故事显然不科学，因为这样既无法显示"御伽噺"的文学史的性格，也不能揭示其文体上的特质。另外，还极易与大正时期的"童话"相混淆。郎樱、徐效民在翻译上笙一郎的《儿童文学引论》时，因无法为"御伽噺"找到一个相对应的汉语名称，而取其原文译为"御伽噺"，并在注释中加以简短说明。这种做法比较明智，缺点是"噺"字非中国现代汉语，在表记和识读上给不懂日语的人带来了不便。我个人有个想法，就是能否以"小波式童话故事"来对称"御伽噺"，不论是取日语原文还是用"小波式童话故事"或其他除"童话故事"以外的名称，要想使其固定为被普遍接受的用语，对日本儿童文学的"御伽噺"持有文学史和文体上的认识是必需的条件。

日本："战争儿童文学"VS中国："战争儿童文学"

日本儿童文学中有"战争儿童文学"这一用语，指的是反对战争，希望和平的儿童文学作品。虽然有日本研究者指出应该用"反战和平儿童文学"代替"战争儿童文学"这样一个不准确的名称，但作为文学用语，"战争儿童文学"已经约定俗成。"战争儿童文学"的问题核心是日本侵华战争和太平洋战争。

中国儿童文学界以"战争儿童文学"来对应日本的"战争儿童文学"。但是，如果是不了解日本现代儿童文学面貌的人，便难以从汉语的"战争儿童文学"去准确把握日本的"战争儿童文学"这一概念。造成这一障碍主要有两个原因。

第一个原因。日本的"战争儿童文学"已经成为"二战"后日本儿童文学的一个特殊而重要的创作领域。仅从1980年出版的石上正夫、时田功编著的《战争儿童文学350篇选》一书便可以想见"战争儿童文学"的宏大规模。但在中国,虽然也有相当数量的表现战争的作品,如《鸡毛信》《小兵张嘎》《小马倌与大皮靴叔叔》等,但是作家尤其是研究者并没有普遍地将战争儿童文学作为一种问题意识来探讨,因而也就没有形成这一概念。中日两国的不同态度是缘于双方与战争的不同关系。虽然日本侵华战争给中国人民带来的伤害和损失要远远超过侵略一方的日本,但中国最终是以反侵略战争的胜利者形象而出现的,即"战争胜利"挽救了中国。而日本则自食了战争惨败的恶果,美国在广岛、长崎投下的两颗原子弹,更是给日本民族心理上造成了长久的战争恐惧;在另一方面反而恰恰是"战败挽救了日本"。从战败中吸取教训,不再发动战争,成了日本民族的"二战"后呼声(当然也有不甘心失败,企图卷土重来的军国主义者)。在上述两种心态下,自然在表现描写战争的儿童文学创作中表现出不同的旨趣和重视程度。中日两国的描写战争题材的儿童文学作品都有对战争的控诉,所不同的是对抗日英雄的歌颂和赞美往往成为中国儿童文学作品的主旋律,而对侵略战争的反省往往沉淀为日本"战争儿童文学"的底蕴。

第二个原因。在日本,是把"战争儿童文学"作为文学体裁的用语来使用的,而在中国则把"战争儿童文学"理解为题材上的划分归类。这是因为中日两国在文学体裁上具有不同的认识和理解。在日本,文学体裁除了有儿歌、小说、童话、儿童剧这样的与中国相通的体裁划分,还有另一种划分法,即在叙事性儿童文学作品中,分出动物故事、玩具故事、历史小说、冒险小说、家庭小说、学校小说、职业小说、侦探小说等。"战争儿童文学"便是基于后一种划分法的逻辑所生成的文学体裁。

只有在将日本"战争儿童文学"的上述特点纳入思维框架之后,汉语的"战争儿童文学"与日语的"战争儿童文学"才开始接轨,否则,即便使用相同的汉字去对应,概念的内涵也是断裂交错的。

日本："少年小说" VS 中国："少年小说"？

日语的"少年小说"与汉语的"少年小说"都是各自固有的儿童文学用语，尽管使用的时间早晚不同。虽然这两个用语的表记完全相同，但是并非在任何情况下意义都能契合。

在近代日本儿童文学史研究中，"少年小说"基本是大众儿童文学范畴中的用语。菅忠道的《日本的儿童文学》一书，在论述大正时期、昭和时期的大众儿童文学时，使用的便是"少年小说"这一用语。从该书中可知，活跃于当时的大众儿童文学作家佐藤红绿也是把自己的作品如《呵，把花儿插入玉杯》称为"少年小说"的。鸟越信的《日本儿童文学指南》以"大众的、通俗的少男少女小说"作为"大众儿童文学"的同义语。不满于历来的日本儿童文学史或者无视大众儿童文学或者偏重艺术儿童文学的状况的二上洋一，著述了通史式的评论著作《少年小说的谱系》，以"少年小说"作为"大众儿童文学"的同义语。

在中国，民国初年，受才子佳人小说、侦探小说、武侠小说、黑幕小说等大众通俗读物的影响而产生了"通俗的儿童读物"。由于后来的"五四"文学革命，"通俗的儿童读物"衰弱了下去，而到了 30 年代，又开始了巨大的复苏。尽管如此，中国的现代儿童文学史研究并没有将其纳入视野，而在新中国成立后，大众儿童文学则完全是一片空白。中国的儿童文学史研究既然没有大众儿童文学这一概念意识，当然也就没有能与日本的"少年小说"（大众儿童文学）相对应的用语。如果与日本的"少年小说"（大众儿童文学）相接轨，显然不能用"少年小说"而只能用"大众儿童文学"或者"大众少年小说"这样的用语。

近代的日本儿童文学史中的艺术的儿童文学不使用"少年小说"而是以"童话"来指谓。到了"二战"后，为促使艺术的儿童文学从"童话"发展到小说作出重要贡献的，是早大童话会发表的《少年文学宣言》。"二战"后日本儿童文学中的"少年小说"（有时包括少女小说，有时则仅指少男小说，所以日本儿童文学用语中还有"少年少女小说"）用语基本上等同于中国从新时期开始广泛使用的"少年小说"。需要指出的是，日本儿童文学研究、评论中，有时使用"少年小说"用语，有时则以"リアリズム"（现实主义）来指谓我们中国所理解的现实主义的"少年小说"。

可见，日本儿童文学的"少年小说"（或"少年少女小说"）含义比较暧昧。确定其含义，必须看其具体论述指谓的对象，而不能简单地望文生义。汉语与日语使用相同的汉字，有时给两国儿童文学的沟通、交流提供了方便，但有时也是设下了"陷阱"。

中日两国儿童文学作为不同的存在，在交流的过程中，契合是相对的，疏离是绝对的。也许我们所能做的只是尽量将契合提高到最大值，将疏离降低到最小值。

（本文发表于《东北师大学报》1993 年第 5 期）

"童话"词源考
——中日儿童文学早年关系侧证

一 汉语"童话"最早出现在哪一年？

中国古代便有童话式的作品，这已是公认的事实。然而，"童话"这一名称却是到了近代才出现的。现有的研究一致认为辛亥革命前，孙毓修为商务印书馆编集《童话》丛书，第一次在中国出版物上使用了"童话"一词。那么，《童话》丛书最初出版是哪年哪月呢？我查阅了国内一些研究者的文字，发现主要有以下说法：

（1）1909年2月。（盛巽昌：《关于"童话"的来源》，《儿童文学研究》第21辑）

（2）1909年3月。（洪汛涛：《童话学》，安徽少年儿童出版社1986年版，第16页）

（3）1909年10月。（胡从经：《晚清儿童文学钩沉》，少年儿童出版社1982年版，第2页）

与上述说法不同，日本的已故中国文学学者新村彻在《中国儿童文学小史（3）》（载《野草》第29号，1982年）中，明确指出《童话》丛书的最初出版日期为1908年11月。现将新村彻的有关论述摘录如下：

> 可以说，真正意识到儿童，以儿童为读者对象的读物是从 1908 年开始出现的，那就是孙毓修编、译、校，上海商务印书馆刊行的《童话》丛书。
>
> 《童话》丛书的第一篇是《无猫国》（1908 年 11 月）。
>
> 第一集共 89 篇（89 册，86 种），可确证的出版日期为 1908 年 11 月至 1919 年 12 月（第 88 篇的出版日期），第二集共 9 篇（9 册，8 种），可确证的出版日期为 1910 年 1 月（第二篇的日期）至 1918 年 7 月（第 8 篇的日期）。如果把见到的再版版本加在内，其最终出版日期是在 1923 年 9 月即《童话》丛书经历了"五四"文学革命时期，持续出版了 15 年。

在上述国内研究者之间以及他们与日本学者新村彻的说法之间出现了矛盾。在国内研究者的文章中，没有明白表露出是否以目睹了原始出版物为根据（但是，在盛巺昌、张锡昌主编的《中国现代名家童话选》中，明确标明《无猫国》和《大拇指》均选自 1909 年 3 月版）。只有新村彻的文章明确道出是在目睹了樽本照雄所收藏的《童话》丛书（不全）后得出的上述结论。需要说明的是新村彻没有见到《童话》丛书的第一本《无猫国》（1908 年 11 月），但是他见到了与《无猫国》同时出版的丛书的第二本《三问答》。新村彻还说，接下来的三本《大拇指》《绝岛漂流》《小王子》是于 1909 年 1 月和 2 月出版的。

在同文中，新村彻还提到，孙毓修为《童话》丛书写的《〈童话〉序》一文曾于 1908 年 12 月发表在《东方杂志》第 5 卷第 12 期上。如果新村彻说法属实，那么孙毓修的《〈童话〉序》也许就不止在杂志上发表过一次。因为据王泉根选评的《中国现代儿童文学文论选》提供的资料，《〈童话〉序》还曾发表在 1909 年 2 月刊行的《教育杂志》第 1 年第 2 期上。

《〈童话〉序》发表的两次时间也显示出《童话》丛书有可能是在

1908年11月开始出版（当然也不排除孙毓修在丛书出版之前把序文寄出发表的可能性）。至于盛巽昌、张锡昌主编的《中国现代名家童话选》所收的1909年3月出版的《无猫国》和《大拇指》则有可能是再版版本。据新村彻同文可知，《童话》丛书曾有再版，其中的《大拇指》从1909年1月到1922年9月共刊行了十四版之多。

目前来看，新村彻的1908年11月的说法，根据比较确凿。如果以此为准，那么中国的出版物上第一次使用"童话"一词就是1908年11月。不仅如此，一些研究者认为《童话》丛书出版截止于1916年的说法，也被新村彻的上述文章所推翻。

二 "童话"词源来自何处？

最早指出"童话"一词来源的是周作人。他在1922年与赵景深通信讨论童话时曾说："童话这个名称，据我知道，是从日本来的。中国唐朝的《诺皋记》里虽然记录着很好的童话，却没有什么特别的名称。18世纪中日本小说家山东京传在《骨董集》里才用童话这两个字，曲亭马琴在《燕石杂志》及《玄同放言》中又发表许多童话的考证，于是这名称可说已完全确定了。"

日语中的"童话"，音读为"どうわ"，发音与汉语的"童话"相近，书写为"童話"，与当时孙毓修使用的繁体字"童話"完全相同。故中日两国，不论谁传给谁，在书写（印刷）上照搬即可。虽然，汉语中有"神话""说话""平话""笑话"等文体上的用语，从汉语的组词结构来看，也有可能自生表示文体的"童话"一词，但相比较而言，日语造出"童话"词汇的可能性更大。比如，日语中除了也有"神话""说话""笑话"等表示文体的语汇以外，汉语称为"民间故事""民间传说"的作品，日语则称为"昔话"或"民话"，对其进行改写则叫作"再话"，汉语的"寓言"，日语则称作"寓话"。可见"话"在日语中组成一种文体的造词功能和造词频率都高于汉语。尽管古汉语中，"话"也是"故事"之意，但日语中的"话"至今仍作为表示"故事"之意的词,经常而广泛地在日常生活中被使用。这说明了"话"在日语中的活力。

后来的许多人也都持着"童话"来自日本语语汇的看法。比如新村彻上述文章中就说:"'童话'一语为日本语语汇。在日本,从文献上可以确证有其词汇是1810年前后起,而在书名中冠以'童话'一词的单行本,出版于近代明治时期的1873年。"另如,1981年,中国台湾出版的《中华儿童百科全书》中也说:"日本人翻译《安徒生小仙子故事集》,用的就是'童话'这个名词,译成《安徒生童话集》。'童话'的意思是'儿童故事'。这个名词,也传到我们中国来。"贺宜也持"童话"来自日本的看法,但他认为"是'五四'以后才从日本引进的"①。这在时间上已经站不住脚。

近年,有研究者对"童话"一词来自日语语汇的说法持怀疑和否定的态度。其方法是以证明日本在孙毓修主编《童话》丛书之前,并没有使用过"童话"这一语汇为根据。

盛巽昌说:"我们没有见到山东京博(应为山东京传——笔者注)等的'童话',但从他们的传记里清楚,这两位19世纪日本的文人,都与儿童文学风马牛不相及,他们对中国古典小说《水浒传》等却很有造诣;此后,誉称日本'儿童文学之父'的岩谷小波,为日本孩子作出很大贡献,他主编了不少少年儿童书刊,可是在他的著作里,没有见到'童话'的字眼,'童话'往往却被'物语'代替了。'童话'两字究竟是日本传入中国(当然不是'五四'运动之后),或者是中国传入日本,甚至是英雄所见,不谋而合,至今还是个谜。"②

洪汛涛的《童话学》在引出周作人的上述观点后加以否定说:"我们至今未能找到那本《骨董集》。但有的文字中说,《骨董集》问世于1814年,但其中并无'童话'此词,而只是'昔话'(むかしばなし)。'昔话'是从前的故事,不能说是'童话'。""有的文章中说,《燕石杂志》

---

① 贺宜:《漫谈童话》,四川少年儿童出版社1981年版。
② 盛巽昌:《关于"童话"的来源》,《儿童文学研究》第21辑。

问世于 1810 年，其中也没有'童话'此词，而只有'童物语'（わらべものがたり）。'童物语'也就是'儿童的故事'，并不是'童话'。"

洪汛涛在同书中还以日本学者上笙一郎的《儿童文学引论》把日本儿童文学的诞生定为 1890 年、1891 年为根据，认定："山东京传和曲亭马琴的作品是在这以前早许多的时间里，更不大可能用上'童话'这个词。"洪汛涛还根据《儿童文学引论》的文字说："日本在过去把那种幻想故事，是称作'御伽噺'的，到大正时代才开始叫'童话'。"大正元年才是 1912 年；那比周作人说的年代要晚得多了。""如果上笙一郎在《儿童文学引论》中的说法确凿的话，那周作人的说法就被否定。日本出现'童话'这个词，最早也是 1912 年。……孙毓修编撰《童话》，出版日期为 1909 年 3 月……较之日本的大正元年，也早了好几年。当然，光有这些材料，也不能断定说'童话'这个名称是由中国传到日本去的。但是可以说日本的'童话'这个名称，有由中国传过去的可能性。"

周作人的"童话"来自日本说，与洪汛涛的"童话"有由中国传过去的可能性说，两者孰是孰非呢？根据我目前对日本儿童文学史的了解和所查证的资料，基本可以说"童话"来自日本语语汇，而洪汛涛所说的"童话""由中国传过去的可能性"几乎没有。其理由如后文所示。

三　日语"童话"的出现早于汉语"童话"近一百年

虽然洪汛涛在上述文章中推翻了周作人的说法，但是却没有有力的证据，有的结论甚至是由对别人观点的误解而得来的。

对周作人讲到的《骨董集》《燕石杂志》《玄洞放言》，洪汛涛以"有的文章中说"为根据，否定其中出现过"童话"一词。但是，洪汛涛没有标出"有的文章"的作者和出处，使我无从查考其可信性。引用他人观点而不标示出处，是为研究尤其是考证文章之大忌。洪汛涛以上笙一郎指出的"日本的儿童文学是 1890 年、1891 年才有的"为由，认为"山东京传和曲亭马琴的作品是在这以前早许多的时间里，更不大可能用上'童话'

这个词";他还根据上笙一郎指出的日本儿童文学由明治时代的"御伽噺"演进为大正时期的"童话"这一历史发展过程,认定"日本出现'童话'这个词,最早也是1912年"。上笙一郎的说法是确凿的,但洪汛涛由此而作出的两个推论却是完全错误的,因为其出示的论据与要得出的结论并没有因果关系。

上笙一郎的《儿童文学引论》以岩谷小波的童话(在那个时代被普遍称为"御伽噺")《小狗阿黄》(在《儿童文学引论》中译本中被译者误译为《黄金号》)的出版作为日本近代意义上的儿童文学的诞生标志,但这并不意味着在此之前日本就没有儿童文学。上笙一郎就把近代以前的儿童文学称作"史前的儿童文学"。如果了解到了这一点,也就不会断定《小狗阿黄》之前"不大可能"存在"童话"——儿童的故事。

在明治时期,日本文学界的确把岩谷小波式的幻想故事称为"御伽噺"而不叫作"童话",但这是从文体上进行的区分,也不意味着日本在这时或者更早绝对没有广义表示儿童的故事的另一个词——"童话"。

那么,日本语中究竟是何时有"童话"一词?"童话"又是经过了怎样的发展过程才在意义上演变为今天日本语中的"童话"的呢?

根据我所见到的资料,能够证明的是"童话"的最早出现,是在泽马琴(泽马琴别号曲亭主人,故亦称曲亭马琴)的《燕石杂志》(1810年)、《玄洞放言》(1820年)和山东京传的《骨董集》(1814—1815年)中。

日本儿童文学学会编著的《儿童文学事典》(东京书籍株式会社1988年版)中的"童话"一条这样写道:"童话一般是指以儿童为读者对象,具有文学性的读物,大多是指面向低学年的短篇作品。在这一用语之前,明治中期,岩谷小波把面向幼年儿童的读物称为'御伽噺'。(中略)'御伽噺'直到进入大正时期,为'童话'所取代之前,一直被广泛使用。不过'童话'这一语汇已经被江户时代的作家、学者使用过。山东京传把'童话'训练为'むかしばなし',用音读的'童话考'作为'童话'研究著作的书名。泽马琴在《燕石杂志》中把'童话'读为'わらべものがたり'。黑泽翁满写过《童话长编》一书。"《儿童文学事典》所收的"山东京传"和"泽马琴"两词条也明确指出,《骨董集》和《燕石杂志》

使用了"童话"一语。

周作人与赵景深在1922年对童话进行讨论的通信文章，曾在1935年被伊藤树夫翻译成日文，发表在日本的《儿童艺术研究》杂志第3、4期上。伊藤树夫在译文后，给周作人提到的《骨董集》《燕石杂志》《玄洞放言》作注释如下：

《骨董集》——"文化初年开始写作，文化12年12月上编四卷出版发行。京传在晚年，以十余年的光阴，对这一编著倾尽全力。这是关于江户时代的文艺习俗的随笔集，是研究的极好资料。虽然在《骨董集》的版权页上，预告'最近将出版'《劝惩记》《山东漫录》《杂志考》《童话考》四卷，但最终未能上梓。"

《燕石杂志》——"文化5、6年著，文化7年刊行。考证式随笔录。"

《玄洞放言》——"文政3年刊行。考证式随笔集。当世评价其模仿《骨董集》，但终未能超过《骨董集》。共计84篇，全六卷，卷六杂部中可以见到童话考余。"伊藤树夫在注释中所加的重点号，无疑是用来证明周作人之言属实。

四 日语"童话"在日本出版物中的百年轨迹

为了找到1810年至我们开始使用"童话"的1908年间"童话"一词在日本出版史上的轨迹，我查阅了三种年表，结果发现仅书（篇）名中出现"童话"一词的就有如下出版物。

1874年：《西洋童话》，今井史山纂辑，浪华书肆清规堂出版。

1899年：《关于童话》，松本孝次郎著，载于《儿童研究》杂志第7期。

1900年：（1）《日本童话的渊源》，芳贺矢一著，载于《教育》杂

"童话"词源考

志第 6 期。

（2）《童话问题》，乙竹岩造著，载于《教育》杂志第 7 期。

1901 年：《童话的缺欠》，铃木治太郎著，载于《儿童研究》杂志第 2 期。

1907 年：《日本的童话》，高野斑山著，连载于《教育学术界》杂志 1907 年第 12 期，1908 年第 1、2 期。

1908 年：《童话的研究》，高岛平三郎著，连载于《小学校》杂志第 2、3 期。[①]

1857 年：《童话长编》（童话考），黑泽翁满著，律居社中梓。

1874 年：《西洋童话》，今井史山译，浪华、清规堂出版。

（以上见《儿童文学辞典·年表》，东京堂出版，1970 年 3 月 5 日初版印刷）

1901 年 2 月：《童话的缺欠》，铃木治太郎著，载于《儿童研究》杂志。

1902 年 8 月：《童话在幼儿园》，松本孝次郎著，载于《儿童研究》杂志。

1903 年 8 月：《月亮池》，海外童话，冽水译，连载于《读卖新闻》2 日至 16 日。[②]

鸟越信年表中的翻译作品《月亮池》一项，虽然作品题目中没有出现"童话"一词，但在原作者处，不是标示人名，而是笼统标示"海外童话"，因此，也可作为出版物中出现"童话"语汇的例证。

年表，是文献学、书志学研究的一种形式，其重要的编纂原则之一，正如鸟越信在《日本儿童文学史年表》的凡例中所说："以尽可能占有原始出版物为宗旨，表记上遵从原始出版物的记载，追求严密性。"

可以说，上述年表中的资料，基本上经过了编者对原始出版物的实

---

① 以上参见《儿童文学事典·年表》。
② 以上见鸟越信《日本儿童文学史年表·1》，明治书院 1975 年 9 月 10 日初版发行。

证，是具有可信性的。当然，上述年表也并没有反映出全部有关资料，而且由于它们只是对单行本和杂志、报纸上发表的文章（作品）的题名给予记载，对其内容却并不作具体反映，所以，除此之外，"童话"一词肯定还多次出现于其他出版物中。

比如，木村小舟的《少年文学史》（1942—1943年）明治编下卷中，就提供了一个叫开发社的出版社于1899年，开始出版发行题名为《修身童话》的幼儿读物这一信息。木村小舟认为，明治以后，有意识地将"童话"作为儿童的文学的名称来用，是在出版《修身童话》的1899年。这似乎与上述《儿童文学事典》中所说的明治时期，普遍把面向幼年儿童的读物称作"御伽噺"一事有些矛盾。但是，木村小舟说："同样是民间故事或者传说之类，从文学的角度把握时，称其为御伽噺，从教育的立场把握时，则不叫御伽噺而称其为童话（重点号为原有——笔者注）。这样一种看法，如果以今天的认识来看，恐怕会产生很大异议，但在当时，却大体是这样进行区别的。"①

再如，前述年表资料中曾两次出现的发表童话研究文章的松本孝次郎，于1902年出版了《实际的儿童学》一书，其中便收有《关于童话的研究》一文。这篇文章（包括整本书）是作者在"帝国教育会"所作讲演的记录，能得以出版，可以想象其在当时影响是很广泛的。该文的主旨在于探究"童话"在教育上的价值，以儿童心理学为基点，考察将童话给予儿童的方式、方法。

从前述年表所提供的资料，我们可以发现两个富于意味的信息，其一，进入明治四十年代，"童话"一词开始频繁地出现在出版物中；其二，有关"童话"的文章，均出自儿童心理学家、儿童教育学家之手笔，这些文章均发表在儿童研究或教育文献的杂志上。

明治三十年代，是日本儿童研究的兴盛时期。儿童研究的浪潮促进了明治四十年代儿童文学研究的发生和发展。儿童心理学家们在日本儿童文学研究的初萌期，发挥了启蒙作用。仔细阅读几种年表，的确如木村小舟

---

① 《日本儿童文学概论》，东京书籍株式会社1978年版，第103—104页。

所言，岩谷小波这样的文学家对儿童文学读物使用"御伽噺"这一名称（间或也用"少年文学"），而松本孝次郎、高岛平三郎这样从事儿童心理、儿童教育研究的学者则使用"童话"这一名称。

以上对日语"童话"在出版物中出现的轨迹的考察，已经能够证明至中国出现"童话"一词的1908年，日语的"童话"一词已是年代久远，根深蒂固了。

五 日本对诞生期的中国儿童文学的影响

考证"童话"一词是由中国传到日本，抑或是从日本传到中国，文献学上的实证是最为重要的，但是，与此同时，大的历史条件和文化背景也必须纳入我们的视野。因为说到底，在中国，"童话"一词的出现是结结实实地与儿童文学的出现连在了一起。它绝不是孤立的语言影响。

世界各国文化上的影响，尽管质量有别，但总的来说是一种双向运动。不过，在具体功利目的下面对他国进行的文化选择，都会遵循取人之长、补己之短的原则。即是说在一些具体的领域，文化上的影响也会呈现单向运动的轨迹。

中国儿童文学在诞生时期，便接受了日本儿童文学的影响。这个时期除了有日本的儿童文学作品如押川春浪的冒险小说译介到中国，许多西方儿童文学作品，也是从日译本转译过来的。比如梁启超译的《十五小豪杰》（儒勒·凡尔纳著，原名为《两年间学校暑假》）转译自日本森田思轩的日译本《十五少年》。鲁迅的《月界旅行》（儒勒·凡尔纳著）转译自日本井上勤的日译本。在儿童文学理论方面，以作为创始人的周作人为例，他所宣扬的进步的儿童观的底蕴里，明显有着日本"白桦派"的人道主义思想的影响；他的童话理论的基石——安特路朗·兰格的人类学观点，也是通过日本这一桥梁所取得的；另外，日本民俗学者柳田国男的民俗学方法也对他产生过影响。

在日本对中国儿童文学产生影响的大背景下，深谙中日两国文化并处于时代旋涡中的学识严谨的周作人说出"那时中国模仿日本已经发刊童话了"①,"童话这个名称,据我知道,是从日本来的"这样的话,是基本可信的。在当时儿童文学评论里还能找到不少照搬的日语语汇,比如"物语大师安徒生"中的"物语",论文《童话与空想》中的"空想"(日文意为幻想)即是。

周作人等对"童话""物语""空想"等语汇来自日语的实感,恐怕就像今天精通日语、熟知日本文化的人见到"卡拉OK""洋服屋""新登场"便知道其语源来自日语一样。

中国儿童文学在诞生期从日语拿来"童话"这一语汇,绝不是偶然的、孤立的现象。作为儿童文学代名词的"童话"一词的源头来自日本,其实是一种不可抗拒的历史必然。中国儿童文学在诞生期的这种被动的性格,对其后来的成长产生了复杂的影响。

(本文发表于《东北师大学报》1994年第2期)

---

① 周作人:《周作人回忆录》,湖南人民出版社1982年版,第375页。

"二战"后日本儿童文学的变革

一 "二战"后日本儿童文学的危机

1937年7月,日本发动"卢沟桥事变",开始对中国进行全面侵略。为了适应军国主义侵略战争的需要,日本的内务部于1938年发布《关于改善儿童读物的指导纲要》,开始用权力进行言论管制。由于"纲要"最初的压制目标是低级庸俗的儿童读物,所以艺术的儿童文学反而受到保护,取得出版的机会,出现了一时的复兴现象。但是,随着战争局势的发展,日本的军国主义本质愈发露骨,不过维持了三年左右的艺术儿童文学的复兴,随着"日本少国民文化协会"的成立而走向了衰退。在一元化的儿童文化管制下,小川未明等许多儿童文学工作者参加了为军国主义服务的"日本少国民文化协会"的活动。这样,艺术的儿童文学自不待言,连大众的通俗的少男少女小说也消失了踪影,剩下的只是战争意志昂扬的描写军队故事的作品,就是这样的作品也由于纸张不足而无法出版。

1945年8月15日,日本天皇宣布无条件投降。正是日本在第二次世界大战中的彻底战败,挽救了日本,也挽救了日本的儿童文学。战败后,日本儿童文学工作者们立即开始重建儿童文学的工作。1945年10月,"日本少国民文化协会"解散。1946年3月,以创造"自由的艺术的民主主义儿童文学"为旗帜的儿童文学者协会(后改称为日本儿童文学者协会)成立。这一艺术的儿童文学的全国性组织，以"二战"后创刊的《红蜻蜓》（1946年4月，后改称为《儿童世界》）、《儿童的广场》（1946年4月，后改称为《少男少女的广场》）、《银河》（1946年10月）等十几种所谓"良心的"儿童杂志为阵地，展开了儿童文学的创造活动。

然而，艺术的儿童文学的阳春三月并没有持续太久。随着1950年12月《少男少女》的停刊，"二战"后的良心的儿童杂志已经无一幸存，代之而来的是《棒球少年》《冒险少年》《漫画少年》等所谓通俗的娱乐杂志。这些杂志内容上十分庸俗化，尤其是随着1950年朝鲜战争爆发而掀起的复古、倒退的风潮，其内容渐趋反动，加上私立广播的增加、漫画的质变（故事情节化）等因素，这类儿童读物完全霸占了儿童读物的阵地。艺术的儿童文学面临着极为深刻的危机。

但是，面对这一危机，当时的儿童文学工作者们都将原因归为外部的条件，即"出版资本家们通过将这些民主主义的作家们赶出自己的领域来阻止儿童向民主主义方向成长"[1]，这种观点本身是不错的。然而现实越是如此，儿童文学者们越是应该思考作家的主体性问题。这种主体性思考虽然在高山毅1949年发表的《儿童文学的危机》[2] 一文中已露端倪，但是，高山毅当时尽管对儿童文学有相当了解，却并非儿童文学界中之人。儿童文学界仍然普遍地将儿童文学发生危机的原因全部归于"保守反动的儿童读物的泛滥"，而没有从儿童文学的内部即创作方法上进行反思。

二 《少年文学宣言》——童话传统批判的导火线

"二战"后日本儿童文学的低落、停滞的状况出现之后，失去了创作作品正式出版机会的儿童文学界以同人杂志为阵地，依据各自的观念，踊

---

[1] ［日］寒川道夫：《儿童和文学》，岩波讲座《文学》（第2卷），转引自鸟越信《日本儿童文学向导》（日文版），理论社1987年4月第14次印刷，第177页。

[2] 载《新儿童文化》（第4集），1949年11月15日，国民图书刊行会。转引自《复兴期的思想和文学》，偕成社1979年版。

跃地展开活动。虽然一般来说同人杂志的寿命比较短，但是这一时期，同人杂志的总数总是保持在 100 种左右。在这些同人杂志中，虽然个别的也有以已经成名的作家为中心的，但是，绝大多数是以"二战"后成长起来的年轻的一代为中心结成的。他们开始以自己的创作和理论竭尽全力要把儿童文学从低落、停滞的状况中挽救出来。在这一努力之中，其共同的问题意识便是如何使儿童文学切实地走向儿童。

应该说并非先此之前就没产生过与此相似的问题意识。前述的高山毅的论文就曾经在论及《日本儿童文学选集》等作品时指出："日本的儿童文学作家究竟是为谁创作着作品？（中略）事实上，当身边的人们提出这一质问时，我是穷于答复的。无论怎样以偏袒的眼光来看待，也不能认为孩子们会喜欢读这样的作品。"但是，高山毅为儿童文学打破危机、走向儿童所开具的药方是"技巧的获得，结构能力的掌握"，基本是属于创作技巧的范畴而非创作方法的范畴。然而，正如后来的童话传统批判所证实了的，日本儿童文学所存在的问题的症结恰恰是在创作方法上。

从创作方法上最早对日本儿童文学的童话传统发起批判的是以鸟越信、古田足日等为核心的早稻田大学童话会。早大童话会于 1953 年 9 月，在将该会的杂志《童苑》更名为《少年文学》时，发表了《集结在少年文学的旗帜下》（鸟越信起草，后来被称为《少年文学宣言》）一文。[①] 这篇宣言否定了当时统称为"童话"（广义指为儿童创作的故事性作品）的童话（狭义）、生活童话、无国籍童话、少男少女读物，指出这些文学样式"在未能确立近代文学的位置这一点上是一致的。虽说重要的根源之一在于日本的近代性的落后，但是同时，正是作为'人生教师'的作家对日本的近代性落后这一现实没有充分觉醒，目光狭窄，即是说正是缺少对近代文学来说不可欠缺的合理的、科学的批判精神以及基于这种精神之上的创作方法，才是导致这种状态的最大原因"。宣言明确主张，"我们应该选择的道路也正是立于真正以日本近代革命为目标的变革的法则之上，而基于这一法则的创作方法必须以少年小说为主流，这乃是不言自明的。正是

[①] 早稻田大学童话会主办：《少年文学》第 19 号，1953 年 9 月 25 日。

因此，我们不是选择既往的基于'童话精神'的'儿童文学'，而是选择了以近代的'小说精神'为核心的'少年文学'的道路"。虽然，发出这一并不长的宣言文章的是一些年轻的大学生（其核心人物鸟越信、古田足日、山中恒等目前已经是日本著名的儿童文学学者和儿童文学作家），但却在儿童文学界引起了极大的震动，新闻宣传机构也予以重视，《朝日新闻》的"学艺栏"马上对此进行讨论。这一轰动效应，也正表明了《少年文学宣言》触及日本儿童文学存在的症结——创作方法上的问题。宣言发表之后，鸟越信、古田足日在一系列文章中进一步展开了自己的儿童文学主张。这一展开的过程便是对以小川未明为代表的日本近代童话传统进行批判，从而探求新的儿童文学方向的过程。

小川未明是日本近代儿童文学史上成就最大、影响最深的作家，被称为日本的童话之父、日本的安徒生，他的创作思想和方法长期被当作日本儿童文学的理想模式。儿童文学作家与田准一曾说："未明即等于日本的儿童文学史"，另一位儿童文学作家平冢武二也把未明称作"活着的儿童文学史"[1]。

对小川未明的在独特的个性和资质之上创作出的童话（小川未明自称为"特殊的诗"），鸟越信指出："未明童话的主题全部是消极的——人要死去，草木枯萎，城镇颓败——其中内蕴的能量没有向活泼、能动的方向转化，在这一点上，作为儿童文学是失去资格的，因而作为读物也就全然没有趣味，而且其晦涩的文章也使人感到很大的抵触。"[2] "可以说未明童话归根结底是给成人读的文学，属于儿童文学的支流部分。我所思考的儿童文学，具体来说是马克·吐温和凯斯特纳那样的作品，我觉得这几年日本的新的儿童文学的胎动也是希求着向这个方向发展。然而未明童话却被置于日本儿童文学的王道主流的位置，这对未明童话，对儿童文学都是极

---

[1] ［日］古田足日：《散文性的获得》，《复兴期的思想和文学》，偕成社 1979 年版。
[2] ［日］鸟越信：《为了未明童话的评价》，《东京新闻》（晚报）1961 年 6 月 1 日。本文引自《日本儿童文学史研究·第 1 卷》，第 145 页。

大的不幸。"①

古田足日则指出:"未明童话依据共通的要素把握事物,这意味着描写的不是儿童,而是儿童性。未明童话象征的东西是儿童性。虽然近代童话因描写儿童性而具有了与儿童的联系,但是,儿童性是超越时间、空间的静止的存在。这个割弃了环境——社会的世界是闭锁的,即未明童话正是在与儿童隔绝的地方创造出来的。"② 未明式的"象征童话发现了作为人类的一个要素的童心,但是英美儿童文学则发现了儿童"③。"未明童话不只是使用了缺乏日常性、社会性的语言,而且还具有与散文相比更接近于诗的构造。日本儿童文学历来接受着非日常性和诗的语言这一双重的制约。如今,我们必须打断这一桎梏。"④ "和环境一起描写人物,在人物与人物、人物与事件、事件与事件的相关性中描写人物——'在典型环境中描写典型人物',我们必须走向这一方法。"⑤

《少年文学宣言》发表二十三年后的1975年,在一次题为"关于'变革的思想'的流程"的座谈会上,儿童文学作家前川康男曾谈道:"我那时读《少年文学宣言》时最先感到的是,这是'社会主义现实主义宣言'。"对此,鸟越信回答道:"回想起来,那时在经常进行的议论中,我们是将'社会的变革''文学的变革''人的变革'这三个词作为一种口号来谈论的。"而在座的座谈会主持人古田足日也承认前川康男把《少年文学宣言》解释为"社会主义现实主义宣言"是不错的。

《少年文学宣言》正如当事者们后来所论述的那样:"充满了逻辑上的矛盾和非明确的表达"(古田足日),"没有摆脱自负的稚拙和内容的不成熟"(鸟越信)。宣言发表之后给几乎没有过像样的论争的儿童文学界投下

---

① [日]鸟越信:《为了未明童话的评价》,《东京新闻》(晚报)1961年6月1日。本文引自《日本儿童文学史研究·第1卷》,第146页。
② [日]古田足日:《近代童话的崩毁》,《现代儿童文学论——近代童话批判》,黑潮出版社1977年版,第64页。
③ 同上。
④ [日]古田足日:《散文性的获得》,最初载同人杂志《小伙伴》,本文引自《复兴期的思想和文学》。
⑤ 同上。

了一块石头。儿童文学评论家冢原亮一认为其立论缺乏历史性，"不是童话而是小说"这一"二者择其一的思考方法存在着错误"①，接着儿童文学评论家高山毅也在《童话·小说》② 一文中批判宣言的童话否定论，不过又以"在儿童文学中，童话成为主流的时代将结束，此后将是少男少女小说的时代"赞同了宣言认定的方向。儿童文学作家猪野省三在《为了新的发展——关于〈童话？小说？〉论争的意见》《日本儿童文学现状》这两篇文章③中，指出上述论争偏离了宣言的真正意图，变成了"是童话还是小说"的争论。鸟越信也谈到这种偏离本意的问题，指出宣言所说的基于"变革的法则"的创作方法"是以将社会作为变化发展的事物来把握的这种认识为基础的创作方法"，这种创作方法正是应该成为主流的少年小说的依存之所。

对《少年文学宣言》发起的小川未明批判的功过评说是"二战"后日本儿童文学理论研究的重要课题。众多的论评大致分为两种：一种是像儿童文学评论家西本鸡介那样全面维护以小川未明为代表的童话传统，否定《少年文学宣言》；另一种意见是像已故的著名儿童文化、儿童文学学者菅忠道和目前在日本极为活跃的儿童文学作家、评论家砂田弘那样的，虽然指出了宣言存在着一些缺欠和不成熟处，但是不吝对宣言的积极意义给予肯定的评价。

客观来看，宣言的儿童文学主张的确给当时的儿童文学创作注入了一股生机，对克服日本儿童文学"二战"后面临的危机起到了举足轻重的作用。比如作为《少年文学宣言》成员之一的山中恒，便创作了实践宣言的儿童文学主张的三部长篇少年小说《红毛小狗》《武士的孩子》《跳过去就作数》。其中《红毛小狗》（最初从 1953 年 7 月至 1956 年 6 月连载于同人杂志《小伙伴》，1960 年由理论社出版）被誉为是开日本"二战"后现实主义儿童文学之先河的纪念碑式的作品。

---

① 《日本儿童文学》1954 年，复刊第 10 期。
② 《教育》1954 年 10 月号。
③ 分别载《日本儿童文学》复刊第 11 期、《文学》1954 年 12 月号。

三 《儿童与文学》——以"世界儿童文学"

　　对以小川未明为代表的日本近代儿童文学传统的反思,是50年代中后期至60年代初的儿童文学界,特别是年轻的儿童文学者中的普遍性问题意识。童话传统批判的批判者之一的西本鸡介曾带着情绪这样叙述当时的这一情形:"当时,与批判的声音相比,反批判的声音很小,坦率地说,如果不是未明童话的否定者便不是今天的儿童文学者这一风潮非常强大。在年轻的批评家和作家之间,'再见吧,未明'(未明童话批判者古田足日曾写下《再见吧,未明》一文,这里指此——笔者注)就像口号一样被叫喊着。"① 这从一个侧面反映了当时未明批判的声势。

　　用一波未平、一波又起比喻当时的童话传统批判的风潮并不过分。就在"再见吧,未明"的呼声还未平息的1960年4月,石井桃子、乾富子、铃木晋一、濑田贞二、松居直、渡边茂男6人共同在中央公论社出版了《儿童与文学》一书。这本书是上述6人(其中渡边是在后来加入)历时5年,对儿童文学进行讨论的结晶。当初正值这个友人式的文学小团体中的石井桃子结束了为考察英美儿童图书的出版和儿童图书馆活动的状况而赴美的留学,回国后发现面对日本的儿童文学清理自己的思考比从前更加困难,于是他们便开始了对日本儿童文学的状态以及什么是儿童文学的持续讨论。

　　在这本著作中,石井桃子等人试图在外国(英美)儿童文学的基准上重新昭示日本的近代儿童文学史。他们在"开头语"中这样说道:"在世界儿童文学中,日本的儿童文学是完全独特、性质不同的一种文学。世界性的儿童文学标准——孩子的文学有趣而明白易懂,在日本的儿童文学这里是无效的。另外,日本的儿童文学批评也是印象的、感觉的、抽象的,

---

① [日]西本鸡介:《儿童书籍的作家们——近代的儿童文学》,东京书籍1983年版,第32页。

十分难以理解。处于这一状态的从明治末期到现在的被称为近代日本儿童文学的作品究竟怎样被今天的孩子所接受着？而且这些作品在培育孩子成长方面是否合适？这些问题总是在我们这个团体里成为讨论的话题。"

"儿童与文学"的成员大都具有丰厚的西欧文化修养，其中，石井桃子和渡边茂男又曾经赴美留学，深谙欧美儿童文学，因而以欧美儿童文学价值观建立坐标系实属必然。《儿童与文学》一书的理论模式正是取自后来石井桃子、濑田贞二、渡边茂男合译出版的《儿童文学论》一书。关于《儿童文学论》在《儿童与文学》一书出版前便给3位译者以理论指导性的影响以及3位译者认为《儿童文学论》在今后日本儿童文学创作上具有的指南针作用的这些情况，《儿童文学论》的《译后记》里有着清楚说明。

《儿童与文学》一书由两部分组成。第一部分为"回顾日本的儿童文学"，以作家论的形式对6位近代儿童文学作家小川未明、浜田广介、坪田让治、宫泽贤治、千叶省三、新美南吉的创作进行了论述和评价。其中对小川未明、浜田广介、坪田让治基本给予否定，而对宫泽贤治、千叶省三、新美南吉则给予了肯定。在近代儿童文学史上，小川未明、浜田广介、坪田让治被人们称为"御三家"，几乎被尊为"三种神器"[①]。相比之下，宫泽贤治、新美南吉、千叶省三的作品在当时并未获得应有的重视和评价。

小川未明论中，执笔者乾富子分析了小川未明1926年5月30日发表的表达自己"搁下创作小说的笔，此后的半生专心当童话作家"意向的宣言文章《今后当童话作家》，认为"作家'不是为儿童夹创作'给孩子看的文学，而是'为了作家忠实的自我表现而创作'给孩子看的文学"。同时指出："从这时起，与活生生的孩子相比，是将基点放在作家和孩子所持有的'童心'上的'童话即等于诗'这一文学形式决定性地成了日本近代童话的主流。"乾富子进一步阐述道："对优秀的给孩子看的文学来说，与崇拜'童心'这一哲学式的复杂的观念相比，具有作家的洞察力的成人

[①] 指作为皇位的标志，历代天皇相传授、继承的三件宝物，即八咫镜、天丛云剑、八坂琼曲玉。

与活生生的孩子的幻想力、孩子们不知厌倦地探求外部世界的生命力进行交流该有多么的重要。"

在浜田广介论（松居直执笔）中，批判式地介绍了一直被称为幼年童话典型的"广介童话"，结论是"广介童话""距离真正的幻想故事十分遥远，作为孩子的文学也缺少魅力"。

对于坪田让治（濑田贞二执笔），执笔者则认为，虽然让治在描写出具有实在感的儿童形象这一点上值得肯定，但他想给予孩子们的"人生的真实"尽是阴暗不安的东西。

在给予肯定评价的三位作家中，宫泽贤治（濑田贞二执笔）获得了最高的评价。其理由是，贤治的作品有完整而严谨的结构、单纯而清晰的逼真描写以及生动幽默和丰富的幻想力。获得继贤治之后的地位的是新美南吉（铃木晋一执笔）。在南吉心理型和故事型两类作品中，故事型作品被认为表现着南吉的儿童文学才能——"以事件来构筑作品，从外部描写出人生中所包蕴着的道德、幽默等等。"对千叶省三（铃木晋执笔）则一方面肯定了省三持有的"写生"意识使其刻画出了活生生的儿童形象，另一方面又指出省三否定故事情节，阻止了作品向虚构的方向展开。

《儿童与文学》的第二部分是"什么是儿童文学"（渡边茂男、石井桃子执笔）。在这部分里，他们认为民间故事包含着儿童的文学的基本要素。"在民间故事里，用一句话来说，就是像在单轨道上跑的电车那样，故事情节在一条线索上开展下去。""绝大多数的民间故事都可以分为发生、发展、结束这三个部分。"《儿童与文学》的人们是将遵循上述"民间故事的形式"的儿童文学作为自己追求目标的。

成为《儿童与文学》的根基的，是外国儿童文学，特别是英美儿童文学的修养。他们对英美儿童文学几乎没有持着疑问，并以此为基准来判断日本近代童话的价值。在该书出版的当时，似乎对这样一种欧化主义的反抗十分强烈。

在"什么是儿童文学"这部分里有这样一段话："将因时代的变迁而改变价值的社会政治思想（比如在日本，无产阶级儿童文学这一文学样式也曾在某个时代产生过）作为主题这件事本身，在损害作品的古典的价值

（不同时代的变迁而发生改变的价值）的同时，对人生经验尚浅的年幼的孩子们来说也是没有意义的。"关于这种观点受到了利丽安·史密斯的《儿童文学论》中"为儿童创作二流故事的作家们都过多地选取社会改良的主题"这一行文影响，是为许多人所谈论过的。可以说对《儿童与文学》的批判便集中在这里。最先点燃批判的导火索的是神宫辉夫。他在《日本儿童文学》1960年7月号中说："笔者虽然解释说，古典的价值即不因时代变迁而发生改变的价值，但是在这里，使人感到其对作品产生的时代的政治、社会形势的脱离。在前面的作家论里，谁都没有具体地明确论述我们应该写什么，我们持有什么样的思想，上述感觉正是产生于此。"

在神宫辉夫之后进行批判的还有鸟越信、菅忠道、横谷辉。这些指出《儿童与文学》的"思想性的丢舍"这一根本问题的批判都是在与古田足日所说的"作者的主体问题"的联系中进行的。

古田足日明确指出："正是作者才是决定表现的原动力，但是，在《儿童与文学》中，却无视了作者的主体。""迫使我们从事这一奇特的工作（指儿童文学——笔者注）的东西是什么呢？在不考虑潜藏于作者内部的可以称作儿童文学主体性的这一问题上，存在着《儿童与文学》的形态、结构的最大的错误。"[①]

可以说，上述的批评是正确的。不过，这些批评并不影响这样一个事实，即"'儿童与文学'这一团体的真意是批判日本儿童文学传统性地一直持有的忘记儿童、忘记读者的姿态。儿童文学正是受到孩子的欢迎才具有意义这一可以说是理所当然的主张是其想法的全部"[②]。被《儿童与文学》视为"世界性儿童文学标准"的"有趣""明白易懂"这些概念，在他们发现"读者"这一视点之时，其价值第一次清楚地显示了出来。这是一个不小的功绩。

[①] ［日］古田足日：《儿童文学研究的课题和方法——以〈儿童与文学〉为中心》，《儿童文学的旗帜》，理论社1970年版，第203、209页。

[②] ［日］鸟越信：《儿童和文化·儿童和文学》，风涛社1973年版，第3页。

四　童话传统批判的历史作用

需要说明的一点是，在童话传统批判中，还有来自第三个方向的批判。那就是佐藤忠男1959年3月在《思想的科学》上发表的论文《关于少年的理想主义》。这篇文章重新评价大众儿童文学杂志《少年俱乐部》，对以小川未明、坪田让治等作家的童话为主流的儿童文学史提出了异议。不过正如评论者所指出的那样："虽然打破了概念的框框，但关于破坏之后的方法有许多不明确之处。"① 佐藤忠男的论文没有像前述的"少年文学宣言"派和"儿童与文学"派那样，不止步于对以往的儿童文学的批判，从而进一步揭示出他们所思考的儿童文学的前进方向，从影响力来看，显然远不如前述的两者。限于篇幅，对此不展开论述。

日本年轻的儿童文学学者宫川健郎曾举出支撑着童话传统批判的三个问题意识：一是对"儿童"的关注——将成为儿童文学的描写对象和读者的"儿童"作为活生生的人来重新把握；二是获得散文性——克服童话的诗的性格；三是变革的意志——以与社会变革相联系的儿童文学作为追求目标。② 而砂田弘则将童话传统批判的理念概括为"儿童的论理""变革的意志""理想主义"。③ 无论是从宫川健郎的归纳还是砂田弘的概括，我们都会感到，童话传统的批判者们是从创作方法这一重大的根本问题对童话传统进行批判，从而试图创造出崭新的儿童文学的。

在日本儿童文学学术界，普遍的儿童文学史的划分观点是，日本的现代儿童文学出发于1959年前后。其基点，一是1959年出现的创作儿童文学的转机，二是在此前后进行的50年代的"童话传统批判"。即是说童话

---

① [日] 大冈秀明：《摸索和前行的时代——1955至1959年的评论和研究的动向》，《革新和摸索的时代》，偕成社1980年版。
② 转引自[日] 佐藤宗子《回顾"现代儿童文学"》，大阪国际儿童文学馆学报特辑《日中儿童文学的过去、现在及其将来》。
③ [日] 砂田弘：《关于儿童的论理、变革的意志、理想主义》，《日本儿童文学》1984年4月号。

传统批判与出现转机的创作儿童文学一起,给以小川未明为代表的近代日本童话传统画了一个大大的句号,并开创了日本现代儿童文学的新纪元。

童话传统批判究竟给现代儿童文学出发期的创作以多大的影响,这是一个很复杂的问题。这里只能肯定地说,在现代儿童文学的出发期,理论批评活动与作品创作活动是立于相同的基点——前述的宫川健郎与砂田弘所各自归纳的问题意识和理念之上的。而且如果我们进一步联想到标志着日本现代儿童文学开端的三部里程碑式的作品《红毛小狗》(山中恒)、《谁都不知道的小小国》(佐藤晓)、《树荫之家的小人们》(乾富子)中,有两位作家分别是"少年文学宣言"派和"儿童与文学"派的重要成员,就会感觉到童话传统批判对现代儿童文学出发期的创作的直接影响。

总之,"二战"后的日本儿童文学出现的对近代童话传统的批判,乃是一种或迟或早的历史的必然结果。尽管这场童话传统批判带有明显的不足和缺欠,但是其对改变日本儿童文学前进方向所起的作用是值得充分肯定的。

(本文发表于《东北师大学报》1991年第6期)

第五辑
语文教育与儿童教育研究

"工具论"与"建构论":语文教育的症结和出路

一 质疑"工具性与人文性的统一"之"工具论"

对语文教育进行理论方法层面的研究,就应该具有建构语文观的自觉意识并进行学理性思考和探究。我在建构自己的语文观的思考过程中,一直在以目前已经形成的语文观为借鉴、参考、审视的对象,其中我无法绕过的,也是对我而言最有讨论价值的是"语文是最重要的交际工具"这一"工具论"。长期以来,"工具论"是最具影响力的语文观。这种观念给语文教育带来了种种负面以及低效的教学实践,亟待进行具有学术和思想深度的反思。

需要说明的是,我所讨论的"工具论",是教育部颁布的《全日制义务教育语文课程标准(实验稿)》(2001年版)和《义务教育语文课程标准》(2011年版)所说的"工具性与人文性的统一,是语文课的基本特点"里的这个"工具论"。在我看来,在语文教育中,"工具性与人文性的统一"既没有学理依据,也没有可操作的可能,因为语文并不具有"工具性"这一本质属性。与从前的更为单一的"工具论"相比,"工具性与人文性的统一"这一提法,使问题更加复杂化、混沌化,在某种程度上,因其拉来"人文性",更容易造成对人们的迷惑和误导,进而对"工具论"的不合理性形成了遮蔽。比如,年轻学者潘庆玉就说:"语言哲学有助于我们从符号学的高度认识语文作为工具的意义,从而辩证地把握语文本体的双重属性,为我们走出汉语文工具性与人文性之争的泥沼提供方法论的支持。""语言哲学对语文的符号性解读,从学理上揭示了汉语文工具与人文的内在统一性,从根本上确立了语文教育的工具价值与人文价值的协同关系。"[①] 再如,杨先武的《"三老"语文教育"工具论"评析》一文,对叶圣陶、吕叔湘、张志公三位语文教育家的"工具论",进行了清晰的梳理,对其造成的"负面影响"也有清醒的批评,但是,这种否定只针对杨先武文中所谓"工具论""完全占据了语文课的霸主地位",即《全日制义务教育语文课程标准(实验稿)》(2001年版)公布之前的那个"工具论",而一旦新颁布的语文课程标准提出"工具性与人文性的统一",就对语文具有"工具性"这一语文观表示认同了——"语文教育只有把工具性和人文性紧密结合在一起,使学生的人文素质和运用语文的能力同步提高,才能从根本上改变现状。"[②]

我想,如果是孤立的、单一的"工具论",运用语言哲学、教育哲学等思想方法,较为容易辨析其存在的问题,可是,一旦拉来"人文性",再来个"统一",很多人对语文观所作的欲求创新的思考就半途而废,甚至似是而非了。因此,对"工具论"在学理和实践上的非科学性的认识一定要彻底,对"工具论"必须持坚定的反思立场。

讨论语言观、语文观,需要进入哲学的层面,运用哲学的方法。一些学者依据马克思、维果斯基、海德格尔、索绪尔等人的理论对"工具论"存在的问题进行分析和批判,是非常有说服力的。我在反思"工具论"这一语言观、语文观的问题时,从语言哲学的立场出发,借鉴、运用的是反对本质主义的后现代哲学中的建构主义本质论,想着重从语言的建构性、创造性这一角度,指出"工具论"存在的问题。我认为,"工具论"的哲学基础是形而上学哲学的二元论。如果不在语言哲学层面对"工具论"进行反思和批判,"工具论"的根基是无法撼动的,从而"工具论"的负面影响也就难以消除。

---

① 潘庆玉:《语文教育研究的语言哲学路向》,何文胜主编《面向多元语境:语文教育的反思》,苏州大学出版社2012年版。
② 杨先武:《"三老"语文教育"工具论"评析》,《教育学报》2007年第3期。

二 语言哲学视角：对"工具论"的反思

自将"国语"（小学）、"国文"（中学）改为"语文"的 1949 年以后，在中国语文教育的理论和实践中，最有影响的语文观就是"语文是工具"这一"工具论"。从叶圣陶、吕叔湘、张志公这语文界的"三老"即三位权威的语文思想来看，"工具论"是其语文教育理念的核心观念。应该说，"工具论"的确立，"三老"起了至关重要的作用。

据说，最早提出"工具论"的是张志公先生。他在 1963 年写作的《说工具》一文中明确说："语文是个工具，进行思维和交流思想的工具，因而是学习文化知识和科学技术的工具，是进行各项工作的工具。"他还认为，"对于语文的这种性质，大家多半同意，看法上没有什么出入"[①]。如果这一判断准确，说明张志公先生的"工具论"是对当时的一种普遍的语文观的总结。

叶圣陶先生也提倡过"工具论"："语言是一种工具，工具是用来达到某一个目的的。比如锯子、凿子、刨子是工具，是用来做桌子一类东西的。"[②]

潘庆玉的观点可以视为在"工具性与人文性的统一"这一新形势下的"工具论"的一个代表。他在《语文教育哲学导论——语言哲学视阈中的语文教育》一书中说："所谓'工具性'，是指语文本身是表情达意、思维交际的工具，可以帮助学好其他学科。"[③]"语文学科是最重要的基础工具学科。"[④]"从'工具性'和'人文性'相统一的立场来理解语文课程的性

---

① 张志公：《说工具》，《语文教学论集》，福建教育出版社 1981 年版。
② 叶圣陶：《认真学习语文》，《文汇报》1963 年 10 月 5 日。
③ 潘庆玉：《语文教育哲学导论——语言哲学视阈中的语文教育》，教育科学出版社 2009 年版，第 14 页。
④ 同上书，后记。

质,具有重要的理论和现实意义。"① 潘庆玉的这部著作具有哲学思辨性,而且主要运用的还是语言哲学这一方法,但是却依然归顺了在我看来语言哲学所绝不会承认的"工具论",究其深层原因,就是他持着隐蔽的形而上学的二元论的哲学立场。

"工具论"是一种将形式和内容相分离的二元论,其哲学的根源是传统的形而上学的二元论。在二元论看来,一些事物,要么是内容,要么是形式,要么是目的,要么是工具。涉及对语言的认识,就造成了对语言和交际的主客二分,形成了语言是用于交际的一个工具这一语言观。将语文课程定性为"工具性"就是这种语言观的照搬。

认为语言、语文具有"工具性",不是比喻得不当,而是由形而上学哲学的二元论思维方式所造成的对语言、语文属性的错误阐释。

首先让我们看看辞典里对"工具"的解释:"(1)进行生产劳动时所使用的器具,如锯、刨、犁、锄。(2)比喻用以达到目的的事物:语言是人们交流思想的~。"② 很显然,语言"工具论"使用的是第二个解释:用"工具"来"比喻用以达到目的的事物"——语言。

将语言视为"工具"的错误有以下几点。

第一,"工具论"将语言看成了可以先于"交际"而存在的一个超时空的固定不变的实体。

把语言比喻成"工具",意味着把语言看成一个先于自己想要达到的那个"目的"("交际")而存在的事物,就像木匠要打一张桌子,先要有斧子、锯子、刨子这些可以供他拿在手上使用的工具一样。在这个比喻中,使用比喻的人把语言看成了类似锯子、刨子那样的一个先在的、固定不变的、实体的存在,他如果"拿"起那个"语言",就能够达到"交际"这个目的。然而事实是,对于交际而言,并没有一个先在的、固定不变的、实体的语言存在在那里。人在交际之前,那个可以让人"用以达到

---

① 潘庆玉:《语文教育哲学导论——语言哲学视阈中的语文教育》,教育科学出版社 2009 年版,第 14 页。

② 中国社会科学院语言研究所词典编辑室编:《现代汉语词典》(修订第 2 版),商务印书馆 1978 年版。

目的的"所谓作为"工具"的"语言"并不存在。

在建构主义的本质论看来，语言不是一个超时空的固定不变的实体，而是在特定的时空中的具体的建构物（这里也许用"言语"更为准确）。语言是在具体的交际之中建构出来的，交际是在具体的语言建构过程中完成的。

语言是个建构物，而不是像工具一样，是一个一成不变的固定实体。在语言的建构过程中，交际才能够在其中得以完成。语言是变动不居的，因为心灵和生活变动不居。一个已经具有语言能力的人，在与他人的下一次交际中，哪怕说的是同一句话，也并不是使用的以前交际时用的那个语言，而是使用的重新建构出的语言。比如，一个人十天前曾问候一个朋友："你好吗？"十天后，他又见到那位朋友，同样问候他："你好吗？"而此时那位朋友生活变故，正身处于人生的困境之中。这后一个"你好吗"与前一个"你好吗"已经含义不同，是一个新建构出的具有新的意义的语言。因此，这里正可以套用哲学家赫拉克利特的那句名言，人不能两次踏入同一条语言的河流。

第二，"工具论"将语言与"交际"当成了"两码事"。

叶圣陶先生曾说："就语文学习来说，思想是一方面，表达思想内容的工具又是一方面。""学习语文，这两方面都要正确对待。"① 虽然张志公先生也意识到"语文和思想老是长在一起，分不开"，但是，"语文和思想虽然也是两码事"，"思想是抽象的，它要依靠语文这个物质外壳而存在"，这些表述依然显露出张志公先生的思维也在一定程度上陷入了形而上学的二元论立场。

"语言是一种工具，工具是用来达到某一个目的的。比如锯子、凿子、刨子是工具，是用来做桌子一类东西的。"② 叶圣陶先生在说明语言是工具时所用的做桌子这个例子，恰恰说明了将语言视为交际的工具是违反语言的属性的。

---

① 叶圣陶：《认真学习语文》，《文汇报》1963年10月5日。
② 同上。

木匠为了打一张桌子，需要用斧子、锯、刨子等工具，一旦打好了的桌子，可以离开那些工具而存在。但是，人类语言却不是这种工具性的存在。你不能用语言去交流了那些思想感情之后，让那些思想感情脱离语言而存在。所以，你在本质上交流的是具有思想感情内涵的语言。也就是说，语言本身即是交际，而不是为交际服务的工具。人们求爱，有人说，"我因为想你，就算瘦得裤子都提不上了也绝不后悔"，柳永则说，"衣带渐宽终不悔，为伊消得人憔悴"。求爱的结果会大不一样。这种时候，思想感情更不能像桌子一样，脱离所谓的语言这一"工具"。海德格尔曾经阐释斯退芬·格奥尔格的《词语》一诗，特意将"词语破碎处，无物存在"改写为："词语缺失处，无物存在（Kein Dingiist, wo das Wort fehlt）。"① 意思说得十分明白。

我注意到，张志公先生也论述到了语言这个"工具"与锄头等物质生产工具的不同。他说："语文这个工具和生产上用的一些工具，比如除草用的锄头，平整木料用的刨子等等，有同有异。""生产上用的各种工具，都是生产物质资料的。语文这个工具不生产物质资料，它不是生产工具，而是人们用来思维和交流思想的工具，学习科学文化知识和进行工作的工具。""锄头是除草的，而锄头和草是两码事，锄头和草并不长在一起。语文是交流思想的，语文和思想虽然也是两码事，可是由于语文是交流思想的工具，而思想是抽象的，它要依靠语文这个物质外壳而存在，所以语文和思想老是长在一起，分不开。这是语文工具跟其他工具不相同的一点。"②

正如我在前面论述过的，语言和交际与锄头和除草之间并没有性质上的相同之处，而没有相同之处的两个事物，自然也就没有相异之处。因此，是不能将语言与锄头等工具联系在一起的。其实，在"语文和思想老是长在一起，分不开"这样的表述里，已经蕴含着对"语文是个工具"这一观点的自我否定。因为词典里所说的"比喻用以达到目的的事物"这句话里的"目的"和"达到目的的事物"必然是可以二分的。如果目的和要

---

① ［德］海德格尔：《在通向语言的途中》，孙周兴译，商务印书馆1997年版，第130—132页。
② 张志公：《说工具》，《语文教学论集》，福建教育出版社1981年版，第14页。

达到这个目的的"工具""老是长在一起,分不开",也就是说,如果一个事物所要达到的那个目的就在其自身的实践之中,这个事物本身就成了目的,因而也就不能称它为工具了。就像一颗种子,其生长所要达到的目的是结出果实,但是我们不能认为这颗种子是达到结出果实这一目的的"工具"。语言与"交际"的关系不是对象性存在,更不是"工具"和"目的"之间的服务与被服务这种关系。语言就是"交际"本身。"交际"就是语言之所是,语言就是"交际"之所是。

结合认知科学、脑科学研究语言的斯蒂芬·平克更是将语言视为如同人的身体的一部分的"器官"一样:"一旦你可以从生物适应的观点来看讯息的沟通交流,而不是把它看成人类特有、独一无二的能力时,你就不会再把语言看成塑造思想的工具,因为你在下面会看到——它不是。你会把语言看成自然界的鬼斧神工,一个就如达尔文所说的具有完美的结构,令我们激赏的共同演化适应(coadaptation)的器官。"[1]

第三,"工具论"遮蔽了语言的无可替代性,因而也造成了对人的本质的某种程度的遮蔽。

只要是工具,就具有可替代性。锄头是除草的工具,可是,没有锄头时,用锅铲也可以做除草的工具。在通常情况下,锄头只是比锅铲更好用而已。但是,语言就不是这种性质的东西了。语言是无可替代的。语言是人的心智世界本身,有语言是一种心智世界,没有语言就是另外一种心智世界。

恩格斯在《劳动在从猿到人转变过程中的作用》这篇论文中,论述了共同的劳动发展出语言,猿与人的区别就在于是否有语言能力。手可以劳动,但不是劳动的工具,而是人区别于其他动物的劳动能力的一部分,同样,语言可以交流,但不是交流的工具,而是人区别于其他动物的一种本质属性。狼群一起捕猎,也有肢体语言的交流,其肢体语言并不是狼群交流的工具,而是其生存的属性。同样,人在劳动中用语言交流,这种语言也不是工具,因为它不可替代,如果被替代以狼的肢体语言,人则不再为人。所以,希腊人把人定义为"会说话的动物"。

---

[1] [美]斯蒂芬·平克:《语言本能》,洪兰译,商业周刊出版股份有限公司1998年版,第26页。

据此可以说，"工具论"会在一定程度上造成对人的本质的遮蔽。20世纪90年代末发生的对语文教育的批判，对人文性的呼唤，也与"工具论"的这一弊端有内在的关联。

第四，"工具论"不符合人们的语言生活的心理现实。

事实上，在人们的语言生活（包括交际生活）的实践过程中，通常情况下，是没有将语言视为工具这一心理意识的。也就是说，"语言是个工具"是一个缺少现实实践指涉的（虚假）假设。

我们与别人讲话时，我们写一篇文章时，我们思考问题（使用维果斯基所说的"内部语言"）时，并没有"使用"语言这一"工具"的意识。即使是妙语连珠或者文辞枯竭的时候，我们也不会有正在"使用"语言这一"工具"的意识。我们可能会想到自己的语言能力是好还是不好，但是，我们不会想到自己会不会"使用"语言这个"工具"。为什么？"使用是工具性的，'使用工具'是'使用'的标准用法。工具性意味着间接性，我们使用布料、针线、缝纫机来做衣服，但我们通常不使用衣服，不是因为衣服没用，而是我们直接就用着它，不再是使用它来做什么别的事情了。同样我们也不使用朋友，不是因为朋友没用，朋友很可能比生意伙伴和仆人更有用，只不过，朋友的用处包含在他的存在里。"[①]

语言之于我们每个人，比衣服、比朋友更具有一体性，已经完全超出了使用与被使用的关系。语言即是我们，我们存在于语言之中。海德格尔说得好，"存在在思中形成语言""语言是存在的家""人以语言为家之家"。[②]

三 论"建构论"的语言观和语文观

在迄今为止的语文教育教学实践中，"工具论"并不是一个被束之高阁的理念，而是在叶圣陶、吕叔湘、张志公等前辈权威学者的倡导和推动

[①] 陈嘉映：《语言哲学》，北京大学出版社2003年版（2006年重排、印刷），第168页。
[②] ［德］海德格尔：《关于人道主义的书信》，《海德格尔选集》，孙周兴译，上海三联书店1996年版。

下，在语文教育实践的响应下，形成了几乎是成体系的"工具论"教学模式。

张志公先生说："传统语文教学的另一条重要经验是，教学要从语文的工具性这个特点着眼。"① "凡属工具，最重要的是准确地操纵它，熟练地运用它，只有这样，它才好好地为我们服务。在这一点上，语文跟别的工具也是一样的。"② "培养和提高语文能力首先是一种技能训练。凡属技能训练，都要有一定的规格，明确的标准和要求。"③ 叶圣陶先生则说："我看要把练习搞成个体系，也就是把读写训练搞成个体系，由易到难，知识的介绍和能力的训练一环扣一环。"④

"最重要的是准确地操纵它，熟练地运用它。" "培养和提高语文能力首先是一种技能训练。" "要有一定的规格，明确的标准和要求。" 这些话语典型地反映了"工具论"教学的特性。"工具论"教学模式的核心，就是用"标准"化来"训练" "技能"，语文教学的根本任务被规定为用"训练"这一方法来培养和提高学生听、说、读、写即运用语言文字的"技能"（掌握"工具"）。

但是，这种"技能训练"的语文教学模式，却是不符合人类使用语言规律的。斯蒂芬·平克介绍乔姆斯基提出的语言本能理论时说："乔姆斯基唤起大家对语言的两个基本现象的注意，第一就是人们所讲或所听到的句子几乎都是全新的句子、第一次在宇宙出现的，所以语言绝对不可能是刺激反映的汇合，人的大脑必定有某一个控制或某一种设定，它可以用有限的字制造出无限的句子。"⑤ 可见反反复复的"技能训练"无助于"用有限的字制造出无限的句子"，重要的是如何帮助学习者用语言来建构丰富的心智世界。我们永远也不会看到心灵苍白、空洞的人会表现出很好的语言能力。

---

① 张志公：《传统语文教学的得失》，全国中语学会编《叶圣陶、吕叔湘、张志公语文教育论文选》，开明出版社1985年版。
② 张志公：《说工具》，《语文教学论集》，福建教育出版社1981年版。
③ 张志公：《再谈语文课的几个问题》，《张志公文集》（第3卷），广东教育出版社1991年版。
④ 转引自杨先武《"三老"语文教育"工具论"评析》，《教育学报》2007年第3期。
⑤ [美]斯蒂芬·平克：《语言本能》，（中国台湾）商业周刊出版股份有限公司1998年版，第29页。

在"工具论"教学模式下,学生被当作"技术工人"一样被"训练",而且这训练还要"搞成个体系",还要"一环扣一环",于是,教育几乎变成了培训。本来是活生生的语言,在这样的"培训车间"里,变成了如"工具"、零部件一样的僵死的"词语""词句""知识"。一个典型的事例是,"有的教材甚至下力气教学生孤立地记忆词组的 AABB(浩浩荡荡)、ABAB(溜达溜达)、ABB(黑黝黝)、ABCC(人才济济)一类结构。这真是在教无用的死知识,只是在白白浪费孩子的时间。写文章时,需要先考虑我要用个 AABB、ABAB 或 ABCC 这种结构的词,然后再用吗?如果是这样,我相信,所有的作家都不会写作了。无论怎样了解词组的结构,或者把字典上的词全都背下来,如果没有在语境里理解过这些词,还是不能获得阅读和写作的能力"①。

对于语文教育教学而言,掌握"工具"的"训练",背诵"知识"的"训练",必然是一种模仿式的"学习",而不是创造性的学习。卢梭曾说:"你的学生学习地图;我的学生制作地图。这就是你的学生有知识和我的学生无知识的区别。"② 杜威更是说过:"以知识本身作为目的的,'浩如烟海,深不可测'。如果在卢梭时代是这样,那么,卢梭以后科学日益发展,就更可确信把单纯积累知识和教育等同起来乃是荒唐的。……照传统的教学法来教,学生学习的是几张地图而不是学习世界——学的是符号而不是事实。学生所真正需要的,并不是关于地形学的精密知识,而是要晓得自己去寻求知识的方法。……所以学校中求知识的真正目的,不是在知识本身,而在学得制造知识以应需求的方法。"③(重点号为原文所有)

把语文看作工具,用训练的方法让学生"准确地操纵它,熟练地运用它",这种"工具论"教学模式的最大弊害是抹杀了语文教育所应有的对学生的语言创造能力的培养。

在本质上,在语文教育中,学生学习的不是语言,而是学习通过语言

---

① 朱自强:《小学语文教育是语言教育还是文学教育?》,《中国教育报》2011 年 4 月 7 日。

② [美]杜威:《杜威教育名篇》,赵祥麟、王承绪编译,教育科学出版社 2006 年版,第 107—108 页。

③ 同上。

"工具论"与"建构论":语文教育的症结和出路

建构心智世界的能力。语言的习得是建构的过程。没有一个固定的、实体对象的"语言"摆在那儿,可以供儿童通过"训练"而学会"操纵"。我说语言不是一个固定的、实体的东西,是说语言不是如自行车那样的固定存在,学习语言不像学习骑自行车,是与固定的实体的对象发生关系。对学习自行车的所有人而言,衡量是否学会自行车都是同一个标准,但是,每个人在语言教育中,通过言语活动建构心智能力的状态都是不同的,所以,不该有张志公所说的"一定的规格,明确的标准和要求"。比如,一个学生说"妈妈打开冰箱找东西"这是对的,而另一个学生说"妈妈钻进冰箱找东西"这也是对的,因为东西放在大开门冰箱的深处,不探进身子就找不到那东西,而探进身子不就是"钻进"了冰箱吗?

语文学习的目的不是"操纵"一个工具,而是学习一种能力——语言能力。语言能力的获得是建构性的、创造性的,是充满可能性的,而操纵工具则是训练的、机械的、缺乏可能性的。

尽管叶圣陶先生、张志公先生等权威学者也提到过"文道统一",但是,他们重视的"文"只是掌握语文这一"工具"的种种训练,"道"(这个"道"我解释为儿童成长中需要建构的心智)则不过是不得不有的一个陪衬。比如,叶圣陶先生就认为:"国文教学,选材能够不忽略教育意义,也就足够了,把精神训练的一切责任都担在自己肩膀上,实在是不必的。"[①] 张志公先生则说:"培养运用语文的能力,这是语文课的'主',必须完成好。不过,还有'宾',就是说,在语文课里,由于语文本身的综合性,捎捎带带还能办不少事,比如思想的感染陶冶,联想力、想象力的发展,思考力、推理力的发展,等等。何不也顺手管管呢?"[②]

在语文教育中,"语文能力"与"思想的感染陶冶,联想力、想象力的发展,思考力、推理力的发展",不是"主"与"宾"的关系,而是不可分离的一体关系。张志公先生的一"主"一"宾"这一主张被运用到语文教育教学实践中,就容易造成语文教育缺乏通过语言教育培养学生心智

---

① 叶圣陶:《国文教学的两个基本观念》,《叶圣陶语文教育论集》,教育科学出版社 1980 年版。
② 转引自杨先武《"三老"语文教育"工具论"评析》,《教育学报》2007 年第 3 期。

这一教育过程。

　　语言的建构性、创造性决定了语文学习必须是创造性的学习。基本知识、基本技能需要掌握，但是，掌握它们并不是语文教育的主要目标，掌握它们对于学生并没有什么难度。语文教育要把教学、学习的重点放在语言的建构性、创造性这一特性上来，而不能像张志公先生所说的，要"从语文的工具性这个特点着眼"。语文教育要培养的是建构具有主体性的语言这一能力，而不是要培养会使用"工具"这一"技能"。"思想的感染陶冶，联想力、想象力的发展，思考力、推理力的发展"这些能力，绝不是像张志公先生所说的那样，在将语言学习作为"技能训练"的过程中，"捎捎带带""顺手管管"就能够培养出来的，而是必须将语言学习作为建构心智的实践才能够培养出来。

　　我认为，对中国中小学语文教育发展、进步造成最大阻碍的就是"工具论"。在语言观、语文观上，如果不纠正"语言文字是人类最重要的交际工具"这一"工具论"，像《义务教育语文课程标准》（2011年版）那样，即使纳入人文教育的内容，强调"工具性与人文性的统一"，两者依然是两股道上跑的车，非但"统一"不起来，"工具论"反而会"名正言顺"、堂而皇之地大行其道。近年来出现的一些学者质疑、否定小学语文文学教育的倾向，恐怕还是"工具论"在起负面作用。

　　我也不赞成有的学者在否定"工具论"时，将语文教育的属性视为单一的人文性这一观点，因为语言是具有多元整合性的，在它的建构过程中，既生成着人文性，也孕育着逻辑思维、科学精神。语言虽然不是在建构人类的全部心智，但是，肯定参与着人类全部心智的建构。语言的这种建构，对于人的全面发展是不可或缺的。

　　在"工具论"这种语言观、语文观的对立面，我所建立的是"建构论"的语言观和语文观：

　　　　语言是人类心智世界的建构物，语言在实践过程中，发挥着传达信息（含交际）、认识世界、表现心灵这三个功能；语文课程的目的是使学习者获得用语言建构健全的心智世界的能力，获得用语言来传达信息、认识世界、表现心灵的能力。语文教育就是通过对具有创造灵性的语言的学习,发展学生心智的一种教育,培养的是具有创造灵性的人。

(本文发表于《教育研究与评论》2015年第1期)

童年的诺亚方舟谁来负责打造
——对童年生态危机的思考之一

一

多年以来,我是带着深深的对"生"的困惑,思考着儿童、童年、儿童文学、儿童教育、儿童文化诸问题。也许永远是一种理想,我希冀通过对这些对象的思考来探寻自身"生"的路径。

近两年,这样一种"生"的追寻将我引到了一个使我心怀恐惧的问题面前。我的眼前常常出现绿水断流、草木枯萎、蓝天遮蔽、翠鸟不飞的场景。这不是自然生态的景观,而是人类生命中的童年生态的景观。我知道,这只是我的一场梦魇,但是,我又是多么害怕,一场大梦醒来,眼前是与梦魇一样的现实。

我们前所未有地处于一个容易使生命"存在"迷失的时代。我们今天的文化正处于危机之中。这种文化的危机性正如1954年诺贝尔和平奖获得者史怀泽所指出的,"它的物质发展过分地超过了它的精神发展。它们之间的平衡被破坏了"[①]。提出"敬畏生命"的伦理学观点的史怀泽认为,文

[①] [法]阿尔贝特·史怀泽:《敬畏生命》,陈泽环译,上海社会科学院出版社1996年版,第44页。

化的本质并不是物质方面的成就，物质成就反而会给文化带来最普遍的危险：由于生活条件的改变，人大量地从自由进入不自由的状态。史怀泽说，"决定文化命运的是信念保持对事实的影响"，对此，他作了十分准确的比喻："航行的出路不取决于船开得快慢，它的动力是帆或蒸汽机，而是取决于它是否选择了正确的航道和它的操纵是否正确。"①

我们被物质主义、功利主义迷雾遮住双眼的文化大船出现了生命"存在"的精神迷失，它正在现代的核动力的推动下，迅速地远离荷尔德林所吟咏的可以"诗意地安居"的"大地"。作为历史概念而始终被成人社会假设的儿童和童年，处在今天的依然是成人本位的社会（与古代社会的儿童观一样，今天的社会的儿童观依然是成人本位的，所不同的只是，这个成人是一个人的人生阶段中的那个"成人"，家长及其教育者们拿着孩子们自己的将来的那个"成人"来压迫童年，剥夺童年的权利，而教育者们又完全是按照他们成人的今天的标准来预设孩子们的将来的那个"成人"的生活状态，所以本质上也是"父为子纲"）之中，更是命中注定地被这条精神迷失的快船拖向了危机四伏的海域。

给童年生态造成最为根本、最为巨大的破坏的是功利主义的应试教育（虽然政府已经提出施行素质教育等教育国策，但是，在教育的现场，教师和家长不仅依然而且变本加厉地奉行应试教育）。一个孩子，一个生气勃勃的生命来到这个世界，本来应该是为了享受自由、快乐的生命，体验丰富多彩的生活的，但是，孩子的生命的蓝天，却竟然被几本教科书给遮黑了。周一至周五，从早到晚学习，周六还要到学校补课，周日安排家教，寒暑假也不能休息。教科书上的知识学习不仅成了中学生的几乎全部生活，而且这种学习生活已经蔓延到了小学甚至幼儿园里。在我所居住的城市里的一所幼儿园，从孩子两三岁开始就让他们学习汉字，教师夸耀地说，到上小学之前，可以让孩子学会两千至三千个汉字，这样孩子就可以更早地读书、学习了。据说，这样的做法还是一个早期教育研究的科研项

---

① ［法］阿尔贝特·史怀泽：《敬畏生命》，陈泽环译，上海社会科学院出版社1996年版，第45页。

目。不是为了"存在"而学习，而是为了学习而"活着"，学习不是为了给生命带来精神充实和快乐，而是将生命变成了单纯学习的机器，这就是应试教育下的"学习"的本质。希望应试教育工作者（当然包括家长）都来听一听真正的学习是怎么说的！"学习说：'读书是精神层面的事，而学位、文凭却属于物质！为文凭而去学校的学子们啊！请别夸口说你们是去读书。'"①

本来，在由童年、青年、壮年、老年这四个阶段组成的人生过程中，每个阶段都各有其自身的价值和应该给予实现的愿望，但是现在，童年的权利被功利主义的应试教育残酷地剥夺了。家长和学校勾结起来，一心为了成人的"将来"而牺牲童年的"现在"。儿童文学的经典名著《长腿爸爸》中那位经历过生活磨难的孤女朱努沙·阿博特说过，"幸福的秘诀，那就是，生活在今天"。这样一个对孩子来说几乎就是常识的真理，已经为成人社会所遗忘。

接受西方的影响，中国对生态学这门学科也越来越关注，在文学界也有了所谓"文艺生态学"研究。但是，在我看来，生态学如果没有包含对人类的精神生态的关注，就不是完整的生态学，因为，人的精神本来就是自然的一部分。

商务印书馆出版的《现代汉语词典》中的"自然"一词有以下三个含义：一是自然界，即大自然；二是自由发展，不经人力干预；三是表示理所当然。但是，在西文中，"Nature"这个词的一个含义是指"大自然"，而另一个含义则是指"本性"。在美国独特而伟大的思想家、诗人爱默生的著作里，"大自然"与（人类的）"本性"是一致的："这浩浩苍穹下的小小学童（指爱默生自己——本文作者注），明白了他与这博大的自然竟还是同根而生的。一个是叶，一个是花，他的每一条血脉里都涌动着他与自然的亲谊和感通。他与自然所同之根是什么呢？那不就是他灵魂的灵魂吗？……属于自然的美就是他属于他自己心灵的美。自然的规律就是他自己心灵的规律。……一句话，那古代的箴言'认识你自己'与现代箴言

---

① 蔡志忠编绘：《童年的哲学·学习的哲学》，生活·读书·新知三联书店2001年版。

'研究大自然'最后成了同一句格言。"① 如果我们联想到卢梭"重返自然"的思想、华兹华斯的浪漫主义诗学、海德格尔的存在主义哲学的绿色之思都是来自"森林""湖畔""黑森林小屋"的直接天启,就会对爱默生的上述话语信以为真。

从这个意义上考虑,关于自然的生态学理论就可能会给我们关于人类精神生命,尤其是关于童年生命的生态学思考以启发。

自然保护主义者的代表约翰·缪尔认为,大自然创造出动物和植物的目的,首先是为了这些动植物本身的幸福,而不可能是为了一个存在物的幸福而创造出其他动植物。我们尚未发现任何证据可以证明,任何一个动物不是为了它自己,而是为了其他动物被创造出来的。因此,动物具有天赋权利。他甚至宣称,"如果在野兽与高贵的人类之间发生了一场种族战争,那么,我很可能会支持动物"②。据此而论,人生的童年首先是为了自身的幸福而存在,同样具有天赋权利。另外,我们还知道,物种的发展水平越低,其儿童期越短;相反,物种的发展水平越高,其儿童期则越长。人类的儿童期最长,这是人类不断而又迅速进化的结果,也是人类获取的极大利益。漫长的儿童期成为人成长的根基和资源。今天的功利主义教育拼命缩略童年的做法,显然是在破坏人类在自然进化的过程中所形成的生命生态。

生态学伦理学还有一个观点:这一代人不能挥霍、破坏下一代人的自然资源。同样的道理,成人社会也不能拿一个孩子的童年生命阶段去做他另一个生命阶段的牺牲。这样抽空童年阶段生命的幸福以换取成年阶段生命的幸福的人生设定是不合理的也是虚幻的。因为人生的各个阶段不是孤立的简单叠加,而是有着内在的接续性。一个在童年阶段没能获得品味生命之树结出的果子的滋味的人,怎么能期待他到了成年一下子学会体悟人生的况味呢?何况"天者不可测,寿者不可知",如果天不假以其成年,

---

① [美] R. W. 爱默生:《自然沉思录》,博凡译,上海社会科学院出版社 1993 年版,第 70—71 页。
② 转引自曹明德《从人类中心主义到生态中心主义伦理观的转变——兼论道德共同体范围的扩展》,《中国人民大学学报》2002 年第 3 期。

人生所有的岂不只是空虚、无趣和缺憾？

如果我们要对童年负责的话，就要建立以童年为本位的童年生态学，倡导整体论的生态人生观。而这样的童年生态学必须包含人类个体相互之间的对于对方生命的敬畏，尤其要包含成人对儿童生命形态的敬畏，否则就不是我所期待的以童年为本位的童年生态学。

二

成人为什么必须敬畏儿童的生命形态？因为在儿童的自然的人生感受里蕴含着绿色的生态性。让我们来听一听一位日本作家讲述的一个故事。

有一天，一个非常有钱的人想要让他的儿子体会贫穷，就把儿子送到乡下的朋友家，好让他看一看世界上的人实际上是多么的贫困。

寄居在乡下的日子结束后，儿子回到家，父亲就问他：

"你知道什么叫作贫穷了吗？"

"嗯，很清楚了。"

"你了解到什么？"

儿子回答说：

"我们家的鸟笼里只有一只小鸟，有的农家却有狗和牛，还有好多只小鸟。"

"我们家里虽然有游泳池，可是那些人有长得看不见尽头的河流。"

"我们家的院子在晚上有明亮的电灯，可是那些人在晚上有满天的星星。"

"我们住的地面很狭小，而那些人住的地方可以一直扩展到很远。"

"我们有仆人的服侍，而那些人是在服务别人。"

"我们的食物必须花钱买，而那些人是自己种植。"

"我们家的四周有保护我们的墙壁,但是那些人有保护他们的朋友。"

听到儿子的话,父亲哑口无言。儿子又接着说:

"爸爸,谢谢你让我知道我们是多么贫穷。"①

这种能够自然感受人生真义的儿童出现在许多作家的笔下。马克·吐温的哈克利·费恩,这个不受时代的制约,只听凭自然、健康的本能而行动的少年,正是人类真正道德的化身。塞林格在揭露现代文明的荒诞时精心创造的"麦田里的守望者"这一保护儿童不跌入悬崖的意象,是出自少年霍尔顿的愿望,完全可以认为,霍尔顿在时代生活面前的迷惘,显示出的恰恰是超越那些在物质主义生活面前"对酒当歌"的成人们的一种清醒。米切尔·恩德的毛毛、林格伦的长袜子皮皮、凯斯特纳的洛蒂和丽莎,这些儿童形象都会给成人带来某种人生的启迪。

在中国文学史上,最深刻、最艺术化地表现出儿童生命的绿色生态性的当数鲁迅的小说名篇《故乡》。虽然20世纪二三十年代,许多作家如冰心、丰子恺等都曾大声地赞美童心,但是相比之下,只有鲁迅的"童心"不仅发出灵魂深处的肉搏的震颤,而且沾染着自身生活的摸爬滚打的泥土。对我来说,整个《故乡》就是鲁迅"失乐园"后的一声叹息。人生的乐园在哪里?鲁迅以《故乡》中那个反复闪回的"神异的图画"告诉我们:人生的乐园就在童年!鲁迅在《故乡》中委委婉婉想说而说不出来的其实就是这句话。正是这句没有说出来的话,使《故乡》含蓄地蕴含了人类文学的一个重大而永恒的母题。由于人类目前非但没能解决成人自身的童年乐园的丧失问题,反而又造成了儿童自身的"童年的消逝"②,因此,鲁迅的《故乡》就更应该属于今天这个时代。然而,鲁迅以《故乡》发出的这一"天问",在中国有几位作家在继续思考以期回答呢?

---

① [日]古川千胜著,柴琉璃子绘:《世界曾经是乐园》,李毓昭译,新疆人民出版社2002年版。

② 关于"童年的消逝"问题,参见朱自强《童年和儿童文学消逝以后……》,《中国儿童文学》2002年第1期。

就像"自然"给人类既提供了物质资源也提供了精神资源一样,"童年"也是成人的物质资源和精神资源。于此不能不想起吟诵"儿童是成人之父"诗句的浪漫主义诗人华兹华斯。朱大可曾经这样"缅怀浪漫主义":"在北欧阴郁而寒冷的车站,安徒生的容貌明亮地浮现了。这个用鹅毛笔写作童话的人,是浪漫主义史上最伟大的歌者之一,所有的孩童和成人都在倾听他。在宇宙亘古不息的大雪里,他用隽永的故事点燃了人类的壁炉。"[①] 如果说安徒生以童话驱走的是人类内心的寒冷的话,那么,华兹华斯则是听凭儿童的指引,用诗歌找回了人类灵魂迷途中的光亮。

为什么"儿童是成人之父"?下面是华兹华斯的《颂诗:忆幼年而悟永生》(又名《永生颂》)中的诗句:

> 出生后,我们只是在睡眠和遗忘;
> 与我们俱来的灵魂,这生之星辰,
> 本安歇在别的什么地方,
> 这时候从远处降临;
> 我们并不曾完全地忘却,
> 并不曾抛却所有的一切,
> 而是驾着光辉的云彩,从上帝,
> 从我们那家园来到这里;
> 婴幼时,天堂展开在我们身旁!
> 在成长中的少年眼前,这监房的
> 阴影开始在他周围闭合,
> 而他却是
> 看到了灵光和发出灵光的地方,
> 他见了就满心欢乐;
> 青年的旅程得日渐远离东方,
> 可仍把大自然崇拜、颂扬,

[①] 朱大可:《缅怀浪漫主义》,《逃亡者档案》,学林出版社1999年版,第60页。

仍有那种瑰丽的想象力；

这灵光在成人眼前渐渐黯淡，

终于消失在寻常的日光中间。

华兹华斯的诗句为我们描述了人的精神生命走向退化的宿命性。何以抗拒这一命运，华兹华斯指出了一条精神上的永生之路，即重返童年，回到生命的原初状态。我同时想到了给华兹华斯以影响的卢梭。也许是情绪化的表述，如果说十年前我还对卢梭的回到历史的零度状态的思想表示怀疑，那么，今天童年生态的严重恶化，已经使我竟愿意相信卢梭思想的合理性。

目前，我还无能理解华兹华斯童年观中的神学内涵（比如"前存在"理论），不过，儿童生命中蕴含着的想象力和感受性，的确是成人所应该敬畏并在自己的生命里继承和发展的。只有如此，成人方可保持精神生命的飞扬状态。尼采在《查拉图斯特拉如是说》中曾表达精神三变的思想。他认为理想的人生精神境界应该是：最初表现为骆驼的形态，其特质是忍耐；随后骆驼会在千里沙漠的负重行旅中，突然变成狮子，其精神特征是战斗的勇气；不过，就是这种狮子也还有不足，它在什么时候一定要变成"幼儿"。尼采在这里所讲的"幼儿"其实是幼儿的心性，这种心性能够完全天真无邪地开创一切。也就是说，成人应该从儿童的生命体中继承生命的创造性力量。

但是，成人社会似乎一直是儿童的不肖子孙，因为成人不但没有从儿童生命那里继承巨大精神财富的愿望，反而以学校文化压抑着儿童的生命力。布莱克，这位华兹华斯的同志，超时代地体验过我们今天所体验的现代文明的痛苦和失落的现代主义的预言者，早在二百年前，他就在《小学生》一诗中表现了枯燥、压抑的学校中儿童的"颓丧"心情（他本人就是拒绝接受正统的学校教育的叛逆者）。深悟儿童生命的自由天性的诗人写下了愤愤不平的诗句："为了欢乐而出生的小鸟儿/怎能坐在笼中歌唱？"二百年后，浪漫主义的传人仍然在批判："在充满缪斯天性的儿童文化和毫无缪斯情趣的学校文化之间，存在着强烈的冲突。学校是一种从事系统的压抑儿童天性的机构。"① 说此话的挪威教授布约克沃尔德描述了这样一个令我们感同身受的痛心情景:"当生命的力量遇到学校的理性时,连续性就被打断了。孩子们对缪斯充满了渴望,这种渴望在他们来到这个世界之前就被深深地培植在他们生命的胚芽里,又在与父母、兄弟姐妹们的相处中,在与其他小朋友的游戏中得到加强;但是现在,这种渴望突然与强大的约束力量相遇,而且这种力量似乎处处与它作对。许多孩子在他们童年的早期像小鸟一样可以快乐地在天空中自由地飞来飞去,他们把自己想象成许多不同的角色,从满脸污垢的小捣蛋鬼,到展翅高飞的雄鹰。可是,几年学校生活之后,他们大多数再也不能像鹰一样自由飞翔了,他们已变成了缪斯天性意义上的残废人。"②

写作那个丑小鸭变成白天鹅的动人故事的安徒生,如果看到儿童这蓝天上飞翔的白天鹅又变成了鸭子,回到养鸭场里匍匐,还会在自己的肖像画上写下"人生是所有故事中最美的一个故事"这样的话吗?

三

我曾经在拙著《儿童文学的本质》一书中说过:"对儿童观和儿童文学本质的探寻,不能仅仅从纯学问的立场出发,把它作为谋生的饭碗或者智力的操演形式,而是应该上升到通过对儿童文学本质的思考,追问自身的生存哲学的层次,即把自己的生命和灵魂投入研究之中,在儿童文学的本质与自身的生存哲学或曰人生观之间寻找到沟通之路。我相信,超然物外、隔岸观火的冷漠的研究态度,只能使研究者远离儿童文学本质的真髓。"③

这番话表述的是我在学术上的追求和理想,而实现它需要保持学术思

---

① [挪威]让—罗尔·布约克沃尔德:《本能的缪斯——激活潜在的艺术灵性》,王毅、孙小鸿、李明生译,上海人民出版社1997年版,第121页。
② 同上书,第123页。
③ 朱自强:《儿童文学的本质》,少年儿童出版社1997年版,第14页。

想和生活实践的一重性。下面我要讲的是我的个人经验（在许多学术领域，都有个人经验变成研究范畴的事例），我认为它对本文探讨的童年生态问题具有特殊意义，因为如果没有这一经验，我很可能不会像现在这样执着地思考童年生态问题，并且在一定程度上将思想付诸行动。

1984年，我成为一个男孩的父亲。至今，每当我听到录音中儿子幼年时的声音，看到录像里儿子童年、少年以及今日的身姿，内心都会充满幸福，并且带着依稀的乡愁回忆往昔欢乐的时光。我一直在论著里、课堂上批判孝道而张扬亲情，我以自己的亲身体验，信奉五四时期周氏兄弟的主张：联系父子的本应是"天性之爱"，是"亲善的情谊"而"并不用恩"。在儿子成长的过程中，如果说有"恩"的话，也不是什么"养育之恩"，而是我对生活感恩的心情，因为他给我的人生带来了无数真切的幸福和欢乐。另外，在我的儿童文学研究中，儿子的成长姿态、读书经历，也给我的儿童文学感悟和一些具体观点以直接的启发。

出于对儿子的爱，作为儿童本位理论的鼓吹者，我希望他拥有一个快乐的童年。他童年时代的许多游戏，许多体育运动，如足球、乒乓球、游泳、滑冰、滑雪等，我和妻子都经常参与其中。在一个孩子成长的过程中，不可避免地会出现弗洛伊德所揭示的"快乐原则"与"现实原则"之间的冲突。但是，在我的儿子朱小鹤这里，这种冲突简直是难以调和。大约从小学四五年级开始，自我意识日渐觉醒的朱小鹤越来越表现出对学校应试教育的不适应。先是作为三好学生和班长的他已经无法忍受班主任的强制甚至是蛮横的教育方式（这是应试教育必然采取的），接着又对学校填鸭式的教学方法和一些无趣的教材以及更无趣的教材阐释产生了抵触，学习成绩不仅迅速滑坡，而且失去了学习的兴趣，他的发光的眼神一天一天地黯淡了下去。

其实，他的这种冲突也是我的童年观与无条件地归顺不合理现实的应试教育之间的冲突。我想，在游戏、体育运动、读闲书（在这一点上，朱小鹤所喜欢的童话作家郑渊洁也是"罪魁祸首"之一，因为就是他，用其作品表现着"长大成就再辉煌，没有童年的人生也是不完整的人生"的主张）中充分品尝到生命、生活的自由和快乐的孩子都是很难适应违反学习本质的应试教育的。应该说，在此之前，我的童年观虽然是明确的，但也是漂浮而没有根基的。在我的意识里，考上一所不错的大学应该是儿子的不错的前程。当这个前程出现危机的时候，我马上乱了阵脚，出于对儿子前途的担忧，我违心地作出了向应试教育归顺的选择。但是，已经为时过晚，我的监督、强制都没有奏效。那段日子，我们父子间失去了以往的亲和，不断冲突、危机四伏。

在此期间，朱小鹤也在苦苦地探寻着自己的人生之路。由于不堪学校应试教育的了无生趣，他在初中时多次郑重提出辍学的要求。1999年元旦前一天，他十分认真、严肃地对我和妻子说："只要我活得快乐，哪怕我是个捡破烂的又有什么关系呢？"此语分明表现出他的不妥协的非功利主义的人生观，同时也蕴含着对成人社会（包括当时的我自己在潜意识里）所信奉的物质主义人生价值观的质疑。当时我已经年过不惑，但是，在此之前，我对人生并没有真正的"疑惑"和"解惑"的过程。朱小鹤的话给我以巨大的震动。我意识到，不仅是学校，而且还有我自己，已无能力教导孩子如何正确地选择自己的人生道路了。因为自己的爱子如此对决地思考、选择着自己的人生之路，我才终于告别了从前议论人生特别是童年生态问题时的"局外人"姿态，真正将自己的生活实践置于对人生和童年生态问题的思虑之中。我想努力放弃潜在的面对儿童教育和童年生态问题的二元论立场，比如，理论上强调游戏之于童年是重要而不可或缺的，行动上却要采取学习优先于游戏的做法；口头上高谈精神飞扬的重要，行为上却拜倒在物质主义的石榴裙下。

从初中起，朱小鹤渐渐表现出对音乐的特殊而又浓厚的兴趣。从他说出那番关于"快乐"的言论后，经过反思的我们彻底支持了他的选择。他走上了一条抵制学校应试教育的学习之路（其实这也是出于无奈，因为学校的应试教育体制，根本没有给学生的个性学习和发展留有起码的时间和空间）。最初他只是想做一名歌手，当我们主张他做一个能够创作音乐的歌手时，他又开始学古典吉他，后来学电声吉他，又加上架子鼓、木琴。在自己选择的自主学习中，朱小鹤表现出巨大的学习热情和勤奋、吃苦精神。弹吉他的手指起了血泡，打鼓的双臂练到僵直。学习仍然是艰苦的，但是已经不再是受难，而变成了释放生命能量的一种满足和快乐。朱小鹤重新明亮起来的眼神和每天昂扬的精神状态证明着这一点。现在，朱小鹤是一个心地善良、心理健康、快乐生活的人。他已经对自己的人生选择负起了责任，并一天天地成长进步着。

只有对精神意义上的人生追求，才可以做到不以成败论英雄。无论朱小鹤将来是就读大学的音乐专业，还是高中毕业后，背起吉他浪迹天涯，不论是声名显赫还是默默无闻，我们，还有朱小鹤本人都会以平常心来接受天意的安排。可以用尽全力去追求自己的由衷理想，并且在这追求中获得了充实而快乐的精神生活，难道这还有什么可以遗憾的吗？

在朱小鹤的成长过程中，我对功利主义的应试教育对童年生态的破坏有了真切的实感，而我耳闻目睹的其他许多孩子的生存状态又使我看到童年生态遭普遍破坏的灾难性。儿童是祖国的未来不能是一句空喊的口号。我不相信压抑儿童生命力、剥夺儿童生命实感的功利主义的应试教育能承诺给我们的民族一个生气勃勃、创造无限的未来。这并非耸人听闻——被破坏的童年生态里，潜藏着我们这个民族将面临的严重的精神危机。

功利主义的应试教育的大洪水还在一浪一浪地汹涌而来，童年可以避难的诺亚方舟谁来负责打造？！

[本文发表于《中国儿童文化》（第1辑）（创刊号），浙江少年儿童出版社2003年版]

童年的身体生态哲学初探
——对童年生态危机的思考之二

> 我歌颂肉体,因为它是岩石
> 在我们的不肯定中肯定的岛屿。
> ……
> 它原是自由的和那远山的花一样,丰富如同
> 蕴藏的煤一样,把平凡的轮廓露在外面,
> 它原是一颗种子而不是我们的掩蔽。
>
> ——穆旦《我歌颂肉体》

一 引言

近几年,我一直在关注、思考当前儿童的童年生态问题。一个时代有一个时代的文学。儿童文学作家也必须具有解读时代本相的能力。可以肯定地说,中国原创儿童文学及其研究,要谋求健康、长远的发展,已经不可能绕过对当前的童年生态状况的思考和应对。对中国的儿童文学研究而言,童年生态研究同样是题中之义。

必须承认,今天的童年生态面临着根本性危机。这一危机所在,不是

如被称为"思想狂徒"的黎鸣所言,是儿童自身的道德沦丧①,而是成人社会的环境和教育造成了儿童的"自我"迷失。究其原因,必须从人性发展这一本源问题进行思考和研究。

思考人性,离不开思考"自然""本性""生态"问题。中国目前的儿童教育的危机最根本的症结是童年生态的被破坏。其中的一个主要表现就是童年的身体生活的被挤压甚至被剥夺,从而造成了儿童生活中的身体不在场。出于功利主义的打算,成人(家长、教师们)对书本文化顶礼膜拜,却抽取掉在儿童成长中具有原点和根基意义的身体生活。这种无源之水、无本之木的教育,不仅难以使儿童成才,甚至难以使儿童成"人"。

教育不能与儿童天性作对,而要以此为动力和资源。儿童的行动的身体,就是人类千万年来积淀下来的具有生态性的天性,离开这一天性的教育,势必与儿童的发展背道而驰。

二 童年生命的身心一元性

在人类认识自身的历史上,两千多年来,身体和感官一直被看作心灵和理性的对立面,而且被降到次要的位置。但是,现代以来,这种关于人的本质的认识论受到了根本的挑战。

尼采在《权力意志》中离经叛道地说:"要以身体为准绳。……因为身体乃是比陈旧的'灵魂'更令人惊异的思想。"法国哲学家莫里斯·梅洛-庞蒂对笛卡尔的关于人的二元论深表怀疑。他认为身体同时是理解的起源和中心,是人类与其工具建立关系的基础。在《知觉现象学》一书中,莫里斯·梅洛-庞蒂对身体作出了这样的定义式的论述:"身体始终和我们在一起,因为我们就是身体。应该用同样的方式唤起向我们呈现的世界的体验,因为我们通过我们的身体在世界上存在,因为我们用我们的

---

① 黎鸣:《为什么现代中国儿童多不听话》,《中国人为什么这么"愚蠢"》,华龄出版社2003年版。

身体感知世界。"但是，当我们以这种方式重新与身体和世界建立联系时，我们将重新发现我们自己，"因为如果我们用我们的身体感知，那么身体就是一个自然的我和知觉的主体"①。

在西方，已经有越来越多研究身体的哲学、文化著作，比如，《审美的人》《破解儿童身体语言的密码》《笑的历史》《人这种动物》《身体语言》《哭泣》《解读面孔》《味觉》（均有中译本）等，令人信服地揭示了人类是如何通过身体进行思维和思想表达的。

中国也有无条件地承认身心一元的人。作家林语堂说："人类一切快乐都发自生物学性质的快乐。那是绝对科学化的。为了避免误解，这一点我必须说得明白点：人类的一切快乐都属于感觉的快乐。"他在列举了一大堆感觉的快乐之后，说"我简直不能把心灵与肉体的快乐分开"②。林语堂还在另一篇文章中，举出金圣叹的三十三个"不亦快哉"之事，指出："在这种快乐的时刻中，精神是和感官错综地联系着的。"他希望"有一个更高尚的哲学"，以使我们"能够重新信任这个我们称为'身体'的优美的收受器官，把我们轻视感官和恐惧感官的心理扫除了去"。③

林语堂说出了几乎所有人的生活感觉中一个容易被忽略的常识。当我们置身于美好的大自然之中，一定会产生精神的愉悦。这是以身体为基础和源泉的愉悦。比如眼睛之于碧海蓝天、肌肤之于清风微抚、耳朵鼻息之于鸟语花香。当我们置身于游戏和体育活动中，精神的快乐更是与身体的快乐合而为一。

想到身体的重要性问题，我总是要猜想那些身体出现障碍的人的感受。比如海伦·凯勒，她的那篇著名的散文《假如给我三天光明》，所渴望的都是以身体尤其是以视觉为根基的生活。海伦知道它们是人生的根本和创造新生活的源泉。她最后忠告人们："善用你的眼睛吧，就像明天你将要遭到失明的灾难一样，珍惜你有眼睛的每一天！同样，我的忠告可以应用于其他感官。"在我看来，海伦是以自己的对身体的强烈感觉，指出

---

① ［法］莫里斯·梅洛庞蒂：《知觉现象学》，姜志辉译，商务印书馆2001年版，第265页。
② 林语堂：《人类的快乐是感觉上的》，唐大斌编《名家说乐》，湖北人民出版社2004年版。
③ 林语堂：《金圣叹的三十三不亦快哉》，唐大斌编《名家说乐》，湖北人民出版社2004年版。

了人类中的许多人对身体价值的遗忘和遮蔽。

漫长的美学的审美研究的历史,都延续着艺术是非身体性的这一信念。在18世纪,"无利害性"、批评距离被视为艺术欣赏的一个根本特征,艺术的非身体性这一理念又一次被强化。但是,现代审美研究已经出现颠覆艺术非身体性理念的观点,美国学者埃伦·迪萨纳亚克就主张审美的身心一体论。她指出:"至少审美经验的一部分强烈快感显然是身体性的,因此,身体性不能完全被认为是无关紧要的。"① 她宣称自己的《艺术为了什么?》和《审美的人》"两本书都试图证明,艺术是人性中的生物学进化因素,它是正常的、自然的和必需的"②。

埃伦·迪萨纳亚克的观点是令人信服的。没有身体对雨天的感受和回应,就没有戴望舒的《雨巷》;没有童年的身体游戏,就没有林格伦的《淘气包艾米尔》。

与成人相比,儿童的生命更加具有身心一元的性质。捷克教育家夸美纽斯早就在著名的《世界图解》中指出:"不能预先在感觉中存在的东西,无论何事都不能存在于理性之中。因此,努力地将感觉训练得能够正确把握事物间的区别,就奠定了所有智慧和所有知性的能辨程度,以及人生活动中全部思维能力的基础。"夸美纽斯明确认为,感觉是儿童的第一位导师。③

年纪越小,感知对身体的需求越大。幼儿通过身体感知所获得的对世界、生活的认识体验是具有决定意义的。美国心理学家、儿童美学家加登纳曾经讲述自己的两岁女儿用身体认识美的事例:加登纳与女儿在海边游玩的时候,发现一只特别可爱的贝壳,就捡起来,问女儿:"这好看吗?"结果,女儿连看都不看一眼,就把贝壳抢下来,塞进了嘴里。④ 我理解,加登纳的女儿这一行为,并非与审美行为相悖,而是她要以最细腻的触觉

---

① [美] 埃伦·迪萨纳亚克:《审美的人》,户晓辉译,商务印书馆2004年版,第56页。
② [美] 埃伦·迪萨纳亚克:《审美的人》,户晓辉译,商务印书馆1995年版,前言。
③ [捷克] J. A. 夸美纽斯:《图画中见到的世界·致读者》(即《世界图解》——笔者注),杨晓芬译,钱杭校,上海书店出版社2001年版。
④ [美] H. 加登纳:《艺术与人的发展》,兰金仁译,光明日报出版社1988年版,第160页。

来感受贝壳这一好看的存在,就像幼儿往往不像成人那样去用目光欣赏一个布娃娃,而是要用身体的搂抱来认识它一样。

可见,人类的身体已经不是纯粹的生理器官,而是文化的器官。身体的哲学就是文化的哲学。阉割身体,就是阉割精神。因此,儿童的发展,必须是身心一元的发展;儿童的教育也必须是身心一元的教育。

三 童年的身体生活是生态的成长(学习)方式

迄今为止,我只见到中国儿童文学研究对自然生态的保护意识,但是还没有见到其对生命(特别是身体)的生态学层面和立场的关注。在这样一个特殊的时代,中国儿童文学应该自觉建立起儿童文学的生命生态学。

童年的身体生活是千万年的人类生活所自然形成的生态的生命形式。

没有人会反对,人是可以改变的。儿童在成长的过程中,其人性中自会生成许多新的东西。但是,不管以什么进化或教育的名义,儿童的本质中,也有些东西是不能改变的。人们过于迷信"教育",甚至到了顶礼膜拜的程度。岂不知,"教育"也是很容易出错、误入歧途的东西。当下的功利主义儿童教育就有关闭儿童的身体生活,从而破坏童年生态的倾向。被取消了游戏时间和身体"闲逛"时间的儿童,感受不到风对自己的触摸,听不到小草对春天发出的绿色的呼唤,了解不到冰雪也要流动的愿望,总之,关闭了对生命愉悦的感受。

当前的功利主义的儿童教育所给定的童年身体生活的状态,并非因人类生命基因进化而"自然选择"(达尔文进化论观点)的结果。它与儿童的遗传本性是矛盾对立的,不可协调的。

现象学认为知觉是认识的起点。而身体是知觉的基础。人类个体对世界客体的认识中,最为重要的是体验,而不是我们掌握的知识和科学。比如,小学生在掌握"流动的河水"这一词组的时候,如果没有亲眼看到过流动的河水,是不可能有准确的认识的,而只是看到过流动的河水,却没有在流动的河水中蹚过的话,也不会获得更为贴切的认识。身体障碍的海伦，她所致力于的，恰恰正是通过身体与自然世界建立联系。只有当清凉的泉水溅溢在海伦的手上时，她才可能学会"W—A—T—E—R"一词，海伦称其为"活的词"。在这样的例子中，我们看到身体的综合知觉即多种身体器官的介入，对于认识世界客体的重要意义。

儿童的身体生活具有"生态学"的不学而学的特性。

挪威学者布约克沃尔德在音乐教育著作《本能的缪斯——激活潜在的艺术灵性》中讲述了一个十分生动的"红皮球的故事"。七岁的挪威孩子克耶唐随父母来到美国。他不会说英语，不懂美国的文化，但是，他必须融入美国孩子的生活。三个多月的时间，他没有说过一个英文单词，他只是站在操场外，观察着其他孩子的玩耍。就在父母为孩子如此孤独、如此被排除在外而担忧时，克耶唐提出了自己的要求："我想要个红色皮球！"他要和其他孩子一起玩美国手球。这是他在三个月的对美国孩子的玩耍进行仔细观察后，作出的重大决定。他已经"开始感觉到了游戏的节奏，感觉到了那些孩子的激情和运动。他内心也开始了身体运动。由于那遏止不住的加入其中的欲望，他全神贯注地看着。发生的每一件事都被眼睛和身体的乐感记录了下来。他将成为他们中的一员，他必须成为他们中的一员，这实实在在是一场生存之战。"布约克沃尔德高度赞扬了克耶唐的生存智慧："这完全不是成人教师催生出来的。与其他孩子一起玩是他的动力，与其他孩子在一起的反应，就是他的教师，这个大红球就是使他自由的媒介。这个球释放出了一种新的身份证明，新的身体的运动导致了一种新的游戏，新的游戏导致了新的语言，新的语言导致了新的人的归属和文化伙伴关系。"[1]

要证明身体生活所具有的重要的生态教育意义，中国作家沈从文的童年生活也是一个好例子。《从文自传》里的一个章节标题就是"我读一本小书同时又读一本大书"。小书是指私塾里、学校里读的书；大书是指生活（包括大自然和人生两部分）。沈从文在自传中详尽地描写了不断地逃

---

[1] ［挪威］让—罗尔·布约克沃尔德：《本能的缪斯——激活潜在的艺术灵性》，王毅、孙小鸿、李明生译，上海人民出版社1997年版，第30—33页。

学，用身体去读生活这本"大书"的乐趣。他明确说，"逃避那些枯燥书本去同一切自然相亲近"的"这一年的生活形成了我一生性格与感情的基础"。"我的心总得为一种新鲜声音、新鲜颜色、新鲜气味而跳。""我的智慧应该从直接生活上得来，却不须从一本好书一句好话上学来。"

我愿意相信，正是童年的这种身体生活，正是身体教育先于书本教育这种人生观造就了沈从文这位被称为"人性治疗者"的小说家和独特的服饰研究专家。

由沈从文，我又想到一个对比。那就是没有读过几天书的小说家王朔、童话家郑渊洁和"80后"作家郭敬明的作品之间的区别。我有一个直觉，那就是，在郭敬明的作品中，显示出的书本知识的确比王朔、郑渊洁多了，但是，生活的底蕴，却是比他们少了。我相信，这不是年龄的差距造成的。我以为，这与童年的身体生活之不同有关。

不仅是艺术家，科学家的养成，同样离不开身体生活、身体教育这一根基。以达尔文为例，达尔文少年时代对旧式学校的古板教学毫无兴趣，在别人眼中，他是一个十分平庸的孩子。甚至他的父亲也批评他：你对正经事从不专心，只知道打猎、玩狗、逮老鼠，这样下去，你将来不仅要丢自己的脸，也要丢全家的脸。在大学期间，达尔文仍然爱好狩猎、郊游，钟爱收集甲虫标本。毫无疑问，达尔文的学习是身心一元的学习，其特征是以身体感觉为前提和根基，这种方式正是学习的根本规律。另外，昆虫学家法布尔和动物行为学家劳伦兹的成功，都是仰仗以身体生活作为根基的身心一元的学习。法布尔远离喧嚣的城市，举家迁往乡间小镇，他鼓励不能上"像样的学校"的儿子，在乡间，能练出强壮的身体和强健的头脑，比在故纸堆里更能发现美和真。劳伦兹则说："孩童时代的魅力，对我而言，就属一个粗制滥造的鱼网……在鱼网之后是放大镜，再后是一具小型显微镜，这之后我的命运就算定了。"[1]

在这样的例子中，我们看到身体的综合知觉即多种身体器官的介入，

---

[1] ［奥］劳伦兹：《所罗门王的指环——与鸟兽虫鱼的亲密对话》，游复熙、秀光容译，中国和平出版社1998年版，第32页。

对于认识世界客体的重要意义，看到身体生活对知识（包括语言）的吸收力和转化力。

身体的感觉是真正的生活的基础，是第一生活，而书本知识的学习是建立在身体生活基础上的第二生活。没有第一生活，第二生活难以成立。正如郎格威尔的观点：儿童的发展基模分为三部分：身体、心灵、精神。而心灵与精神的发展是由身体所承载的。[1]

埃伦·迪萨纳亚克指出："对于物种中心主义者来说，正是我们的文化遗产主要存在于书本里这一事实，是一个需要踌躇片刻的事情。"[2] 我们当前施行的功利主义的应试教育（已经提前到了幼儿阶段）所犯下的正是埃伦·迪萨纳亚克所指出的把目光只盯在书本文化的错误，这是取消身体教育的一种非生态的教育。

四　生态学的教育就是使童年恢复其固有的以身体对待世界的方式

反思当前的童年生态和儿童教育，我们不能不坚决地说，关于儿童的一切教育必须回到原点上来。这个原点毋庸置疑的是童年的身体生活和身体教育。

生态学的教育就是使童年恢复其固有的以身体对待世界的方式。身体先于知识和科学，因此，在童年，身体的教育先于知识的教育，更先于书本知识的教育。

身体行动是人性存在的原型，如果遭到异化，后果不堪设想。要让孩子们在童年时代，建立和保持身体与自然的交感，建立和保持对生命的身体体验。让孩子在翻跟头、游泳等身体活动中，从身体的可能性体会出生活的可能性；让孩子在大自然中，通过跳越小溪，发现超越的意味。总

---

[1] 参见詹栋梁《儿童哲学》，广东教育出版社2005年版，第239—240页。
[2] ［美］埃伦·迪萨纳亚克：《审美的人》，户晓辉译，商务印书馆2004年版，第23页。

之，让孩子们对世界的认识通过身体来完成。让身体感知成为世界延展的基础和起点。让孩子们对世界的表达也以身体来进行。让孩子的面部表情、手势、笑声、哭泣成为生命对外部世界的表达。让岁月不仅镌刻在孩子的心灵中，也显现于他们的身体上。

在这样的身体教育中，也许不能得到书中的那么多知识，但是，他赢取的是一种学习的真正方法，是一种本源的东西和完整性的系统，是使知识成其为知识的转化能力。

放弃了身体的教育学，教育将出现根本性问题。研究"人这种动物"的英国动物学学者戴思蒙·莫里斯曾这样说："我们设计出电脑来改进交换信息的效率。电脑足以传达大量口语，但却缺乏肢体语言。即使在你往荧屏上打入一个笑话时电脑也不会笑。相形之下，我们的肢体语言没有接受任何科技的帮助，始终没有遭到文明进展的洗礼，在现代社会中，它始终保持着一个美好的原始形态，使我们在一个冷冰冰的机器时代之中，仍能保持着温暖的人性。"[①] 电脑游戏的危险性在于离开肢体语言和身体生活：暴力变成技术和数字的东西。但是在儿童传统的战争游戏中，作为"敌人"的相熟的朋友在"死亡"时的肢体语言，能够传达出质疑战争的信息。电脑、网络的价值毋庸赘言，但是，它们也潜藏着危险。同样，书本也是危险的，如果它束缚了甚至取代了身体的话。

说到儿童的身体生活，就不能不论及儿童的游戏。

席勒认为，游戏状态是一种克服了人的片面和异化的最高的人性状态，是自由与解放的体现。他的名言是："只有当人是完全意义上的人，他才游戏；只有当人游戏时，他才完全是人。"[②]

布约克沃尔德说，在"儿童创造性的直觉中，我们看到的是思想的生物学，是想象的生态学。也就是说，身体和大脑的能量结合为一，成为一个动态系统，与自然的种种能量形成共同努力以适应自然，以适应文化，以适应人所设计出来的社会，到具体化了的文化的一切。在这平衡的动态

---

① ［英］戴思蒙·莫里斯：《人这种动物》，杨丽琼译，华龄出版社2002年版，第62—63页。
② ［德］席勒：《审美教育书简》，冯至、范大灿译，北京大学出版社1985年版，第80页。

系统中,儿童感觉自如,因为他们和他们的游戏就属于这个整体的一部分。"① 他还高度评价美国作家伊迪丝·科波在《儿童想象生态学》一书中提出的观点:"她深刻地意识到环境、游戏和想象力之间的复杂关系。她在某种意义上视儿童的游戏为一个包括了自然和人创造的文化两方面因素的动态生态系统。科波的观点是:儿童通过其身体的神经系统和感觉器官来理解现实和形成关于现实的印象,而这又是直接地、有序地与自然本身的能量形式相联系的。在她看来,身体的律动和自然的律动是一枚硬币的两面。在感觉经验中,儿童扩展了他周围的自然;而从自然方面来说,它又将有机性注入儿童。所以,她就使用'生态文化'来形容在儿童的游戏中所出现的理解周围世界的感觉方式和创造方式。这些方式植根于儿童的自然生命,但却体现为文化性质的表述和符号。科波认为,人和自然之间、思想和身体之间,这种生态文化的平衡,正是想象的源泉,正是儿童未来文化飞速发展的动态跳板。"②

也许我们这些生于 20 世纪 50 年代的人的童年,可以为科波的观点作一个有力的注解。那时,没有富裕的物质生活,没有丰富的书本文化,但是,却不缺少身体生活以及身体与大自然的交感:

> 那年,我十三岁。对于众多文化名人,那是个漫长的难以忍受的黑夜;相反,对于半大孩子的我,却是阳光灿烂的日子。我有幸认识了真正的大自然,并与之成为最亲近的朋友。我的审美、我的许许多多在以后可能发挥出的潜能正是在这时产生的。我总在思索,为什么十三岁的我,不断执著地认为,那肯定是一段永远不会重复的美好的时光。③

> ……当年我也曾跟着父母去过干校,不过那时我只是个十岁的孩

---

① [挪威]让—罗尔·布约克沃尔德:《本能的缪斯——激活潜在的艺术灵性》,王毅、孙小鸿、李明生译,上海人民出版社 1997 年版,第 27 页。
② 同上书,第 26—27 页。
③ 林阳:《向阳湖中的小五七战士》,林阳、汤锐等编《童年的干校》,连环画出版社 2005 年版。

子。我那时的生活与我的父辈们完全不一样,在我眼里干校简直就是天堂,我呼吸到了在京城里从未有过的自由空气。这样说或许对我的父辈们有些不公,但它的确是真实的,并且是我这一生都难以忘怀的。①

上述感怀并非少年不识愁滋味时的一时兴起,而是人届中年、历尽沧桑之后,对人生的斟酌。我虽然没有下过乡,但是深有同感。我的童年时代,虽然书本文化的学习受到严重破坏,但是,身体却获得了空前的解放。松动的学校教育,给孩子的自我的身体教育留下了足够的时间和空间。童年时代嬉戏于自然的身体生活给了我人生的根本教育,给了我日后受用不尽的人生财富。可以说,我今天的人生观、儿童文学观、儿童教育理念的原点无一不根植于童年身体生活的欢愉之中。

不能轻看游戏这一童年的身体生活。游戏的意义还不只是具有帮助儿童成长的功能,更为重要的是,游戏本身就是儿童的真实而最重要的生活之一。没有身体游戏的童年注定是残缺不全的。

但是今天,都市里的孩子,享受着优裕的物质生活,却被困在逼仄的应试教育的栅栏里。在功利主义的应试教育生活中,童年并非一点儿游戏、身体教育都没有,但是,它们往往不仅是半途而废的,而且不是作为童年人生的目的,而是作为锻炼身体、调节情绪的手段来认识的。取消童年的身体游戏这一滋润精神的本真生活,是我们这个时代价值观迷失的一种根本表现。

五 童年的身体生活与自我人格建设

当前的儿童教育面临着种种问题,比如,厌学、逃学、沉溺网络游戏、离家出走、家庭暴力、少年犯罪等。这些现象都显示着孩子们在艰难

---

① 张昆平:《十岁孩子的干校》,林阳、汤锐等编《童年的干校》,连环画出版社2005年版。

的成长中的精神苦闷。如果进行深层的原因分析，我认为很多问题是源于儿童精神世界里"自我"的丧失。著名的心理学家和作家乔伊斯·布拉泽斯这样说："一个人的自我认知是他个性的核心。它能影响一个人的所有行为举止：学习能力，成长和应变能力，选择朋友、伴侣和职业的能力。毫不夸张地说，形成积极的自我形象是取得成功人生的必需品。"

父母让儿童的生命来到这个世界上，就必须倾尽全力为孩子打造一个幸福的人生。但是，今天的父母很少有人关心儿童真正意义上的幸福，因为他们关心的只是单纯的学习上的分数和所谓学业的成功。而事实上，考试成绩单和大学录取通知书，并不是一个孩子人生幸福的保证。人生幸福的秘诀在于寻找到，并且建立起一个积极的"自我"。也就是说，教育的根本目的不是给孩子一纸文凭，而是"育人"。

我认为，自我丧失是今日中国的儿童教育的真正的和最大的危机。儿童身上出现的一系列成长挫折问题，根本上源于自我的迷失。那么自我丧失与童年的身体生活的被异化、被剥夺有什么关系呢？

彭懿在他那本才华横溢的《西方现代幻想小说论》一书中曾经介绍过日本作家佐佐木赫子的短篇小说《遥远的声音》。这篇小说以第一人称来叙述。"我"目睹了正在路边打电话的表弟正彦被汽车撞死的一幕。在惨剧发生前的一瞬，"我"听见正彦正对着电话说："……玩……好呢？"原来，正彦的妈妈在假期逼他每天坐一个小时的电车去上升学辅导班，而出事这天，妈妈记错了辅导班的上课时间，害正彦空跑了一趟，所以，正彦才给妈妈打电话。后来，正彦家里总是接到死去的正彦打来的电话。正彦的妈妈爸爸怀疑"我"在利用和正彦录过的录音带搞恶作剧，于是，为了证明自己的无辜，"我"在正彦家，接听了正彦的电话。正彦在电话里犹疑地问："……我玩什么好呢？"这正是正彦遇车祸前，在电话里说的话。"我"对电话里的正彦说：去找伙伴们，一起去踢足球、骑自行车。从那儿以后，死去的正彦就再也没有向家里打过电话。

这篇小说对日本应试教育制度的批判主题是十分鲜明的。我列举它，是觉得作品与我所谈论的身体生活与自我建设关系问题是有联系的。在小说中，与春假的第一天就骑着自行车去钓鱼的"我"相比，正彦的身体生活是被剥夺了的。辅导班的课取消之后，正彦对空闲出来的时间无法自主地支配，他必须询问妈妈才行。死去的正彦因为没有得到妈妈的回答，所以才一再给家里打电话。小说令人心痛地写出了正彦身体无处安放的背后是自我的精神和心灵无处安放的状态。"我"在电话里对死去的正彦说的那句话，其实意味深长。"去找伙伴们，一起去踢足球、骑自行车。"这不正是童年的身体生活的象征之一吗？正彦不能安息的灵魂正是由于这句话，才最终获得了安宁。

美国心理学家詹姆斯·希尔曼说："似乎迟早会有某个东西把我们召唤到一条独特的道路上。你可能会把这个'某个东西'记作童年的一个标志性时刻，在那一时刻，一股莫名的冲动，一种迷恋，或事态发展的独特转变，就像一种号召一样震响在你耳畔：这就是我必须做的，这就是我必须拥有的，这就是'我'。"①

我认为，在童年时代，身体生活、精神生活与自我的生成是联系在一起的，是一种因果关系。詹姆斯·希尔曼所说的那个"童年的一个标志性时刻"，一定是由身体生活引导而来的。

两千多年前，老子在《道德经》中就说："吾所以有患者，为吾有身……故贵以身为天下，若可寄天下，爱以身为天下，若可托天下。"

当代的亚历山大·罗伯逊则说："与许多其他概念一样，自我意识并不是单一的某种东西，而是一套复杂的关于感觉的感觉……以生物学的名词来说，感觉是身体神经系统的反馈过程，在遍布全身的各器官间建立联系，并在大脑中进行校对。""身体发展出大量的信号，一些简单（痛苦）而另一些复杂（困惑），来把感觉带进意识之中，并且如果需要的话，引起他人的注意。"②

让我们再用埃伦·迪萨纳亚克的话来清晰和加强身体与自我之间的联系："内在于一个人实际的'在世'的事实是其有形的身体，它的节奏和无法理喻的欲求、它的嗜好及满足、它随时间的生长和变化，它对他人的

---

① ［美］詹姆斯·希尔曼：《破译心灵》，蒋书丽、赵琨译，海南出版社 2001 年版，第 1 页。
② ［美］亚历山大·罗伯逊：《贪婪：本能、成长与历史》，胡静译，上海人民出版社 2004 年版，第 129—131 页。

影响，它在事故、疾病和死亡面前的脆弱易感。……身体动作是社会生活中的一种重要表现手段；它们强化或否定了我们可以用语词说出的东西。我们如何'自然地'活动就传达了我们在个人和文化上是谁。"①

每个人都被赋予了独特的身体，在这个独特的身体之中运行个体的思想。在儿童的自我意识建构中，身体生活一定是自我意识立足的本源和根基。不仅身体生活，甚至仅仅是身体器官本身，对自我的形成都有深刻的影响。阿德勒就指出："身体器官有缺陷的儿童在心灵的发展上比其他人蒙受了更多的障碍，他们的心灵也较难影响、指使并命令他们的肉体趋向优越的地位。他们需要用较多的心力，并且比别人更集中心意，才能获得相同的目标。所以，心灵会变得负荷过重，而他们也会变得以自我为中心而只顾自己。"② 但是，阿德勒也看到了事情的另一面，那就是，身体器官有缺陷的儿童，也可能发奋图强，力求振作，成功地学会补偿其缺憾之道。

身体是"自我"的，没有身体感受建立不起来真实的、积极的、和谐的自我。海伦·凯勒的身体感受的痛苦是表象，而对身体障碍的超越才是她身体感受的本质。还有史铁生，他的那种独特的"自我"和人生体悟，只能以他的身体生活为根基来确立。

那么，在自我意识的形成过程中，身体生活和书本文化、知识文化所发挥的作用是一种什么关系呢？

亚历山大·罗伯逊说："共享的知识是个基本的静态的虚构，与动态而永无休止的成长意见不合。……书写和其他象征性符号帮助我们以这种方式来使意义标准化，但是笼统性的知识变得贫瘠主要是因为失去了感觉因素：它在那些经历随时都在变化的人们定义知识的时候被扯掉了。"③ 他的观点对我的思考提供了支持，使我确信身体的实践生活帮助儿童建立起生活的实感，对"自我"具有召唤意义，但是，书本文化、电子传媒文化

---

① [美]埃伦·迪萨纳亚克：《审美的人》，户晓辉译，商务印书馆2004年版，第173—174页。
② [奥]阿德勒：《超越自卑》，黄国光译，国际文化出版公司2005年版，第34页。
③ [美]亚历山大·罗伯逊：《贪婪：本能、成长与历史》，胡静译，上海人民出版社2004年版，第138页。

不具有这种意义。因为身体生活是属于"自我"的,而书本文化、电子传媒文化是"他者"的。身体的实践生活发自内心,面对身体的实践生活,人才可以作出主体性的选择,而书本文化、电子传媒文化是外在于个体的,并不能直接导向自我选择。它们的价值往往是作为一个辅助,一个诱因。没有身体的实践生活,书本文化、电子传媒文化对自我的生成往往是僵化的、没有激活力量的。

今天的功利主义的儿童教育具有膜拜书本文化、知识文化的学习,忽略甚至扼杀身体生活的明显倾向。其结果是使众多儿童无法在自己的生存实感与书本文化、知识文化的学习之间建立深入、牢固的关系,在应试学习中找不到人生的价值,无法建立起积极的"自我",从而出现人生目标的迷失。

结语:身体生活是一种健全的人生观

《本能的缪斯》一书结尾一节的题目是"脚的节拍引起心的律动"。其中有这样一段话:

> 死神在什么时候降临?
> "当大脑停止了工作。"有人说。
> "当心脏停止了跳动。"另一些人说。
> "当脚停止了打拍子的时候。"具有缪斯本能者如是说。

在我的理解中,"当脚停止了打拍子的时候"这一对死亡的诠释,是对身心一体的生命本质的最有力的证明。

马克·吐温说,有三种谎言:假象、诅咒性谎言和统计数字。布约克沃尔德说:"我们这个社会正处于这些数字横行霸道的危险中。"① 埃克絮

---

① [挪威]让—罗尔·布约克沃尔德:《本能的缪斯——激活潜在的艺术灵性》,王毅、孙小鸿、李明生译,上海人民出版社1997年版,第157页。

佩利的《小王子》中也有一段对成人数字化思维的批判："大人们喜欢数字。……如果你对大人们说：'我看见一幢红砖房子很漂亮，窗台上爬着天竺葵，房顶上有几只鸽子。'他们根本就对这座房子全无概念，你不得不对他们说：'我看见一座房子，价值两万法郎。'然后他们就会声称：'哦，这是多么漂亮的房子呀！'"关于同一幢房子，孩子的描述是身体生活，而成人的描述是数字化生活，这是两种截然不同的价值观，哪一个抵达了人生的本质是不言而喻的。

统计数字式的生活是抽空人生实感的虚假生活。今日之功利主义的应试教育就是统计数字式的生活。

关于身体生活，我们需要达到这样一个认识高度，即尊重身体生活是一种健全的人生观。儿童教育，不仅要给儿童以身体生活的时间，而且更要承认这是最为重要的人的生存方式。承认、尊重身体生活，就是承认、尊重歌唱、跳跃、嬉戏的孩童的生活方式，就是回到童年生命本真的状态，也就是回到人类生命本真的状态。

毫无疑问，守护或者恢复童年的身体生活的生态性，已经成为中国的原创儿童文学必须担当的历史责任！

[本文发表于《中国儿童文化》（第2辑），浙江少年儿童出版社2005年版]

论儿童文学立场的语文教材观

一 语文教材非儿童文学化典型案例解析

当然不能说目前的儿童文学语文教材中一点真正的儿童文学都没有，但是，在整体形象上，语文课本中编入的儿童文学教材似是而非。有些作品看起来像是儿童文学，其实却不是真正的儿童文学，因为它们缺乏真正的儿童文学所具有的趣味性、艺术性、思想性，因而缺乏语文教育的价值。

我这里想通过具有代表性、典型性的儿童文学教材来展开讨论。

美国作家艾诺·洛贝尔"青蛙和蟾蜍"故事系列是儿童文学经典作品，其中的故事《等信》具有很高的知名度。可庆幸的是它进入了小学语文教材编写者的视野，可叹的是，它在进入教材的过程中遭受横切竖砍的删改，被异化成了非儿童文学的作品。

小雨蛙等信

兔子先生来了又走了。小雨蛙很失望，因为没有人写信给他。小树蛙知道了，回家就写了一封信。第二天早上，小树蛙到小雨蛙家去，他说："你今天会收到信啊。"可是小雨蛙不相信。到了中午，兔子先生真的送信来了。小雨蛙拍着手说："真的有我的信。"他打开信念着:"小雨蛙,你好吗?写这封信给你,希望你天天都快乐,祝你天天开心,小雨蛙上。九月十七日"小雨蛙看完信说:"这是我收到的第一封信。"小树蛙说:"这也是我第一次写信啊。"他们都开心地笑了。

——小学《国语》二年级上册,中国台湾康轩文教事业版

寄给小青蛙的信

小松鼠和小青蛙是邻居。小松鼠看见小青蛙一脸不高兴地坐在井边,就问他:"青蛙,你有什么事不开心呢?"

青蛙说:"我天天坐在这里等朋友的信,可是一封也没有,我很伤心。"

小松鼠听了青蛙的话,马上回家,写了一封信。信封上写着:"松树林5号,青蛙收。"

小松鼠跑出屋,碰到蜗牛,对蜗牛说:"蜗牛大叔,请你替我把这封信送到青蛙家,好吗?"

"好呀!"蜗牛乐意地说,"我马上去。"

小松鼠跑到青蛙家,青蛙正躲在房间里哭呢。小松鼠劝他说:"别难过,今天你一定会收到好朋友的来信的!"

"不,不会的!"青蛙说。

小松鼠跳上窗户,看见蜗牛还在弯弯曲曲的小路上爬行。"一定有!因为是我给你寄了一封信呀!看!信在蜗牛大叔那里,他来了!"

"谢谢你!"小青蛙高兴极了,飞一样跳到蜗牛面前,接过信,立刻打开大声念:"亲爱的青蛙,我要告诉,我是你的好朋友,我天天想念你……"

——小学《语文》三年级上册,上海教育出版社2004年版

熟悉原作的人都知道这两篇教材变得多么面目全非。对一千二百字的原作进行删改之后的教材,只剩下二百字和五百字,不仅流失了丰富的思想、艺术含量和珍贵的语文信息,变得短、小、轻、薄,而且充满了阅读

障碍，难以构成真正富有成效的学习。下面谈谈这两篇教材存在的几个问题。

第一，情境的模糊、混乱。这是两篇教材共同存在的问题，尤以《小雨蛙等信》严重。"兔子先生来了又走了。小雨蛙很失望，因为没有人写信给他。"兔子先生到哪儿来了？从哪儿走的？地点模糊不清。为什么"兔子先生来了又走了"，小雨蛙就"很失望"？因为没有清晰交代原因，读者只有莫名其妙，要到读了下文的"兔子先生真的送信来了"，才知道兔子先生是干什么的。"小树蛙知道了，回家就写了一封信"，小树蛙是怎么知道的呢？仍然没有明晰交代。

在《寄给小青蛙的信》里，小松鼠见到青蛙是在"井边"，他"马上"跑回家，写了一封信，交给蜗牛大叔去送，接着，他本该到井边找青蛙，可是却直接到了"青蛙家"，而在原作里，地点一直是在蟾蜍的家里。我认为，教材没有必要安排"井边"这一场景。另外，小松鼠和小青蛙本是"邻居"，却有送信的蜗牛"还在弯弯曲曲的小路上爬行"这样的描写，这两个"邻居"离得是不是太远了。

我觉得在小学二、三年级的语文教材中，时间、地点、人物、事件，这些要素一定要写得非常具体、清晰，学生才能够理解，才易于记忆。

第二，缺乏生动、细腻的心理过程描写。在原作中，青蛙对朋友蟾蜍的关心是通过行动，特别是通过心理细节来表现的。他写好信，交给蜗牛后，就跑到蟾蜍家，把午睡的蟾蜍叫起来等信，他"望望窗外"，"蜗牛还没有到"，"又望望窗外，蜗牛还没有到"，再"望望窗外，蜗牛还是没有到"。结果，蟾蜍奇怪了，问"你为什么老是往窗外看？"青蛙说，因为"我"在等信哪。给蟾蜍的信，却变成了自己在等，青蛙想让好朋友开心的急切心情跃然纸上，儿童的心理世界清晰地展现在读者眼前。但是，很遗憾，在删改的教材中，这些能够培养学生细腻的感受性的极有价值的语文学习资源都流失了。

第三，教材失去了原作的幽默感和趣味性。按照皮亚杰的学习认知理论，在学习的过程中，第一个环节就是学习兴趣的唤起。使用没有情趣、没有趣味的教材，想让孩子产生语文学习的动机和兴趣，是很困难的。诗有"诗眼",其实,文章也有"文眼"。《等信》的文眼就在蜗牛身上。青蛙的"急"和蜗牛的"慢",两者形成了鲜明的对比、强烈的反差。有了这种对比和反差,幽默感和情趣就出来了(同时,人物的性格和关爱主题也得到了凸显)。可是,《小雨蛙等信》把蜗牛换成了兔子,《寄给小青蛙的信》把原作"等"了四天才等到,改成了"飞一样跳到蜗牛面前,接过信,立刻打开",原作的意趣全失,变成了劣作和平庸之作。

总而言之,删改后的这两篇教材(特别是《小雨蛙等信》)是难以预测和理解的,缺乏趣味性的文章,其语文教育价值与儿童文学原作相比有天壤之别。

我在《小学语文文学教育》一书中,曾经指出小学语文教材在改写《丑小鸭》《小蝌蚪找妈妈》等儿童文学名作时出现的严重失误,提出了"当不改则不改""改写者必须是业内高手""态度必须负责而谨慎"三个原则。洛贝尔的《等信》就是进入教材时"当不改"的作品,一改就是错。

二 语文教材非儿童文学化选文问题

删改儿童文学作品,这只是小学语文教育非儿童文学化的表现之一,除此之外,在选文上也存在严重问题。通过对大陆、中国香港、中国台湾的教材的研究,我认为,小学语文教材对儿童文学资源的利用主要存在两大问题。

第一,儿童文学的文类不全、资源流失的问题。

譬如说民间童谣、民间童话在小学语文教材中是普遍的缺失。这是一个非常大的失误,因为民间童谣、民间童话既拥有独特的、儿童所喜闻乐见的、易于接受的语文价值,又是民俗、历史、传统文化的重要载体。

譬如说对待幻想文学的暧昧态度。我们现在不仅提倡素质教育,还倡导创新性教育,要培养孩子的想象力,可是,小学语文教材却不够重视幻想文学的价值。小学语文教材里出现的基本都是拟人童话。拟人童话除了小狗小猫讲话,并没有超越现实的幻想要素。我认为出现这一状况与现行小学语文教育理念有关,目前小学语文教育是以灌输知识为本,具有知识至上主义或者是理性至上主义的色彩。如果是以培养想象力、创造力为本,那么,就必须多选入《神笔马良》这类幻想故事。

还有幽默文学的缺失。幽默是人的一种可贵的精神品质,应该在童年时代就植根在孩子们的心中。我们的教育的一个重要失误就是永远板着脸孔,表现在语文教材上就是太严肃,把幽默文学排除在外。

还有动物文学的缺失。也许有人说,小学语文教材不是有《野生的爱尔莎》这样的课文吗?可是对一个长篇作品进行缩写,最后变成一篇几百字的课文,还能说它是动物文学吗?为什么不选择篇幅合适的动物文学进入教材呢?动物文学是生态文学。有了文学的生态教育,语文教育的人文性就更为完整和深入。

总之,我粗略算了一下,儿童文学的文体应该不下二十种,但是,在小学语文教材中儿童文学的文体却十分有限。

第二,儿童文学经典、优秀作品的缺失。

现有教材,表面看起来儿童文学的数量不少,但是,很多篇章是似是而非的"教材体"儿童文学。所谓教材体儿童文学是指教材编写者根据自己的某种儿童文学感觉,为教材编写的文章,其中也包含删削的儿童文学名著。语文教材应该选入的是自然天成的美文。小学语文教材的编写者,应该到浩如烟海的儿童文学作品中,去精心挑选文体、篇幅都合适的经典、优秀作品,直接收入教材,以改变目前小学语文教材"短小轻薄"的不良现状。

三 儿童文学在语文教材中被"异化"的原因分析

(一)对儿童文化的理解存在问题

我认为,在人类为儿童创造的所有文化中,儿童文学最和谐地解决了儿童与成人之间的矛盾和冲突,因此,在小学语文教育中运用儿童文学,可以为儿童文化与成人文化的和谐融合搭建宽阔的桥梁。但遗憾的是，我们的语文教材编写观念往往背离儿童文化，使孩子们的语文学习出现障碍。

儿童文化是天真的文化，儿童文学是天真的艺术。但是，《小雨蛙等信》违反了这种天真。譬如说，为什么要把邮差由蜗牛改成兔子？我觉得这是用大人的理性的、功利的、知识的逻辑来看待事物所造成的。兔子跑得快，当然应该当邮差，蜗牛那么慢，怎么能当邮差呢？这反映了语文教育中，成人的逻辑和孩子的逻辑之间的冲突，这也是两种不同文化的冲突。

不要以为儿童文化的"天真"是浅陋的、没有价值的。尼采的精神三变一说中就认为，人在变成坚忍的骆驼、富于勇气的狮子之后，还要变成幼儿，因为幼儿的天真无邪可以开创一切。面对《等信》这样的作品，我们成人的确应该学一学青蛙的"天真"。

（二）对儿童语文学习能力的判定存在问题

从乔姆斯基、史蒂芬·平克这些顶尖语言学家的著作中，我们知道，儿童是天生的学习者，有巨大的语文学习潜能。语文教育就是要致力于使用有学习效率的好文章把儿童的语文潜能激活。

《等信》在中国台湾和大陆的教材中被删节成二百字和五百字，恐怕是因为教材编写者认为二年级和三年级的小学生不能阅读长度为一千二百字的文章。可是，在儿童文学化程度很高的日本的小学教材中，是全文一千二百字悉数收入的。这体现了对儿童阅读能力的不同评价。在儿童的阅读现实中，未上学的五六岁的儿童以听大人讲述的方式阅读一千多字的故事是毫无问题的，然而在语文课堂的学习中，我们却低估儿童的阅读能力，教学不是向上提升，而是向下俯就。

另外，教材的短小轻薄恐怕还与应试教育的打算有关，因为短文章好背，字和词都能学会，容易评估，容易应付考试。

将删改教材和原著两相对比，显而易见的是篇幅长的原著容易学习和理解，因为它具有具体的情景，有鲜明的性格、幽默的情趣、可预测的情节。

（三）自下而上的文章观

刘勰的《文心雕龙·章句》篇中有"夫人之立言，因字而生句，积句而为章，积章而成篇"。当代的语文教育研究者接受了这种自下而上的文章观:"文章是由字组词,由词组句,由句组段,积段成篇的。"

自下而上的文章观对教材编写有着深刻的负面影响。如果认为文章首先是由字组成,有了字就能组成文章,就会按照选定的生字、生词来拼凑文章。这不符合好文章的写作规律。事实上,在这种文章观之下,产生了所谓的教材体的"文章"。教材编写者根据需要写进教材的生字、生词去编写文章,于是不自然的、缺乏灵性的文章才纷纷出来。

当代阅读学理论认为文章是自上而下的。也就是说,文章的生成是先有要表达的意义(思想、情感等),这个意义高高在上,统领着语言的任何安排,从而使文章成为有意味的、完整的形式。

在学习生字、生词方面,如果选入的自然文章是符合小学生的思想、情感和生活经验的,那么,就会把阅读所需要的基本的字词纳入语文学习。

针对目前小学语文教材存在的上述问题,我认为,要取得语文教材编写的进步,至少有两项重要的工作要做。

第一,应该为人文性注入新的元素,即将儿童文化中对儿童认知生活、精神成长有重要作用的人文元素注入语文教育教学之中,使语文教材真正具有儿童特点。应该重视成人文化与儿童文化的有机融合,使小学语文教育教学成为成人文化与儿童文化互动融合的和谐的场域。

第二,应该强化儿童文学经典意识,学习自然文章。要注重选取自然的经典和名作,学习自然天成的优秀文章。经典和名作的最重要的资源就是儿童文学。从文体上来说,儿童文学有儿歌、童诗、童话、寓言、故事(历史名人故事、生活故事、动物故事)、小说(现代小说、动物小说、科幻小说)、散文、传记、游记、日记、科学小品等,如果综合开发利用,是语文教育最为丰富、有效的资源;另外,在古今中外的成人文学中,也存在着适合儿童理解和接受的、具有高度艺术性的作品,如果站在小学儿童审美经验和能力的立场上,经过精心筛选,会使小学儿童在语文学习中,及时领略人类思想、艺术的精华。

(本文发表于《语文教学通讯》2010年第1C期)

儿童文学分级阅读的五项原则

一 儿童文学分级阅读：理论方法的重要性

近年来，小学语文教育领域越来越关注、重视儿童文学。儿童文学具有的珍贵的语文教育价值，被越来越多的人所认同。对于很多小学语文教师来说，已经解决了"教什么"的问题，今后所面对的更多的是"怎么教"这一问题。

本文所探讨的儿童文学分级阅读的方法，就是针对的"怎么教"这一问题。儿童文学的分级阅读，既包括了小学儿童的课外儿童文学阅读，同时也包括小学校里的语文课堂上的儿童文学阅读教学。本文研究的主要是语文课堂上的儿童文学阅读的分级问题。

目前的小学语文学科的研究非常需要理论方法，特别是在儿童文学教育教学这一问题上。我认为，小学语文儿童文学教育教学研究，应该尽快进入一个方法论的阶段。什么是方法论？简单地说，就是自觉地用某种方法来观察事物和处理问题。方法论会对一系列具体的方法进行分析研究、系统总结并最终提出较为一般性的原则。进行方法论研究，就需要进入理论的层面。

理论是什么呢？按照爱因斯坦的说法，理论决定着我们所能观察的问题。美国文学理论家乔纳森·卡勒在《文学理论入门》里说："一般说来，要称得上是一种理论，它必须不是一个显而易见的解释。这还不够，它还应该包含一定的错综性……一个理论必须不仅仅是一种推测；它不能一望即知；在诸多因素中，它涉及一种系统的错综关系；而且要证实或推翻它都不是一件容易事。"① 卡勒针对福柯关于"性"的论述著作《性史》一书说："正因为它给从事其他领域的人以启迪，并且已经被大家借鉴，它才能成为理论。"② 举阐释儿童文学的话语为例，"儿童文学就是大人写给小孩子看的文学"就不是理论，而是"显而易见的解释"，"儿童文学是现代文学""儿童文学是儿童本位的文学"则是理论，因为它们"不能一望即知""涉及一种系统的错综关系""要证实或推翻它都不是一件容易事"。

我认为，目前我们对儿童文学分级阅读（在语文课程标准中体现为分学段阅读）的认识，在整体上是语焉不详、理据不明的，原因盖在于缺乏理论上的方法论研究。

分级阅读的理论原则的确立，应该以小学儿童在语文学习中应该发展的能力为依据。从文学阅读能力的发展这一着眼点看，我认为，小学儿童需要发展的能力有四大项：感受力；想象力；理解力；分析能力。关于这四项能力的培养，不同的学年段，可以有培养的侧重点：低学段重点培养感受力和想象力，涉及理解力；中学段重点培养感受力、想象力和理解力，涉及分析能力；高学段培养感受力、想象力、理解力和分析能力。

二　儿童文学分级阅读的五项原则

我在思考、处理小学语文儿童文学的分级阅读问题时，根据我对小学儿童的语言、心理发展状况的了解，对儿童的阅读状况的了解，对文学的语言、对儿童文学的各种文体的研究，特别是根据我所建构的小学儿童在语文学习中需要发展的能力，总结、提出了体现语言形式、文体形式的次

---

① ［美］乔纳森·卡勒：《文学理论入门》，李平译，译林出版社2013年版，第3页。
② 同上书，第7页。

序、规律、结构的五项原则：从口语到书面语；从韵文到散文；从"故事"到"情节"；从"形象"到"意象"；叙事在先，写景、抒情、议论在后。

下面就对这五项原则逐一进行简要论述。

（一）从口语到书面语

为什么针对小学儿童的儿童文学分级教学要从口语到书面语？理由很明确，书面语难于口语，书面语的掌握要以口语为基础。

关于口语与书面语的区别，维果斯基说："在言语中，还有其他重要的功能区别。其中一个区别是对话和独白之间的区别。书面言语和内部言语代表独白；而在大多数情形中，口头言语则代表对话。"[1] "在书面语言中，由于声调和主语知识均已排除，我们被迫使用更多的词，并要确切地使用这些词。书面言语是最精心组织的言语形式。"[2] "口语的速度是不利于系统阐述的复杂过程的——它没有时间细细琢磨并选择。对话意味着直接的未经事先沉思的发声。它由一些回答和巧辩组成；它是一系列反应。比较而言，独白是一种复杂的结构；可以从容不迫地和有意识地进行语言的精心组织。"[3]

对儿童（其实成人也是如此）来说，掌握书面语要比掌握口语难很多。维果斯基在《思维与语言》一书中指出了两个原因：书面语的"最初发展也需要一个高水平的抽象。它只是在思维和意象中说话，缺乏口语的乐感、表达力和抑扬顿挫性"，"书写还要求儿童进行深思熟虑的分析活动"，"书面言语的所有这些特征解释了为什么它在学龄儿童身上的发展远远落后于口语的发展。这种不一致源于儿童十分熟悉自发的、无意识的活动，以及缺乏抽象的、深思熟虑的操作技能"。[4]

所以，在低年级要用口语形式的文体的学习，为儿童从口语能力向书

---

[1] ［俄］列夫·谢苗诺维奇·维果斯基：《思维与语言》，李维译，浙江教育出版社1997年版，第156页。
[2] 同上书，第157页。
[3] 同上书，第158页。
[4] 同上书，第109—111页。

面语能力发展搭建桥梁。如果列举具体文体,有儿歌、民间文学(生活故事和童话)、口语叙述的创作故事(比如洛贝尔的"青蛙和蟾蜍"系列、新美南吉的幼儿童话等)、图画书等。

(二) 从韵文到散文

这里所说的散文是广义的概念,指非韵文的作品,如故事、小说、散文(狭义)。不是说"散文"(比如故事)不可以在低年级出现,而是说要重视韵文的阅读,重视语言的节奏韵律,韵语的学习要优先考虑。这符合语言学习规律,因为对儿童而言,"韵语""易于常言"。

维果斯基说:"歌和散文这两种形式在功能上十分不同,在它们所采用的手法上也十分不同。按照洪堡的说法,诗歌和音乐不可分割,而散文则完全有赖于语言,并受思维支配。结果,诗歌和散文均有其自己的措辞风格、语法和句法。这是极为重要的概念,尽管洪堡和后来进一步发展他的思想的人都未能充分认识到它的涵意。"[1] 散文"受思维支配",而诗歌,特别是儿歌却更诉诸儿童的感知。

周作人说:"儿初学语,不成字句,而自有节调,及能言时,恒复述歌词,自能成诵,易于常言。盖儿歌学语,先音节而后词意,此儿歌之所由发生,其在幼稚教育上所以重要,亦正在此。"[2] "儿歌的浅易性还表现在易记易唱上。儿歌的篇幅一般都很短小,即使有的篇幅较长,也往往或采用顶针修辞格,或使用反复的手法,或重复相同的语法结构以及词性相同、词义相近的语汇,因此还是好记好唱。"[3]

我们可以举《生了白胡子》这首民间儿歌为例。

> 一个小小子,年纪刚十五。
> 不种庄稼不读书,就出门去学打鼓。
> 打鼓怕使力,便去学做犁。

---

[1] [俄] 列夫·谢苗诺维奇·维果斯基:《思维与语言》,李维译,浙江教育出版社1997年版,第155—156页。

[2] 周作人:《儿歌之研究》,钟叔河编订《周作人散文全集》(第1卷),广西师范大学出版社2009年版,第585页。

[3] 朱自强:《儿童文学概论》,高等教育出版社2009年版,第169页。

做犁眼眼多，就去学补锅。
补锅难得铲，就去学补碗。
补碗难钻洞，就去学"关公"。
"关公"难打仗，就去学放羊。
放羊怕爬山，又去学种田。
种田怕日晒，去学做买卖。
买卖做不来，去学当秀才。
秀才难教书，又去学宰猪。
宰猪猪不死，啊！生了白胡子。

这首诗涉及很多内容，如果不用韵语形式，很难将其记住，但是，一用韵语，就一生二，二生三，下面的内容自然就牵连出来了。韵语的语文学习功能和效率简直令人惊叹。

（三）从"故事"到"情节"

从"故事"到"情节"这一原则，针对的是叙事性作品的分级问题。在小学阶段，叙事性作品主要包括故事、小说以及叙事的散文。我在"故事"一词上加了引号，意在表明这个"故事"不是作为叙事性作品的故事，即它不是一个文学体裁的概念，而是与"情节"一样，是叙事作品的一个形式元素。

英国小说家佛斯特在《小说面面观》中论述了"故事"与"情节"的区别："现在，我们该给情节下个定义了。我们曾给故事下过这样的定义：它是按照时间顺序来叙述事件的。情节同样要叙述事件，只不过特别强调因果关系罢了。如'国王死了，不久王后也死去'便是故事；而'国王死了，不久王后也因伤心而死'则是情节。虽然情节中也有时间顺序，但却被因果关系所掩盖。又例如：'王后死了，原因不详，后来才发现她是因国王去世而悲伤过度致死的。'这也是情节，不过带点神秘色彩而已。这种形式还可以再加以发展。这句话不仅没涉及时间顺序，而且尽量不同故事连在一起。对于王后已死这件事，如果我们再问：'以后呢？'便是故事，要是问：'什么原因？'则是情节。这就是小说中故事与情节的基本区别。"①

我认为，在讨论儿童文学分级阅读中的"故事"和"情节"这两个叙述形式的概念时，基本可以采用佛斯特的上述观点。不过，讨论故事与小说这两种不同文学体裁中的"故事"与"情节"的区别，仅仅挪用佛斯特在单纯讨论小说时得出的结论，则显得简单了一些。

让我们以故事《糖块》的"故事"和小说《万卡》的"情节"为例，把讨论进一步发展一下。

在日本作家新美南吉的故事《糖块儿》中，事件是依时间的顺序来安排的：母子三人上船—武士上船—孩子们为争糖块而争吵—吵醒武士—武士拔刀走来—武士把糖块劈成两半，分给孩子—武士重新回去打盹儿。作家在构思时，显然把精力和着眼点用在了讲一个什么样的故事上面，而不是用在怎样讲一个故事上面。作家似乎从事件的叙述中隐退了，换句话讲，作家的叙述策略（如果存在的话）与事件的展开本身接近于重合，作家对事件的叙述没有分离成一种形式。

俄罗斯作家契诃夫的《万卡》是短篇儿童小说中的名篇，被收入了多种小学语文教材。这篇小说的主轴并不在万卡给乡下爷爷写信这件具体事情上，这件事本身支撑不起小说来。除了写信，小说中写了太多的"事"，这些"事"互相之间并没有直接联系。必须有一个有力的东西把这些"事"黏合并支撑起来，使它们变成情节。我认为，这个有力的东西就是万卡的心理活动——想回到爷爷身边的愿望。万卡这些心理活动又是由信里对城里学徒生活的描绘和写信时对乡下生活的回忆支撑起来的。小说的这样一种艺术效果来自作家煞费苦心的叙述策略。作家在构思时，精力和着眼点不是放在讲一个什么样的故事上面，而是放在怎样讲故事上面。

如果一篇作品，作者只是意在把事件按照现实生活中的本来面貌讲述给读者，它基本上就属于"故事"，它往往出现在故事文体之中。如果作者面对事件首先和主要考虑的是如何讲述事件，那它就基本上会成为一篇

---

① ［英］爱·摩·佛斯特：《小说面面观》，苏炳文译，花城出版社1984年版，第75—76页。

小说，作者为安排事件所设计的后置、添枝加叶、设置玄机、倒叙等，就成为小说的"情节"。

从"故事"到"情节"，意味着作品的结构由单纯到复杂，内容由明晰到隐含，还牵涉到从事件到人物、从类型到典型、从行动到心理等文学表现问题。需要说明的是，这里的单纯和复杂、明晰和隐含、事件和人物、类型和典型、行动和心理之间，并没有谁优谁劣之分，在儿童的语文学习的特定阶段上，它们都有同等重要的价值。对它们的先后顺序的排列，呈现的是儿童语文学习的阶段性和规律性。

从文体顺序来看，低年级是故事、民间童话、图画书；中年级是更加复杂的文学童话（比如四年级可以讲安徒生的《丑小鸭》）、以讲故事为主的小说（如诺索夫的短篇小说）、图画书；高年级，可以讲心理描写的小说，如《一串葡萄》（有岛武郎）、《万卡》（契诃夫）、《上锁的抽屉》（陈丹燕）、《牛桩》（曹文轩）、《走在路上》（梅子涵）等。

（四）从"形象"到"意象"

从"形象"到"意象"这一原则，主要针对的是儿童文学中的诗歌作品。理解从"形象"到"意象"的用意，需要具有儿歌与儿童诗，儿童叙事诗与儿童抒情诗、哲理诗的区别意识。

我们各举一首儿歌《小西瓜》和儿童诗《柠檬》为例，作一具体说明。

> 小西瓜，圆溜溜，红瓤黑子在里头。
> 瓜瓤吃，瓜皮丢，瓜子留着送朋友。

这首儿歌的"形象"是生动的，同时又是直接而具体的。儿歌的"形象"的特点常常是对印象的白描，是一种客观的形象或情景。

但是，儿童诗就有不同了：

> 柠檬　一定是想到远方去。
> 薄薄地切一切，就会明白柠檬的心。
> 薄薄地切一切，滚出来好多个车轮。

散发着好闻的香味儿，车轮，车轮，车轮。

柠檬　一定是想到远方去！

这是日本的畑地良子的儿童诗《柠檬》，收入日本的小学语文教材。同是表现水果，《柠檬》这首诗所具有的就不是"形象"，而是"意象"。这一意象不是纯然客观的，它是在托物言志，借景抒情；它包含着一个主观的思想："柠檬／一定是想到远方去！"另外，"薄薄地切一切，／滚出来好多个车轮"，这也是富于个性的主观的感受和想象力。"想到远方去"——这是柠檬和一个隐含的抒情主人公的物我两忘的境界。

理解儿歌的"形象"，还有儿童叙事诗的"形象"，和理解儿童抒情诗、哲理诗的"意象"，需要的是不同的心智状态。在小学阶段，体现从"形象"到"意象"的文体顺序是：儿歌—儿童叙事诗—儿童抒情诗、哲理诗。

（五）叙事在先，写景、抒情、议论在后

叙事在先，写景、抒情、议论在后这一原则针对的是多种文学体裁的分级问题。

为什么要叙事在先，写景在后？因为孩子越是年龄小，越是喜动不喜静。我认识一个小学一年级孩子，他随父母出门旅行，带着自己养的小螃蟹，不看风景，就与小螃蟹玩。很多孩子去了公园，不看盛开的花朵，而去观察地上的蚂蚁，追逐飞舞的蝴蝶。叙事在先、写景在后还有一个原因，就是叙事靠近口语，而写景使用的是书面语。《秋游》是小学二年级（上册）课文。孤立地看，《秋游》的语言看似简单，可实际上，是低年级学生难以组织的书面语。

抒情也是比叙事后发展的一种能力。有的教材，在低年级就有浓烈抒情的儿童诗，容易使年幼儿童产生不自然的情感。对于儿童教育来说，不当的激情、不自然的矫情、不理性的煽情都是有害的。给低年级学生的作品也要有感情，但是不必"抒情"，比如《去年的树》，并不直抒胸臆。

依据议论在后的原则，寓言就不应该放在中、低年级，而是应该放在高年级来教，因为寓言是说理，而且是很特殊的说理方式，理解这种说理